Dieses Buch ist Maria, der Mutter Gottes
und Königin der Märtyrer,
D. Bosco,
dem Meister der Katechese,
und allen jungen Leuten,
die zu den Katakomben
San Callisto pilgern, gewidmet.

Erste italienische Auflage: September 1988.
Zweite italienische Auflage: 1989.
Dritte italienische Auflage: März 1992.

Umschlag

Die graphische Darstellung des Umschlags von Prof. Luigi Zonta,
zeigt Jesus, den Guten Hirten,
wie er die gerettete Seele mit sich ins Paradies bringt.
Die Katakombe San Callisto ist ein Friedhof,
auf dem alles von Leben spricht.

Fotos

- Päpstliche Kommission für Sakrale Archäologie.
- Elle Di Ci (Guerino Pera).
- Italienisches Militär-Luftfahrtsamt.
- Diaz Sanchez Martin.
- Marzi Franco.
- Mazzoleni Danilo.
- Reekmans Louis.
- Fabris Severino: Rekonstruktion der Fresken.

Alle Zeichnungen in den Kapiteln 12 (XII) e 13 (XIII)
stellen Inschriften
im »Callixtinischen Komplex« dar.
Vgl. ICVR, IV.

Tel. (06) 6988 5003 - Fax (06) 698.4716

ISBN 88-209-1882-X

ANTONIO BARUFFA

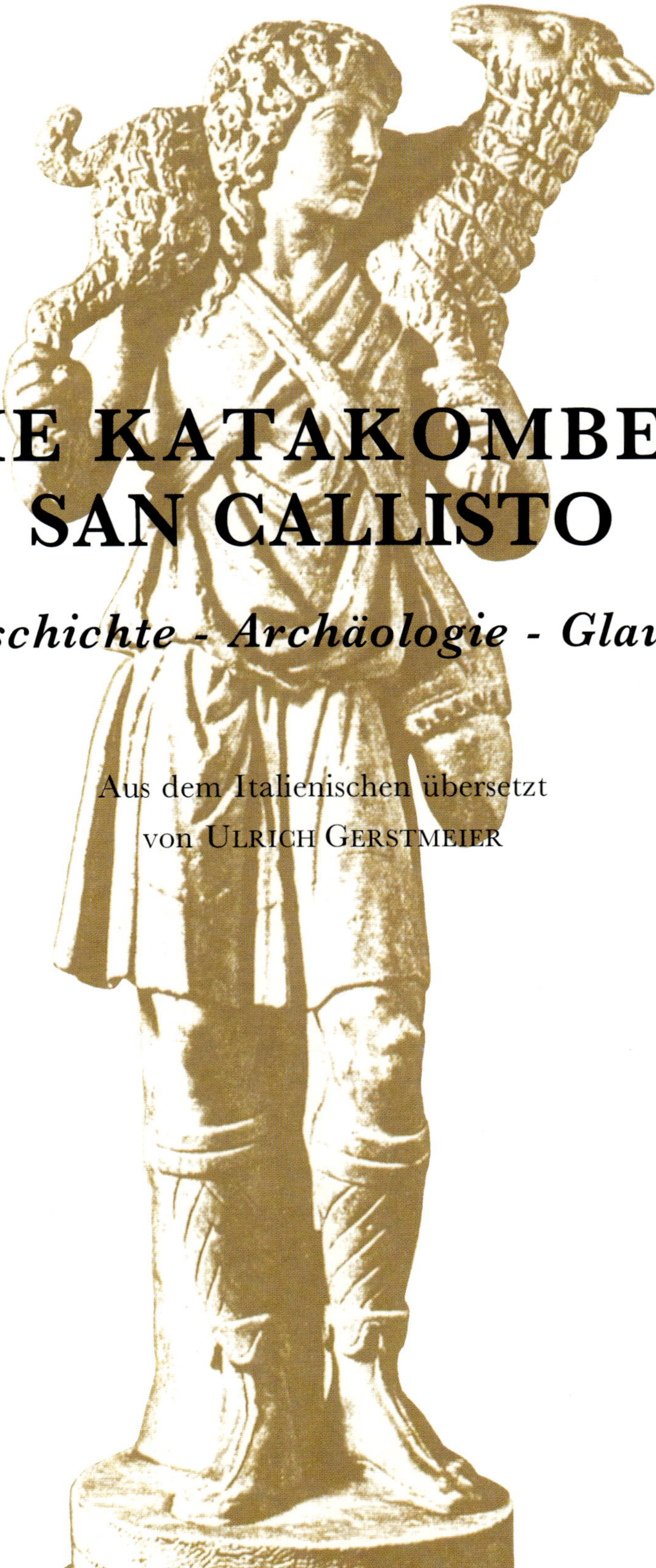

DIE KATAKOMBEN SAN CALLISTO

Geschichte - Archäologie - Glaube

Aus dem Italienischen übersetzt
von ULRICH GERSTMEIER

VERLAG LEV
VATIKANSTADT

Vorwort zur dritten Auflage

Die Wertschätzung meines Buches »Die Katakomben von San Callisto. Geschichte - Archäologie - Glaube« *seitens der Leser, die sich schon bei der ersten Auflage zeigte, bestätigte sich auch bei der zweiten Auflage. Innerhalb von nur zwei Jahren war das Buch vergriffen.*

Ich wurde von neuem vor das Problem gestellt: Sollte ich mich auf eine Neuauflage beschränken oder eine neue Fassung erstellen?

In der Tat rieten mir einige Gelehrte, den Inhalt nicht weiter zu füllen, um dem Text nicht seine Lebendigkeit und Unmittelbarkeit zu nehmen. Mir schien es jedoch nicht angebracht, das Buch unbearbeitet zu veröffentlichen. Ich wollte den Anregungen der Rezensionen und den neuesten wissenschaftlichen Erkenntnissen Rechnung tragen.

Aus Liebe zur größeren historischen Genauigkeit und aus Hochachtung gegenüber den Lesern habe ich mich für eine Neubearbeitung entschieden. Das Buch ist in einigen Kapiteln geändert worden, um manche Fragen präziser zu beantworten.

Dabei wurde jedoch die Seitenzahl nicht von neuem erhöht.

Die große Neuerung der dritten Auflage machen die Photographien aus, deren Anzahl ich erheblich vermehrt habe. Einige Abbildungen wurden verbessert und zeigen neue Gegenstände. Dies geschah vor allem im Hinblick auf den Leser. Ihm sollen die Ikonographie und Epigrafie dieser Katakomben besser und deutlicher vor Augen geführt werden.

Ich habe mich besonders bemüht, die Photographien besser und sinnvoller zusammenzustellen. So kann jeder mit größerer Unmittelbarkeit die Beschreibung der Monumente verfolgen.

Ich hatte schon Gelegenheit, all denen zu danken, die mit ihrer Fachkompetenz und Freundschaft in irgendeiner Weise an der Entstehung dieses Buches mitwirkten. Jetzt möchte ich besonders Prof. Vincenzo Fiocchi Nicolai, dem Ordinarius für Topographie am Päpstlichen Institut für Christliche Archäologie und Mitglied der Päpstlichen Kommission für Sakrale Archäologie, für das aufmerksame Lesen und für die vielen wichtigen Hinweise danken. Außerdem möchte ich meine tiefe Dankbarkeit gegenüber Martin Dìaz Sànchez SDB ausdrücken. Dieser unermüdliche Erforscher des Lebens von de Rossi gab mir die Möglichkeit, mich von dem großen Meister der Christlichen Archäologie inspirieren zu lassen. Zum Schluß gilt noch mein besonderer Dank Tina und Iseo Mazzarolo, den eigentlichen »Mäzenen« dieser dritten Auflage.

A. B.

Rom, Katakomben von San Callisto, 14. Oktober 1991.
Gedenktag des hl. Papstes und Märtyrers Callixtus I.

Vorwort zur zweiten italienischen Auflage

Die Kritiker scheinen mein Werk *»Die Katakomben von San Callisto. Geschichte - Archäologie - Glaube«* mit Wohlwollen aufgenommen zu haben. Überrascht habe ich festgestellt, daß zahlreiche Besprechungen sowohl in der inländischen Presse als auch in wissenschaftlichen Zeitschriften erschienen sind. Auch die Leser scheinen mein Buch zu schätzen, da in kurzer Zeit die Auflage vergriffen war.

Verschiedene Gründe bewogen mich, sofort eine zweite Auflage herauszugeben.

Kurz nach Erscheinen des Buches veröffentlichte Prof. Louis Reekmans von der Universität Loewen eine wichtige Untersuchung über eine Region der Katakomben von San Callisto: *»Le complexe cémétérial du pape Gaius dans la Catacombe de Callixte«*. Die von ihm erbrachten Beiträge sind von so großer wissenschaftlicher Bedeutung, daß sie nicht ignoriert werden können.

Dazu kommt, daß ich in der Zwischenzeit zahlreiche Briefe erhielt, in denen mir nicht nur Anerkennung für die Arbeit ausgesprochen, sondern auch der Wunsch geäußert wurde, mehr über diese oder jene Person, diesen oder jenen Punkt zu erfahren. Es erschien mir richtig, diese Fragen innerhalb der Grenzen des Möglichen zu beantworten. So ist dieses Buch um sechs Kapitel erweitert worden, seine klare und flüssige Sprache hat sich jedoch nicht verändert. Einige Kapitel habe ich aufgeteilt, um die Lektüre nicht zu anstrengend werden zu lassen. Andere habe ich auf Anregung von Kollegen und Lesern völlig überarbeitet, weil so die Anordnung des Stoffes verständlicher wird. Ich habe die Zahl der topographischen Pläne erhöht, damit sich der Leser die Rundgänge deutlicher vor Augen führen kann; schließlich habe ich den Band reicher bebildert.

Ich möchte mich, bevor ich schließe, bei all den Freunden bedanken, die mir während der Vorbereitung der zweiten Auflage beistanden, besonders bei Giovanni Lenti und Italico Toffoli. Herzlich danken möchte ich dem Direktor des Komplexes San Callisto, Don Antonio Parlanti, und den Führern von San Callisto für die Unterstützung, die sie mir während dieser Monate gewährten.

Mein besonderer Dank gilt meinem von Jugend an sehr geliebten Studienfreund Prof. Don Ugo Casalegno für die Hilfe bei der Durchsicht des ganzen Manuskriptes.

A. B.

Rom, Katakomben von San Callisto, 29. Juni 1989.
Fest der Apostel Petrus und Paulus.

Zum Geleit

Wer den Titel dieses Buches überfliegt, das sich den Katakomben von San Callisto widmet, denkt sich wahrscheinlich, es handle sich dabei um einen neuen Führer des berühmtesten unterirdischen römischen Friedhofskomplexes, der sich in die Reihe anderer, auch in jüngster Zeit erschienener Führer stellt. Doch schon der erste Blick auf das Inhaltsverzeichnis zeigt, daß man es mit etwas anderem und in vieler Hinsicht neuem zu tun hat. Neu ist einerseits das Hauptanliegen des Führers, sich in erster Linie nicht an Fachleute, sondern vornehmlich an junge Menschen zu wenden. Neu ist andererseits auch der besondere Ansatz einiger Kapitel.

Ich beziehe mich hier zum Beispiel auf die Kapitel über eine zusammenfassende Geschichte der Katakomben im allgemeinen und besonders auf die bemerkenswerte epigraphische Dokumentation, die in eine freie, aber immer den Geist der Texte treffende Übersetzung gebracht wurde. Als interessant und sehr treffend erweisen sich die folgenden historischen Dokumentationen: Die erste schildert die Verehrung des hl. Cyprian in San Callisto auf dem Hintergrund der Beziehungen zwischen der römischen und karthagischen Kirche in den ersten Jahrhunderten. Die zweite veranschaulicht die Ehrerbietung von vier Päpsten unserer Zeit an den Gräbern ihrer Vorgänger. Bisher unveröffentlichte Quellen erschließen neue Einzelheiten dieser Besuche. Die dritte Dokumentation zeigt das »außergewöhnliche Abenteuer« des Giovanni Battista de Rossi, das seinen Höhepunkt in der Wiederentdeckung der Katakombe fand.

Besondere Erwähnung verdient die epigraphische Auswahl. Aus den Tausenden von Inschriften, die im vierten Buch der Inscriptiones Christianae Urbis Romae *veröffentlicht sind, wurden diejenigen ausgewählt, die ihrer Formulierung wegen auffallen. Sie erwecken Neugierde, weil sie sich auf menschliche Gefühle beziehen: den Glauben, den Schmerz und die Liebe, die den Verwandten entgegengebracht wurde. Diese Inschriften überliefern die Gedankenwelt armer Menschen, die aber innerlich reich sind. Ohne diese Steine hätten wir keinerlei Zeugnis davon.*

Ich muß noch deutlicher werden. Obwohl das Buch von Antonio Baruffa auf dem neuesten wissenschaftlichen Stand ist, meidet es jedoch jede Art von Fach- und »Eingeweihten«- Jargon. Seine Didaktik ist einfach, aber wirkungsvoll: Baruffa nimmt die Leser an die Hand und erklärt ihnen alle Einzelheiten der Katakombe mit allgemein verständlichen Worten. Er versucht, alle möglichen Zweifel zu beseitigen und im voraus Antworten auf eventuelle Fragen zu geben. Um dies realisieren zu können, war die mehrjährige Erfahrung von Don Baruffa als Führer in dem Komplex San Callisto und als Dozent für christliche Archäologie an der Päpstlichen Salesianer- Universität in Rom von unschätzbarem Wert.

Sinnvollerweise hält er sich aus den zahlreichen Kontroversen über einige Fragen und Besonderheiten der geschichtlichen Entwicklung der Katakombe, die seit dem Ende des letzten Jahrhunderts unter den Gelehrten geführt werden, heraus. Der Autor zog es vor, sich an sichere Daten zu halten und in Synthese die Resultate vieler Forschungen und Untersuchungen vorzulegen. Die Hypothesen und Probleme, deren genaue Besprechung den Rahmen dieses Werkes gesprengt hätten, ließ er beiseite.

Der eindrucksvolle Führer des unterirdischen Rom führt durch die antiken »Regionen« und die bedeutendsten Zeugnisse der Katakomben von San Callisto, seien es nun Gemälde, Skulptu-

ren, Inschriften oder verehrte Gräber. Die Aufmerksamkeit des Lesers wird somit auf Details gelenkt, die ihm nicht entgehen sollen. Gerade hierin zeigen sich auch das priesterliche Feingefühl und das katechetische und pastorale Engagement von Don Baruffa, der vielfältige Erfahrung vor allem in der Arbeit mit Jugendlichen gesammelt hat. Kurz gesagt, er will das Monument nicht steril darstellen, nur um wissenschaftlich einwandfrei zu sein, sondern er füllt es vor den Augen der Leser mit Leben. Der Leser kann sich so über die Distanz der Jahrhunderte hinweg in eine Epoche der frühen Kirchengeschichte zurückversetzen, die so reich an Auftrieb und Glauben war. So entdeckt der Leser Werte und Gefühle, die ihn richtiggehend fesseln können. Das Buch ist also ein Ansporn zur Nachahmung so vieler leuchtender Beispiele christlichen Lebens.

Dieses Buch ist mit einigen chronologischen Verzeichnissen und leicht verständlichen Plänen der Katakomben versehen.

Eine Reihe von farbigen Illustrationen helfen dem Leser, sich das Beschriebene besser vorzustellen.

Nach der ersten Auflage hat der Autor den Umfang dieses Buches beachtlich erweitert. In Bescheidenheit und Dankbarkeit nahm er Anregungen und Ratschläge berühmter Wissenschaftler auf — weitaus verdienstvolleren als dem, der diese Zeilen schreibt —, die allesamt die geleistete Arbeit lobten und schätzten.

Zum Schluß sei mir erlaubt, zu betonen, daß dieser »Führer« der Katakomben von San Callisto aus sich selbst heraus wirkt und in Wahrheit kein Geleitwort nötig gehabt hätte. Diese kurzen Überlegungen habe ich natürlich sehr gerne geschrieben, um dem Buch von Don Baruffa, den ich kenne seit wir zusammen die Kurse am Päpstlichen Institut für Christliche Archäologie besucht haben, alles Gute zu wünschen.

»Ad maiora« also, und auf daß die Leser diese Seiten verdientermaßen würdigen, damit der Autor für die ihm freudige Mühe entlohnt wird.

DANILO MAZZOLENI

Rom, 7. August 1988.
Fest des hl. Sixtus II.

Einleitung

Unter den verschiedenen Sehenswürdigkeiten, die der Pilger oder Tourist bei seiner Reise nach Rom auf die Liste der zu besichtigenden Monumente setzt, befinden sich die Katakomben. Diese üben immer einen besonderen Reiz aus. Sie bedeuten für viele eine Einladung, sich den echten Ursprüngen des Christentums zu nähern.

Jedes Jahr kommen Tausende von Besuchern zu den Katakomben: Familien oder Pfarrgemeinden, Schüler, Einzelne oder Gruppen. Wenige haben eine genaue Vorstellung von den Katakomben. In den meisten Fällen handelt es sich um Personen, die keine Fachleute für Archäologie oder frühchristliche Kirchengeschichte sind.

Zahlreiche Fragen werden täglich an die Führer gestellt: »Wann sind die Katakomben entstanden? Wie wurden die Grabungen gemacht? Warum verfolgten die Kaiser die Christen? Lebten die Christen in den Katakomben? Welche Bedeutung können die Katakomben für uns heute haben?...«.

Deshalb wollte ich auf all diejenigen Leute zugehen, die noch keine Anhänger der Archäologie sind. Ich hielt es für nützlicher, den Besuchern der Katakomben von San Callisto ein Buch in einfacher und klarer Sprache zu schreiben, das exakt in den historischen Daten und reich an Bildern ist, und das all ihren Fragen Rechnung trägt.

Es ist mein Wunsch, diese Arbeit besonders den jungen Leuten, die sehr zahlreich die Katakomben von San Callisto besuchen, zu widmen. Auf ihrer Suche nach Authentizität finden sie hier eine wertvolle Hilfe, den Glauben der frühchristlichen Kirche wiederzuentdecken. Durch eine aufrichtige Gegenüberstellung sollen sie dazu angeregt werden, über ihren eigenen Lebensentwurf nachzudenken. Dabei werden sie auch von einigen Zeugnissen konsequent christlichen Lebens unterstützt, deren Protagonisten oft gleichaltrig wie sie waren.

Dieser »Führer« setzt sich aus fünfzehn Kapiteln zusammen. Das erste bietet zur Einführung eine kurze Geschichte der christlichen Katakomben Roms von ihren Anfängen bis in unsere Tage. Die anderen Kapitel erläutern die einzelnen Regionen der Katakomben von San Callisto.

Das Kriterium, dem der Autor bei diesem eindrucksvollen unterirdischen Rundgang folgt, ist zugleich historisch, topographisch und katechetisch. Während die historisch topographische Beschreibung relativ leicht verständlich ist, ist die katechetische schwieriger, wenngleich auch aufregender.

Genauer gesagt will ich die durch Inschriften und Bilder dargebotene Botschaft der ersten Christen wiederaufnehmen. Es wäre in der Tat sehr schwer, die historische und archäologische Komponente von der katechetischen, die sehr häufig in den Katakomben von San Callisto gegenwärtig ist, zu trennen, ohne in überflüssige Wiederholungen zu verfallen.

Die Krypten der Märtyrer sind für die Katakomben von großer Bedeutung. Durch ihr Vorhandensein wurde unbestritten ein großer Teil der Entwicklung des frühchristlichen Friedhofs beeinflußt. Die Katakomben von San Callisto bergen eine ziemlich große Zahl solcher Märtyrer-Krypten. Es wurde versucht, jeder die richtige Bedeutung zuzumesssen. Da diese Katakomben der offizielle Friedhof der Römischen Kirche («κοιμητήριον κατ'ἐξοχήν») waren, nimmt die Beschreibung der Papstkrypta einen außerordentlich wichtigen Platz ein.

Auch der architektonische Aspekt verdient es, gebührend betrachtet zu werden. Wer die Katakomben zum ersten Mal besucht, ist überwältigt von der Großartigkeit der unterirdischen Grabungsarbeiten und möchte detaillierte Erklärungen haben.

Doch die Zeugnisse, die uns die Katakomben von San Callisto auch nach mehr als sechzehn Jahrhunderten noch immer lebendig und aktuell erscheinen lassen, sind die Bilder und Inschriften.

Die Bilder sind nicht sehr zahlreich und sie werden, da sie aus leichtverderblichem Material geschaffen wurden, mit der Zeit verfallen, was leider nicht verhindert werden kann.

Im Inhalt reicher und verschiedenartiger sind dagegen die Inschriften. Sie stellen sehr wertvolle historische Dokumente aus erster Hand dar; sind sie doch direkter Ausdruck der Gedanken und des Glaubens der ersten christlichen Gemeinde von Rom. Gerade aus diesem Grund hielt ich es für richtig, dem Inhalt und der Kommentierung einer Auswahl der bedeutendsten Inschriften des »Komplexes San Callisto« entsprechenden Raum zu geben.

Wenn ich die Quellen, auf die ich mich beziehe, jeweils angegeben hätte, wäre jede Seite mit einem ausgiebigen kritischen Apparat belastet worden. Ich hätte zwar die Wissenschaftler befriedigt, aber dem »unwissenden« Leser den Gang durch das Buch beschwerlich gemacht.

Mein Wunsch aber war es, gerade ihm ein Buch in die Hand zu geben, mit dem er ohne große Mühe und vor allem ohne Langeweile der christlichen Archäologie und dieser Katakombe näherkommen kann.

Trotzdem habe ich auch großen Wert auf das katechetische und pastorale Ziel gelegt. Beim Schreiben dieses »Führers« versuchte ich eine Seite des Lebens der urchristlichen Kirche wieder lebendig zu machen. Ich habe mich sozusagen dieser in mancher Hinsicht unwiederholbaren Welt unter dem Blickwinkel genähert, die Gefühle, den Geist und den Glauben mit dieser frühchristlichen Gemeinde zu teilen.

Dies war zumindest meine Intention. Ich überlasse nun dem Leser das Urteil, bis zu welchem Grad mir das gelungen ist.

Es folgt ein Anhang, der eine historische Einführung bieten will. Dies geschieht durch die Schriften und Zeugnisse einiger Personen von höchstem Rang, die diese Katakomben berühmt gemacht haben, wie die hier beerdigten Märtyrer: Der hl. Fabian, der hl. Cornelius und der hl. Sixtus II. Außerdem werden die Besuche einiger Päpste und berühmter Pilger, die zu diesen unterirdischen Wallfahrtstätten pilgerten, beschrieben.

Als Papst Paul VI. die Katakomben von San Callisto und Domitilla am 12. September 1965 besuchte, formulierte er in seiner Predigt, die er in der Basilika der heiligen Märtyrer Nereus und Achilleus hielt, folgendermaßen: »Die Katakomben sind eine Erinnerung an die lange Geschichte der Verfolgungen, unter denen die Kirche in den ersten Jahrhunderten zu leiden hatte. Und zugleich sind sie das Bild und das Andenken an eine religiöse Innerlichkeit, die äußerst schön und befruchtend ist, an ein gelassenes und demütiges Bekenntnis zum Glauben, das immer beispielhaft für die nachfolgenden Jahrhunderte sein wird, und an eine unbezwingbare Überzeugung, daß Christus die Wahrheit, die Rettung, die Hoffnung und der Sieg ist.

Wir sind hierher genommen, um aus den Quellen zu trinken, wir sind gekommen, um diese bescheidenen, ruhmvollen Gräber zu verehren und von ihnen Ermahnung und Trost zu erhalten. Wir sind gekommen, um in unserer gegenwärtigen Praxis den Fluß einer Tradition zu spüren, die nicht vergessen, nicht treulos, sondern immer authentisch, immer stark und immer befruchtend ist.

Wir sind gekommen, um uns die alten Beispiele der christlichen Tugenden vor Augen zu führen und daraus Inhalt und Kraft für unsere heutige Nachahmung zu gewinnen. Wir sind gekommen, nicht um urtümlich zu sein oder um uns veraltet zu fühlen, sondern um innerlich jung und glaubwürdig zurückzukehren zum Bekenntnis eines Glaubens, den die Jahre nicht verbraucht, sondern wertvoller gemacht haben«.

Wenn diese einfachen Seiten dem jungen Menschen, dem Gläubigen und dem Touristen helfen können den »Ursprung« seines Glaubens wiederzuentdecken, dann schätzt sich auch der Autor glücklich, weil seine Arbeit nicht umsonst war.

A.B.

Rom, Katakomben von San Callisto, 15. August 1988.
Mariä Himmelfahrt
Hundertstes Todesjahr des heiligen Giovanni Bosco.

Ganz herzlichen Dank für die Einwände und wertvollen Anregungen, die mir während der Abfassung dieser Seiten von den folgenden Professoren geboten wurden:

— Umberto M. Fasola B., Sekretär der Päpstlichen Kommission für Sakrale Archäologie und emeritierter Professor für die Topographie der Coemeterien und des antiken Rom.

— Antonio Ferrua SJ, emeritierter Professor für klassische und christliche Epigraphie.

— Jos Janssens SJ, ordentlicher Professor für christliche Archäologie an der Päpstlichen Universität Gregoriana.

— Danilo Mazzoleni, ordentlicher Professor für klassische und christliche Epigraphie am Päpstlichen Institut für Christliche Archäologie und assoziierter Professor für christliche Archäologie an der Universität »Sapienza« in Rom.

Schließlich möchte ich meine tiefe Dankbarkeit gegenüber meinem Provinzial Don Angelo Viganò ausdrücken, dem ich die Veröffentlichung dieses Buches zu verdanken habe.

I.
Die Geschichte der Katakomben

1. EIN JUNGER ARCHÄOLOGE

Wir schreiben das Jahr 1849. Giovanni Battista de Rossi, ein 27 Jahre alter begeisterter Archäologe, betrat auf der Suche nach den Überresten des christlichen Altertums einen Weinberg, der zwischen der Via Appia und der Via Ardeatina lag. Sein geübtes Auge fiel auf eine zerbrochene Marmorplatte, die als Treppenstufe gedient hatte. Der zerbrochene Stein trug eine Inschrift: »[...] NELIVS · MARTYR«. Sofort erahnte er den fehlenden Teil des Namens. Er ergänzte das Wort zu CORNELIUS und begriff, daß es sich dabei um einen beachtlichen Teil der Grabinschrift des hl. Papstes und Märtyrers Cornelius handelte. Dieser Heilige war im Jahre 253 in Civitavecchia ermordet und einige Jahre später in einer unterirdischen Grabanlage neben dem Coemeterium des Callixtus beigesetzt worden.

Seit diesem Tag beschäftigte den großen Archäologen ein Gedanke: Befinden sich unter diesem Weinberg möglicherweise die Katakomben von San Callisto, das heißt, war hier der offizielle Friedhof der Römischen Kirche im dritten Jahrhundert?

Um diese Frage sicher beantworten zu können, hätten Grabungen durchgeführt werden müssen. Zuerst mußte jedoch das Gelände gekauft werden. Also ging er zu Papst Pius IX. und erzählte ihm von seiner Entdeckung. Er teilte ihm seine innerste Überzeugung mit, daß er endlich die Katakomben von San Callisto entdeckt habe, die den antiken Quellen zufolge die Krypta der Päpste des 3. Jahrhunderts und das Grab der hl. Caecilia bargen. Der Papst ging bereitwillig auf den Vorschlag von de Rossi ein und kaufte den Weinberg.

Die Grabungen gaben der Vermutung de Rossis recht, und im Verlauf weniger Jahre wurden sechs Krypten von Märtyrern und Heiligen entdeckt: Die Krypta des heiligen Papstes und Märtyrers Cornelius (1852) und die der Märtyrer Calocerus und Partenius (1852), die äußerst berühmte Papstkrypta (1854) und die Krypta der heiligen Märtyrerin Caecilia (1854), die Krypta des heiligen Papstes Gaius (1856) sowie die des heiligen Papstes und Märtyrers Eusebius (1856).

2. DIE KATAKOMBEN IM VERLAUF DER JAHRHUNDERTE

Die Geschichte der christlichen Katakomben Roms kann in einige große Zeitabschnitte unterteilt werden.

Erstes und zweites Jahrhundert

Während des ersten Jahrhunderts hatten die Christen in Rom keinen eigenen Friedhof. Der größte Teil der Anhänger des christlichen Glaubens wurde in öffentlichen oberirdischen Friedhöfen an der Seite von Heiden bestattet.

Andere Christen, die ein Stück Land besaßen, konnten ihre Toten in oberirdischen Familiengräbern bestatten.

Seit der Mitte des 2. Jahrhunderts wurden einige Begräbnisstätten, die auf Grundstücken auf dem Land (bei Villen, Gärten, Ländereien ...) reicher und wohlhabender Familien, die sich zum Christentum bekehrt hatten, ausgehoben worden waren, von den Besitzern ihren Glaubensbrüdern zur Verfügung gestellt. Letztere waren in Anbetracht der mißlichen finanziellen Situation, in der sie sich befanden, nicht in der Lage, sich ein Grab zu kaufen. Hier liegen wahrscheinlich die Anfänge der unterirdischen Bestattung.

Aus dieser Zeit sind die Namen einiger Coemeterien oder Katakomben überliefert, die an die Eigentümer und Wohltäter erinnern, wie die Katakomben der Priscilla, der Domitilla, des Praetextatus, die Krypta der Lucina ...

Drittes Jahrhundert

Nachdem die Zahl der Christen sich vermehrt hatte, kamen im 3. Jahrhundert einige Katakom-

DIE SIEBEN KIRCHENBEZIRKE MIT IHREN PFARREIEN (TITULI) UND IHREN COEMETERIEN (KATAKOMBEN)

DIE CHRISTLICHEN KULTSTÄTTEN UND FRIEDHÖFE VON ROM MIT ANGABE DER GESICHERTEN UND VERMUTETEN BAULICHEN VERÄNDERUNGEN DURCH DAMASUS

PÄPSTLICHE KOMMISSION FÜR SAKRALE ARCHÄOLOGIE
Graphik: G. Fiorenza nach einem Plan von P.U. Fasola - 1985

□ Gemeindekatakombe und ihre vermutete Zugehörigkeit zu einer der sieben kirchlichen Regionen des Stadt.

○ Gemeindekatakombe mit vorkonstantinischen Zonen.

△ Private Grabanlagen.

Vermutete Lage von noch nicht wiederentdeckten Katakomben.

Jüdische katakomben.

Jüdische Katakomben, die nicht zugänglich oder verloren sind.

Die Titelkirchen der sieben kirchlichen Regionen.

Gesicherte oder vermutete bauliche Veränderungen durch Damasus.

Die Stadtmauer des Kaisers Aurelianus.

ben in den Besitz der Römischen Kirche und damit auch unter deren direkte Verwaltung.

Von den Katakomben von San Callisto wissen wir mit Sicherheit, daß sie seit Beginn des 3. Jahrhunderts von der Kirche abhängig waren. In der Tat erzählt ein zeitgenössischer Schriftsteller, Hippolyt von Rom, in einem seiner Bücher mit dem Titel *Philosophúmena* (Widerlegung der Häresien), daß Papst Zephyrinus (199-217) den Diakon Callixtus als Hüter und Verwalter der Katakombe eingesetzt habe.[1]

Viertes Jahrhundert

Mit dem Mailänder Edikt, das in Februar 313 von Konstantin und Licinius erlassen wurde, waren die Christenverfolgungen beendet. Die Katakomben kamen nun endgültig in den Besitz der Kirche.

Man fuhr jedoch fort, die Gläubigen in diesen unterirdischen Friedhöfen zu bestatten. Der Grund dafür lag in der Verehrung der Märtyrer, die dort in großer Zahl bestattet waren.

Über den Gräbern der am meisten verehrten Glaubenszeugen entstanden Kirchen oder kleine Basiliken. Besonders der heilige Papst Damasus (366-384) zeichnete sich durch seine Liebe gegenüber den Märtyrern aus.

»Der heilige Damasus verfaßte für die Heiligen und Märtyrer, die in den römischen Katakomben beerdigt waren, ungefähr 50 Epigramme (poetische Inschriften). Er wurde im Jahre 1926 von Papst Pius XI. wegen dieser dichterischen Tätigkeit, welche Hand in Hand ging mit einer gewaltigen Erforschung und Erkundung der verehrten Gräber und für deren Wiederherstellung, zum Patron der christlichen Archäologie proklamiert.

Während seines Pontifikats sorgte er mit großem Eifer für die Restauration und die Ausführung verschiedenster Arbeiten in den Katakomben: Er ließ neue Treppen bauen,die Gänge verbreitern, und die Lucenarien (Lichtschächte) öffnen. Nach seinem eigenen Plan wurden diese Stätten in Zentren der Märtyrerverehrung verwandelt, die wie ein Kranz um Rom angeordnet waren, und das Ziel von unzählig vielen Pilgern waren« (D. Mazzoleni).

Das unermüdliche Wirken des heiligen Damasus für den Märtyrerkult brachte auch für die verschiedenen Zonen der Katakomben einige große Veränderungen.

»Die Grabkammern in der Nähe dieser Gräber wurden verändert, manchmal mißachteten sie die Gesetze der Statik, überforderten die Mauern und den Boden durch neue Gräber und schufen auch Hohlräume hinter den verehrten Gräbern (retrosancti).

Für die weniger vom Glück Begünstigten fügte man neue Gräber, die weiter weg waren, hinzu. Dies erwies sich als notwendig, weil die Zahl der Christen in der Bevölkerung immer mehr wuchs. Das ist der Grund dafür, daß manche Katakomben, wie die von Callisto, Praetextatus, Domitilla, Priscilla ungeheure Dimensionen annahmen« (U. Fasola).

Am Anfang des 5. Jahrhunderts, nach dem »Sacco di Roma« des Westgoten Alarich, dürfte wohl der Brauch des Aushebens und der Bestattung in den Katakomben aufgehört haben. Man begann wieder oberirdisch zu beerdigen und zwar oberhalb der Katakomben. Erst viel später wurden die Toten in der Stadt begraben.

Vom fünften bis zum neunten Jahrhundert

Während dieser langen Zeitspanne wurden die Katakomben als Verehrungsstätte für Märtyrer betrachtet. Zahlreiche Pilger (die Rompilger) begaben sich dorthin, mit dem einzigen Ziel, in der Nähe dieser Gräber zu beten.

»Um das Gebet der nahe der Märtyrergräber Versammelten zu erleichtern, schuf man Hallen, die wie oberirdische Räume aussahen, verbreiterte die engen Gänge und grub eigene, richtige hypogäische Basiliken.[2] Die im eigentlichen Sinne liturgischen Versammlungen fanden dagegen in den großartigen Coemeterialbasiliken, die unter freiem Himmel standen, statt. Ihre Fußböden waren vollständig mit Gräbern bedeckt, Gräber befanden sich auch entlang der Wände, während ein Kranz von Familienmausoleen die Basiliken umgab« (U. Fasola).

Die archäologischen Grabungen zeigen in umfassender Weise, wie die Gräber der Märtyrer verehrt wurden. Die Nachfrage nach einer Grabstätte neben einem solchen Glaubensgefährten war sehr groß. Diese Gräber wurden jedoch nur Toten zugestanden, die einen solchen Platz auf Grund ihres heiligmäßigen und unschuldigen Lebens verdienten. Zumindest war dies die Norm ...

»Überdies war für ein Grab an besonders verehrten Stätten nicht nur das Motiv der Ehre ausschlaggebend. Es wurde auch als ein besonders geeignetes Mittel angesehen, die Erinnerung an den Toten zu erhalten und die Fürsprache der Märtyrer, von der man sich eine ganz besondere Wirkung versprach, zu genießen« (J. Janssens).

Besonders in dieser Zeit wurden die frommen Graffitis (Anrufungen oder Erinnerungen an vollzogene Feiern, die von Pilgern in den Putz geritzt wurden) und einige Itinerare (richtige Katakombenführer) verfaßt. Diese leisteten dann de

Rossi bei seinen Grabungen eine große Hilfe, um die Märtyrergräber in diesen unterirdischen Labyrinthen zu identifizieren.[3]

Die Zeiten wurden aber schlechter. Die Goten fügten den heiligen Stätten während der Belagerung des Witichis in den Jahren 537-538 und des Totila in den Jahren 545-546 verheerende Beschädigungen zu. Genauso machten es dann auch die Langobarden während der Besetzung des Aistulf im Jahre 735.

Im achten Jahrhundert konnten die Päpste keine geeignete Verteidigung der Katakomben mehr sicherstellen. Sie konnten zudem keine Mittel zur laufenden Restaurierung der Katakomben und zum Unterhalt der Coemeterialbasiliken mehr bereitstellen. Deshalb begannen sie, die Reliquien der Märtyrer und Heiligen in die Stadt zu überführen. Solche Translationen wurden auch noch in den ersten Jahrzehnten des 9. Jahrhunderts durchgeführt.

Auf den vorheringen Seiten: Luftaufnahme der Via Appia Antica vom Grabmal der Caecilia Metella bis zur »Quo-Vadis« Kirche.

I. Rechts von der Via Appia von unten nach oben.

Das Grabmal der Caecilia Metella.
Der Palastkomplex des Kaisers Maxentius:
– der Zirkus,
– das Grabmal seines Sohnes Romulus,
– der Kaiserpalast.
»Quo-Vadis« Kirche.

II. Links von der Via Appia und von der Mitte des Fotos nach Oben.

Die Basilika San Sebastiano.
Die Niederlassung der Salesianer »San Callisto« mit der Straße, die innerhalb des Geländes parallel zur Via Appia verläuft.
Der historische Kern der Katakomben von San Callisto.
Die Niederlassung der Salesianer »San Tarcisio«, eine ehemalige Trappistenabtei mit dem Namen »Santa Maria alle Catacombe« (Hl. Maria bei den Katakomben).

(Italienisches Militär-Luftfahrtsamt, etwa aus dem Jahr 1930).

Vom Spätmittelalter bis zum sechzehnten Jahrhundert

Als die Überführung der Überreste der Märtyrer beendet war, wurden die Katakomben endgültig verlassen. Erdrutsche und Pflanzenwuchs versperrten und verdeckten die Eingänge. Innerhalb von wenigen Jahrzehnten verlor sich jede Spur des größten Teiles der geweihten Stätten und Friedhöfe. Deshalb waren die Katakomben durch das ganze Spätmittelalter hindurch in Vergessenheit geraten.

Man vergaß nicht nur die topographische Lage von fast allen Katakomben. Auch die Verwechslung ihrer Namen nahm ihren Anfang. Nur von drei Katakomben hatte man immer eine genaue Vorstellung: Die Katakomben San Sebastiano an der Via Appia, San Lorenzo oder Cyriaca an der Via Tiburtina und San Pancratio an der Via Aurelia, wobei jeweils nur ein nur ein äußerst kleiner Teil zu besichtigen war.

16. und 17. Jahrhundert

Nachdem die Katakomben im Mittelalter in Vergessenheit geraten waren, wurden sie von einem Archäologen maltesischer Herkunft, Antonio Bosio (1575-1629), wiederentdeckt, erforscht und studiert. Allein ihm gelang es, etwa dreißig von ihnen wiederaufzuspüren. Deshalb bekam er von de Rossi den Beinamen »Christoph Columbus des unterirdischen Rom« verliehen.

Nach dem Tode Bosios begann für die Katakomben wieder eine lange dunkle Zeit. Die Archäologen gaben die wissenschaftliche Methode des großen Forschers auf. Aus Unwissenheit berücksichtigten sie nicht die Translation der Gebeine der Märtyrer im 8. und 9. Jahrhundert. Sie waren davon überzeugt, daß viele Überreste dieser Zeugen Christi noch in den Katakomben begraben seien. Sie versuchten, ihre Gräber zu identifizieren, indem sie sich auf dekorative Elemente und Objekte stützten, die sie falsch interpretierten.

Zum Beispiel kam es vor, daß die Gefäße für duftende Essenzen, die im Inneren der Loculi aufgestellt waren, mit Gefäßen, die das Blut der Märtyrer enthielten, verwechselt wurden. So geschah es auch mit den Palmetten, Graffitis oder Zeichnungen auf den Steinen, die die Gräber verschließen: Sie wurden als Symbole des Martyriums interpretiert.

Mit diesen willkürlichen Prämissen war es natürlich nicht schwer, Gräber von Märtyrern zu finden. Leider hinterließ diese Art von Nachforschungen ungeheure Schäden, weil Tausende von Gräbern, die bis jetzt intakt geblieben waren, geöffnet wurden.[4] Außerdem begannen nun falsche Reliquien in Umlauf zu kommen.

Um dieses Werk der Zerstörung und Plünderung der Katakomben zu vollenden, taten sich zwischen dem Ende des achtzehnten und dem Anfang des neunzehnten Jahrhunderts die »corpisantari« hervor. Sie waren eine Gruppe niederträchtiger und skrupelloser Menschen, die nach Überresten von Märtyrern suchten. Sie durchquerten die unterirdischen Friedhöfe und brachten all das weg, was ihnen Gewinn bringen konnte.

Das achzehnte Jahrhundert und Giovanni Battista de Rossi

Im achzehnten beginnt eine neue Phase der Erforschung der christlichen Antike. Diese Wiederbelebung und Erneuerung beginnt mit dem Jesuitenpater Giuseppe Marchi (1795-1860), dem Lehrer de Rossis.

Trotzdem muß man bis zur Mitte des neunzehnten Jahrhunderts warten, bis die Katakomben wieder in ihrem alten Glanz erstrahlen. Es war das Verdienst des Giovanni Battista de Rossi (1822-1894), des zurückhaltenden Begründers und Meisters der christlichen Archäologie, ihre Grundlinien nachgezeichnet zu haben. Daß die schwierigen Aufgaben einer wissenschaftlichen Erforschung der Katakomben überhaupt begonnen wurde, ist nur ihm zu verdanken.

Innerhalb eines halben Jahrhunderts machte er zahlreiche Entdeckungen, wobei er die ganze Topographie der *Roma sotterranea* des Bosio neu ordnete. Er nahm sich auch vor, jede einzelne Katakombe genau zu untersuchen, konnte aber wegen der ungeheuren Arbeit nur die Katakomben von San Callisto und die der Generosa an der Via Magliana wissenschaftlich erläutern.

Seine Werke *Roma Sotterranea Cristiana* (Unterirdisches Christliches Rom) in drei Bänden und der *Bullettino di Archeologia Cristiana* (1864-1894) (Beiträge zur christlichen Archäologie) stellen noch heute eine unerschöpfliche Quelle für das Studium der christlichen Archäologie dar. Er wollte auch sämtliche christliche Inschriften Roms in einer Reihe von Bänden veröffentlichen. Es gelang ihm aber nur zwei davon zu veröffentlichen.

Papst Pius IX., ein guter Freund de Rossis, gründete im Jahre 1852 die »Pontificia Commissione di Archeologia Sacra« (PCAS) (Päpstliche Kommission für Sakrale Archäologie), um die Grabungen und die Erhaltung der Katakomben zu unterstützen.

Im Jahre 1925 rief Pius XI. das »Pontificio Istituto di Archeologia Cristiana« (PIAC) (Päpstliches Institut für Christliche Archäologie) ins Leben. Dieses in seiner Art einzigartige Spezialinstitut hat es sich zum Ziel gesetzt, die Erforschung der christlichen Archäologie auszubauen und die wissenschaftliche Forschung voranzutreiben.

3. DER AUSDRUCK »KATAKOMBEN«

Die Heiden bezeichneten gewöhnlich ihre Friedhöfe mit dem griechischen Wort »Necropolis«, »Stadt der Toten«. Die Christen hingegen zogen den Namen »Coemeterium« vor; ein Wort, das von ihnen erfunden wurde und von dem griechischen Wort »koimáo«, was soviel wie »schlafen« bedeutet, abgeleitet wurde.

Der gebrauchte Terminus macht den christlichen Glauben an die Auferstehung augenfällig: Der Friedhof war für sie nur »ein Ort des Schlafes« in Erwartung einer Auferstehung der Toten.

Das Wort »Katakombe« wurde von den ersten Christen nicht zur Bezeichnung ihrer Friedhöfe verwendet. Diese Bezeichnung trat erst im Mittelalter auf. Verfolgen wir kurz die Geschichte.

Die Römer pflegten mit dem Begriff »Catacumbas« eine Gegend bei der Via Appia zu bezeichnen. Wer sich von Rom auf dieser Straße entfernt, bemerkt auf der Höhe des Zirkus des Maxentius, noch bevor er das Grabmal der Caecilia Metella erreicht, eine Senke.

In der Antike war sie viel markanter als heute, wo sie kaum mehr wahrgenommen wird.

Diese Gegend wurde »Catacumbas« genannt. Der Name dieses Ortes bedeutet »nahe der Vertiefung«. Manche Wissenschaftler schätzen, daß »der Name "Catacumbas" von den in dieser Gegend festgestellten Puzzolangruben herrührt. Aus ihnen wurden Tuffsteinblöcke gehauen, die zum Bau der Stadtmauern verwendet wurden« (M. Guarducci).

Dort dürften die Katakomben, die heute als Katakomben von San Sebastiano bekannt sind, ihren Ursprung haben. Auch in den antiken Quellen werden sie als »Cymiterium Catacumbas ad sanctum Sebastianum via Appia« bezeichnet, also nach dem Namen der Gegend, in der sie sich befanden.

Im Mittelalter wird der Name »catacombe« nicht nur für das Coemeterium San Sebastiano ver-

wendet, sondern wird auch im Sinn von »unterirdischem Friedhof« für alle anderen Coemeterien verwandt, die allmählich wieder ans Licht kamen.

4. DIENTEN DIE KATAKOMBEN AUCH ALS ZUFLUCHTSSTÄTTEN?

Das Bestehen der christlichen Friedhöfe oder Katakomben wurde normalerweise vom römischen Recht geschützt, wie auch alle anderen Nekropolen. In der Tat bestimmte und betrachtete das Gesetz jedes Grab als »heiligen Ort«, gleich welcher Religion es angehörte. Trotz dieser Gesetzesgrundlage kam es vor, daß die christlichen Friedhöfe nicht immer vom römischen Gesetz geschützt und teilweise sogar konfisziert wurden.

Eine sehr weit verbreitete Meinung, die tief in den Menschen verwurzelt ist, besagt, daß die Katakomben als mysteriöse Stätten, die den damals Herrschenden unbekannt waren, angesehen worden seien. Nicht wenige stellen sich vor, daß sich die Christen darin Tag und Nacht versteckten, um nicht verhaftet zu werden. Solche Vorstellungen wurden durch manche Romane oder pseudohistorische Filme verbreitet. Dies entspricht aber nicht der Realität.

Die Katakomben waren einfache unterirdische Friedhöfe, die den römischen Behörden so gut bekannt waren, daß sie mindestens zweimal beschlagnahmt wurden. Die erste Konfiskation wurde von Kaiser Valerian im Jahre 258 vorgenommen und dauerte zwei Jahre. Er verbot den Christen, ihre Friedhöfe zu betreten und zum gemeinsamen Gebet zusammenzukommen. Während dieser Zeit verlor Papst Sixtus II. sein Leben. Er wurde ertappt, als er gerade in den Katakomben San Callisto eine Messe leitete. Dies geschah am 6. August des Jahres 258.

Die zweite Beschlagnahmung wurde vom Kaiser Diokletian im Jahre 303 verordnet und dauerte sieben Jahre.

In den ersten drei Jahrhunderten verfügten die Christen über keine Basiliken oder Kirchen in der Stadt. Das gemeinsame Gebet, die Eucharistie und die Spendung der Sakramente wurde in einigen Privathäusern, die dem Gottesdienst vorbehalten waren, durchgeführt. Sie wurden »domus ecclesiae«, Kirchenhäuser, genannt. Einige wohlhabende Christen stellten ihren Glaubensbrüdern eine Halle oder einen Raum zur Verfügung, in dem sie sich gemeinsam zur Messe und zum Gebet versammeln konnten.

Dennoch gab es in den Katakomben häufig Zusammenkünfte anläßlich von Begräbnissen und zur Verehrung der Märtyrer. Nur in außergewöhnlichen Fällen und immer in Zeiten, in denen die Verfolgungen am heftigsten waren, benutzten die Christen die Katakomben als »vorübergehenden Zufluchtsort«, aber nur um an der Eucharistie teilnehmen zu können.

5. DER WAHRE GRUND FÜR DIE VERFOLGUNGEN

Normalerweise wird behauptet, daß die ersten drei christlichen Jahrhunderte eine Zeit der Verfolgung waren. Diese Behauptung muß richtig verstanden werden: nicht alle Kaiser haben die Christen verfolgt. Es gab auch relativ ruhige Zeiten.

Außerdem muß man sich vergegenwärtigen, daß das Leben der christlichen Gemeinschaft in Rom in der ersten Zeit (1.-2. Jahrhundert) — abgesehen von einigen begrenzten Verfolgungen - ziemlich ruhig verlief. Im 3. Jahrhundert dagegen trachteten die römischen Behörden danach, die christliche Organisation zu zerstören, indem sie die Hierarchie auszurotten versuchten: Päpste, Bischöfe, Presbyter, Diakone...

Warum war die römische Regierung, die sich doch normalerweise so offen und tolerant gegenüber den Religionen anderer Völker verhielt, zeitweise so unnachgiebig gegenüber dem Christentum? Die juristischen Vorwände zur Rechtfertigung von Verfolgungen konnten vielfältiger Art sein: Majestätsbeleidigung, Gotteslästerung, Gottlosigkeit, Feindschaft gegenüber dem Menschengeschlecht, illegitimer und die Staatssicherheit gefährdender Verein, mangelnde Treue gegenüber dem Herrscher wegen unterlassener Opferung vor seiner Statue...

Aber der tatsächliche Grund waren viel einfacher: Alle anderen Religionen waren um Ausgleich bemüht und paßten sich dem offiziellen Kult an. Außerdem stellten sie sich überwiegend als private Angelegenheit dar. Ganz anders war demgegenüber die Religion, die von Jesus Christus gepredigt wurde. Sie verweigerte grundsätzlich den offiziellen Kaiserkult und bemühte sich darum, das ganze Individuum von innen heraus zu erneuern, das heißt vom Geist und vom Herzen her. Das war der einzige Weg auch die Gesellschaft zu verändern.

Die öffentliche Verkündigung, daß jeder Mensch, auch ein Sklave, unser Bruder ist, daß wir alle Kinder Gottes sind, daß wir gleich vor ihm sind, daß wir hinsichtlich der vollständigen Liebe auch gegenüber unseren Feinden beurteilt werden, daß die Armen reich sind und daß sie nicht ausgenutzt werden dürfen, daß für den, der die Macht innehat, die Gerechtigkeit der Maßstab des Handelns sein muß ... das wurde vom römischen Staat nicht gebilligt. Diese Wahrheiten waren Errungenschaften, die während der ersten Jahrhunderte des Christentums herangereift waren. Deshalb überragten solche Prinzipien den Geist dieser Zeit. Sie konnten von der römischen Regierung nicht akzeptiert werden, weil sie die eigentliche Struktur der römischen Herrschaft zerstört hätten, denn in Rom existierte die Sklaverei, die Provinzen wurden ausgebeutet, die Menschenwürde von Zehntausenden von Menschen wurde mißachtet.

6. DIE BEDEUTUNG DER KATAKOMBEN

Die Bedeutung der Katakomben kann am besten mit den Worten Orazio Marucchis, einem berühmten Schüler von de Rossi, zusammengefaßt werden: »Die Katakomben können als Wiege des Christentums und als Archiv der Urkirche angesehen werden. Die Bilder, Skulpturen und Inschriften liefern uns äußerst wertvolles Material, um die Sitten und Bräuche des antiken Christentums und die Geschichte der von ihnen erlittenen Verfolgungen zu illustrieren.

Sie erlauben uns außerdem, die Übereinstimmung des in den ersten Jahrhunderten gelebten Glaubens mit dem heute von uns gelebten Credo aufzuzeigen. Dieser Nachweis ist für uns von besonderem Wert, weil die Monumente der Katakomben den ersten christlichen Jahrhunderten angehören«.

Noch deutlicher im Hinblick auf das Credo ist Ferrua: »Man kann nicht leugnen, daß die christliche Archäologie für einige katholische Glaubenswahrheiten im eigentlichen Sinne Nachweise liefern kann, wie die Existenz des Gerichtes und die Belohnung nach dem Tod, die Gemeinschaft der Heiligen, die Wirksamkeit des Gebetes der Lebenden für die Toten und umgekehrt, die Existenz des Fegefeuers, Verehrung der Märtyrer, für die Ankunft des hl. Petrus in Rom und dessen hervorragende Stellung in der Kirche, die sehr alte Spendung der Sakramente wie der Taufe und der Eucharistie«.

---

[1] Einige Wissenschaftler identifizieren diesen Hippolyt mit dem Gelehrten hl. Hippolyt.

[2] Vollständig unter der Erde gegrabene Kapellen.

[3] Der große Archäologe bezeichnet diese Itinerare als »topographischen Schlüssel für die suburbanen (außerhalb der Stadt liegenden) Gräber der Märtyrer und Päpste«.

[4] »Ihrer Art, jedes Grab zu durchwühlen, ist die Zerstörung der Wände und die Öffnung der Loculi zu verdanken« schreibt de Rossi.

II. Die Katakomben San Callisto

Historische und archäologische Bemerkungen

1. DIE VIA APPIA ANTICA

Die Appia, die »Regina Viarum« (Königin der Straßen) des antiken Rom, war auf beiden Seiten von prächtigen Grabmonumenten der bekanntesten Familien Roms gesäumt. Der Bau der Straße geht auf das Jahr 312 vor Christus zurück. Er erfolgte auf Veranlassung des Censors Appius Claudius, auch der »Blinde« genannt, dessen Namen sie erhielt.

Die Via Appia Antica begann an der Porta Capena im ersten Mauerring, der nach »Servius Tullius« benannt ist, in unmittelbarer Nähe des Circus Maximus. Durch die Porta Appia, in der Aurelianischen Stadtmauer auch Porta San Sebstiano genannt, führte die Straße bis nach Santa Maria Capua Vetere in Campania. Später wurde sie bis nach Benevent, Canosa, Taranto und Brindisi verlängert.

Auf dieser berühmten Straße, von der noch in einigen Abschnitten der antike Belag erhalten ist, marschierten die römischen Legionen zuerst zur Eroberung des Südens, dann zur Erorberung des Orients.

Auch die Apostel Petrus und Paulus kamen auf dieser denkwürdigen Straße nach Rom. Die Einzelheiten über den hl. Paulus können in der *Apostelgeschichte* nachgelesen werden: »Hier (in Puteoli) trafen wir Brüder; sie baten uns, eine Woche bei ihnen zu bleiben. Und so kamen wir nach Rom. Von dort waren uns Brüder, die von uns gehört hatten, bis zum Forum Appii und Tres Tabernae entgegengereist. Als Paulus sie sah, dankte er Gott und faßte Mut. Nach unserer Ankunft in Rom erhielt Paulus die Erlaubnis, für sich zu wohnen, zusammen mit dem Soldaten, der ihn bewachte« (*Apg.* 28, 14-16).[1]

Nach der Kirche »Quo Vadis?« steigt die Via Appia »langsam einen Bergrücken herauf. Dieser hat sich durch einen Lavastrom der Vulkane von Frattocchie, der sich fast bis zur Porta San Sebastiano ergoß, vor langer Zeit gebildet. Das Gelände ist an dieser Stelle höher als die Umgebung« (L. Quilici). Genau auf diesem Bergrücken, zwischen der II. und III. Meile[2] von der »servianischen« Stadtmauer entfernt, die aber in Wirklichkeit aus der Zeit der Republik stammt, gibt es einige der größten unterirdischen christlichen Friedhöfe Roms. Außerdem sind private Hypogäen[3] und zwei jüdische Katakomben zu finden.

Unter diesen Friedhöfen auf der rechten Seite der Appia — für diejenigen, die sich von Rom entfernen — befinden sich die Katakomben San Callisto.

2. DER »KOMPLEX SAN CALLISTO«

Mit der Bezeichnung »Komplex San Callisto« beschreibt man ein großes Areal zwischen der Via Appia Antica, der Via Ardeatina und dem Vicolo delle Sette Chiese. Es handelt sich dabei um circa 30 Hektar Land, wovon ungefähr 15 zu den Katakomben gehören. Die Katakombengänge des »Komplex San Callisto«, die sich auf vier Stockwerken erstrecken, erreichen eine Länge von fast 20 Kilometern. Sehr zahlreich sind die Gräber, vielleicht sind es eine halbe Million.

Der Komplex entstand aus einigen Friedhofskernen, die sich mit der Zeit ausdehnten. Einige von ihnen verschmolzen sogar mit der Zeit. Hier die Namen: Die Krypten der Lucina, das Coemeterium San Callisto, das Coemeterium der hl. Soteris, das Coemeterium der hll. Marcus, Marcellinus und Damasus, auch Basileus genannt, und das Coemeterium der Balbina.

Von all diesen Kernen interessieren uns besonders die Krypten der Lucina und die Katakomben San Callisto, die am Ende des 4. Jahrhunderts einen einzigen Friedhof bildeten.

3. DER URSPRUNG DER KATAKOMBEN SAN CALLISTO

»Die Katakomben San Callisto sind — wie sich Papst Johannes XXIII. ausdrückt — die erhabensten und berühmtesten von ganz Rom«. De Rossi bezeichnet sie als »die Katakomben par excellence, den ersten offiziellen Friedhof der römischen Gemeinde, die ruhmvolle Grablege der Päpste des 3. Jahrhunderts«.

Die Krypten der Lucina

Der erste unterirdische Kern dürfte wohl von einem oberirdischen Friedhof ausgegangen sein. Die Eigentümer waren nach Meinung de Rossis die patrizische Familie der Caecilier, aus der die hl. Märtyrerin Caecilia stammte.

In der zweiten Hälfte des 2. Jahrhunderts begann sich unterhalb dieses Areals ein Hypogäum, das die »Krypten der Lucina« genannt wird, auszubreiten. Der Name rührt von einer adeligen Dame her, die nach der Überlieferung genau hier dem Papst Cornelius eine Grabstätte gab. Dieses Hypogäum erreichte im Laufe der Zeit keine bemerkenswerte Ausdehnung. Es blieb im großen und ganzen innerhalb ganz genauer Grenzen, die die oberirdischen Eigentumsverhältnisse widerspiegeln.

Der »erste Abschnitt«

Ungefähr zur selben Zeit wurden, immer ausgehend von einem Friedhof unter freiem Himmel, zwei andere Hypogäen gegraben. Diese werden »erster Abschnitt« genannt, weil sie zusammen mit den Krypten der Lucina die allerersten Keimzellen der Katakomben von San Callisto darstellen. Es wird eben dieser »erste Abschnitt« sein, der im 3. Jahrhundert die Krypta der Päpste, die der hl. Caecilia und die Sakramentscubicoli, also einige der heiligsten Gedenkstätten dieses Coemeteriums, beherbergen wird.

Die beiden Hypogäen wurden parallel zueinander mit eigener Treppe gegraben. Die Treppe A wird heute »Treppe der Märtyrer« genannt.[4]

Beide Treppen wurden mit einer doppelten Schicht Stuck verkleidet. Sie hatten eine Dekoration aus roten und braunen Linien mit blauen sternenförmigen Blumen, von denen noch einige bei der Treppe B zu sehen sind. In späterer Zeit wurden die beiden Hypogäen mit einem System von sich kreuzenden Gängen »gitterförmig« verbunden.

Der Gang L, der anfangs der einzige Zugang zur Papstkrypta war, hatte ein Lucenarium, blieb jedoch ohne weitere Verbindung. Er wurde erst zur Zeit des Religionsfriedens erweitert, als die Haupttreppe, die auch damasianisch genannt wird, entstand.

Der oberirdische Teil des historischen Kerns der Katakomben San Callisto.

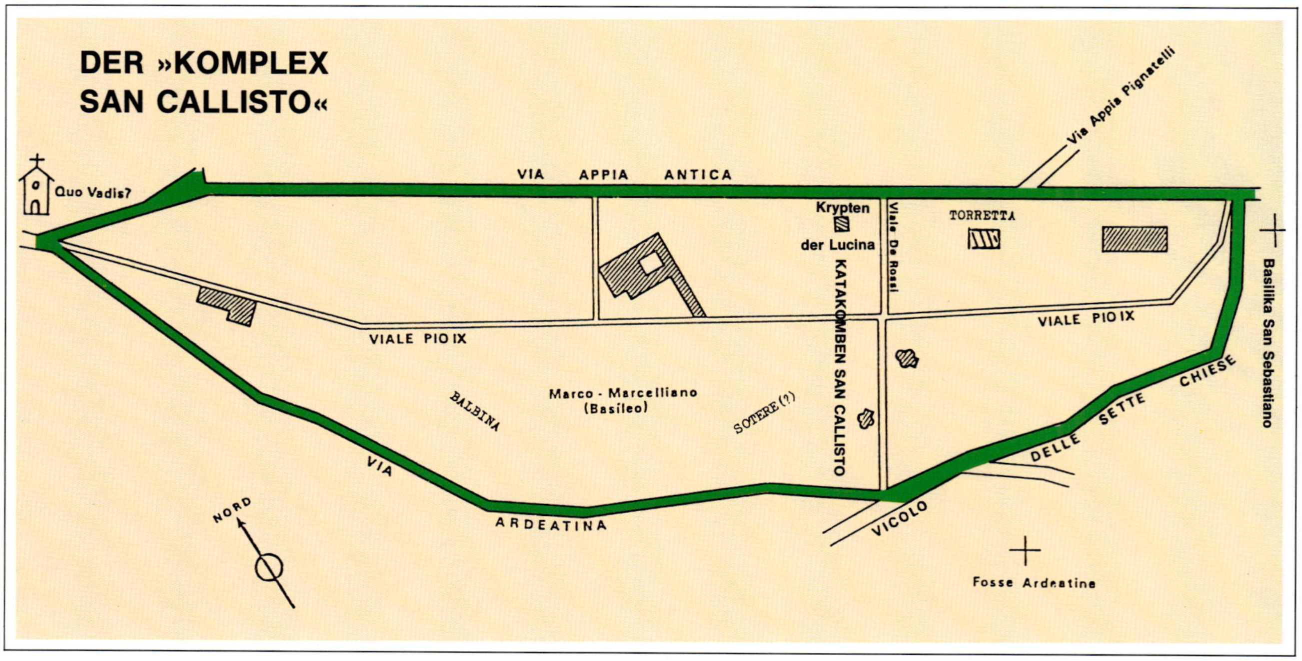

Dieser »erste Abschnitt« war zwischen einer antiken Sandgrube und einem Feldweg gelegen, der die Via Appia mit der Via Ardeatina verband.

Nach römischem Gesetz mußte die unterirdische Grabung den oberirdischen Besitzverhältnissen entsprechen. De Rossi wies nach, daß in diesem Fall das Grundstück eine Breite von 30 m und eine Länge von 75 m maß. Der »erste Abschnitt« nahm also einen recht bescheidenen Anfang! [5]

Wie die anderen Coemeterien der ersten Christen, wurden auch die Katakomben von San Callisto nicht auf einmal gegraben. Sie entstanden aus einer Verschmelzung vieler Hypogäen, die unabhängig voneinander zu verschiedenen Zeiten entstanden waren und sich nacheinander miteinander vereinigten. Jedes einzelne Hypogäum hatte seine eigene Treppe und bestand aus einigen Gängen und Cubicoli: »Erster Abschnitt« oder Region der Päpste und der hl. Caecilia, Region des hl. Gaius und des hl. Eusebius, Westregion, Liberianische Region, die Krypten der Lucina ...

4. DER NAME: KATAKOMBEN SAN CALLISTO

Der Name der Katakomben entstand aus verschiedenen Motiven, die von verschiedenen Umständen und zeitgenössischen Gewohnheiten abhingen. In den meisten Fällen nehmen sie den Namen des Stifters der Grundstücke an.

Deshalb haben wir folgende Namen: Die Katakombe des Praetextatus, der Domitilla, der Commodilla, des Panphilus, des Pontian, des Calepodius, der Priscilla ...

Oder sie bekommen den Namen des bekanntesten Märtyrers (oder der Märtyrer), der in der jeweiligen Katakombe beerdigt ist. So entstand zum Beispiel der Name für die Katakomben San Sebastiano, Santa Agnese, der heiligen Marcus und Marcellianus, der heiligen Marcellinus und Petrus ...

Manchmal wird ihnen der Namen der Gegend, in der sich die jeweiligen Katakomben befanden, gegeben: »ad ursum pileatum« (in der Nähe des Gebietes, in der sich eine Statue mit einem Bär mit Mütze befand), »ad duas lauros« (bei den zwei Lorbeerbäumen).

Einzige Ausnahme dieser Gewohnheit stellten die Katakomben San Callisto dar. Sie nahmen den Namen des hl. Papstes und Märtyrers Callixtus I. (217-222) an. Dieser war vor seinem Pontifikat fast 20 Jahre lang treuer Hüter und Verwalter dieser Katakomben.

Der hl. Callixtus stammte aus einer christlichen Sklavenfamilie. Er erlebte also von klein auf, was Sklaverei heißt. Er wurde freigelassen und von dem Bankier Carpòphorus angestellt, erwies sich aber als wenig gewandter Verwalter.

Von den Juden der Intoleranz bezichtigt, wurde er zu harter Minenarbeit auf Sardinien verur-

Folgende Seite: Heidnisches Grabmal bei den Krypten der Lucina, 3 Jhdt. n. Chr.

Karte der Katakomben (G.B. de Rossi).

teilt. Dank der Intervention der Marcia, einer Frau, die sich zum Christentum hingezogen fühlte und Lieblingsfrau des Kaisers Commodus (180-192) war, wurde Callixtus zusammen mit anderen Glaubensbrüdern freigelassen. Papst Zephyrinus wählte ihn als Mitarbeiter aus und weihte ihn zum Diakon.

Zu Beginn des 3. Jahrhunderts entwickelte sich der sogenannte »erste Abschnitt« schnell und ging als Schenkung des Eigentümers in den Besitz der christlichen Gemeinde, das heißt der Römischen Kirche, über. Papst Zephyrinus betraute seinen ersten Diakon Callixtus mit der Verwaltung dieses Friedhofs. Der Diakon hatte praktisch die Vereinigung der »fossores«, die mit der Grabung betraut waren, unter sich. Er war auch mit der Aufgabe betraut, allen Christen, vor allem den Armen und Sklaven, ein Grab zur Verfügung zu stellen.

Die Entscheidung des Papstes Zephyrinus, die Verwaltung des Gemeindefriedhofs Callixtus zu übertragen, zeigt die Intention des Klerus, Initiative für die Gläubigen zu ergreifen. Der hl. Justin und der Apologet Tertullian bestimmten, daß von den freiwilligen Spenden in der Gemeindekasse das für die unterschiedlichen Bedürfnisse der Glaubensbrüder Notwendige bestritten wurde: Unterstützung der Armen, materielle Hilfe für die nicht versorgten Familien, Beistand für die Armen, Schiffbrüchigen, die in finanzielle Not Geratenen, Verbannten, Gefangenen, Witwen, Beerdigung der Toten ...

Nach dem Tod des Papstes Zephyrinus wurde Callixtus zu seinem Nachfolger gewählt. Die gegnerische Fraktion unter Führung des Presbyters Hippolyt stellte eine ernsthafte Opposition dar. Callixtus litt sehr unter diesem Schisma (Spaltung), das dadurch in der römischen Kirche entstand, ebenso wie unter den andauernden verleumderischen Attacken, denen er ausgesetzt war.[6]

Nach fünfjährigem Pontifikat starb er als Märtyrer in Trastevere infolge eines Volksaufruhrs. Wegen der unsicheren Verhältnisse konnte er nicht auf seinem Friedhof an der Via Appia beerdigt werden. Deshalb wurde er in der nahegelegenen Katakombe des Calpodius an der Via Aurelia Antica beigesetzt.

5. KURZE GESCHICHTE DER KATAKOMBEN SAN CALLISTO

Die Geschichte der Katakomben San Callisto gleicht der allgemeinen Geschichte der christlichen Katakomben Roms, wie sie schon im ersten Kapitel dargestellt wurde. Es handelt sich hierbei um den offiziellen Friedhof der Kirche, der eine bemerkenswerte Entwicklung im 3. und 4. Jahrhundert nahm.

Er war einer der am meisten besuchten Friedhöfe während des 4. bis 9. Jahrhunderts. Danach wurden die Reliquien der Märtyrer und Heiligen innerhalb der Stadtmauern verwahrt. Während des ganzen Spätmittelalters fiel sie in vollständige Vergessenheit, so daß niemand mehr ihre genaue topographische Lage kannte.

Man muß bis ins Jahr 1432 gehen, um wieder ein Zeichen eines Besuches zu finden. Es wurde tatsächlich auf der Wand eines Cubiculums die Unterschrift eines gewissen Ioannes Lonck,der vielleicht ein schottischer Pilger war, gefunden. Es handelte sich jedoch dabei um gelegentliche Besuche, die auf wenige Gänge beschränkt blieben. Nur gelegentliche Erdrutsche machten die Bahn für den Zutritt frei. Keiner der seltenen Besucher wußte, daß er sich in dem Coemeterium San Callisto befand.

In dieser Zeit wurden die Katakomben San Callisto mit denen von San Sebastiano verwechselt, so daß sie im Geist der Zeitgenossen ein einziges Coemeterium darstellten. Die Namen der frommen Besucher waren in der Hauptsache die Brüder des nahen Konvents San Sebastiano.

Die erste Erforschung fand erst ein Jahrhundert später durch Bosio statt. Aber selbst dieser gebildete Gelehrte konnte weder die Katakomben identifizieren noch die Gräber der Märtyrer ausfindig machen, weil sie unter viel Schutt und Trümmern begraben waren.

Endlich kam auch für dieses Coemeterium der Augenblick der Wiedergeburt. De Rossi erforschte, studierte und restaurierte diese Anlage mit großer Leidenschaft. Er machte die größten und interessantesten Entdeckungen. Im Jahre 1849 wurde ein Teil der Grabinschrift des hl. Cornelius gefunden. 1852 entdeckte er dann das Grab dieses Papstes sowie die der Märtyrer Calocerus und Partenius. Im Jahre 1854 kamen zwei der heiligsten Andenken dieser Katakomben ans Licht: Die Papstkrypta und die der hl. Caecilia. Im Jahre 1856 wurde die Krypta des hl. Papstes Gaius und die des hl. Papstes und Märtyrers Eusebius gefunden ...

Die östliche »Tricora«.

Der hl. Martyrer-Papst Kallixtus I. (San Callisto). Vergoldetes Glasbild. Nationalbibliothek Paris

6. DIE DOKUMENTARISCHEN QUELLEN

Als »Quelle« definiert man die alten historischen und liturgischen Dokumente vom 3. bis zum 12. Jahrhundert, die uns im Hinblick auf die Katakomben San Callisto wertvolle Nachrichten liefern.

Das erste — in zeitlicher Folge — Dokument stammt aus der ersten Hälfte des 3. Jahrhunderts. Es wurde von einem Zeitgenossen des hl. Callixtus mit dem Namen Hippolyt in griechischer Sprache verfaßt. Es handelt sich dabei um das schon zitierte Werk mit dem Titel *Philosophumena*. Im 9. Kapitel kann man lesen, daß Papst Zephyrinus »den Diakon Callixtus an die Spitze der Verwaltung des Friedhofs setzt« (εἰς τὸ κοιμητήριον κατέστησεν). Es handelte sich dabei um den offiziellen Friedhof der Kirche Roms, der dann seinen Namen annimmt: Katakomben San Callisto.

Der *Liturgische Kalender* der Römischen Kirche aus dem Jahre 354, der im »*Cronograph*« überliefert ist, wurde von Furius Dionysius Filocalus verfaßt. In ihm sind die Namen der Päpste (Depositio Epsicoporum) und der Märtyrer (Depositio Martyrum) verzeichnet, die »in Callisti«, im Coemeterium San Callisto, begraben sind.

Der *Liber Pontificalis* enthält Papstbiographien, die von Personen aus dem kirchlichen Milieu im 6. Jahrhundert und später verfaßt wurden. Über Papst Callixtus liest man, daß »er das Coemeterium an der Via Appia, in dem viele Päpste und Märtyrer ruhen, vergrößerte«. Und es wird weiter ausgeführt, daß »es sich hierbei um das nach Callixtus benannte Coemeterium handelt«.

Als die Märtyrergräber Ziel von Pilgerreisen wurden, hielt man es für unabdingbar, richtige Führer herauszugeben, die »Itinerare« genannt wurden. Sie waren das Werk von Priestern, die jenseits der Alpen wohnten (Frankreich und Germanien).

— Das wichtigste ist die *Notitia Ecclesiarum Urbis Romae* ...[7] aus der ersten Hälfte des 7. Jahrhunderts; sie enthält auch eine Liste aller Katakomben und führt die Namen der Märtyrer und Heiligen auf, die im Coemeterium San Callisto beerdigt sind. Sie enthält nützliche topographische Hinweise.

— Auch im Itinerar *De locis sanctis Martyrum* ... aus der Mitte des 7. Jahrhunderts werden die Heiligen und Märtyrer die »in coemeterio Calisti« begraben sind, nicht vergessen.

Außerdem besitzen wir Notizen über die Katakomben San Callisto in folgenden Schriften:

— Der *Index der Öle,* ein Werk des Presbyters (Priesters) Johannes von Monza, der Lampen auflistet, die bei den Märtyrergräbern brannten. Diese Öle, die in Ampullen gesammelt wurden, waren ein Geschenk der Königin Theodelinda Anfang des 7. Jahrhunderts.

— Das *Einsiedler Itinerar* Anfang des 9. Jahrhunderts. »Das Erscheinen dieses Itinerars«, wie de Rossi schreibt, »war wie die Morgenröte des Lichtes, das die ganze christliche Topographie der Via Appia und der Via Ardeatina wieder aufleuchten läßt«. Das Itinerar wurde von dem Benediktinermönch Jean Mabillion (1632-1707) im schweizerischen Kloster Einsiedeln entdeckt.

— Die *Notitia portarum, viarum, ecclesiarum* ... Ein Führer, der im 12. Jahrhundert auf der Grundlage einer Quelle aus dem 7. Jahrhundert verfaßt wurde.

— Die *Mirabilia Urbis* mit ihrem »Index Coemeteriorum« aus dem 12. Jahrhundert ...

Wir glauben, den Lesern einen Gefallen zu tun, wenn wir im folgenden zwei Ausschnitte aus diesen Itineraren wiedergeben. Sie betreffen die Katakomben San Callisto.

Aus der *Notitia Ecclesiarum* ...

Dieses Itinerar behandelt zunächst die Märtyrer der Katakombe des Praetextatus. Danach fährt es folgendermaßen fort: Auf derselben Straße (der Appia) wirst Du zu Sancta Caecilia (das sind die Katakomben San Callisto) kommen. Hier befindet sich eine unzählige Menge von Märtyrern: Als erstes Sixtus, der Papst und Märtyrer; Dionysius, Papst und Märtyrer; der Märtyrer Flavian, die heilige Caecilia, Jungfrau und Märtyrerin. Achtzig Märtyrer ruhen dort unten (deorsum). Zephyrinus, Papst und Glaubensbekenner ist über der Katakombe (sursum) bestattet; Eusebius, Papst und Märtyrer, ruht weit entfernt in einer Krypta (longe in antro), Cornelius, Papst und Märtyrer, ruht weit entfernt in einer anderen Krypta (longe in antro altero). Dann wirst Du auf (die Kirche) die heilige Soteris treffen deren Körper nördlich liegt (ad aquilonem)«.

Aus *De locis sanctis Martyrum* ...

»Nahe der Via Appia, im östlichen Teil der Stadt, befindet sich die Kirche der Märtyrerin St. Soteris, in der sie neben vielen Märtyrern begraben ist. In der Nähe derselben Straße befindet sich die Kirche des hl. Papstes Callixtus, in der dieser seine letzte Ruhe gefunden hat. Hier ruht auch die Jungfrau Caecilia und an demselben Ort liegen der hl. Tarcisius und der hl. Zephyrinus in einem einzigen Mausoleum (in einem Grabhügel). Dort liegen der hl. Eusebius, der hl. Calocerus und der hl. Partenius in separaten Gräbern (per se singuli iacent). Noch achthundert weitere Märtyrer ruhen an diesem Ort. Schließlich schlafen (das heißt, ihre Körper sind dort beigesetzt) nicht weit entfernt, im Coemeterium Kallistus, Cornelius und Cyprian in einer Kirche«.

[1] Das Forum Appii und die Tres Tabernae sind zwei Orte an der Via Appia zwischen Velletri und Terracina. Der erste war ungefähr 60 km von Rom entfernt; der zweite hingegen befand sich in etwa 50 km Entfernung von der Hauptstadt.

[2] Eine römische Meile entspricht 1478 Meter.

[3] Das Wort »Hypogäum« kommt aus dem Griechischen und wird zur Bezeichnung einer begrenzten unterirdische Grabgruft verwendet.

[4] Siehe Plan Seite 50.

[5] »In fronte P(edes) CCL«. Ein »römischer Fuß« entspricht 29, 6 cm.

[6] Die Angaben Hippolyts über den Papst Callixtus erweisen sich als »eine Quelle, die sehr stark durch die Leidenschaft des Autors verderbt ist«.

[7] Im folgenden die Übersetzung der Titel dieser Itinerare: »Aufzählung der Kirchen der Stadt Rom ...«; »Das Buch, das die heiligen Orte der Märtyrer beschreibt ...«; »Aufzählung der Tore, Straßen, Kirchen ...«; »Die Wunder der Stadt Rom mit ihrem "Index der Friedhöfe"«.

Sonnenuntergang über dem »kallixtinischen Komplex«.

III. Über den Katakomben

1. DIE HEIDNISCHEN UND CHRISTLICHEN GRÄBER

Es ist bekannt, daß es in der Antike in Rom keine Gemeinschaftsfriedhöfe wie heutzutage gab. Das Gesetz verbot nur innerhalb der Grenzen des »Pomeriums« — das heißt innerhalb eines bewohnten Gebietes, dessen Grenzen immer mit den Stadtmauern zusammenfiel — zu beerdigen und zu verbrennen. »Du sollst in der Stadt einen Kadaver weder beerdigen noch verbrennen«, schrieb ein Artikel des »Zwölftafelgesetzes« kategorisch vor.[1]

Außerhalb des »Pomeriums« konnte sich jeder ein Grab bauen, wo er wollte, soweit es seine finanziellen Möglichkeiten erlaubten. Normalerweise wählten die damaligen Menschen den Platz für ihr Grab entlang der Ausfallstraßen Roms.

In Rom fehlt es nicht an monumentalen Beweisen für eine »Gemeinschaft« zwischen Heiden und Christen, was die Bestattung anbelangt. Dennoch hatten die antiken christlichen Coemeterien, auch Katakomben genannt, ihren Ursprung in dem lebendigen Wunsch, die Gräber der an Christus Glaubenden von denen der Heiden zu trennen. Die Heiden zogen es im allgemeinen bis zum Ende des 2. Jahrhunderts vor, ihre Toten zu verbrennen. Die Christen dagegen wollten ihre Lieben beerdigen.

Diese Coemeterien wurden außerhalb der Stadt unter Berücksichtigung der römischen Gesetze gegraben. So kam es, daß sich die Katakomben in der Nähe heidnischer Grabstätten befanden. In den meisten Fällen säumten sie — wie schon gesagt — die Konsularstraßen (Appia, Latina, Salaria ...).

Folgende Seite:
Der Eingang
zu den Katakomben San Callisto.

2. DIE GRÄBERZONE, DIE SICH UNTER FREIEM HIMMEL BEFINDET

Die oberirdische Friedhofzone, die schon vor der Ausgrabung der Krypta der Lucina und des sogenannten »ersten Abschnitts« bekannt war, wurde von de Rossi aufs Genaueste untersucht.

Die Zone war mit Erdgräbern besetzt. Die Gräber konnten auch mehrere Leichen bergen, indem eine über die andere gelegt wurde. Diese Zone wurde im 5. Jahrhundert und später vorwiegend für Bestattungen genutzt.

Die topographischen Dokumente erzählen uns zum Beispiel von einer Basilika des heiligen Cornelius, die Papst Leo der Große 440-446 in der Nähe seines Grabes errichten ließ, von der Kirche der heiligen Soteris, von der Basilika der heiligen Marcus und Marcellianus, von jener noch »unbekannten«, die im Jahre 1960 entdeckt wurde, von der Basilika des hl. Papstes Marcus und von dem Mausoleum des hl. Papstes Damasus ...

Wenn zu all diesen Bauten noch die Gräber und Columbarien, die heidnischen Grabstätten und Mausoleen am Rand der Via Appia und Ardeatina dazukommen, dann muß dies ein wirklich eindrucksvoller und bezaubernder Anblick gewesen sein.

Leider haben die Zerstörungen der Barbaren (Goten und Langobarden), der Bauern und der Zahn der Zeit die Oberhand über all diese antiken Erinnerungen gewonnen.

3. DAS GRAB DES JUNGEN HL. MÄRTYRERS TARCISIUS

In dieser Zone, die sich unter freiem Himmel befindet, errichtete wahrscheinlich der hl. Callixtus das Grabmal für seinen Vorgänger Zephyrinus. Von diesem Papst ist nicht viel bekannt. Er war Römer. Außerdem verteidigte er die Kirche, indem er die rechte Lehre förderte und die Häresien bekämpfte.

Der sterbende Hl. Tarcisius drückt das Eucharistische Brot an seine Brust. (Östliche Tricora, moderne Darstellung).

Zephyrinus war auch der erste Papst, der im Friedhof des Callixtus begraben wurde. Der *Liber Pontificalis* führt näher aus, daß er sich »in seinem Coemeterium nahe bei dem des Callixtus« befand. Diese Aussage ist meiner Meinung nach dahingehend zu interpretieren, daß Zephyrinus in einem Grabmal oder Mausoleum begraben war, das sich über der Erde, nahe des »ersten Abschnittes«, befand. Einige Jahrzehnte später, vielleicht während der Verfolgungen des Decius (249-251) oder des Valerian (253-260), wurde der Märtyrer der Eucharistie, Tarcisius, neben dem Grab des Zephyrinus bestattet.

Diese Gräber, die sich über der Katakombe befanden, wurden vernachlässigt, nachdem die Reliquien des hl. Papstes Zephyrinus und des hl. Tarcisius in die Stadt überführt worden waren. Der Verfall des Mausoleums wurde dann durch den Lauf der Zeit vollendet.

Papst Damasus feierte den jungen Märtyrer Tarcisisus mit einem Gedicht, das er über dessen Grab anbringen ließ. Das Gedicht ist uns überliefert. Im folgenden wird der interessanteste Teil zitiert:

... Tarsicium sanctum $\overline{XPI}$ (Christi) sacramenta gerentem
cum male sana manus premeret vulgare profanis
ipse animam potius voluit dimittere caesus prodere
quam canibus rabidis caelestia membra.

Als Tarsicius die heiligen Sakramente Christi trug
und er bedrängt wurde, sie den Gottlosen preiszugeben,
da wollte er lieber sterben und fällt,
als den tollen Hunden den himmlischen Leib zu überlassen
(ICVR, IV, 11078. Übersetzung von J. G. Deckers).[2]

Nach der Heiligenlegende brachte der junge Tarcisius während einer Zeit der Verfolgungen die Eucharistie den Christen in die Gefängnisse oder auch in ihre Häuser. Er stieß auf seinem Weg auf eine Gruppe von Taugenichtsen, die ihm den Leib Christi aus der Hand reißen wollten. Der junge

Held zog es vor eher das Leben zu verlieren als ihrem Drängen nachzugeben.

Die spätere Ikonographie (Bilder, Statuen...) stellt ihn als Sterbenden dar, der das eucharistische Mahl an die Brust drückt.

4. DIE »TRICOREN«

Von all den Kapellen und Mausoleen, die sich im »Komplex San Callisto« befanden, sind uns heute nur noch zwei frühchristliche Monumente erhalten. Wir haben sie vor allem den Restaurierungen de Rossis und seiner Nachfolger zu verdanken: Die »Tricora«, nach den drei kleinen Apsiden, die diese auf dem Plan darstellen, benannt.

Um die beiden voneinander unterscheiden zu können, wird die nahe bei der Eingangstreppe zur Katakombe gelegene »östliche Tricore«, die andere, die bei der Via Ardeatina liegt »westliche Tricore« genannt.

Bei ihrer Entdeckung durch de Rossi im Jahre 1844, war die westliche in ein Landhaus, die östliche in eine Weinkellerei umfunktioniert worden. Heute werden sie beide als kleine Kirchen genutzt. Ursprünglich müssen es allerdings zwei »cellae memoriae« gewesen sein, das heißt eine kleine Kapelle über einem Märtyrergrab und ein Familienmausoleum nahe einem sehr verehrten Grab.

a) Die westliche »Tricora«

»Sie wurde zu Beginn unseres Jahrhunderts restauriert. Das antike Mauerwerk ist vom Boden bis zur Höhe des Bogenansatzes erhalten. Also bis zu dem Punkt, an dem das Gebäude, das nach der Hypothese de Rossis ursprünglich von einer Kuppel gekrönt war, für den Bau eines Gewölbes gekappt wurde. Die übriggebliebenen Mauern bieten keine Basis für eine genaue Datierung, weil die Bauweise, Ziegelsteinreihen mit großen Fugen aus Kalkmörtel zu verbinden, im 3. Jahrhundert und später weit verbreitet war.

Im Inneren wurden von der Päpstlichen Kommission für Sakrale Archäologie in den Jahren 1979-1980 Grabungen durchgeführt. Sie bewiesen die sichere Präsenz eines Märtyrergrabes, das in einem zentralen Grabhügel mit "fenestella confessionis" [3] lag. Es ist von einer Unmenge von Gräbern umgeben, da viele in der Nähe eines Märtyrergrabes begraben sein wollten.

Die westliche »Tricora« mit ihren Apsiden.

Die östliche »Tricora«: Innenansicht.

Bei denselben Grabungen wurden acht Mausoleen, die an der Dreierapsis standen, entdeckt. Es handelt sich hierbei um Familiengräber, die aus dem Wunsch heraus entstanden, Schutz von dem dort verehrten Märtyrer zu erlangen. Es gelang den Archäologen bis jetzt nicht, den Namen des Märtyrers herauszufinden.

Die Umgebung des Sanktuariums wurde, im Gedenken an die von Papst Paul VI. während des Heiligen Jahres 1975 angeregte Initiative, in einen Saal für Begegnungen, Konferenzen und Gebetsversammlungen umgewandelt, wobei der Zugang zur Ausgrabungszone erhalten blieb. Der Papst hatte den Wunsch, daß in den religiösen Veranstaltungen des Jubeljahres der spirituelle Ruf der frühchristlichen Welt, wie er uns in den Monumenten der Katakomben und Märtyrergräbern überliefert ist, zum Ausdruck gebracht würde« (S.C.).

b) Die östliche »Tricora«

Geschichte

Wir beziehen uns auf den Bericht über die Grabungen, die von Monsignore Wilpert am Anfang dieses Jahrhunderts durchgeführt wurden. Durch diesen Bericht wissen wir, daß das ursprüngliche Gebäude oder Kapellchen auf einem Fundament aus Basaltmauerwerk gebaut war. Das viereckige Fundament hatte den Zweck, der ganzen Konstruktion größere Festigkeit zu verleihen. Der Grund für so viel Vorsicht war sicherlich, daß darunter schon Gänge und Cubiculi existierten.

Der Bau der »Tricora« kann also bis in die Zeit des Religionsfriedens zurückgehen. In dieser Zeit nahmen die Beerdigungen in einem Friedhof, als Folge der Bekehrung vieler Heiden, einen neuen, ungeheuren Aufschwung.

Wir wissen nicht wer die »Tricora« bauen ließ, aber es ist bekannt, daß sie von Leo III. (795-816) restauriert wurde. Diesem Papst können auch die Bilder, die man noch in spärlichen Resten zu Beginn des Jahrhunderts sah, zugeschrieben werden. Wahrscheinlich waren die Heiligen oder Märtyrer dieser Katakombe mit Christus in der Mitte dargestellt. Oberhalb des Wandsockels befand sich eine Verkleidung aus Marmorplatten.

Die Kapelle oder das Mausoleum enthielt kein Grab, das Objekt einer wie auch immer gearteten Verehrung gewesen sein könnte. Die wenigen Gräber dieser »Tricora« waren zerstört. Zahlreicher hingegen waren die Sarkophage, die entlang der Wände standen. Aber nur wenige Fragmente sind uns heute noch erhalten.

Eines dieser Fragmente stellt Christus dar, wie er den im See Tiberias ertrinkenden Petrus rettet (*Matthäus* 14, 24-33). Die Szene stellt sozusagen ein »unicum« in der frühchristlichen Kunst dar.

Das Gebäude der »Tricora« wurde in neuerer Zeit mit einem noch heute existierenden Anbau verlängert.

Die Sarkophage

In der »Tricora« werden entlang der Innenwände eine beachtliche Zahl von Sarkophagfragmenten aufbewahrt. Sie gehörten zu den Mausoleen, die über der Katakombe standen und bei den Grabungen ans Tageslicht kamen. Monsignore Wilpert ordnete diese Fragmente nach ihrem Inhalt. Die dargestellten Szenen beziehen sich auf biblische Geschichten. Aus dem Alten Testament sind erhalten: Adam und Eva, Noah in der Arche,

Delphine, an einen Dreizack gebunden.

Delphin, um einem Dreizack gewickelt.

Die Hl. Drei Könige (3 Weisen): Östliche »Tricora«.

Das Eucharistische Brot (Östliche »Tricora«).

das Opfer Abrahams, der Durchzug durchs Rote Meer, die drei Jünglinge im Ofen von Babylon, Isaak segnet Esau und Jakob (*Genesis* 25, 29-33; 27, 1-40) ...

Aus dem Neuen Testament sind erhalten: Die Drei Könige; Wunder Jesu: Die Speisung der Fünftausend, die Heilung des Blinden und des blutflüssigen Weibes, die Auferweckung des Lazarus ...

Geschichten, die sich auf das Leben der hll. Apostel Petrus und Paulus beziehen, die biblische Unterweisung des Eunuchen der Königin Kandake durch Phlippus (*Apostelgeschichte* 8, 26-40) ...

Hirtenszenen und Bilder von Verstorbenen ...

Odysseus und die Sirenen

»Die symbolische Schaffenskraft der ersten Christen suchte innerhalb der Grenzen des Möglichen Anspielungen auf Erzählungen des Evangeliums auch in den Skulpturen zu sehen, die von heidnischen Künstlern mit einer ganz anderen

Büste des Giovanni Battista de Rossi (Östl. »Tricora«).

Intention geschaffen wurden. Sehr bekannt ist der Sinn der Parabeln, die von den Christen den Hirtenszenen oder Landszenen, der Personifikation der Jahreszeiten, den Delphinen und den in den Wellen schwimmenden Meerungeheuern gegeben wurden.

Verborgener und schwieriger zu finden ist die geheimnisvolle spirituelle Bedeutung, die die antiken Gläubigen einigen Szenen zuschrieben, die keinerlei Beziehung zu Parabeln aus dem Evangelium oder zu christlichen Symbolen haben« (de Rossi).

Als Beispiel führen wir zwei Sarkophagfragmente an.

Das erste befindet sich an der linken Wand dieser Tricora. Es handelt sich dabei um einen Gipsabdruck. Das Orginal liegt im kleinen Turm.[5] In der Mitte ist unter dem Monogramm der Name des Toten eingemeißelt: Tyrianus. Auf der einen Seite ist Odysseus mit den Sirenen dargestellt. Der König von Ithaka, von zwei seiner Begleiter an einen Mast des Schiffes gebunden, hört dem heimtückischen Gesang der Sirenen zu. Ein dritter Gefährte rudert. Sie alle können den Gesang nicht wahrnehmen, daß ihre Ohren mit Wachs verschlossen sind.

Auf der anderen Seite ist ein sitzender Junge abgebildet, der einer Lektion in Philosophie zuhört. Der Schüler trägt ein Pallium (Mantel) und hält ein Buch zwischen den Händen.

Wie kann man diese Szenen interpretieren?

Das Gemeinsame der Komposition spielt zweifellos auf die moralische Situation der ersten Christen hinsichtlich der Verführungen durch die heidnische Welt an. Der Junge lernt die wahre Lehre, die ihn bestärkt, den Verlockungen des Lasters zu widerstehen.[6]

Das zweite Sarkophagfragment gehört zur Krypten der Lucina und befindet sich im Gang B. Darauf ist abgebildet: Ein Dreizack inmitten zweier mythologischer Wesen: Ein Hippocampus (Seepferdchen) und ein Hippogryph (geflügeltes Pferd). In den Dreizack ist folgender Name eingelassen: Lòllia, eine Christin.

Der Dreizack wird von den ersten Christen als ein Symbol für das Kreuz benutzt. Tatsächlich finden wir eine Inschrift in diesem Coemeterium, die zwischen zwei Fische gemeißelt ist: Das Kreuz, Quelle des Lebens für die Christen. Manchmal findet man anstelle des Dreizacks den Anker zwischen zwei Fischen. Auch in diesem Fall bleibt die symbolische Bedeutung unverändert, weil der Anker eine klare Anspielung auf das Kreuz darstellt.

Die Inschriften

An den Wänden der »Tricora« sind im obersten Teil frühchristliche Inschriften des subdialen (oberirdischen) Friedhofs angebracht. Unter diesen befindet sich an der linken Wand ein Fragment eines Gedichtes, das an das Martyrium des Papstes Sixtus II. erinnert (*Dum populi rector* ...).

Das Gedicht wurde von einem Imitator des Papstes Damasus verfaßt und wird auf die Mitte des 5. Jahrhunderts datiert. Die Inschrift befand sich wahrscheinlich an dem Ort, an dem Papst Sixtus II. enthauptet wurde. Die hier ausgestellten Fragmente gehören zu einer späteren Kopie, die wahrscheinlich aus dem 7. Jahrhundert stammt.

Ebenfalls an der linken Wand befindet sich die Marmorbüste des Giovanni Battista de Rossi. Sie wurde im Jahre 1892 in Erinnerung an seinen siebzigsten Geburtstag aufgestellt.

Im Verlauf des Besuchs oder der Beschreibung dieser Katakombe müssen wir uns häufiger mit Inschriften, Bildern und Skulpturen beschäftigen. Es ist deshalb ratsam, zuerst die allgemeinen Charakteristika der Epigraphik (Inschriften) und der frühchristlichen Ikonographie (Bilder und Skulpturen) darzustellen.

5. DIE FRÜHCHRISTLICHE EPIGRAPHIK

»Die vielen tausend christlichen Inschriften der ersten Jahrhunderte (mehr als fünfzigtausend) sind der Schlüssel zur Entdeckung einer fast unbekannten Welt. Sie sind eine wahre Goldgrube für Daten. Sie geben Aufschluß über Einzelheiten, die sonst unbekannt wären, über die Gemeinden der großen und kleinen Zentren der antiken Welt von Rom bis nach Korinth, von Karthago bis nach Eumenia in Phrygien. Sie stellen eine wertvolle Quelle dar. Sie sind aus erster Hand, weil sie ein direkter Ausdruck des "Volkes Gottes" sind, ohne irgendeine Interpretation von Ideen oder Abweichung der Daten.

Die christliche Epigraphik besteht nicht nur aus kirchlichen Weiheinschriften und Inschriften, die Märtyrer oder Päpste betreffen, oder aus Gebeten und biblischen Zitaten; sondern sie stellt in den meisten Fällen auch Epitaphe (Steine mit Grabinschriften) der Gläubigen aller sozialen Klassen dar. Diese drücken allgemeine menschliche Gefühle so aus, wie sie es vermögen. Häufig sind sie mit Fehlern und Vulgarismen (das heißt Entartungen der späten Sprache) oder in unregelmäßiger und schlampiger Schreibweise verfaßt. In vielen Fällen spüren wir auch heute noch den Schmerz, den Glauben, die Hoffnung, die Zuneigung und die Trauer in den Worten, die diesen Steinen anvertraut wurden.

Die naiven Zeichnungen, die mit unsicherer Hand neben die Inschriften eingeritzt wurden, können uns manchmal schmunzeln lassen. Sicherlich handelt es sich nicht um kunstvolle rhetorische Wendungen, mit denen die Eltern den frühen Tod ihrer kleinen Kinder beweinen oder mit denen ein Ehemann an die Frau, mit der er so lange verbunden war, erinnert ...

Die christliche Epigraphik ist eine verhältnismäßig junge Wissenschaft (wenig mehr als ein Jahrhundert alt). Ihre Grundlagen und Methoden wurden in den wesentlichen Grundzügen von dem Mann festgelegt, der auch der "Vater" der christlichen Archäologie genannt wird, Giovanni Battista de Rossi. Sie hat alle schriftlichen Zeugnisse der ersten christlichen Jahrhunderte — egal auf welchem Material sie niedergeschrieben wurden — zum Gegenstand (eine Ausnahme stellen Manuskripte und Münzen dar). Die zeitlichen Grenzen lassen sich zwischen der zweiten Hälfte des 2. Jahrhunderts — aus dieser Zeit stammen die ältesten gefundenen Texte — und dem Pontifikat Gregors des Großen (590-604) ziehen.

Einige der Inschriften sind wegen ihrer Poesie interessant. Sehr zahlreich hingegen sind die, die wertvolle Elemente zum Kennenlernen der von den einfachen Menschen der Spätantike gesprochenen Sprache, ihrer religiösen Vorstellungen, ihrer Gefühle, und ihrer Vorstellungen über das Mysterium des Todes enthalten. Gleichzeitig kann der heutige Interpret viele Aspekte des Lebens der christlichen Gemeinden in den ersten Jahrhunderten rekonstruieren, wenn es ihm gelingt, die sozialen Verhältnisse, den Grad ihrer Bildung und so weiter... zu verstehen.

Aus diesen kurzen Anmerkungen kann man schon sehen wie treffend die Definition von Antonio Ferrua ist, nach der die Epigraphik "das Auge der Archäologie ist"« (D. Mazzoleni).

Die Inschriften in der Katakombe

In dieser Katakombe sind sehr viele Loculi anonym. Nur von einer kleinen Zahl kennt man den Namen des dort Bestatteten. Die Inschriften sind, je nach Herkunftsort des Verstorbenen, in Griechisch oder Lateinisch verfaßt.

Der Name konnte in den Kalk, der zum Verschließen des loculus mit einer Grabplatte benutzt wurde, geritzt oder auf einen Ziegelstein in Schwarz mit Kohle oder in Rot mit Mennige geschrieben werden. In den meisten Fällen wurde der Name jedoch in den Stein, der den Loculus verschloß, gemeißelt. Eher selten war der Name nach Art eines Mosaiks geschrieben.

Die epigraphische Formel war anfangs sehr einfach: Ein Name und manchmal noch das Datum der Beisetzung. Der Jahrestag der Bestattung war für die Christen sehr wichtig. An diesem Tag versammelten sie sich in der Nähe des Grabes um das sogenannte »refrigerium« abzuhalten. Dies war ein Ritus zu Ehren ihrer Liebsten. Nach diesem Ritus folgte dem Gebet für den ewigen Frieden der Seele des Verwandten der Verzehr eines bescheidenen Mahles, bei dem man sich die ideelle Präsenz des Verstorbenen vorstellte.

Im Laufe des 3. Jahrhunderts wurde die epigraphische Formel mit spezifisch christlichen Elementen angereichert. Es tauchen nun sowohl Symbole (Fisch, Anker, Taube...) wie auch Formeln: »in Frieden«, »in Christus«... auf.

Im 4. Jahrhundert finden sich dann auch in Marmor gemeißelte Formulierungen von Wünschen, Gebet und Schmerz.

Ein wertvolles Element in den Inschriften, wenn auch leider nicht häufig vorhanden, sind die Angaben zum Todesjahr des Verstorbenen. Das Jahr wurde mit dem Hinweis auf die beiden Konsuln datiert. Hier ein Beispiel:

...DIT DEP(ositio) VI[I] ID(us) IVL(ias) POST(umio) QVI(eto) ET VELD(umniano) CO(n)S(ulibus)

Grabinschrift der Eupraxis.

Bestattung des ... sieben Tage vor den Iden des Juli (9. Juli) unter dem Konsulat des Postumius Quietus und Veldumnianus.

Postumius Quietus und Veldumnianus waren Konsuln im Jahre 272 unter Kaiser Aurelian, der den großen Mauergürtel um die Stadt Rom bauen ließ. Der Stein wurde während einer Grabung im Jahre 1974 in einer Region der Katakombe gefunden. Es handelt sich um »eine christliche Inschrift des 3. Jahrhunderts, eine der ersten, vielleicht die älteste datierbare von San Callisto« (A. Ferrua).

6. DIE FRÜHCHRISTLICHE IKONOGRAPHIE

Die Märtyrergräber, die Cubicula und auch die Arcosole [7] konnten manchmal mit Mosaiken geschmückt sein. Häufiger waren sie jedoch mit Fresken bebildert. Die Farbe wurde bei dieser Freskentechnik auf die letzte Schicht des noch feuchten Verputzes aufgetragen (»a fresco«). Der Kalk verbindet sich dabei in einem chemischen Prozeß mit dem Kohlendioxyd der Luft und bildet so ein dünnes Kristalltuch aus Kalziumkarbonat, das das Gemälde fixiert und am Ende schützt. Die verwendeten Farben wurden aus Pflanzen oder Mineralien gewonnen — wie Ocker und Zinnober — oder künstlich hergestellt, wie zum Beispiel Weiß aus Blei oder Schwarz aus Ruß.

Die ersten Zeichen christlicher Ikonographie stammen aus der Wende zum 3. Jahrhundert und sind alle ausschließlich bei Grabmälern zu finden. Anfangs war das Repertoire der Darstellungen auf die Subjekte beschränkt, die mit größter Wirkung und Unmittelbarkeit den Glauben auf Rettung durch Christus ausdrückten.

Unter den in den Katakomben dargestellten Szenen befinden sich hauptsächlich Handlungen aus der Bibel sowie zwei Figuren, die besonders vorherrschend sind: Der Gute Hirte und der Orant, das heißt Christus der Retter und die Seele im göttlichen Frieden.

Der Gute Hirte

Kein Abschnitt aus dem Evangelium hinterläßt eine so tiefe Spur im Geist der ersten Christen wie die Parabel vom verlorenen Schaf (*Lukas* 15, 3-7) oder das Gleichnis, in dem sich Jesus als der Gute Hirte zeigt (*Johannes* 10, 1-16). Kein Text zeigt besser den Preis, der von Christus bezahlt wurde, um die Menschen zu retten.

Sowohl in der Malerei als auch in der Skulptur wird Jesus, der Gute Hirte, im Glanz seiner Jugend dargestellt. Die Symbolik dieser berühmten Komposition ist sinnfällig: In der Figur des Guten Hirten wird Jesus zum Retter stilisiert. Mit dem Lamm wird auf die von ihm gerettete Seele angespielt.

Das Bild des Guten Hirten ist in den antiken Coemeterien Roms sowohl auf den Bildern wie auf den Sarkophagen oder auch auf den Grabsteinen die häufigste Darstellung. Manchmal erscheint der

Gute Hirte alleine mit dem Schaf auf den Schultern. In den meisten Fällen aber wird er zusammen mit der Herde (die guten Seelen) in einem Garten (das Paradies) gezeigt, voller Bäume, Blumen und Vogelgesang ist.

Krypten der Lucina, der »Gute Hirt«. (Detail der Grabplatte der Apuleia Crysopolis).

Der Orant

»Diese mit geöffneten Armen abgebildete Figur entstammt der christlichen Kunst. Sie steht nicht als Abbild eines bestimmten Toten oder eines Lebenden, der für die Toten betet. Ursprünglich gibt sie ein Bild der Seele in ihrem glücklichen Zustand nach dem Tod. Der Orant ist die Personifikation des christlichen Friedens in der seligen Schau« (L. de Bruyne).

Die Grundidee der christlichen Kunst

Der Gute Hirte und der Orant sind die Grundlage, auf die sich das ganze ikonographische Programm der ersten Jahrhunderte stützt. Alle anderen Figuren, Darstellungen und Szenen bringen das Programm zum Ausdruck, das wir folgendermaßen zusammenfassen können:

Ein »Orant« zwischen zwei Schafen.

— *Das Werk der Rettung, das von Gott im Alten Testament vorbereitet wurde,* wird in folgenden Szenen dargestellt: Adam und Eva nach der Vertreibung, Noah in der Arche, Daniel in der Löwengrube, Susanna, die von den Alten angeklagt wurde, Jonas, die drei Jünglinge im Feuerofen von Babylon, Moses, der an den Felsen schlägt ...

— *Das Werk der Rettung, das von Christus im Neuen Testament (Evangelium) vollendet wird,* wird in folgenden christologischen Szenen ausgeführt: Krippe, Anbetung der Magier, Taufe Jesu ...; in den Wundern Jesu: Der Lahme, der Blinde, die Blutflüssige, Lazarus...; in den Festszenen, die auf die Eucharistie anspielen: Vermehrung des Brotes und der Fische; in den Szenen der Passion.

— *Das Werk der Rettung, das von der Kirche in der apostolischen und nachapostolischen Zeit fortgeführt wurde:* Christus, der Meister, mit den Aposteln; Übergabe der Gesetze an Petrus; Szenen, die die hll. Petrus und Paulus betreffen...

— *Das Werk der Rettung, das sich in den Szenen erfüllt, die das jenseitige Leben betreffen:* Die zwei Apostel, die den Toten in das Paradies führen; der Märtyrer, der den Toten zum Gericht begleitet; die Verehrung Christi durch die Seelen im ewigen Frieden; die Krönung der Apostel, die Christus zujubeln...

Neben den Episoden, die in der Bibel behandelt werden, führt die frühchristliche Kunst auch Symbolfiguren ein (Jahreszeiten...), Szenen aus dem diesseitigen Leben (Beruf oder Feiern) und ornamentale Darstellungen wie Blumen- oder Fruchtkörbe, Trauben lesende Putten (kleine Kinder), Blätter, stilisierte Pflanzenteile, Palmzweige, Vögel, Vasen, geometrische Ornamente..., die alle aus dem figurativen griechisch-römischen Repertoire stammen.

7. DIE SYMBOLE BEI DER EINGANGSTREPPE

Die Wände der Cubicula wurden von den ersten Christen zur Darstellung einiger Symbole verwendet. Häufiger wurden diese aber in die Platten eingemeißelt, die die Gräber verschlossen. Im Garten stehen einige moderne Kopien von Originalen aus der Katakombe. Zum besseren Verständnis werde ich dieses Thema ausführlich behandeln.

Das Wort »Symbol« spielt auf ein Zeichen oder die Figur einer konkreten materiellen Sache an, die nach der Intention des Autors an einen geistigen Begriff oder eine geistige Realität erinnert. Wir können es also mit einem modernen Slogan vergleichen: Wie dieser hat es die Fähigkeit, die Kürze, die Geschmeidigkeit, den Sinn eines ganzen Gespräches zusammenzufassen. Es deckt auf und verbirgt, spricht zu dem, der es zu lesen versteht.

»In der Literatur und Liturgie weit verbreitet, fand das Symbol auch in der frühchristlichen Kunst Anklang: Wegen seiner außerordentlichen Fähigkeit, die sichtbaren Dinge mit der Welt des Unsichtbaren zu verbinden und die grundlegenden Vorstellungen der neuen Religion klar in wesentliche Begriffe zu fassen.

Der christliche Symbolismus gründet nicht auf einem großen Repertoire. Er basiert auf zwei fundamentalen Momenten des Lebens der Gläubigen in den ältesten Gemeinschaften: Der Katechese, das heißt, der vor der Taufe den Katechumenen erteilten Unterweisung, und jener in der Zeit nach der Taufe, die sie das ganze Leben begleitet.

Es ist allerdings richtig, wenn man sich fragt, warum man die Tuffwände der Katakomben wählte, um Gegenstände, die nicht immer mit dem Tod und der Auferstehung zu tun haben, graphisch festzuhalten. Wann immer die Christen kamen, um an den Gräbern ihrer Liebsten zu beten, wurden sie gerade von den Symbolen an die glühende Zeit ihres Katechumenats, an die empfangenen Sakramente und an die Grunddogmen (Glaubenswahrheiten) ihrer Lehre erinnert. Die Symbole bildeten für sie somit eine sichtbare Erinnerung an das Bekenntnis ihres Glaubens, ein Zeichen für das Leben nach dem Tod« (D. Mazzoleni).

—*Der Fisch:* Auf griechisch heißt der Fisch IXΘYC (Ichthys). Listet man die Buchstaben, die dieses Wort bilden, vertikal auf, entsteht ein Akrostichon: Jesus Christus Gottes Sohn Retter.[8]

F	Ἰησοῦς	Jesus
I	Χριστός	Christus
S	Θεοῦ	Gottes
C	Υἱός	Sohn
H	Σωτήρ	Retter

Der Fisch, Symbol für »Jesus Christus, Gottes Sohn, Retter«.

IXΘYC **(Ichthýs = Fisch), die fünf Buchstaben stehen als Anfangsbuchstaben der griechischen Wörter; »Jesus, Christus, Gottes Sohn, Retter«.**

— *Der Gute Hirte* mit dem Schaf auf den Schultern weist — wie schon gesagt — auf Jesus als Retter und auf die von ihm gerettete Seele hin.

— *Der Orant:* Symbol für die Seele, die schon in göttlichem Frieden lebt.

— *Das Christusmonogramm:* Setzt sich aus zwei Buchstaben des griechischen Alphabets zusammen, dem X (chi) und dem P (ro), ☧ = X P. Das sind die beiden ersten Buchstaben des griechischen Wortes Christós, das heißt Christus.

— *Das Alpha und Omega* (A-ω) sind der erste und letzte Buchstabe des griechischen Alphabets. Sie symbolisieren Christus als den Anfang und das Ende einer jeden Sache. Man liest in der Apokalypse: »Ich bin das Alpha und das Omega, der Erste und der Letzte, der Anfang und das Ende« (22, 13). Daher kommt der Name »Apokalypse«.

— *Der Anker:* Die Grundbedeutung des Ankers ist die Hoffnung darauf, daß sich das Versprechen eines zukünftigen Lebens einlösen werde. Man liest im Hebräerbrief: »Diese Hoffnung (in der Erfüllung der von Gott gegebenen Versprechen) ist wie ein Anker in unserem Leben: Er ist sicher und robust, und durch den Schleier der himmlischen Zeit dringt er bis zum Heiligtum Gottes vor« (6, 19).

Der Symbolgehalt des Ankers hört hier noch nicht auf. Wie der Anker dem Schiff Sicherheit gibt, so hilft die Hoffnung dem Gläubigen, an der Tür der Ewigkeit anzulegen. In Wirklichkeit ist der Tod für den Christen nicht das Ende von allem, sondern nur der »Übergang« zu einem anderen, glücklicheren Leben. Der Anker ist weiter ein Zeichen, das auf versteckte und verhüllte Weise auf das Kreuz anspielt.

— *Die Taube mit dem Olivenzweig im Schnabel:* Symbol für die Seele im göttlichen Frieden.

— *Das Pferd:* Es steht für den immerwährenden harten Kampf, in dem der Christ den irdischen Verlockungen widerstehen muß, um den himmlischen Lohn zu erhalten.

— *Der Hahn* ist der Herold, der den neuen Tag ankündigt. Er weckte bei den ersten Christen die Assoziation an eine Lichtsymbolik, die das Lob

Das Christusmonogramm.

Vogel, der seinen Durst stillt.

Der Anker.

Taube mit dem Olivenzweig.

Vogel, der einige Weintrauben aufpickt – Symbol für die Seele, die sich von der Eucharistie ernährt.

Taube mit einer Krone im Schnabel – Symbol für die Seele, welche die ewige Seeligkeit erreicht hat.

Schiff.

Gottes und das Vollbringen guter Werke umfaßt. Das Licht steht im Gegensatz zur Nacht, in der der Schatten des Bösen wohnt: Die Sünde.

— *Der Hase:* Dieses Tier auf der Suche nach sicherer Zuflucht ist Abbild des Gläubigen, der die Fallen des Bösen meidet.

— *Die Palme und die Krone:* Die Märtyrer verdienen sich mit ihrem vergoßenen Blut von Christus den Lohn des ewigen Lebens. In der in der Apokalypse (Geheimen Offenbarung) beschriebenen Vision des Johannes tragen die Märtyrer die Palme: »Danach sah ich eine große Schar aus allen Nationen und Stämmen, Völkern und Sprachen; niemand konnte sie zählen. Sie standen in weißen Gewändern vor dem Thron und dem Lamm (Christus) und trugen Palmzweige in ihren Händen ... Es sind die, die aus der großen Bedrängnis kommen; sie haben ihre Gewänder gewaschen und im Blut des Lammes weiß gemacht (das heißt, sie sind als Märtyrer für Christus gestorben). Deshalb stehen sie vor dem Thron Gottes und dienen ihm bei Tag und Nacht in seinem Tempel; und der, der auf dem Thron sitzt, wird sein Zelt über ihnen aufschlagen« (*Offb.*, 7, 9. 14-15).

Manchmal findet man auf Grabsteinen Palmen eingeritzt, die aber nur zur Zierde oder als Zeichen der Interpunktion (um ein Wort vom anderen zu trennen) verwendet wurden. Die jeweilige Bedeutung der Palme ist aus dem Kontext abzuleiten. In seinem ersten Korintherbrief schreibt der hl. Paulus: »Wißt ihr nicht, daß die Läufer im Stadion zwar alle laufen, aber daß nur einer den Siegespreis gewinnt? Lauft so, daß ihr ihn gewinnt. Jeder Wettkämpfer lebt völlig enthaltsam; jene tun dies um einen vergänglichen, wir aber um einen unvergänglichen Siegeskranz zu gewinnen. Darum laufe ich nicht wie einer, der ziellos läuft, und kämpfe mit der Faust nicht wie einer, der in die Luft schlägt; vielmehr züchtige und unterwerfe ich meinen Leib, damit ich nicht anderen predige und selbst verworfen werde« (*1 Korinther,* 9, 24-27).

Bald wird die Palme und Krone in der frühchristlichen Ikonographie und in der Epigraphie zu einem Symbol des Sieges und des Lohnes, den Gott dem Christen für seine Bemühungen bietet: Das Paradies.

— *Das aus dem Gefäß herausspritzende Wasser:* Symbol für das Refrigerium. Die Seele erfreut sich schon des glückseligen Lebens und kann so ihren Durst bei Gott stillen.

— *Der Scheffel oder das mit Korn gefüllte Gefäß:* Repräsentiert die vom Christen gut verrichteten Werke.

— *Das Schiff und der Leuchtturm:* Das Schiff auf der Reise zum Hafen, zu dem der Leuchtturm den Weg weist, ist ein Symbol für den Christen, der vom Glauben erleuchtet vertrauensvoll in Richtung des rettenden Hafens steuert: Die glückselige Heimat.

— *Der Phönix:* Ein Vogel und Fabelwesen aus Arabien, auch der »arabische Phönix« genannt, wunderschön und einzigartig, so sagt man, wird er alle tausend Jahre aus seiner Asche wiedergeboren. Ein mythischer Vogel, der also von der menschlichen Phantasie erfunden wurde. Für die ersten Christen bedeutete er die Auferstehung des Fleisches und die Geburt zu einem neuen göttlichen Leben.

— *Der Pfau:* Neben seiner für das Fresko dekorativen Funktion war er Symbol für die Unsterblichkeit der Seele. Das Bild war schon in der heidnischen Welt weit verbreitet. Man glaubte, daß sein Fleisch unverderblich sei.

— *Orpheus:* Eine mythische Figur, die in der klassischen Antike sehr beliebt war. Er wurde mit der Zither dargestellt. Mit der Melodie ihres Klanges und seines Gesanges besänftigte er die wilden Tiere. Für die Christen war dies ein Symbol für Christus, der mit seiner Lehre (dem Evangelium) die Herzen der Menschen verwandelt.

[1] »Hominem mortuum in Urbe ne sepelito neve urito«. Vgl. Cic., De Leg II., 23, 58.

[2] Der hl. Damasus nennt den Märtyrer »Tarsicius«. Wir ziehen die heute gebräuchlichere Form, Tarcisius, vor. Mit ICVR werden die »Inscriptiones Christianae Urbis Romae« abgekürzt, was übersetzt heißt: »Christliche Inschriften der Stadt Rom«. Der 4. Band enthält alle Inschriften des »Komplexes San Callisto« von der Nummer 9367 an bis zur Nummer 12888, die vor dem Jahre 1964 gefunden wurden.

[3] Mit »fenestella confessionis« ist eine Öffnung in einem Grabhügel gemeint, der den Pilgern erlaubt das Märtyrergrab zu sehen und zu berühren.

[4] Siehe Plan auf Seite 50.

[5] Siehe Plan auf Seite 22.

[6] Hom. XLIX »De cruce Domini«, die mit folgenden Worten beginnt: »Saeculi ferunt fabulae Ulyssem...«. Siehe P.L.: LVII, 339-340.

[7] Siehe S. 45.

[8] »Akrostichon« ist ein griechisches Wort und bedeutet den ersten Buchstaben jedes Verses oder Hauptverses.

Erntereifes Korn über der »Westlichen und der Liberianischen Region« von San Callisto.

IV. Die unterirdischen Grabungen

Bevor wir die Beschreibung der einzelnen Regionen dieser Katakombe beginnen ist es notwendig, einige allgemeine Erläuterungen bezüglich der Grabungen und der unterschiedlichen Bestattungsarten zu geben. Wir erleichtern so das Verständnis für die Katakombe, ihr Besuch wird dadurch viel interessanter.

1. DIE MOTIVE FÜR DIE UNTERIRDISCHEN GRABUNGEN

Wir dürfen nicht glauben, daß die Katakomben der normale und in der ganzen christlichen Welt verbreitete Bestattungsort in den ersten drei Jahrhunderten waren. Die Katakomben bilden nur in einigen Städten und Gegenden des Römischen Reiches einen eigenen Bestattungstyp: Rom, Neapel, Syrakus, Malta, Tunis ..., um nur die wichtigsten zu nennen. An allen anderen Orten des Reiches wurden die Toten wie heute in der Erde bestattet.

Warum gruben die Christen in Rom Katakomben? Die Gründe dafür können unterschiedlicher Art sein. Ein wichtiger Grund ist der christliche Brauch, daß die Toten nicht verbrannt, sondern in der Nachfolge Christi mit dem ganzen Körper bestattet wurden. Im Sinne der Botschaft Christi, den Armen zu helfen (*Lk*, 11, 41), versuchten die ersten christlichen Gemeinden wie auch einzelne Gläubige das Problem der Beerdigung der Glaubensbrüder in Liebe und Güte zu lösen, indem sie ihr eigenes Stück Land zur Verfügung stellten.

Auch das Raumproblem dürfte die Entscheidung mit beeinflußt haben. Ihre eigenen oberirdischen Grundstücke waren im 2. und 3. Jahrhundert nicht sehr groß. Hätte man die Toten nur auf Friedhöfen an der Erdoberfläche beerdigt, hätte innerhalb kürzester Zeit der Platz für die Bestattungen gefehlt. Bei der Wahl dieser Bestattungsform konnten auch andere Motive mit eine Rolle spielen: Einmal der Gemeinschaftsgeist: Bei den ersten Christen dominierte der Wunsch, auch im Schlaf des Todes beieinander zu sein. Zudem konnte die Abgeschiedenheit des Beerdigungsplatzes dem gemeinsamen Gebet nur förderlich sein. Die Symbole und andere Glaubensbezeugungen konnten so freier benutzt werden.

Weiter bot die Beerdigung in der Tiefe mehr Sicherheit: Die Gräber an der Oberfläche waren besonders während der Zeit der Verfolgung vandalischen Akten, Grabschändungen und Plünderungen der Grabsteine ... ausgesetzt.

Schließlich ist der wirtschaftliche Aspekt nicht zu unterschätzen. Eine solche Art der Beerdigung war weniger kostenintensiv und so für eine Kirche geeignet, die zu einem überwiegenden Teil sehr arm war und in der die Zahl der Gläubigen ständig wuchs.

2. GRABKÜNSTLER

Die Grabungen wurden ausschließlich von einer Vereinigung von Christen durchgeführt, die »fossores« (vom Lateinischen »fodere« = graben) genannt wurden. Sie waren in dieser Tätigkeit Experten. Ihre Arbeit verrichteten sie langsam und sorgfältig mit Pickel und Spaten bei schwachem Kerzenlicht. Die Steine wurden mit Eimern oder Säcken wegtransportiert.

In den großen Katakomben (Callisto, Domitilla, Priscilla ...) dauerten die Grabungen gut 300 Jahre: Von der Mitte des zweiten Jahrhunderts bis ungefähr in die ersten Jahrzehnte des 5. Jahrhunderts. Einige Regionen der Katakomben — im besonderen die der Päpste, des hl. Miltiades, des hl. Gaius und des hl. Eusebius, der Krypten der Lucina — wurden während der Verfolgungszeit gegraben, andere Regionen entstanden in der Zeit des Religionsfriedens.

Folgende Seite: Begräbnis in den Katakomben und »fossores« bei der Arbeit.

CAR
FIL- DULCISSIMO
VIBAS IN SPIRITO SACTO
FAVSTINIANVM

3. DIE GALERIEN

Die Katakomben wurden bevorzugt in weichen Tuff gehauen, den man auf römisch »cappellaccio« nennt. Es wurde aber auch in andere Arten von Tuffstein wie etwa den »Erdigen« oder in den »Steinigen« gegraben. Letzterer eignet sich besonders gut als Decke in den Galerien. Es handelt sich dabei um Vulkangestein, das sich im Untergrund des römischen Landgebietes gebildet hatte. Die Galerien wurden »ex novo« (von neuem) in den unberührten Tuff gehauen. Nicht selten benutzten die Christen Gänge verlassener Höhlen.[1]

Die Katakomben waren in Stockwerke und unterschiedliche Ebenen (halbe Stockwerke) gegliedert und erreichten in manchen Fällen ein Maximum von vier Stockwerken oder fünf Ebenen.

Das erste Stockwerk kann sich in circa drei bis acht Metern Tiefe befinden. Das zweite Stockwerk liegt in zehn bis fünfzehn Metern Tiefe, das dritte in ungefähr zwanzig Metern. Noch tiefer liegt das vierte Stockwerk. Doch handelt es sich dabei um Richtlinien, es finden sich viele Ausnahmen.

Die größte Tiefe reicht bis ungefähr dreißig Meter, wie sich im »Komplex von San Callisto« nachweisen läßt. Zu den unterschiedlichen Stockwerken gelangt man durch ein System von steilen Treppen, die in den Tuff gegraben oder mit Steinen gebaut wurden.

Im Normalfall haben die Galerien der Katakomben San Callisto eine Höhe von ungefähr drei Metern. Der »erste Abschnitt« stellt eine seltene Ausnahme dar: Wir befinden uns nahe der Märtyrergräber (Krypta der Päpste und der Caecilia). Die Christen versuchten, ihre Grabstätten, wenn möglich, neben diesen ruhmreichen Gräbern zu bekommen.

Die Loculi der obersten Reihe sind die ältesten. Wenn der Raum ausging, wurde der Boden der Galerien ausgehoben, damit an der Seite neue Gräber angelegt werden konnten. Normalerweise waren also keine Treppen notwendig, um die Toten zu begraben.[2]

Als die Nachfrage für den ersten Abschnitt immer größer wurde, erwiesen sich die Aushebungen als unzureichend. Im späten 4. Jahrhundert entschieden sich deshalb die Fossores, die schon belegten Loculi entgegen jeder Gewohnheit zu öffnen. Sie überführten die Gebeine in ein Areal, das nahe der Krypta der hl. Caecilia im dritten Stockwerk gelegen ist.[3]

Vorherige Seite: Querschnitt durch die verschiedenen Stockwerke von San Callisto.

4. DIE VERSCHIEDENEN ARTEN DER BESTATTUNG

Der Loculus

In den Wänden eines verworrenen Netzes von Galerien, die einem Labyrinth gleichen, stehen Reihen von Gräbern offen, die »Loculi« genannt werden. Mit diesem Namen wird eine Art von Grab bezeichnet, das nur einen Toten aufnehmen kann und rechteckig ist. Es gibt allerdings einige Fälle, in denen die Loculi auch zwei und mehr Tote beherbergten.

Die Toten wurden in den Loculus ohne Sarg gelegt. Manchmal waren sie in ein Leintuch oder Leichentuch gewickelt.

Nach der Beisetzung des Leichnams verschloß man den Loculus mit Ziegeln, Steinen oder dünnen Marmorplatten. Die Grabplatten wurden mit Hilfe von Kalk oder Mörtel (einer Zusammensetzung aus Kalk und Sand oder Puzzolanerde) befestigt.

Neben das Grab wurde normalerweise eine kleine Lampe gestellt: Das Öllämpchen. An sich gleicht dieser Brauch unserer Geste der Zuneigung, die wir ausüben, wenn wir Blumen oder Kerzen auf das Grab unserer Geliebten stellen.

Das Grab »a mensa«

Dies ist auch ein Loculus, der aber etwas geräumiger ist. Die Abdeckplatte wurde nicht vertikal, sondern horizontal aufgestellt. Das Grab bekam so das Aussehen einer Altarmensa (Altartisch). Über diesem Grab ist eine Art rechteckige Nische ausgehoben. Die Mensengräber sind typisch, wenn auch nicht weit verbreitet, für das 2. und die erste Hälfte des 3. Jahrhunderts.

Die Forma

Dies ist ein Grab, das in den Boden einer Krypta, eines Cubiculums oder einer Galerie eingelassen ist. Marmorplatten oder noch häufiger große Ziegelplatten verschlossen es. Die Formengräber findet man in großer Zahl in der unmittelbaren Nähe von Märtyrergräbern.

Das Arcosolium

Dies ist eine andere, schönere Grabform. Es handelt sich dabei um ein Grab mit einem darüberliegenden Bogen: »solium sub arcu«. In diesem Fall wird — wie wir es schon bei den Mensengräbern gesehen haben — die Deckplatte horizontal auf das Grab gelegt.

Das Arcosolium konnte sowohl nur einen Toten wie auch eine ganze Familie aufnehmen. Es fehlt nicht an bemalten oder mit Mosaiken geschmückten Arcosolen. Es ist eine für das 3. und 4. Jahrhundert typische Grabform.

Der Sarkophag

Diese Art der Bestattung ist in den Katakomben selten zu finden, weil sie auch sehr teuer war. Die Sarkophage waren aus Terrakotta, Steinen aus der Gegend und vor allem aus Marmor.

Das Wort »Sarkophag« wird aus dem griechischen Wort »sarkophaghèin« abgeleitet und heißt »Fleisch essen«. Wahrscheinlich ist die Bezeichnung für dieses Grab aus einer Legende entstanden. Tatsächlich wird berichtet, daß eine besondere Art von Stein aus Lydien (das antike Gebiet der Türkei), aus der die Särge gemacht wurden, die Eigenschaft hatte, den Prozeß der Verwesung des Leichnams zu beschleunigen.

Die meisten christlichen Sarkophage waren auf der Vorderseite (manchmal auch auf allen vier Seiten) mit Darstellungen geschmückt.

Das Cubiculum

In den Katakomben gibt es auch zahlreiche kleine Räume, die sogenannten »Cubicula«. Sie sind quadratisch oder mehreckig und können mit kleinen, in den Tuff gehauenen Pilastern und einem Kreuzgewölbe ausgestattet sein. In ihrem Innern befinden sich Loculi oder Arcosole für die Angehörigen einer oder mehrerer miteinander verwandter Familien.

Die Krypta

In den Katakomben befinden sich auch größere Räume, die Krypten genannt werden. Zur Zeit des Papstes Damasus wurden viele Grabstätten, in denen Märtyrer begraben waren, in Krypten (kleine unterirdische Kirchen) mit malerischen, musivischen (aus Mosaik) oder architektonischen Verzierungen umgebaut. Wir werden darüber Näheres bei der Beschreibung der Papstkrypta und der Krypta der hl. Caecilia berichten.

5. DIE IDENTIFIZIERUNG DER GRÄBER

Die Christen, die in den Katakomben beerdigt waren, stammten größtenteils aus niederen Verhältnissen und waren arm. Viele von ihnen gehörten der niedersten sozialen Klasse, der der Sklaven, an. Daraus erklärt sich, warum so viele Gräber ohne Namen sind. Auch im Tod wurden diese »Unglücklichen« als Brüder der christlichen Gemeinde angenommen. Sie bekamen in den Coemeterien, die der kirchlichen Jurisdiktion unterlagen, eine kostenlose und würdige Bestattung.

Andere Gräber hatten dagegen ein kleines Zeichen, damit sie wiedererkannt werden konnten. Es reichte sogar ein unbedeutendes Zeichen aus: Ein Lämpchen, ein Geldstück, ein Boden eines Bechers, eine kleine durchsichtige Ampulle, eine Muschel, ein Schmuckstück, ein Spielzeug, ein bestimmtes Zeichen wie Barren mit einem darauf eingeritzten Kreuz oder dem Christusmonogramm...

6 DIE GRÄBER DER KINDER UND DER ERWACHSENEN

In den Galerien, die wir entlanggehen, befinden sich Reihen von kleinen Gräbern.

In solchen kleinen Gräbern wurden Neugeborene und kleine Kinder beigesetzt. Die Fülle dieser kleinen Loculi erklärt sich aus der hohen Kindersterblichkeit der damaligen Zeit. Aus Güte — wie es der Apologet Tertullian richtig beobachtete — sammelten die ersten Christen die Körperchen der Neugeborenen, die sie auf den Müllhalden fanden, auf und gaben ihnen ein würdiges Grab.

Die Beobachtung, daß auch die Ausmaße der Erwachsenengräber ziemlich klein waren, kann verwundern. Die Gruben waren aufs Kleinste reduziert, weil die Erde auf den Schultern nach draußen getragen wurde. Außerdem war die Körpergröße der Menschen in römischer Zeit — von Ausnahmen abgesehen — viel geringer als in heutiger Zeit.

7. OFFENE UND LEERE GRÄBER

In den Gängen findet man heute alle Gräber offen und leer. Es wurde schon angesprochen, daß diese systematische Öffnung vor allem zwischen dem 17. und den Anfängen des 19. Jahrhunderts vorgenommen wurde. Sie hatte das Ziel, die vermuteten Überreste von Märtyrern wiederzufinden. Die Gebeine, die durcheinandergeworfen wurden, sind auf ein Minimum reduziert.

Es ist ferner zu beobachten, daß die Gebeine

Folgende Seite: Der Gang D der »Area prima«
(Der erste Abschnitt, 2. Jhdt.).

wegen der Feuchtigkeit und der langen Zeit allmählich zu Staub werden. Auf jeden Fall werden alle Gebeine dieser beleuchteten Galerien in einem Beinhaus aufbewahrt. Die zurückgebliebenen Fragmente sieht man noch in etlichen Loculi dieser großen Katakombe.

Nur in den erst kürzlich entdeckten Katakomben, wie jenen des Panphilius, des Novatian und der Via Latina, kann man Galerien mit noch intakten Gängen bewundern. Kein Loculus wurde geöffnet, um die Authentizität zu wahren.

8. DIE EINDRÜCKE EINES STUDENTEN IM 4. JAHRHUNDERT

Der Besucher oder Pilger, der das erste Mal in die Katakombe hinabsteigt, ist beeindruckt von der Großartigkeit der Grabungen. So erging es auch einem Studenten im 4. Jahrhundert, der später Sekretär des Papstes Damasus wurde: Dem heiligen Hieronymus (ca. 340-420).

»Damals, als ich jung war und in Rom mit literarischen Studien beschäftigt war, hatte ich die Gewohnheit, am Sonntag mit einigen Altersgenossen, die derselben Überzeugung wie ich waren, die Gräber der Apostel und Märtyrer zu besuchen und häufig die in der Tiefe der Erde gegrabenen Gänge zu betreten. In ihren Wänden befanden sich die Körper der Toten und es war so dunkel, daß es schien — um es so auszudrücken —, daß sich das prophetische Wort erfüllt: "Lebend sollen sie hinabfahren ins Totenreich" (*Ps* 55, 16).

An einigen Stellen fiel von oben ein wenig Licht ein, das die Finsternis abschwächte. Es war aber so rar, daß das Licht aus einem Loch, nicht aus einem Fenster zu fallen schien. Und wenn ich von neuem vorsichtig weiterging und wieder in die tiefe Nacht eintauchte, kam mir der Vers Vergils in den Sinn: "Horror ubique animos, simul ipsa silentia terrent", das heißt: "Wo immer die Angst und die Stille gegenwärtig ist, dort erschrecken die Geister"«.[4]

---

[1] Die römischen Katakomben waren nicht untereinander verbunden, so daß sie keinesfalls ein Netz von unterirdischen Gängen bilden konnten. In der Antike durften keine Gänge unter einer öffentlichen Straße gebaut werden. Das war durch das Gesetz verboten.

[2] Vgl. den Plan auf Seite 50.

[3] Vgl. den Plan auf Seite 50.

[4] »Dum essem Romae puer, et liberalibus studiis erudirer, solebam cum ceteris eiusdem aetatis et propositi, diebus dominicis sepulcra apostolorum et martyrum circuire; crebroque cryptas ingredi, quae in terrarum profunda defossae, ex utraque parte ingredientium per parietes habent corpora sepultorum, et ita obscura sunt omnia, ut propemodum illud propheticum compleatur: Descendant ad infernum viventes (Ps. LV, 16); et raro desuper lumen admissum, horroren temperet tenebrarum, ut non tam fenestram, quam foramen demissi luminis putes: rursumque pedetentim acceditur, et caeca nocte circumdatis illud Virgilianum proponitur: Horror ubique animos, simul ipsa silentia terrent (Aeneis, lib. II, 755)«. (Vgl. PL XXV, 375).

Katakombe des Basileus (rechts) und der Balbina mit der »Basilica Anonyma« (links).

V.
Die Region der Päpste und der heiligen Caecilia

Die Krypta der Päpste

Es handelt sich hierbei um den berühmten »ersten Abschnitt«, der von de Rossi entdeckt wurde. Er setzt sich aus zwei Stockwerken zusammen. Der erste Stock ist sehr begrenzt und entstand erst in späterer Zeit. Der zweite Stock befindet sich in 10 bis 12 m Tiefe.

1. DIE EINGANGSTREPPE

Die Eingangstreppe führt direkt zum zweiten Stock der Region der Päpste und der hl. Caecilia. Es ist das älteste Stockwerk, das noch in der Zeit der Verfolgungen gegraben wurde. Die heutige moderne Treppe wurde an die gleiche Stelle gebaut, an der schon die des 4. Jahrhunderts gestanden hatte. Die alte Treppe ließ Papst Damasus durchbrechen, um den Pilgern einen leichteren Zugang zu den Märtyrergräbern zu ermöglichen.

An den Wänden des ersten Teils der Treppe sind zahlreiche Fragmente von Abdeckplatten der Loculi befestigt. Auf dem Treppenabsatz, an dem die Treppe nach rechts dreht, steht die Statue des Guten Hirten, ein Gipsabdruck der berühmten Statue aus dem 4. Jahrhundert, die sich heute in den Vatikanischen Museen befindet.

Gegen Ende der Treppe ist rechts eine Inschrift aus diokletianischer Zeit angebracht.

VIBIV(s) FI(r)MVS R(ecessit) VII KA(lendas) SEP(tembres)
DI(o)C(letiano) IIII ET MAX(imiano) (III) CO(n)S(ulibus).

Sie erinnert an einen Vibius Firmus, der sieben Tage vor den Kalenden des September, unter dem vierten Konsulat des Kaisers Diokletian und dem dritten seines Kollegen Maximinian verstarb. Sein Todestag ist also der 26. August des Jahres 290 (ICVR, IV, 9546). Links gegenüber liegt der verstümmelte Epitaph einer gewissen Agrippina. Er läßt uns die wahre Bedeutung des Todes für einen Christen begreifen. Der Todestag wird genannt: »Tag, an dem sie in das Licht eingetreten ist«: »Cuius dies inluxit«.

... DIA · AGRIPPINA REDD(idit)
(c)VIVS DIES INLVXIT
... DE · POSITA · IDIBVS

... Agrippina gibt zurück (die Seele an Gott).
Sie tritt in das Licht ein am ...
Bestattet an den Iden des ...

2. DER LICHTSCHACHT

Am Treppenende kann man einen der vielen Lichtschächte (auch Lucenar genannt) der Katakombe sehen. Sie bilden eine Öffnung im Deckengewölbe. Bevorzugt wurden sie entlang der Galerien oder an Kreuzungen über den Rampen der Treppen oder in den Decken der Krypten oder Cubicula eingelassen.

Es handelt sich dabei um breite, mehr oder minder rechteckige Schächte, die bis zur Erdoberfläche reichen. Während des Grabens dienten

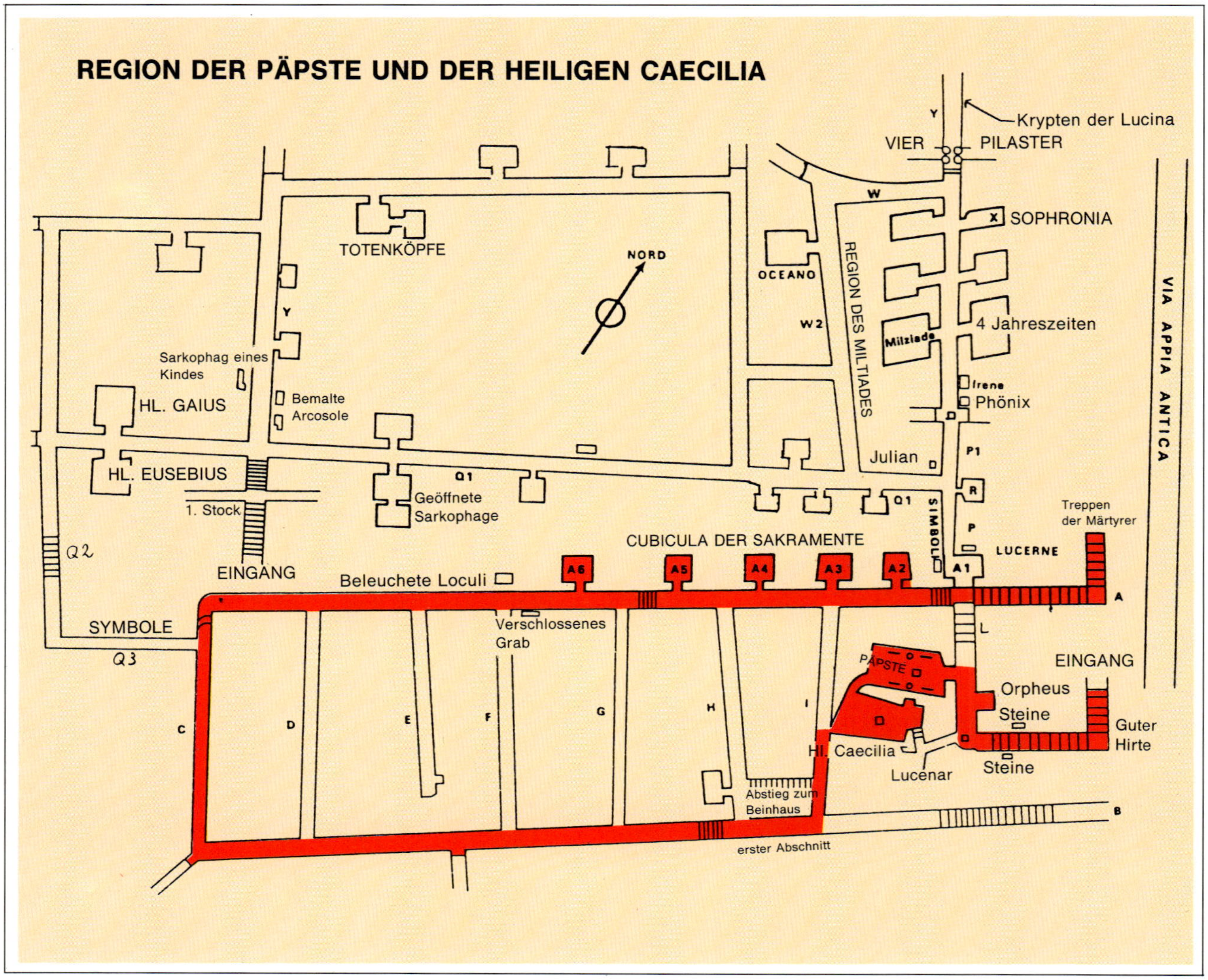

sie zur Beseitigung der Erde. Nach Beendigung der Arbeiten blieben sie offen und wurden zur Luftzufuhr und Beleuchtung der Katakombe genutzt.

3. DIE GRAFFITI

Am Fuß der Treppe beginnt an den gemauerten und verputzten (jetzt mit einer Scheibe geschützten) Wänden eine Serie von Graffiti. Sie wurden von Pilgern zu der Zeit hinterlassen, als die Märtyrer noch in der Katakombe beerdigt waren.

Die Graffiti entstanden, indem mit Eisensticheln in den Verputz der Wände, den Mörtel der Deckplatten der Loculi und manchmal sogar in Marmorplatten hineingeschrieben wurde.

Diese spezielle Art von Schriften können zwei Kategorien angehören. Die eine bilden die »Devotions«- Graffiti, auch »proscimeni« genannt, die auf Wänden von Basiliken, Cubicula und der am meisten verputzten Galerien auftauchen.

Die zweite Kategorie besteht aus den »Grab«-Graffiti. In diesem Fall sind sie in den noch feuchten Kalk, der zum Schließen der Loculi bestimmt war, hineingeschrieben worden. Diese hinterließen eine tiefere Furche.

Letztere Art beschränkt sich im allgemeinen darauf, an den Namen des Toten zu erinnern, manchmal wird auch das Datum der Bestattung, das Alter und der übliche Wunsch nach ewigem Frieden eingeritzt. Die Devotionsgraffiti sind dagegen vielfältiger bezüglich ihres Inhaltes.

Besonders häufig sind sie bei den Märtyrergräbern zu finden. Sie bezeugen die Anwesenheit von Pilgern, die seit dem 4. Jahrhundert die Katakomben besuchten. Das Ziel ihres Besuches war die Anrufung des Märtyrers sowohl für die Lebenden wie auch für die Toten.

»Von Felicius, Priester und Sünder«

Von besonderem Interesse sind die Graffiti, die von Priestern hinterlassen wurden. In den meisten Fällen handelt es sich um die einfache Unterschrift mit der darauf folgenden Abkürzung PRB, »présbyter«, was soviel wie »Priester« heißt.

Nicht selten wird nach der Unterschrift und der Bezeichnung Priester der Ausdruck »indignus peccator« verwendet. Dies bedeutet: Armer Sünder, der es nicht würdig ist, daß ihm die Schuld erlassen wird.

Bezeichnend für diese Haltung ist das Graffito des Presbyters Felicius, das auf die Außenwand der Papstkrypta eingeritzt ist: »Felicio PBR peccator«, das heißt: *»Von Felicius, Priester und Sünder«* (ICVR, IV, 9524).

Man könnte bei dieser Äußerung an eine zur Schau getragene Demut denken. Doch dem ist nicht so. Es ist Resultat einer profunden Kenntnis der Lehre des Evangeliums.

Die Pilgerpriester wußten genau, daß der Mensch nur zu Gott gelangen kann, wenn er seine Grenzen sieht und sich dabei als Sünder erkennt. Nur mit dieser Haltung einer echten Demut kann man um Verzeihung bitten und die Freundschaft mit Gott wiedergewinnen. Es ist der erste Schritt zur Reinigung des Gewissens, das seine Vollendung im »Sakrament der Wiederversöhnung«, das heißt im Bußsakrament, findet.

Die Unterschrift »Sünder« war also alles andere als eine leere rhetorische Formel. Der Besuch der Plätze, die mit dem Blut der Treue zu Gott geheiligt waren, galt als Bestärkung im Glauben.

Die Existenz solcher Graffiti ist auch ein nützliches Indiz zur Individualisierung eines verehrten Grabes. Die Inschrift des Pilgers bezeichnete nicht nur eine allgemeine innere Haltung, sie zeugt auch von einer inbrünstigen Anrufung eines bestimmten Märtyrers. Mit der Inschrift wollte man die Bitte um Fürsprache des Märtyrers am Thron Gottes greifbar verewigen. Der Märtyrer galt als leuchtendes Vorbild des Glaubens und gleichzeitig als wertvoller Fürsprecher.

»Jerusalem, Stadt und Zierde der Märtyrer Gottes«

Wir rücken in die kurze Galerie L vor, wo wir an der rechten Seite auf ein Gitter stoßen, das zu dem Cubiculum L2 gehört. Es wird auch das Cubiculum des Orpheus genannt.[2] Die mythische Person ist — auf einem Felsblock sitzend — auf das Deckengewölbe gemalt. Sie ist orientalisch gekleidet und hält eine Leier (eine Art Zither) in der Hand. Neben der Orpheus- Figur liegen zwei Schafe. Die Darstellung wird von anderen Objekten belebt: Pfauen, Meerungeheuer, Blumen und Ornamenten. Orpheus ist — wie gesagt — ein Symbol für Christus. Das Fresko wird auf den Anfang des 3. Jahrhunderts datiert.

Auf der linken Wand der Galerie L tauchten wieder eine Reihe von Graffiti auf. Sie sind in lateinischer oder griechischer Sprache geschrieben; un-

»Graffiti« (Inschriften) von Pilgern an der äußeren Wand der Papstkrypta eingeritzt (4.-9. Jhdt.).

ter anderem heißt es da: *»Oh heiliger Sixtus, bitte in Deinen Gebeten für Aurelius Repetinus ...«. »Oh Ihr heiligen Seelen, erinnert Euch an Marcianus, Successus, Severus und an all unsere Brüder«* (ICVR, IV, 9521, 9522).

Es sind die Namen von Pilgern aus der Verfolgungszeit. Andere stammen aus konstantinischer Zeit. Die der Presbyter reichen bis zum 8. und 9. Jahrhundert.

All diese Anrufungen zeigen, daß wir uns in unmittelbarer Nähe eines Märtyrerheiligtums befinden. Das bestätigt auch ein lateinisches Graffito in griechischen Buchstaben: »Gerusale civitas et ornamentum martyru(m) D(e)I ...«: *»Oh Jerusalem, Stadt und Zierde der Märtyrer Gottes ...«* (ICVR, IV, 9524). Dieser unbekannte Pilger verglich das Heiligtum mit dem himmlischen Jerusalem, das für das Paradies steht.

4. DIE ENTDECKUNG DER PAPSTKRYPTA

»Die Stimme des Herzens sagte mir, daß hier unten...«

»Wie häufig habe ich versucht in jede Ecke der großen Katakombe einzudringen«, erzählt de Rossi, als er die Entdeckung der Papstkrypta beschreibt, »bis zu dem Punkt, an dem die Erde und Trümmer mir den Eingang verwehrten. An keiner Stelle habe ich so großartige Bauten gesehen und einen so großen Schutthaufen, der von oben herabgestürzt war, als in unmittelbarer Nähe der östlichen Tricora. Aus diesem Grund sagte mir mein Instinkt, daß sich hier unten die Krypten des hl. Sixtus und der hl. Caecilia befinden ...

Im März des Jahres 1854 begann der Erdaushub einer Galerie, die sich bis zur Krypta des hl. Eusebius erstreckte, welche noch von Schutt verschüttet war. Um den Abtransport der Erde zu erleichtern, regte der Architekt Fontana an, einen der Lichtschächte zu öffnen, die sich in unmittelbarer Nähe der Tricora befanden. Die Öffnung dieses Lucenars mißfiel mir anfangs, weil ich darin eine unnütze Verzögerung bei der Suche nach der Krypta des hl. Eusebius sah. Sehr bald sah ich jedoch, wie sich die Tür zu einem vornehmen Raum öffnete.

Als die Ausgrabung den Boden und die Schwelle dieser Tür erreichte, sah ich die Außenwände der Krypta, die mit zahlreichen Graffiti auf lateinisch und griechisch beschrieben waren. Sie waren von den antiken Besuchern dieses außergewöhnlichen Hypogäums eingeritzt worden. Das war ein ausgezeichnetes Indiz dafür, daß ich mich vor der erhabensten und verehrtesten Krypta des Coemeteriums befand. Ich gewann Sicherheit, als ich diese schwierigen, kleinen und zerbröckelten Schriftzeichen entziffert hatte ...

Ich sah, wie häufig der Name des hl. Sixtus angerufen wurde. Sicherlich mußte er hier ruhen. Aber wo befand er sich? Nach den antiken Itineraren mußten hier auch Pontian, Anterus, Lucius, Stephan und Eutychianus, also fast alle Päpste des 3. Jahrhunderts, begraben sein. Neben ihnen hätte ich das Grab der hl. Caecilia entdecken müssen.

Als der Schutt aus der Krypta beseitigt war, befand ich mich vor einem Raum, der mit Marmorsäulen verziert war, die zerbrochen unter den Trümmern lagen. Die beiden Seitenwände waren mit Loculi besetzt, die offen und ohne jede Inschrift waren. Die Wand an der Rückseite beherbergte ein großes Grab. Vor diesem Grab war eine Marmorstufe mit vier quadratischen Löchern. Sie zeigten den Ort an, an dem vier Pilaster standen, die dazu dienten eine Mensa, das heißt einen Altar, zu stützen ...

Hier waren die Zerstörungen durch die Barbaren nicht weniger intensiv als in den anderen historischen Krypten. Die Plünderer, die durch die Lichtschächte und ein Loch, das sie in die hintere Wand schlugen, eindrangen, bemächtigten sich der großen Menge des Marmors. Sie ließen nicht einmal ein einziges Fragment an den obersten Loculi zurück.

Die letzte Schuttschicht erwies sich als sehr ergiebig hinsichtlich der zerbrochenen Steinplatten, die zu dieser Krypta gehörten. Diese gotteslästerlichen oder besser ignoranten Räuber hatten zu unserem Glück die ganz kleinen Marmorstücke außer acht gelassen. So gelang es mir vier Inschriften von Päpsten aus dem 3. Jahrhundert wiederzuerkennen und zu rekonstruieren. Nachdem ich die Fragmente wieder zusammengesetzt hatte konnte ich die Namen von Anterus, Fabian, Lucius und Eutychianus lesen. Ich fand auch Reste einer berühmten damasianischen Inschrift, die von ihnen geraubt worden war« (R.S. I, S. 252-256).

Die Präsenz so vieler Loculi von Päpsten in einem einzigen Raum ist etwas völlig Unbekanntes im unterirdischen Rom. Der Grund ist ganz einfach. Wir wissen ja, wie eifersüchtig die apostolischen Kirchen Roms auf die Bewahrung der Gräber ihrer Bischöfe waren. Das war die beste Art, ihren apostolischen Ursprung festzustellen.

Folgende Seite:
Die Papstkrypta (3. Jhdt.).

Die Kirche der ersten christlichen Jahrhunderte sparte nicht mit Opfern, wenn es darum ging, die Leichname ihrer im Exil gestorbenen Hirten wiederzubekommen. Man muß nur an die Translation des Papstes Pontian von Sardinien, des Papstes Cornelius von Civitavecchia und des Papstes Eusebius von Sizilien nach Rom denken.

5. DIE URSPRÜNGE DER PAPSTKRYPTA

Die Papstkrypta wurde — wie gesagt — von de Rossi im Jahre 1854 entdeckt. Er bezeichnete sie als »den kleinen Vatikan, das zentrale Monument aller christlichen Nekropolen«. Sie hatte ihren Ursprung gegen Ende des 2. Jahrhunderts als privates Cubiculum. Als der »Erste Abschnitt« in die direkte Verwaltung der Römischen Kirche überging, hielt man es für opportun, dieses Cubiculum in eine Grabstätte für Päpste umzugestalten.

Die Krypta hatte im unteren Teil vier Nischen für Sarkophage und zwölf Loculi, sechs in jeder Seitenwand. In der hinteren Wand öffnete sich ein Grab »a mensa«.

Vor dem Durchbruch des Lucenariums, das die antike Decke, die höchstwahrscheinlich künstlerisch ausgestaltet war, zerstörte, warf ein kleines Fenster, das sich neben dem Eingang der Krypta befand, ein wenig Licht ein. Das Licht kam vom Lucenarium der kurzen Galerie L.

6. FÜNF ORIGINALE GRABINSCHRIFTEN

In dieser Krypta wurden zweifellos sechs Päpste bestattet. Mit hoher Wahrscheinlichkeit fanden weitere drei Päpste hier ihre letzte Ruhestätte. In den restlichen Gräbern wurden acht Mitglieder der kirchlichen Hierarchie (Bischöfe und Diakone) begraben.

De Rossi fand beim Entfernen des Schuttes der Krypta die originalen, wenn auch zerbrochenen und verstümmelten Grabplatten von mindestens vier Päpsten: Anterus, Fabian, Lucius und Eutychianus. Die Grabinschrift des Papstes Pontian entdeckte Monsignore Wilpert im Jahre 1909 bei den

Rekonstruktion der Papstkrypta von M. Maresca (Aus der Videokassette «Die Katakomben Roms», 1987. ARS MAR FILM).

Ausgrabungen in der Krypta der hl. Caecilia.

Die Namen der Päpste waren auf griechisch geschrieben. Das war im offiziellen Sprachgebrauch der Kirche des 3. Jahrhunderts üblich. Wir stellen einige Besonderheiten bei den Buchstaben fest: Das kleine Omega (ω) wird der Majuskel (Ω) vorgezogen und das Schlußsigma am Ende ihrer Namen entspricht nicht dem klassischen Sigma (Σ), sondern einem »halbmondförmigen« (C). Vom 2. Jahrhundert an findet sich in der Epigraphik häufiger das halbmondförmige als das klassische Sigma.

Der hl. Papst und Märtyrer Pontian

seines Lebens ein roher Barbar gewesen ist, regierte das Römische Reich drei Jahre lang, ohne auch nur einmal Rom zu besuchen. Als Reaktion auf die liberale Religionspolitik seines Vorgängers stand Maximinus dem Christentum feindlich gegenüber. Er erließ ein Edikt (Gesetz) zur direkten Verfolgung der kirchlichen Hierarchie (Bischöfe, Priester, Diakone) der verschiedenen Kirchen.

Das bekannteste Opfer dieser Politik wurde Papst Pontian. Dieser Papst wurde nach Sardinien verbannt und »ad metalla«, das heißt zu schwerer Minenarbeit, verurteilt. Um die Römische Kirche durch seine Abwesenheit nicht in Schwierigkeiten zu bringen, verzichtete Pontian, der sich schon in Verbannung befand, am 28. September 235 auf sein Pontifikat.

ΠΟΝΤΙΑΝΟC · ЕΠΙCΚ(οπος) · Μ(ά)ΡΤ(υς)
Pontian · Bischof · Märtyrer

Der hl. Pontian (230-235) war Römer. Sein Pontifikat verlief während der Regierungszeit des Alexander Severus (222-235) relativ ruhig. Kaiser Severus besaß ein ausgeprägtes moralisches Bewußtsein und war den Christen wohlgesonnen.

Die Situation änderte sich für die Kirche unmittelbar mit der Thronerhebung des Gaius Julius Verus Maximinus (235-238), der auch nach dem Namen seiner Heimat (der europäischen Türkei, Thrakien) »Thrax«, »der Thraker«, genannt wurde. Dieser Kaiser, ein grausamer Soldat, der Zeit

Wahrscheinlich beschleunigten das ungesunde Klima, die aufreibende Arbeit in den Minen und die schlechte Behandlung seinen Tod. Nach seinem Tod betrachtete ihn die Römische Kirche als wahren Märtyrer. Einige Jahre später ließ Papst Fabian den Leichnam des heiligen Pontian aus Sardinien holen und gab ihm ein ehrwürdiges Grab in der Papstkrypta des Coemeterium des Callixtus.

Die Grabplatte des hl. Pontian ist beschädigt und besteht aus sechs Teilen (ICVR, IV, 10670). Zu dieser Zeit war es »Brauch«, den Papst Bischof

Papstkrypta: Die Originalgrabplatte des hl. Märtyrerpapstes Pontianus (gest. 235).

und nicht Papst zu nennen. Der Name »Papst« (Vater) entstand, wie wir noch sehen werden, als exklusiver Titel des Bischofs von Rom während des 4. Jahrhunderts.

Die Abkürzung MPT, das heißt Märtyrer, wurde auf der Platte einige Jahrzehnte später hinzugefügt. Dies geschah ebenfalls bei der Inschrift des Papstes Fabian.

Der hl. Papst Anterus

ANTEPΩC · EΠI(σκοπος)
Anterus · Bischof

Nach sechs Monaten Sedisvakanz wurde der hl. Anterus am 21. November 235 als Nachfolger des heiligen Pontian zum Papst gewählt. Sein Pontifikat war äußerst kurz: Es betrug nur dreiundvierzig Tage! Möglicherweise starb er im Gefängnis. Es ist jedoch auszuschließen, daß er den Tod durch die Hand eines Henkers fand. Es war der 3. Januar im Jahr 236. Die Strafe war sofort von Maximinus Thrax verhängt worden.

Dieser Papst starb also vor seinem Vorgänger, dem hl. Pontian. Anterus war der erste der neun Päpste, die in dieser Krypta beerdigt wurden. Die Translation des hl. Pontian aus Sardinien wurde nicht sofort vorgenommen. Sein Grab war sehr bescheiden: Ein einfacher Loculus, der in den Tuff gehauen wurde.

Von der Grabplatte sind uns heute nur noch drei Fragmente erhalten. Dort steht die älteste bis jetzt bekannte Inschrift, die nicht nur an einen römischen Papst, sondern auch an einen Vertreter des Klerus erinnert (ICVR, IV, 10558).

Der hl. Papst und Märtyrer Fabian

ΦABIANOC · EΠI(σκοπος) · M(ά)PT(υς)
Fabian · Bischof · Märtyrer

Auch die Grabinschrift des hl. Fabian ist verstümmelt. De Rossi entdeckte fünf Fragmente, die jedoch ausreichten, den Namen des Papstes, sein Amt als Bischof und die Abkürzung Märtyrer (MPT) herauszulesen. (Siehe ICVR, IV, 10694).

Der hl. Fabian (236-250) war Römer und wurde nach dem Tod des hl. Anterus zum Papst gewählt. Sein Hirtenamt dauerte 14 Jahre und fiel in eine Zeit des Religionsfriedens, der von den Kaisern Gordian III. (238-244) und Philippus Arabs (244-249) veranlaßt worden war. Der hl. Fabian begann sofort damit, die Organisation und Administration der Kirche zu reaktivieren, die durch die Verfolgungen des Maximinus Thrax fast völlig zusammengebrochen war.

Er teilte Rom in sieben Kirchenbezirke ein. Jeder Bezirk bekam seine »Tituli« (Gemeinden) und »Katakomben« (Friedhöfe).[3] Die organisatorische Arbeit des hl. Fabian für die Kirche von Rom war eindrucksvoll. Der neue Kaiser Decius (249-251), der aus Illyrien (Dalmatien) stammte, reagierte darauf mit Angst und Wut.

Quintus Messius Gaius Trajanus Decius, ein gebildeter Mann aus wohlhabender Familie, war ein streng Konservativer, der die alten römischen Traditionen, darunter auch die religiösen, wiederherstellen wollte. Er veranlaßte eine systematische Verfolgung, um das Christentum auszurotten, das seiner Meinung nach politisch gefährlich war.

Er veröffentlichte ein Edikt, das jeden Untertan zwang, den offiziellen Staatsgöttern zu opfern, und zwar unter Kontrolle der lokalen Behörden und eigens zusammengestellter Kommissionen. Mit Drohungen, Gefängnisstrafen, Folter, Einziehung der Güter... versuchte man alle, die sich weigerten, zum Götzendienst zu zwingen. Gegen die Exponenten der Kirchenhierarchie wurde die Todesstrafe verhängt.

Papst Fabian war eines der ersten Opfer. Er wurde in das Gericht vor diesen Kaiser geschleppt, weigerte sich aber kategorisch, den Göttern zu opfern. Er wurde sofort zum Tod durch das Schwert verurteilt. Das war am 20. Januar 250.

Die Kirche der ersten drei Jahrhunderte ist ihrem Meister Jesus auf der »Via Dolorosa« der Verfolgungen nachgefolgt. Etliche Christen folgten dem Beispiel ihres Papstes Fabian und bezeugten die Treue zu Christus mit ihrem Blut. Dieses Blut, sagt Tertullian, wird zum Samen der Christen: »Kreuzigt uns, foltert uns, schickt uns in den Tod, demütigt uns. Eure Ungerechtigkeit ist Beweis für unsere Unschuld. Wie viele ihr auch blutig aus unseren Reihen umbringt, unsere Zahl wird wachsen. Das Blut der Märtyrer ist der Samen für neue Christen!« Jesus selbst versicherte seinen Gläubigen, daß sie den Tod nicht zu fürchten hätten: »Wer

Papstkrypta:
Die Originalgrabplatte
des hl. Papstes
Anterus (gest. 236).

sein Leben um meinetwillen verliert, wird es gewinnen« (*Mt*, 16, 25).

Leider gab es neben den zahlreichen Mustergläubigen auch eine Zahl von Apostaten (Abgefallenen). Die leidvolle Frage der Abtrünnigen wird, wie wir noch sehen werden, den Frieden in der Kirche in den folgenden Jahren stören.[4]

Im Jahre 251 starb Decius im Kampf gegen die Goten. Er war der erste römische Kaiser, der in einer Schlacht getötet wurde. Sein Edikt gegen die Christen war nicht nur politisch schädlich und gegen die Geschichte gerichtet, sondern entpuppte sich auch als ein riesiges Fiasko. Dieses Edikt kann als letzter Akt einer Verfolgung betrachtet werden, die die Christen, ohne sie beim Namen zu nennen, ausrotten wollte. Von Nero bis Decius wurde das Christentum als »gesetzwidriger Aberglaube« angesehen und wurde entweder indirekt toleriert oder bekämpft. Von nun an wird es offen bekämpft oder anerkannt werden.

Papstkrypta:
Die Originalgrabplatte
des hl. Märtyrerpapstes
Fabian
(gest. 250).

Papstkrypta: Die Originalgrabplatte des hl. Papstes Lucius (gest. 254).

Der hl. Papst Lucius I.

ΛΟΥΚΙϹ [ἐπίσκοπος]
Lucius [Bischof]

Die Inschrift des hl. Lucius (253-254) ist schwer beschädigt. De Rossi fand nur zwei Fragmente, auf denen der Name geschrieben war. Sicherlich stand neben dem Namen auch die Bezeichnung »Bischof« (ICVR, IV, 10645).

Das Pontifikat des hl. Lucius war kurz: Es dauerte acht Monate. Nach dem Tod des hl. Cornelius wurde er zum Papst gewählt. Wie sein Vorgänger wurde er sofort vom Kaiser Trebonianus Gallus 251-253) nach Civitavecchia (Centumcellae) verbannt.

Gaius Vibius Trebonianus Gallus war ein General, der von seinen Legionen nach dem Tod des Decius zum Kaiser gewählt worden war. Zuerst zeigte er sich tolerant gegenüber den Christen. Bald änderte er jedoch seine Politik. Im Jahre 252 wütete die Pest im Reich. Es wurden sofort Versöhnungsopfer angeordnet, um so die Heimsuchung zu bekämpfen. Natürlich nahmen die Christen nicht an ihnen teil, was den Haß der Heiden entfesselte. Daraufhin kam es in verschiedenen Teilen des Reiches zu Protestaktionen und Tumulten.

Als Konsequenz wurde vom Kaiser ein Edikt erlassen, das die Häupter der Kirche (Bischöfe, Priester, Diakone) verbannte. Papst Lucius wurde aus Rom ins Exil geschickt und bezahlte damit seine Treue zu Gott.

Kurze Zeit später, im August 253, wurde Trebonianus Gallus bei einer Rebellion von seinen Soldaten ermordet. Nach der Thronbesteigung Valerians wurde Lucius aus dem Exil zurückberufen und mit großer Freude von den Gläubigen Roms empfangen.

Die Situation in der Hauptstadt war jedoch nicht entspannt. Grund dafür war das Schisma des Novatian, eines Vertreters des Klerus, der sich weigerte, den Abgefallenen (Lapsi) Verzeihung zu gewähren.

Der hl. Papst Eutychianus

ΕΥΤΥΧΙΑΝΟϹ · ΕΠΙϹΚ(οπος)
Eutychianus · Bischof

Bei der Grabplatte des heiligen Eutychianus (275-283) war de Rossi vom Glück begünstigt. Es gelang ihm, im Schutt der Papstkrypta ungefähr 10 Fragmente zu finden. Sie ergaben fast den ganzen Namen und die abgekürzte Bezeichnung »Bischof« (ICVR, IV, 10616).

Das Pontifikat des heiligen Eutychianus dauerte acht Jahre. Es gab in dieser Zeit keine Verfolgungen. An Problemen in der Kirche Roms mangelte es dennoch nicht: Dauernde Gefährdung durch Häresien, die Frage der Lapsi ... Über das Leben

Papstkrypta:
Die Originalgrabplatte des hl. Papstes Eutychianus (gest. 283).

und die Aktivitäten dieses Papstes ist nur wenig überliefert. Leider wurden die Archive der Kirche in Rom während der furchtbaren Verfolgungen des Diokletian zerstört.

Der hl. Eutychianus stammte aus Luni in Ligurien. Er war der letzte von den neun Päpsten, die in dieser Krypta bestattet wurden. Er starb ein Jahr vor der Ernennung Diokletians zum Kaiser.

7. ANMERKUNGEN ZU DEN GRABINSCHRIFTEN DER PÄPSTE

Eine deutliche Verwandtschaft in der Buchstabenform kann man bei den Inschriften der Papstkrypta feststellen. Man kann annehmen, daß sie alle von einer Steinmetzfamilie stammen. Diese überlieferten einander ihre Kunst, der Vater dem Sohn oder der Meister dem Schüler.

Die Buchstaben dieser Inschriften wurden dann nach antikem Brauch in einem Verfahren, das im allgemeinen mit dem noch heute gebräuchlichen übereinstimmt, rot angemalt. Man bestrich die ganze Platte mit Farben. Diese wurde dann mit Bimsstein so abgerieben, daß die Farbe nur noch in den Vertiefungen der Buchstaben zurückblieb. Diese Arbeit wurde meistens kurz vor dem Verschließen des Grabes mit der Platte ausgeführt. Bei den Inschriften des hl. Pontian und des hl. Anterus wurden diese Arbeiten erst danach ausgeführt, weil das Rot noch unter dem Kalk zu sehen ist.

8. DER TITEL »MÄRTYRER«.[5]

Es gibt sehr wenige Grabinschriften, die den ruhmreichen Titel »Märtyrer« enthalten. Aus unterschiedlichen Gründen waren sie mehr als alle anderen der Zerstörung ausgesetzt.

Zu Zeiten des Papstes Damasus, als die Märtyrergräber verschönert wurden, konnte es vorkommen, daß die Originalinschriften entfernt und irgendwo anders aufgestellt wurden. Diejenigen, die an ihrem ursprünglichen Platz geblieben sind, waren wenig später den Gefahren der Invasionen der Barbaren (Goten und Langobarden) ausgesetzt und wurden zum Teil zerstört. In der Epoche der Translationen wurden sehr viele Grabinschriften zerstört. Der Reliquienkult war damals weitverbreitet und die Geschichte schritt in jener Zeit in anderen Kategorien fort als heute.

Der Gebrauch des Ehrentitels »Märtyrer« auf einer Grabplatte geht auf das Jahr 258 zurück. Er erschien damals auf der Inschrift des Felicissimus und des Agapit, zwei Diakonen des Papstes Sixtus II., die im nahe gelegenen Coemeterium des Praetextatus begraben sind.

Kurze Zeit später wird dieser Titel auch den Inschriften auf den Gräbern sehr bekannter Märtyrer beigefügt. Sie konnten aber nicht auf die Steine aller Märtyrer gemeißelt werden. Vor allem bei den ältesten Gräbern war das nicht möglich, weil die Grabsteine »schwiegen«, das heißt nur der Name eingemeißelt worden war und ansonsten keine Nachrichten überliefert worden waren.

Daraus erklärt sich, weshalb so wenige Märtyrer in den Itineraren erwähnt werden und weshalb in diesen Dokumenten oft allgemeine Ausdrücke verwendet werden wie zum Beispiel: »Viele Heilige, viele Märtyrer, sehr viele andere Märtyrer, eine unzählige Menge von Märtyrern«, und ähnliches.[6]

9. DER PAPST UND MÄRTYRER SIXTUS II.

Auch über Sixtus II. (257-258) geben die schriftlichen Quellen nur sehr spärlich Auskunft. Vermutlich stammte er aus Griechenland. Er wurde am 30. August 257 zum Papst gewählt. Der hl. Cyprian bezeichnet ihn als einen »guten und friedliebenden Priester«.

Auch wenn die Nachrichten über sein Leben und sein Hirtenamt sehr rar sind, so sind doch die Daten über sein Martyrium sehr genau und detailliert überliefert.

Um die Ursachen, die das ruhmreiche Ende Sixtus II. bedingten, richtig einzuordnen, ist es notwendig, sein Pontifikat durch den Spiegel der historischen Ereignisse der Zeit zu betrachten.

Der Kaiser Valerian

Publius Licinius Valerianus Augustus (253-260), ein gebildeter Mann von adeliger Herkunft, ging in die Geschichte als einer der schrecklichsten Verfolger des Christentums ein. Während der ersten drei Jahre seiner Regierungszeit zeigte er sich tolerant gegenüber den Christen. Im August 257 veröffentlichte er völlig unvermittelt ein Verfolgungsedikt. Vielleicht spielte der Einfluß seines Finanzministers, des Ägypters Macrianus, dabei eine Rolle.

In dem Edikt wurde den Geistlichen befohlen, den Göttern zu opfern, bei Nichtbeachtung sollten sie mit der Verbannung bestraft werden. Für die einfachen Christen hingegen wurde die Todesstrafe angeordnet, falls sie sich weigern sollten, dem kaiserlichen Befehl zu gehorchen. Der Zutritt zu den Coemeterien (Katakomben) und die Abhaltung von religiösen Versammlungen wurde für alle Christen verboten. Die Kirchengüter wurden konfisziert.

Im folgenden Ausschnitt aus dem Edikt des Valerian werden die Versammlungen in den Coemeterien verboten: »Die hochheiligen Kaiser (Valerian und sein Sohn Gallienus) verordnen, daß keine Versammlungen (von Christen) an irgendeinem Ort abgehalten werden dürfen, und daß die Coemeterien (Katakomben) nicht betreten werden dürfen. Wenn irgendjemand diesen heilbringenden Befehl nicht befolgt, wird er enthauptet«.[7]

Ein zweites noch schärferes Edikt gegen die Christen wurde im Jahre 258 unter den Konsuln Tuscus und Bassus erlassen.

Der Kaiser bestimmte, daß die Geistlichen sofort mit dem Tod bestraft werden sollten, falls sie sich weigerten, den Göttern ein Opfer darzubringen. Die Christen von hohem Rang wurden ihrer Würden und Güter entledigt. Beharrten sie den-

Papstkrypta: Die Abkürzung für »Märtyrer« (MPT) in griechischer Schrift. Detail der Grabplatte des hl. Papstes Fabian.

noch auf ihrem Glauben, wurden sie umgebracht. Die Matronen (adelige Frauen) wurden verbannt, die Liberti (freigelassene Sklaven), die ihren Dienst im Kaiserpalast verrichteten, zu Zwangsarbeit verurteilt.

Die Verfolgung war von kurzer Dauer. Im Jahre 260 wurde Valerian von dem König Schapur besiegt und starb, nachdem er aufs tiefste als Mensch und als Soldat gedemütigt worden war, als Gefangener in Persien (Iran).

Auch diese Verfolgung erwies sich schließlich als Mißerfolg und zeigte nur den Niedergang des Heidentums an. Ihre große Neuerung bestand darin, daß der Staat nun die Organisation der Kirche zur Kenntnis nahm, sie für illegal erklärte, sie in ihrer Hierarchie treffen wollte und ihren Besitz konfiszierte. Außerdem wurde der Wille offenbar, die Christen, die einen Einfluß im Staat hatten, auszuschalten, indem man sie von den Schlüsselstellen des Reiches entfernte.

Das Martyrium Sixtus II.

Sixtus II. wurde eines der ersten Opfer des zweiten Verfolgungsediktes des Valerian. Man kann ihn als den wahren Märtyrer der römischen Katakomben bezeichnen. Er wurde nämlich von den Soldaten Valerians eben hier im Coemeterium San Callisto überrascht, als er eine religiöse Versammlung leitete. Nach kurzem Prozeß wurde er noch am selben Tag an dieser Stelle enthauptet. Es war der 6. August 258.

Die Nachricht über das Martyrium Sixtus II. verbreitete sich wie ein Lauffeuer in der christlichen Welt. Knapp einen Monat nach diesem Blutbad schrieb der hl. Cyprian seinem Kollegen, dem Bischof Successus: »Wisset, daß Sixtus im "Coemeterium" am 6. August und mit ihm vier Diakone ermordet wurden«.[8] Die Katakomben von San Callisto waren auch unter dem Namen »das Coemeterium«, das heißt, der »offizielle Friedhof« der Kirche Roms, bekannt.

Sixtus II. wurde in der Antike sehr bald verehrt. Sein Name, der des hl. Cornelius und der hl. Caecilia wurden auch in den römischen Kanon aufgenommen.

Seinem Tod folgte eine relativ lange Zeit der Sedisvakanz, weil an dem Tag seiner Enthauptung mindestens sechs weitere Diakone hingerichtet wurden. Laurentius, der letzte Diakon, wurde vier Tage später an der Via Tiburtina lebend verbrannt.

Es ist bekannt, daß in den ersten Jahrhunderten der Bischof von Rom (der Papst) eher aus dem Kreis der Diakone als aus dem der Presbyter gewählt wurde. Die Diakone kannten sich besser in der Kirchenorganisation aus. Außerdem waren sie enge Mitarbeiter des Papstes.

So wurde die Kirche in Rom vom 6. August 258 bis zum 22. Juli 259, dem Tag der Wahl des Nachfolgers Dionysius, von einem Rat von Presbytern geleitet.

10. DIE GRABSTÄTTE DES PAPSTES SIXTUS II.

Das Grab des Stifters des Cubiculums

An der Hinterwand der Papstkrypta befinden sich zwei etwa gleich große Gräber. Im unteren Teil befindet sich das einfache und reguläre Mensengrab. Es war in den Tuff gehauen, mit Marmor geschmückt und mit einer horizontal gelegenen Platte verschlossen. Darüber erhob sich die übliche rechteckige Nische, die mit einer doppelten Stuckschicht und roten Streifen verziert war.

Dieses Grab war die wichtigste Grabstätte des Cubiculums, bevor dieses zur »Krypta der Päpste« umgestaltet wurde. Hier war der »Stifter« dieses Cubiculums bestattet. Er war wahrscheinlich ein Mitglied der Familie der Caecilier. Bei den Ausgrabungen wurde jedoch kein einziges Fragment der Grabinschrift gefunden.

Die Grabstätte des Papstes Sixtus II.

Die Nische, die sich über dem Mensengrab befand, wurde im 3. Jahrhundert umgebaut, um ein weiteres Grab beherbergen zu können.

Die beiden Seitenwände wurden mit Pilastern verkleidet. Man versetzte die Hinterwand, um den Sarkophag des Papstes und Märtyrers aufstellen zu können. Vor dem Grab war zweifellos die Grabinschrift angebracht, wie dies auch schon bei den anderen Päpsten, die ihm vorangingen (Pontian, Anterus, Fabian ...), die Regel war. Diese Grabinschrift wurde noch nicht gefunden.

11. DIE PAPSTKRYPTA WIRD ZU EINER KULTSTÄTTE

Als sich die Märtyrerverehrung im 4. Jahrhundert immer mehr verbreitete, ließ Papst Damasus diese Grabstätte in eine kleine unterirdische Kirche umbauen. Die Tür wurde in der Höhe und Breite vergrößert. Unter dem Eingangsbogen wurde das Christusmonogramm, das heute fast kaum mehr sichtbar ist, mit roter Farbe aufgemalt. In der Decke befinden sich zwei Lucenare. Das in der Mitte beleuchtete die Krypta, während das auf der linken Seite das Licht direkt auf den Altar fallen ließ. Das enge Schartenfenster neben der Tür, das bis dahin zur Beleuchtung der Grabstätte gedient hatte, wurde zugemauert, um die Eingangswände zu verstärken. Rechts hingegen wurde eine kleine Nische für Lampen ausgehöhlt.

Die beiden Spiralsäulen ruhen auf hohen Basen, die noch heute an ihrem Platz stehen.

Vor dem Grab von Sixtus II. ließ Damasus auch einen Altar aufstellen, von dem nur noch das Fundament erhalten ist. Der *Liber Pontificalis* berichtet uns, daß Sixtus III. (432-440) über der Tür im Innern der Krypta eine Marmorplatte anbringen ließ. Diese Inschrift enthielt nicht nur die Namen aller Päpste und einiger Mitglieder der kirchlichen Hierarchie, die hier beerdigt waren, sondern auch die Namen der Päpste und Bischöfe, die in den verschiedenen Regionen des Coemeteriums San Callisto bestattet waren. Noch heute ist eine viereckige Vertiefung in der Wand zu sehen.

De Rossi gelang es, die ganze Liste der Namen zu rekonstruieren. Er ging dabei vom *Liber Pontificalis* aus und zog das *Martyrologium Hieronymianum* und die *Sylloge von Tours* zur Hilfe heran. Er vollbrachte hiermit ein Meisterwerk der wissenschaftlichen Forschung, bei dem äuerst wenig dem Bereich der Hypothese überlassen blieb.

In dieser »scheinbaren« chronologischen Konfusion ist eine gewisse Ordnung erkennbar. In der ersten Spalte wurden die Namen der Märtyrerpäpste niedergeschrieben. In der zweiten Spalte stehen die Päpste, die keine Märtyrer waren. In der letzten die fremden Bischöfe. Nur in der dritten Spalte herrscht ein wenig »Unordnung«, weil Päpste und Bischöfe gemeinsam aufgelistet wurden (ICVR, IV, 9516).

In den Boden der Krypta und der nahen Galerie L wurde in kürzester Zeit eine große Anzahl von »Verehrungsgräbern« (Formae) gegraben.

Die Wände der Krypta waren verputzt und mit Marmor verkleidet. Das Innere der Gräber wurde jedoch in rotem Tuff belassen. Die Größe der zwölf Loculi war unterschiedlich: Sie variierten sowohl in der Höhe als auch in der Tiefe.

Die heutige Ziegelverkleidung der Krypta verdanken wir de Rossi. Sie dient der besseren Stütze der Tuffwände. Auch die Rekonstruktion eines Teils der eingestürzten Decke erwies sich als notwendig.

12. DIE ZWEI DAMASIANISCHEN EPIGRAMME

»Hic congesta iacet ...«

Vor dem Grab Sixtus II. ließ Papst Damasus im unteren Teil der Wand ein Gedicht in lateinischen Hexametern anbringen. Es ist vielleicht die berühmteste seiner poetischen Kompositionen. Der hl. Damasus gedenkt darin der Märtyrer und Bekenner, die in der Krypta und in der ganzen Katakombe beerdigt sind.

Mit der Bezeichnung »Märtyrer« werden diejenigen charakterisiert, die auf grausame und blutrünstige Weise niedergemetzelt wurden, weil sie ihrem Glauben an Jesus Christus treu geblieben sind. Dagegen verweist der Begriff »Bekenner« auf diejenigen, die die christlichen Werte mit ihrem beispielhaften Leben bezeugten. Im Gegensatz zu den Märtyrern mußten die Bekenner für ihr Bekenntnis nicht mit dem Leben bezahlen.

In den letzten beiden Zeilen des Gedichtes

»Die Namen der Bischöfe, Märtyrer und Glaubensbekenner,
die im Coemeterium San Callisto bestattet wurden

Sixtus	Dionysius	Stephan	Urban
Cornelius	Felix	Lucius	Mannus
Pontian	Eutychianus	Anterus	Numidian
Fabian	Gaius	Laudiceus	Iulian
Eusebius	Miltiades	Polycarp	Optatus

Unter diesen zuerst der heilige Sixtus,
der mit Agapit, Felicissimus und 11 anderen litt«.

Papstkrypta: Gedicht des hl. Papstes Damasus »Hic congesta iacet...« (2. Hälfte 4. Jhdt.).

bringt der hl. Damasus den Wunsch zum Ausdruck, auch an diesem heiligen Ort zusammen mit seinen Vorgängern beerdigt zu werden. Gleichzeitig betont er in großer Bescheidenheit, daß er dieser Ehre nicht würdig sei.

De Rossi fand die Inschrift, die in mehr als hundert Stücke zersplittert war, in dem Schutt der Krypta. Sie wurde von ihm sorgsam mit Hilfe der Dokumente aus dem 7. Jahrhundert (den »Syllogen« oder poetischen Textsammlungen) rekonstruiert. Sie wurde von der unverkennbaren Hand des »Steinmetzes« Furius Dionysius Filòcalus, der ein sehr guten Freund des Papstes Damasus war, in Grobuchstaben eingemeißelt.

Dieser Filòcalus »schuf einen ganz besonderen Schrifttyp, der sich von allen anderen dieser Epoche durch sein hohes qualitatives Niveau unterscheidet. Die harmonisch auf großen Marmorplatten angeordneten Inschriften wurden gut sichtbar im Innern der Krypten und Coemeterialbasiliken angebracht.

Filòcalus zeichnete selbst einige Epigraphe, wie zum Beispiel dasjenige, das dem hl. Papst und Märtyrer Eusebius gewidmet ist ... Ungefähr zwan-

Papstkrypta: Detail des Gedichtes vom hl. Papst Damasus »Hic congesta iacet...«.

zig Inschriften werden dem Schreibkünstler zugeschrieben, die alle aus dem Jahrzehnt 370-380 stammen« (D. Mazzoleni).

Die Worte des folgenden Gedichtes sind im Original alle ohne Abstand geschrieben. Um die Lektüre zu erleichtern, schreibe ich sie voneinander getrennt:

nern, die Griechenland sandte«, ist wahrscheinlich die folgende Gruppe von Märtyrern gemeint: Maria, Neonus, Hippolyt, Adria, Paulina, Marta, Valeria, Eusebius und Marcellus. Der genaue Ort ihrer Bestattung in dem »Komplex San Callisto« ist bis jetzt noch nicht herausgefunden worden (ICVR, IV, 12520).

HIC CONGESTA IACET QVAERIS SI TVRBA PIORVM
CORPORA SANCTORVM RETINENT VENERANDA SEPVLCRA
SVBLIMES ANIMAS RAPVIT SIBI REGIA CAELI
HIC COMITES XYSTI PORTANT QVI EX HOSTE TROPAEA
HIC NVMERVS PROCERVM SERVAT QVI ALTARIA XPI
HIC POSITVS LONGA VIXIT QVI IN PACE SACERDOS
HIC CONFESSORES SANCTI QVOS GRAECIA MISIT
HIC IVVENES PVERIQVE SENES CASTIQVE NEPOTES
QVIS MAGE VIRGINEVM PLACVIT RETINERE PVDOREM
HIC FATEOR DAMASVS VOLVI MEA CONDERE MEMBRA
SED CINERES TIMVI SANCTOS VEXARE PIORVM

»Hier ruht vereint, wenn du fragst, eine Schar von Frommen,
die ehrwürdigen Gräber umschließen die Leiber der Heiligen,
ihre erhabenen Seelen entführte das himmlische Reich.
Hier ruhen[9] *die Gefährten des Xystus, die über den Feind triumphieren,*
hier die Menge der Märtyrer, die Dienst tut an den Altären Christi.
Hier ist auch der Priester bestattet, der in langem Frieden lebte,
hier die heiligen Bekenner, die Griechenland sandte,
hier die Jünglinge und Knaben, die Greise und keuschen Enkel,
die der jungfräulichen Scham den Vorzug gaben.
Hier, ich gestehe es, hätte ich, Damasus, gerne meine Glieder bestattet,
doch fürchte ich, die heilige Asche der Frommen zu stören«.[10]

Die Begleiter des Sixtus waren die vier Diakone: Gennarus, Magnus, Vincenz und Stephan, die das Martyrium gemeinsam mit ihm erlitten. Die »Märtyrer, die Dienst tun an den Altären Christi« sind natürlich die Päpste, die in dieser Katakombe begraben sind. Der Vers »der Priester, der in langem Frieden lebte« kann sich entweder auf den Papst Fabian, den Papst Dionysius oder auf Papst Eutychianus beziehen. Mit »den heiligen Bekenern, die Griechenland sandte« ...

In den ersten Jahrhunderten des Christentums, als die »Schwestern« noch nicht »getrennt« waren, wurden rege Kontakte zwischen der Kirche von Rom und der griechischen Kirche gepflegt. Die großen Lehrer des Glaubens, auch »Kirchenväter« genannt, wie etwa die Heiligen Athanasius, Gregor von Nyssa, Basilius, Gregor von Nazianz, Johannes Chrysostomus wurden von beiden verehrt.

»Tempore quo gladius ...«

An der rechten Wand der Papstkrypta sind zwei zusammengehörende originale Fragmente eines zweiten Gedichtes von Damasus erhalten. Es ist dem Papst Sixtus II. gewidmet, um sein ruhmvolles Martyrium zu würdigen. Im folgenden ist die Übersetzung abgedruckt:

Zu der Zeit, als das Schwert den frommen Leib der Mutter zerschnitt,
lehrte der Bischof hier die himmlischen Gebote.
Plötzlich kommen sie und reißen ihn weg von dem Platz, wo er gerade sitzt:
Damals bot die Gemeinde den Häschern den Nacken dar.
Sofort als der Greis erkannte, wer ihm die Palme rauben wollte,
bot er sich und sein Haupt zuerst zum Opfer,
damit die ungeduldige Wut keinem anderen schade.
Christus, der den Lohn des Lebens gewährt, offenbart
das Verdienst des Hirten: Er selbst schützt die Herde.[11]

Diese Ehreninschrift war genau vor dem Grab von Sixtus II. angebracht. Es befand sich unmittelbar über dem vorherigen Gedicht. Um an diesem Platz beide poetischen Texte aufhängen zu können, ließ Papst Damasus auf der Mauer der Wand eine zweite Verstärkungsmauer anbringen, die sich klar von der ersten abhebt.

Als die Reliquien der Märtyrerpäpste weggebracht wurden, wurden die Grabstätten mit Gewalt zerstört, ohne daß auf die Gedichte achtgegeben worden wäre. Durch die späteren Plünderer wurde die nicht wieder gutzumachende Verunstaltung vollendet. Nur drei Fragmente des Gedichtes »Hic congesta iacet ...« waren in der äußersten rechten Ecke der Wand noch zu finden.

13. DIE ANDEREN DREI PÄPSTE, DIE IN DER KRYPTA BESTATTET SIND

De Rossi fand, als er die Papstkrypta von Schutt und Erde befreite, kein einziges Fragment von den Grabinschriften der Päpste Stephan, Dionysius und Felix. Die *Depositio Episcoporum*, die Itinerare und der marmorne Katalog, der von Sixtus III. in der Krypta angebracht wurde, berichten von ihren Gräbern in dem Coemeterium von San Callisto. Die Tatsache, daß ihre Gräber in keiner der verschiedenen Regionen der Katakombe gefunden wurden, spricht dafür, daß sie in der Papstkrypta beerdigt waren.

Der heilige Stephan I.

Es gibt wenige sichere Nachrichten über den Papst Stephan (254-257). Die einzige sichere Quelle, die uns einige Informationen über seine Person und seine Aktivitäten liefert, ist die Briefsammlung des hl. Cyprian. Das Verhältnis zwischen den beiden war aufgrund schwerwiegender theologischer Differenzen nicht immer das beste.

Stephan wurde am 18. Mai 254 als Nachfolger des heiligen Lucius zum Papst gewählt. Das Pontifikat Stephans war geprägt von religiösen Kontroversen, die von einigen Bischöfen verursacht wurden, die einer zweifelhaften Rechtgläubigkeit verdächtig waren.

Er starb am 2. August 257.

Der hl. Dionysius

Papst Dionysius (259-268) war Römer. Er war Mitglied des Presbyterkollegiums, das der Kirche nach dem Martyrium von Sixtus II. vorstand. Nach fast einem Jahr Sedisvakanz wurde er im Juli

Papstkrypta: Fragment der Originalgrabinschrift des afrikanischen hl. Bischofs Numidian.

Papstkrypta: Fragment der Originalgrabinschrift des hl. Bischofs Urban.

259 unter dem Konsulat des Aemilian und des Bassus zum Papst gewählt. Er kümmerte sich hauptsächlich um die Fragen, die den Glauben betrafen, besonders um drohende Häresien (Abweichungen). Mit Güte ging er auf die Kirchen zu, die sich in Schwierigkeiten befanden. Er starb am 27. Dezember 268.

Sein Pontifikat fiel in die Amtszeit des Kaisers Gallienus, dem Sohn Valerians, der den Christen gegenüber tolerant war. Papst Dionysius wird in einem kaiserlichen Edikt genannt, das von Gallienus erlassen wurde und die Restitution der Güter der Kirche einschließlich der Friedhöfe beinhaltete: »Wir verordnen, daß den Christen die sogenannten "Schlafsäle" (=Katakomben) zurückgegeben werden«.

Wie ist diese Änderung des Gallienus im Verhalten gegenüber den Christen zu erklären? Politisches Kalkül oder Wohlwollen gegenüber einer neuen Religion?

Publius Licinius Ignatius Gallienus (260-268) pflegte dem Christentum gegenüber eine Gesinnung, die der seines Vaters völlig entgegengesetzt war. Er widerrief das Verfolgungsedikt gegen die Christen und gab den Bischöfen weitgehende Freiheiten in der Amtsführung. Von der kirchlichen Autorität bedrängt befahl er die Restitution der christlichen Kultstätten und Katakomben.

Die Toleranz des Gallienus entsprang rein politischem Kalkül. Der Kaiser, ein Liebhaber der griechischen Kultur, überzeugt von der neuplatonischen Philosophie, war weit von der Botschaft des Christentums entfernt. Seine Frau Cornelia Solonina scheint jedoch dem Christentum nahegestanden zu sein. Gallienus interessierte nur die Zusammenarbeit mit der starken, einigen und gut organisierten christlichen Minderheit.

Der heilige Felix I.

Obwohl das Pontifikat des Papstes Felix (269-274) fast sechs Jahre dauerte, wissen wir sehr

Kaiser Decius (249-251), Rom, Kapitolinisches Museum.

wenig über ihn. Er war Römer. Sein Hirtenamt fiel in eine Zeit des Religionsfriedens. Nach dem Vorbild seines Vorgängers Dionysius förderte er die Organisation und Ausbreitung der Kirche. Er intervenierte, um den wahren Glauben zu verteidigen, in Auseinandersetzungen um Lehrfragen mit der östlichen Kirche. Der wahre Glaube war immer von häretischen Sekten bedroht. Er starb am 30. Dezember 274.

14. DIE IN DER PAPSTKRYPTA BEERDIGTEN BISCHÖFE

Wir kennen die Namen der in der Papstkrypta beerdigten Bischöfe nicht genau.

De Rossi fand in dieser Krypta auch zwei Inschriften, in denen Bischöfe genannt werden. Die Fundstücke befinden sich noch an ihrem ursprünglichen Platz.

Die erste Inschrift befindet sich heute unter der Inschrift des hl. Anterus. Es handelt sich um ein Fragment von einem Sarkophagdeckel, auf dem ein Name in griechischer Sprache eingeritzt ist: Urban. Der nachfolgende Buchstabe ist ein E, das heißt: ἐπίσκοπος = Bischof. (Vgl. ICVR, IV, 10664).

Die zweite Inschrift befindet sich an der rechten Wand der Krypta neben den Fragmenten des damasianischen Gedichtes: »Tempore quo gladius ....«. Auch dieser Name ist in griechischer Sprache geschrieben und gehört zu dem Grabstein des afrikanischen Bischofs Numidian (ICVR, IV, 10663).

Beide Bischöfe werden in dem Marmorkatalog, der sich über der Tür der Krypta befindet, genannt. Aus der Tatsache, daß sich, wie schon gesagt, das Sarkophagfragment des hl. Urban im Schutt der Papstkrypta befand, kann geschlossen werden, daß es von einem der Sarkophage stammt, die in den vier Nischen standen. Dasselbe gilt für die zerstörte Inschrift des Numidian. Die Begräbnisstätte der Päpste ist also höchstwahrscheinlich auch der Bestattungsplatz dieses afrikanischen Bischofs.

[1] ICVR, IV, 11196.
[2] Vgl. Plan auf Seite 50.
[3] Der Komplex von San Callisto gehörte dem ersten Kirchenbezirk an und war von den Tituli der hl. Sabina, der hl. Prisca, der hl. Balbina, den hll. Nereus und Achilleus und der hl. Anastasia abhängig.
[4] Zu den Abgefallenen, siehe S. 98.
[5] Dieses Kapitel beruht im wesentlichen auf dem Werk von Monsignore G. Wilpert: »La Cripta dei Papi ...«. Siehe Anhang: Wichtigste Literatur.
[6] »Multi sancti, multi martyres, alii quamplurimi, innumerabilis multitudo martyrum«.
[7] »Sacratissimi imperatores praeceperunt ne in aliquibus locis conciliabula fiant, nec coemeteria ingrediantur. Si quis hoc tam salubre praeceptum non observaverit, capite plectetur«.
[8] »Xystum in coemeterio animadversum sciatis VII id. Aug. die et cum eo diacones quattuor«.
[9] Hier ruhen ... das heißt: Hier befinden sich begraben ...
[10] (ICVR, IV, 9513. Übersetzung von J. G. Deckers).
[11] (ICVR, IV, 9514. Übersetzung von J.G. Deckers).

Reste von heidnischen Grabmälern an der Via Appia.

VI. Die Region der Päpste und der heiligen Caecilia

Die Krypta der heiligen Caecilia

1. URSPRUNG UND ENTWICKLUNG DER KRYPTA

Die Krypta der heiligen Caecilia war ursprünglich ein Cubiculum, das zahlreiche Devotionsgräber enthielt. Viele Christen wollten in einem Grab neben den Märtyrern beerdigt sein, um deren Fürsprache zu genießen.

An der Frontwand bei der Statue der Märtyrerin wurde ein vierzehn Meter tiefer Brunnen gegraben. Es war unabdingbar, in der Katakombe Wasser in Reichweite zu haben, um die Mauerarbeiten durchführen zu können. Noch heute kann man den halbkreisförmigen Einschnitt des Brunnens an der Wand sehen.

Als im »ersten Abschnitt« der Platz ausging, der durch die Vertiefung der Galerien gewonnen worden war, entschied man sich in der ersten Hälfte des 3. Jahrhundert, ein weiteres tieferliegendes Stockwerk zu graben. Von der Galerie H aus wurde eine Treppe gebaut. Nach fünfundzwanzig Treppenstufen stieß man auf eine antike Puzzolangrube.

Die Fossores bemerkten, daß sich die Papstkrypta und die der hl. Caecilia über oder neben schon früher existierenden sandigen Galerien befanden. Es wurden sofort Renovierungsarbeiten in Angriff genommen, um die Einsturzgefahr zu bannen. Sie verstärkten diese Galerien und die Treppe mit soliden Mauern. Außerdem bauten sie in unmittelbarer Nähe der Krypta Verstärkungsmauern, die auf die darunterliegenden sandigen Galerien abgestimmt waren.

Diese Krypta hatte vielleicht schon von Anfang an ein eigenes Lucenarium. Auf jeden Fall wurde es unter dem Pontifikat von Damasus erweitert, um die Besuche der zahlreichen Pilger zu erleichtern.

Krypta der hl. Caecilia.

Statue der Martyrerin.
(Kopie des Originals von Maderno).

2. DIE KRYPTA DER HEILIGEN CAECILIA WIRD ZU EINER KULTSTÄTTE

Als die Leichname der Märtyrer in der Katakombe begraben wurden, wuchs an diesem Ort auch die Zahl der Devotionsgräber. Wiederholt und sehr schnell mußte man die Katakombe erweitern. In dieser Zeit erwies sich die Konstruktion des Kryptoportikus (unterirdischer Wandelgang) als notwendig, um die in großer Zahl dorthin strömenden Gläubigen aufnehmen zu können.

Papst Damasus beschränkte sich nicht darauf, die Papstkrypta zu verschönern, sondern schmückte auch die der hl. Caecilia. Der gemeinsame Zugang zu den beiden Krypten wurde mit Marmorplatten und einem Mosaik im Gewölbe verkleidet. Davon sind heute nur noch geringfügige Spuren zu sehen. Die Marmorverkleidung wurde auch an der Wand angebracht, in die die Nische gehauen war, in der die Märtyrerin begraben war.

Man kann mit Sicherheit annehmen, daß dieser Papst, der die Märtyrer so stark verehrte, auch die Wände der Krypta bemalen ließ. Heute ist es schwierig, um nicht zu sagen unmöglich, die Spuren dieser Arbeiten wiederzufinden. Schuld daran sind die häufigen Restaurationen und Verschönerungsarbeiten zwischen dem 4. und 11. Jahrhundert.

Auch de Rossi war nach der Wiederentdeckung gezwungen, die Wände der Krypta und des Kryptoportikus mit Mauern, Bögen und Pilastern zu verstärken, um so die Gefahr eines Einsturzes zu bannen.

3. DIE ÜBERFÜHRUNG DER GEBEINE DER MÄRTYRERIN NACH TRASTEVERE

Der Leichnam der Märtyrerin lag an dem Ort, an dem sich heute die Statue befindet. Er blieb dort bis zum Jahr 821. In diesem Jahr ließ der hl. Papst Paschalis I. (817-824) ihren Leichnam in die ihr gewidmete Basilika überführen, die an der Stelle des Hauses der Heiligen erbaut worden war.

Die Statue, die wir hier bewundern, ist eine Kopie des berühmten Werkes Madernas (1566-1636). Das Original befindet sich heute auf dem Grab der Märtyrerin. Die Statue bildet den Körper der Heiligen so ab, wie er im Jahre 1599 gefunden wurde. Damals wurde der Sarkophag geöffnet, um die sterblichen Reste zu untersuchen. Kardinal Paolo Sfondrati (1561-1618) hatte Stefano Maderna damit beauftragt, eine Statue der hl. Caecilia anzufertigen. Die Figur sollte in genau derselben Körperhaltung geformt werden, wie in der Inschrift erklärt wird: »Paolo, Kardinal des Titels der hl. Caecilia. Hier ist ein Abbild der heiligen Jungfrau Caecilia für Dich. Diese habe ich selbst unversehrt in ihrem Sarkophag liegen sehen. Für Dich habe ich in diesem Marmor genau dieselbe Körperhaltung wiedergegeben«.

Der Bildhauer hat den Schnitt des Schwertes am Hals hervorgehoben, obwohl bei der Enthauptung der Kopf nicht vollständig vom Rumpf getrennt wurde. Außerdem hält Caecilia drei Finger der rechten und nur einen der linken Hand geöffnet. In ihrem Todeskampf und als Tote möchte sie mit diesen Handzeichen ihren Glauben an die Dreifaltigkeit und die Einheit Gottes zeigen: Ein einziger Gott, aber drei Personen: Vater, Sohn und Heiliger Geist.

Während es keinen Zweifel an der Existenz dieser Märtyrerin gibt, wissen wir leider nicht mit Sicherheit, unter welchen Verfolgungen sie zu leiden hatte und wie sie Zeugin für den Glauben an Gott wurde. Es sind auch keine sicheren biographischen Nachrichten über Caecilia überliefert.

4. DIE HEILIGE CAECILIA »PATRONIN DER MUSIK«

Aus der Zeit vor dem 15. Jahrhundert existiert keine literarische und ikonographische Quelle, die von der hl. Caecilia als »Musikerin« spricht oder sie als solche darstellt. Cimabue und Fra Beato Angelico malten sie auf ihren Bildern mit einer Palme als Symbol des Martyriums.

Die erste Darstellung der hl. Caecilia mit einem Musikinstrument, der Zither, befindet sich auf einem Gemälde aus dem Jahre 1420, das heute im Historischen Museum in Frankfurt am Main ausgestellt ist. Im Jahre 1516 malte Raffael die Heilige mit verschiedenen Musikinstrumenten in der Hand, einige liegen vor ihr auf dem Boden.

Die Verbindung zwischen der hl. Caecilia und der Musik beruht auf einer Fehlinterpretaion eines Abschnitts aus der Beschreibung ihres Martyriums: »Cantantibus organis, illa in corde suo soli Domino decantabat dicens: Fiat cor meum et corpus meum immaculatum, ut non confundar«, das heißt: »Während Musikinstrumente erklangen (während des Hochzeitsfestes der Märtyrerin), hob Caecilia in ihrem Herzen einen Lobgesang für den einzig wahren Herrn an und sagte: Mein Herz und mein Körper sollen unbefleckt sein, damit ich nicht verloren gehe«.

Beim Abschreiben dieses Abschnitts ihrer Leidensgeschichte wurden sehr bald die Worte »in ihrem Herzen« weggelassen. So entstand die Legende von der Musikerin Caecilia. Es gab Gesangsvereine, die sich unter das Patrozinium der Heiligen stellten, die auf diese Weise zur »Patronin der Musik« wurde.

5. DIE MALEREIEN

Die Krypta wurde, neben den von Papst Damasus durchgeführten Verschönerungsarbeiten, auch mit Mosaiken und Malereien ausgestaltet. Die Gemälde, von denen nur noch sehr wenige erhalten sind, befanden sich an den Wänden und in der Ausweitung des Lichtschachtes.

Seit der letzten Restauration kann man in der Ausweitung des Lucenars das Kreuz mit zwei Schafen bewundern. In dem darunterliegenden Teil sind die Märtyrer Polycamus, Quirinus und Sebastian dargestellt.

Polycamus wird in einem topographischen Dokument des 7. Jahrhunderts unter den Märtyrern des Coemeteriums San Callisto erwähnt. Dieses Dokument ist in einem Manuskript des 12. Jahrhunderts, dem »Itinerarium Malmesburiensis«, erhalten.

Quirinus war Bischof von Siscia in Pannonien (Ungarn). Sein Leichnam wurde im 5. Jahrhundert »in Catacumbas« überführt. Der hl. Sebastian ist der bekannteste Märtyrer des gleichnamigen benachbarten Coemeteriums. Er war ein Offizier der kaiserlichen Garde Diokletians.

Ihre Namen sind in lateinischer Sprache neben die Figuren geschrieben: POLICAMVS - SABASTIANVS - CVRINVS, (ICVR, IV, 9526). Im Laufe der Zeit wurden die Fresken zerstört und mußten restauriert werden. Andere Fresken befinden sich neben der Begräbnisstätte der Märtyrerin an der linken Wand.

In einer kleinen Nische ist Christus mit einem Heiligenschein, aus dem das Kreuz hervortritt, abgebildet. Mit der rechten Hand deutet er den Sprechgestus an, während er mit der Linken das mit Gemmen geschmückte Evangelienbuch hält.

Daneben befindet sich das Abbild des hl. Urban (222-230). Der Märtyrerpapst, der in der Leidensgeschichte der hl. Caecilia erwähnt wird, ist in der nahen Katakombe des Praetextatus begraben.

Beide Bilder sind im byzantinischem Stil gemalt. Der Christus Pantokrator (der Allmächtige) ist Ende des 8. oder Anfang des 9. Jahrhunderts entstanden. Die Figur des hl. Urban zeigt einen schlechteren Stil und ist daher später zu datieren.

Über der Nische mit dem Christusbild befindet sich das Bild der hl. Caecilia im Gebet, das auch in byzantinischem Stil gemalt wurde. Das Fresko

Krypta der hl. Caecilia die hll. Martyrer Polycamus, Sebastian und Quirinus (Fresko, 4.-5. Jhdt.)

wurde restauriert. Das Bild wurde auf ein älteres Mosaik gemalt. Dies läßt sich anhand einiger Spuren von Mosaiksteinen an den Füßen der Figur feststellen. Das Fresko ist mit großer Wahrscheinlichkeit in der gleichen Zeit wie das des Christus Pantokrator entstanden. Vielleicht ist es das Werk desselben Künstlers.

Auf dem Fresko, das die Märtyrerin darstellt, sind Graffiti zu finden. Es sind einige Namen von Presbytern, nicht wie üblich durcheinander, sondern präzis nebeneinander in vier Zeilen geschrieben. Dies ist ein Beweis dafür, daß solche Unterschriften in einer bestimmten Absicht verfaßt wurden. De Rossi gab die zweifellos richtige Erklärung dafür. Er sieht in diesen Graffiti die Namen derer, die die Translation der Reliquien der Märtyrerin ausgeführt haben. Tatsächlich ist eine der Unterschriften die eines Notars: (Ildebr?)ANDO SCRIN(iario). (Vgl ICVR, IV, 9525).

Die späte Datierung einiger Fresken der Katakombe in die Zeit nach der Translation der Märtyrer darf uns nicht überraschen. Manches Heiligtum wurde, obwohl es der verehrten Reliquien beraubt worden war, restauriert und war noch einige Jahrzehnte lang Ziel von Pilgern.

6. EIN SENATOR UND EIN PRÄTORIANERPRÄFEKT

An den Wänden der Krypta sind einige Inschriften fragmentarisch erhalten. Drei davon sind besonders bemerkenswert. Die griechische Inschrift des Senators Frontus und seiner Frau Petilia Lampadia aus dem Ende des dritten Jahrhunderts stellt ein bemerkenswertes Zeugnis für ein Bekenntnis zu Christus dar.

»Ich Septimius Frontus Praetextas Licinianus,
Diener Gottes (= Christ), ruhe hier.
Ich werde es (niemals) bereuen
in ehrenvoller Weise gelebt zu haben.
Ich werde Dir auch im Himmel dienen, oh Herr,
und ich werde deinen Namen preisen.
Meine Seele stieg mit 33 Jahren und 6 Monaten zu Gott auf«.
»Petilia (Lampà)dia, die sehr edle
(das heißt von senatorischem Geschlecht),
starb am ... vor den Kalenden des November im Alter von ...«.[1]

Die Inschrift des Frontus und seiner Frau war auf der Deckplatte ihres Grabes eingemeißelt worden. Es befand sich im Fußboden, genau vor dem Grabmal der hl. Caecilia.

De Rossi fand in dieser Krypta auch zwei Fragmente von Sarkophagdeckeln mit dem Namen ihrer Eigentümer. Das erste gehörte zu dem Sarkophagdeckel des Octavius Caecilianus, der einer Senatorenfamilie angehörte und mit 44 Jahren starb. Das zweite nennt eine (Pompeia) Attica aus Senatorengeschlecht, die nur 17 Jahre, 3 Monate und 15 Tage alt wurde.

Der große »Meister« der christlichen Archäologie identifiziert Oktavius Caecilianus als Prätorianerpäfekt Italiens im Jahre 409. Er war ein äußerst eifriger Verfechter der Einheit der Kirche gegen die Donatisten. Bis kurz vor seinem Tod, um das Jahr 415, schob er die Taufe auf. Er hatte das seltene und unübliche Privileg genossen, mit seiner Frau Pompeia Attica in der Krypta nahe der gleichnamigen Märtyrerin bestattet zu werden.

Die Buchstaben V.C. und C.F. in den Inschriften sind die Initialen der Wörter »vir clarissimus« und »clarissima femina«.

Dies sind Ehrentitel, die für Leute, die der Senatorenklasse angehörten, reserviert waren (ICVR, IV, 9707 und 9655).

7. URSPRUNG EINER LEGENDE

Die Katakomben San Callisto bargen eine große Zahl von Märtyrern. Einige von ihnen waren sehr berühmt, wie zum Beispiel die Päpste Pontian, Fabian, Cornelius, Sixtus II. und Eusebius. Auch junge Menschen, die ihr Blut für Christus vergossen hatten, waren in der Katakombe würdig vertreten: Tarcisius, Caecilia, Calocerus und Partenius ... Da verwundert es nicht, daß Gläubige bevorzugt im offiziellen Coemeterium der Kirche Roms ihre letzte Ruhestätte finden wollten.

Als ich über die unterirdischen Grabungen im »ersten Abschnitt« sprach, erwähnte ich, mit welcher Unbefangenheit die Fossores den Wünschen der Christen nachkamen, bei den Märtyrergräbern beerdigt zu werden: Sie öffneten die Gräber in den Galerien unmittelbar bei den Krypten der Päpste und der hl. Caecilia. Sie legten die Gebeine der »unglücklichen« Toten in eine Sandgrube, die sich unterhalb der Papst-Krypta befand.

Als man die Devotionsbestattungen in diesen Heiligtümern in der ersten Hälfte des 5. Jahrhunderts beendete, wurde das Beinhaus zugemauert. Die damals lebende Generation wußte genau, von wem die Gebeine stammten, die da unten aufgetürmt waren. Doch wenig später nahm eine Legende ihren Lauf.

»Vielleicht begünstigte das damasianische Gedicht diese Entwicklung. Der Papst und Dichter spricht in seinem ersten Vers von einer "Menge" von Menschen, die an diesem heiligen Ort begraben sind: "Hier ruht vereint, wenn du fragst, eine Schar von Frommen". Die zwei folgenden Verse spezifizieren den Ausdruck "Schar von Frommen". Er nimmt Bezug auf all die Märtyrer, die im Coemeterium San Callisto begraben sind: "Die ehrwürdigen Gräber umschließen die Leiber der Heiligen, ihre erhabenen Seelen entführte das himmlische Reich".

Die antiken Pilgerführer, die Itinerare, die fast dreihundert Jahre später geschrieben wurden, waren anderer Ansicht. Sie sahen in diesen Versen die Anspielung auf eine "Massenbegräbnisstätte von Märtyrern". Man machte sich auf die Suche nach diesem Beinhaus. Sofort wurde es mit dem identifi-

Vorherige Seite: Krypta der hl. Caecilia Christus der Herrscher.

ziert, das unter der Krypta der hl. Caecilia angelegt war. Anfangs fügte man dieser Feststellung noch ein "vielleicht" hinzu. Schnell wurde aus der Möglichkeit eine Wahrscheinlichkeit, aus dieser wiederum eine Gewißheit.

Letztendlich konnte man sogar die exakte Zahl der Märtyrer angeben, die in diesem Beinhaus beerdigt waren. Der Autor der "*Notitia Ecclesiarum...*", schreibt gleich nach der Nennung des Grabes der hl. Caecilia: "Achtzig Märtyrer ruhen da unten". Das "deorsum" (da unten) bezieht sich demnach auf das Beinhaus von San Callisto. Richtig war die Zahl von "achthundert Märtyrern", wie ein anderer Führer ("*De locis sanctis Martyrum ...*) vermerkte, der das Coemeterium San Callisto besprach. Doch der Autor gibt den Ort auch nicht genauer an.

Der Verfasser der "*Notitia Ecclesiarum ...*" gibt sich mit einem allgemeinen Hinweis zufrieden, vermutlich weil im 7. Jahrhundert das Beinhaus nicht mehr zugänglich war« (G. Wilpert).

Auf jeden Fall kann man dieser Legende eine Tatsache entnehmen: Die bemerkenswerte Ausdehnung des Beinhauses zeigt einmal mehr die außerordentlich große Verehrung der Christen in den ersten Jahrhunderten für ihre als Märtyrer verstorbenen Hirten (Päpste) und Caecilia.

[1] ICVR, IV, 10685.

Frühling bei San Callisto.

VII. Die Region der Päpste und der heiligen Caecilia

Die Cubicula der Sakramente

Verläßt man die Krypta der hl. Caecilia und geht ein kurzes Stück durch die Galerie I, kommt man zur großen Galerie B, die einen der ursprünglichsten Kerne des »ersten Abschnitts« markiert.[1] Hinter dem Gitter, das sich linker Hand befindet, sieht man noch die Spuren der alten Treppe, die von der Erdoberfläche zum Hypogäum führte.

Durch die jüngsten Ausgrabungen zeigte Pater Fasola, daß die Treppe von den alten Pilgern zur Rückkehr ans Tageslicht benutzt wurde, nachdem sie ihren Besuch beendet und das Gebet bei den zwei berühmtesten Heiligtümern der Katakombe, der Papstkrypta und der Krypta der hl. Caecilia, verrichtet hatten.

In diesem Bereich wurden die Wände restauriert. Gehen wir ein wenig weiter, erreichen wir einen ursprünglichen Teil der Katakombe. Haben wir die kleine Treppe passiert, die uns eine Vertiefung der Galerie B anzeigt, eröffnet sich rechter Hand die Galerie D. Diese ist zweifellos die spektakulärste und würdevollste der ganzen Katakombe. Hier gibt es kaum Restaurierungen. Es genügt sich vorzustellen, daß alle Loculi mit

Grabplatte des Augurinus (3. Jhdt.).

Marmor- oder Ziegelplatten verschlossen waren, um eine Galerie vor Augen zu haben, wie sie sich dem Christen im 3. und 4. Jahrhundert präsentierte.

Am Ende der Galerie B trifft man auf die Galerie C. Die Einmündung der beiden Galerien ist bemerkenswert: Wände und Loculi wurden in einer Kurve gegraben. Wir gehen dann ein gutes Stück die Galerie C entlang. Linkerhand befinden sich die kurzen Galerien Q3 und Q2, durch die man zu den Krypten des hl. Gaius und des hl. Eusebius gehen kann. Wir kommen nun in eine andere Katakombenregion.[2] In der Nähe dieses Weges liegt die schöne kleine Grabplatte des Augurinus mit einer Taube, die den Ölzweig im Schnabel hält (ICVR, IV, 9658).

Bevor wir die Galerie A betreten finden wir in einem engen Durchgang einen Stein, auf dem einige Symbole abgebildet sind: Der Gute Hirte, der Fisch, der Anker, das Christusmonogramm ...

1. EINIGE CHARAKTERISTIKA DER GALERIE A

Die Grabsteine sind häufig mit Gebeten und Wünschen beschriftet, von denen sich viele auf die erhoffte Glückseligkeit des Verstorbenen beziehen. Die Inschriften beweisen nicht nur, daß sich das christliche Begräbnis in einer Gebetsatmosphäre abspielte, sie enthalten auch einige Hinweise auf den christlichen Begriff von Glückseligkeit. Wenn die Christen von ihren Toten reden, beschreiben sie sie im Licht des Glaubens als diejenigen, die in Gott leben« (J. Janssens).

Die Grabsteine

Zwei Grabplatten sind für das Bekenntnis des Glaubens an Jesus Christus und an den HL. Geist besonders bezeichnend.

AVGVRINE IN
DO M · ET ⁎

»Oh Augurinus, mögest du in meinem Gott und in Jesus Christus leben« (ICVR, IV, 9659).[3]

CAR(tilio) KYRIACO
FIL(io) DVLCISSIMO
VIBAS (i)N SPIRITO SA(ncto)

»Dem Cartilius Ciriacus, dem geliebtesten Sohn, mögest du im Heiligen Geist leben« (ICVR, IV, 9716).[4]

»Nach römischer Gewohnheit hatte die Akklamation immer die Bedeutung eines einzigartigen oder einhelligen Glückwunsches, der an die Person des Kaisers oder einer anderen herausragenden Persönlichkeit gerichtet war.

Nachdem die Formel der Akklamation in die Sphäre des Coemeteriums aufgenommen worden war, mutete sie wie ein Glückwunsch...« (P. Testini).

Eine dritte Inschrift bezieht sich auf die Familie der Caecili. Wir haben damit einen weiteren Beweis für die Verbindungen, die zwischen diesem Areal und der berühmten Familie der Märtyrerin Caecilia besteht.

SERGIVS ALEXANDER
CAECILIE FAVSTAE
COIVGI SVE BENE
MERIENTI FECIT

»Sergius Alexander baute (das Grab) für seine Frau Caecilia Faustina, die sich verdient gemacht hat«. Caecilia ist der Gentilname, der an die Familie (gens) erinnert, von der Fausta (ihr eigentlicher richtiger Name) abstammte (ICVR, IV, 9706).

Der beleuchtete Loculus

Er ist ein Doppelgrab; d.h. ein Grab, das für die Bestattung zweier Personen (wahrscheinlich ein Ehepaar) errichtet wurde. Heute enthält er Reste von Amphoren. Diese Art von Loculus kommt in der Katakombe häufig vor.

Das Grab des »Zimmermanns«

Das Coemeterium San Callisto enthält nur noch eine geringe Zahl verschlossener Gräber. Einige befinden sich in dieser Galerie. Das erste liegt dem beleuchteten Loculus genau gegenüber. Es stammt aus dem Anfang des 3. Jahrhunderts.

Es steht kein Name auf der Platte, die das Grab verschließt. Das Werkzeug eines Zimmermanns (eine Art von Säge) und eine Feldflasche, die aus Tierhäuten gefertigt wurde, ist auf den Stein gemeißelt. Die Wasserflasche, die zum täglichen Leben des Zimmermanns gehört, sollte vielleicht auf ein Refrigerium deuten. Man wünschte dem Verstorbenen, er möge im göttlichen Frieden ruhen, wo jeder Durst gelöscht wird.

»Von Beginn des Christentums an hatte die Arbeit einen großen Stellenwert in der christlichen Gesellschaft. Seit dem hl. Paulus bezeugen das viele Schriften der Kirchenväter.

Grabplatte eines Zimmermanns mit einem Werkzeug, der Säge, und einem Trinkgefäß.

Die antike Gemeinde war bereit, denen zu helfen, die wegen körperlicher Behinderungen keine Aktivität entfalten konnten. Sie hielten die Arbeit für eine soziale und moralische Pflicht. Sie war das Mittel zur Versorgung von sich und der eigenen Familie, aber auch ein notwendiges Instrument, um auf verschiedene Weise Nächstenliebe zu üben.

Die Reflexion solcher Gedanken konnte in der christlichen Kunst nicht fehlen. Einige Bilder und Skulpturen zeigen die Gläubigen beim Verrichten ihrer Arbeiten.

Auch auf Grabplatten finden sich Bilder der Berufe mit den charakteristischen Werkzeugen. Man muß die Naivität der Darstellung, die qualitativ minderwertig ist, einer Unmittelbarkeit in der Wirkung gegenüberstellen ...

Im allgemeinen ist der Prozentsatz derer, die ihr eigenes Handwerk auf den Grabplatten angeben, sehr niedrig verglichen mit der Gesamtheit aller bekannten Texte.

Es ist wichtig anzumerken, daß aus der Untersuchung der christlichen Inschriften, die ein Handwerk oder einen Beruf erwähnen, keine generellen Formeln abgeleitet werden, die Einblick in einen spezifisch christlichen oder einen gegenüber den Heiden andersgearteten Gedanken von Arbeit geben.

Man beschränkt sich zumeist auf einen einfa-

Waage auf der Grabplatte eines Händlers.

chen Hinweis oder auf die Darstellung des Toten bei der Arbeit oder auch nur eines Werkzeuges, das von ihm häufig im Leben benutzt wurde.

Auf jeden Fall steht fest, daß gerade diese beiläufigen epigraphischen Angaben es ermöglichen, die verschiedenen Komponenten der antiken christlichen Gesellschaft zu rekonstruieren. In dieser christlichen Gesellschaft kamen die Mitglieder der höchsten und niedersten Schichten zusammen. Sie wurden einer neben dem anderen in den Coemeterien der frühen Kirche, ohne irgendwelche sozialen Unterschiede, vereinigt in dem einen Glauben, begraben« (D. Mazzoleni).

Unmittelbar nach dem »Grab des Zimmermanns« erreichen wir die sogenannten »Cubicula der Sakramente«. Sie machten die Galerie A so berühmt.

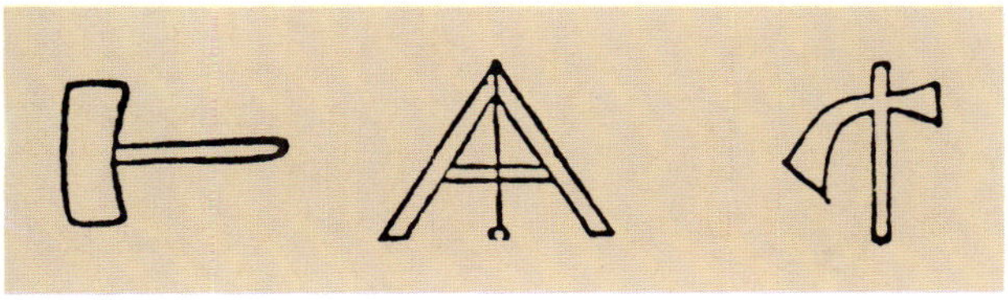

2. DIE CUBICULA DER SAKRAMENTE

Die Familie, die in Erwartung der Auferstehung vereint ist

»Es ist bekannt, daß in der Kultur des antiken Rom den Familiengräbern eine große Ehre zukam. Die Idee und Gewohnheit, sich ein Familiengrab zu bauen, wurde von den Christen übernommen. Die Tatsache, daß sich die Christen normalerweise in Gemeindefriedhöfen beerdigen ließen, machte den Bau eines privaten Familiengrabes weniger notwendig. Trotzdem wollten die Christen im gleichen Grab mit denen begraben sein, mit denen sie zusammen das Familienleben genossen hatten und von denen sie der Tod getrennt hatte« (J. Janssens).

Es verwundert, daß sich in den Gemeindekatakomben Familiengräber befinden. Man denkt dabei sofort an soziale Unterschiede zwischen arm und reich. Einige Erklärungen helfen uns, dieses Phänomen besser zu begreifen.

Wir wissen aus der Kirchengeschichte, daß das Christentum Proselyten sowohl aus den niederen und armen Klassen, wie auch aus dem Patriziat und der Prominenz gewann. Die Botschaft Christi zum Gebrauch des Reichtums ist deutlich: »Gebt, was in euren Schüsseln ist, den Armen« (*Lk.* 11, 41).

Eben diese Lehre des Evangeliums wurde von den ersten Christen befolgt. Die Katakomben verdanken nämlich ihre Entstehung der Generosität einiger reicher Leute, die ihren Grund und Boden den Glaubensbrüdern zur Verfügung stellen. Schließlich hatte jeder, der mehr besaß, die Möglichkeit, sich ein Familiengrab zu bauen. Er unterwarf sich aber trotzdem dem Gebot der christlichen Nächstenliebe (allen das Notwendige zu geben). Es muß auch erwähnt werden, daß in vielen Familiengräbern zahlreiche, von ihren christlichen Herren freigelassene Sklaven eine würdige Ruhestätte fanden.

Die Kirche gab den Ärmsten die Gräber umsonst. Die vermögenden Christen hingegen kauften sich zu Lebzeiten gewöhnlich ein Grab für sich oder ihre Familie.

Mit »Cubicula der Sakramente« werden fünf Räume oder Familiengräber bezeichnet, die wegen der darin enthaltenen Fresken sehr berühmt und wichtig sind.

Die Begründung für einige Bilder

Die Fresken dieser Cubicula werden auf den Anfang des 3. Jahrhunderts datiert. Sie stellen symbolisch die christlichen Ursakramente dar: Die Taufe und die Eucharistie.

An diesem Punkt müssen wir uns fragen: Warum erscheint die Abbildung von Taufe und Eucharistie so häufig auf den Gräbern? Was will uns das heute sagen. Welche Botschaft wollten uns die ersten Christen mit diesen Darstellungen überliefern?

Mit diesen Darstellungen wollten die ersten Christen an ihr Katechumenat erinnern. Sie wollten auch ihren Zeitgenossen eine Botschaft hinterlassen: Sie sind durch die Taufe Christen geworden und sind durch die häufige Kommunion Christen geblieben. Außerdem wollten sie ihren Liebsten und denen, die die Gräber besuchten, vergegenwärtigen, daß sie eines Tages wieder vereinigt sein würden, wenn sie von diesen Heilsmitteln Gebrauch gemacht hätten.

Die christlichen Ursakramente

In der frühchristlichen Kunst sind neben dem Guten Hirten und dem Orant die Darstellungen am weitesten verbreitet, die das Thema der Taufe und der Eucharistie behandeln. Taufe und Eucharistie sind Gnadenmittel, in denen die von Christus vollzogene Rettung präsent wird. Die Cubicula der Sakramente sind dafür ein offenkundiges Zeugnis.

»Sakramentscubiculum« A3:
Fischer und die Taufe Jesu durch den hl. Johannes im Jordan
(Anfang 3. Jhdt.).

»Sakramentscubiculum« A6:
Vermehrung der Brote und Fische
(Anfang 3. Jhdt.).

»Sakramentscubiculum« A3 (von links nach rechts): Taufe Christi, der Gelähmte, ein »fossor«, Handauflegung auf das Brot, Vermehrung der Brote und Fische, das Opfer des Abraham... Ganz oben: Der Prophet Jonas.

a) *Die Taufe*

1. Moses und Jesus

Die Kirchenväter lehrten, daß diese Gnadenmittel im Alten Testament vorweggenommen wurden. Das zeigt sich im Wunder des Moses, der mit dem Stab an den Fels schlug, aus dem dann das Wasser rann. Es stillte den Israeliten in der Wüste den Durst (*Exodus* 17, 1-7). Die biblische Episode ist in den Cubicula A6 und A3 an der Eingangswand und im Cubiculum A2 an der linken Wand zu sehen.

Auch die Taufe Jesu (*Mt* 3, 13-17) ist eine Vorwegnahme der christlichen Taufe. Die Darstellung Jesu, der sich von Johannes im Jordan taufen läßt, findet sich im Cubiculum A3 auf er linken Wand.[5]

Beim Gespräch Jesu mit der Samariterin am Jakobsbrunnen von Sichem erzählt der Herr von einem wunderbaren Wasser: Wer davon getrunken habe, würde niemals Durst haben (*Joh* 4, 1-26). Das Wasser ist Symbol für die Gnade, die der Christ mit der Taufe erhält (Cubiculum A3, Eingangswand). Die richtige christliche Taufe findet sich in ihrer ältesten Darstellung im Cubiculum A2 an der hinteren Wand: Die taufende Person legt die rechte Hand auf den Kopf des ins Wasser eingetauchten Täuflings.

2. Der Fischer und der Gelähmte

Die Bedeutung des Fischers kann leichter verstanden werden, wenn man eine Seite aus Tertullian, einem Apologeten aus dem Ende des 2. und Anfang des 3. Jahrhunderts, liest. Er nennt die Christen »Fischlein«, die vom großen »Fisch«, Christus, gefischt werden. Er verkündet weiter, daß die Christen im Wasser durch die Taufe geboren werden. Sie können nur gerettet werden, wenn sie im Wasser bleiben, das heißt, in der Gnade bleiben, die ihnen durch die Taufe angeboten wurde.[6]

Schließlich soll die Darstellung des Gelähmten im Teich von Betesda erklärt werden (*Joh* 5, 1-16). Von der biblischen Erzählung wissen wir, daß der Engel des Herrn hin und wieder in diesen Teich stieg und das Wasser aufwallte. Der erste Kranke, der ins Wasser eintauchte, wurde geheilt. Bald wurde dieses Wunder des Gelähmten für die Christen eines der beliebtesten Symbole für die Taufe. Auf der linken Wand des Cubiculum A3 sehen wir ihn, wie er mit der Bahre auf dem Rücken weggeht.

»Sakramentscubiculum«
A6: Jonas
wird ins Meer geworfen
(Anfang 3. Jhdt.).

b) *Die Eucharistie*

1. Die wunderbare Brotvermehrung

Die Vorwegnahme der Eucharistie findet sich im Mannawunder, das Gott für die Speisung der in der Wüste wandernden Israeliten vollbrachte (*Exodus* 16, 1-36); oder im geheimnisvollen Brot, das Elias aß und das ihm die Kraft gab, 40 Tage zu laufen (*1 Kön.* 19, 1-8). Die Christen bevorzugten aber, die wunderbare Brot- und Fischvermehrung (*Joh,* 6, 1-15) als Symbol der Eucharistie in ihren Cubicula darzustellen.

Die eigentliche Lehre des Wunders erläutert Jesus, wenn er ein anderes, ganz besonderes Brot verspricht: Seinen Leib (*Joh* 6, 22-59). Die Szene der Brotvermehrung wiederholt sich immer auf die gleiche Weise: Sieben Personen sitzen um einen Tisch.

2. Die Messe

Das Cubiculum A 3 verdient besondere Beachtung. Auf der hinteren Wand ist auf der linken Seite eine jugendliche Figur gemalt, die ihre Hände auf Brot und Fisch legt. Daneben ist ein verschleierter Orant. Die Szene kann dank des Orant, der die Seele im ewigen Frieden symbolisiert, als eine klare Anspielung auf die Eucharistie gedeutet werden: Das konsekrierte Brot wird ΙΧΘΥC (Jesus Christus Gottes Sohn und Retter). Wer das konsekrierte Brot ißt, wird ein Orant. Mit anderen Worten: Wer an der Kommunion teilnimmt, wird gerettet und wird Gott ins Angesicht schauen.

Die beiden daneben liegenden Bilder stellen die Sieben bei Tisch und das Opfer Abrahams dar. Wenn diese Bilder bei der Interpretation mit in Betracht gezogen werden, erhält man eine symbolische Darstellung der hl. Messe als Opfer und als Sakrament: Die Konsekration in der Szene der Handauflegung; die Kommunion in der Gruppe der Sieben; das Opfer des Kreuzes, das sich mystisch (in wunderbarer, aber realer Weise) in der Messe vollzieht, wird durch das Opfer Abrahams repräsentiert, das Abbild und Urtyp für das Opfer Christi ist (*Gen* 22, 1-19).

Der biblische Jona

Jona der Prophet, der von den ersten Christen so geliebt wurde

In all diesen Cubicula erscheint der Prophet Jona, eine biblische Figur, die den ersten Christen sehr teuer war. Er predigte den Einwohnern von Ninive (eine Stadt des Assyrerreiches) Buße und Umkehr. Diese glaubten ihm und wurden deshalb durch die göttliche Güte und das göttliche Erbarmen gerettet.

Jona ist Symbol für den Ruf zur Errettung aller Menschen, gleichgültig, ob sie Juden oder Heiden sind.

Jona ist auch Symbol für die Auferstehung. Jesus selbst nimmt ihn im Evangelium als diese Wirklichkeit: »Denn wie Jona drei Tage und drei Nächte im Bauch des Fisches war, so wird auch der Menschensohn drei Tage und drei Nächte im Innern der Erde sein«, dann wird er auferstehen (*Mt* 12, 40).

Jona in den Fängen eines seltsamen Meerungeheuers

Wie gesagt, Jona wurde von den ersten Chstisten sehr geliebt. Seine Lebensgeschichte, die faszinierend und reich an Abenteuern ist, wird in der Bibel, genauer gesagt im Buch Jona, erzählt. Die wenigen Seiten lesen sich in einem Atemzug.

Der Prophet Jona bekommt von Gott den Auftrag, nach Ninive zu gehen und dort Umkehr und Buße zu predigen. Er fürchtet, getötet zu werden und zieht es vor, heimlich zu fliehen. Der Herr ist unzufrieden wegen seines Ungehorsams. Er läßt es zu, daß im Sturm das Schiff zu kentern droht. Die abergläubischen Gefährten des Jona werfen das Los, um zu sehen, wer Schuld an dieser Gefahr trägt. Jona wird entlarvt und sofort ins Meer geworfen.

Aber Gott hat Mitleid mit dem Rebellen. Der Prophet wird von einem seltsamen Wal verschluckt, der eher das Aussehen eines Monsters denn eines Meerestieres [7] hat. Nach drei Tagen wird Jona an den Strand gespuckt.

In den Cubicula der Sakramente wird die Geschichte des Jona in mehreren Szenen (der sogenannte Zyklus) oder auch nur in einer Szene dargestellt. Auf der linken Wand des Cubiculums A6 sehen wir den Zyklus: Jona, wie er ins Meer geworfen wird, wie er vom Wal verschluckt wird, und wie er schließlich auf den Strand ausgespuckt wird. Der Zyklus ist auch in der Lunette (der oberste Teil der Wände) der Cubicula A3 und A2 zu finden. Im Cubiculum A5 sieht man an der rechten Wand das Bild, wie sich der Prophet unter einer Pergola ausruht.

An den Decken der Cubicula A4 und A2 finden wir auch den Guten Hirten abgebildet. Die Auferstehung des Lazarus, Symbol der Auferstehung des Christen, sehen wir an der Eingangswand von A6. Auch wenn die ersten Christen großen

Rekonstruktion des Freskos.

Schmerz wegen des Verlustes einer geliebten Person empfanden, so vertrauten sie doch auf das Versprechen Jesu: »Ich bin die Auferstehung und das Leben. Wer an mich glaubt wird leben, auch wenn er stirbt, und jeder, der lebt und an mich glaubt, wird ewig nicht sterben« (*Joh* 11, 25-26).

Im Cubiculum A3 ist am äußersten Rand der hinteren Wand die Figur eines Fossors mit dem Spaten auf den Schultern gemalt: Er ist der geduldige Künstler des verwinkelten unterirdischen Netzes.

3. DAS CUBICULUM A1

Das Cubiculum hatte ein höheres Bodenniveau, weil es zu einem Zeitpunkt entstand, als die Galerie A noch nicht vertieft worden war. Damals gab es die Cubicula der Sakramente A2, A3, A4, A5 und die Papstkrypta noch nicht. Später dann, nach einer zweiten Vertiefung der Galerie, wurde das Cubiculum A6 gebaut.

4. DIE »TREPPE DER MÄRTYRER«

Sie ist eine der beiden Treppen von denen aus sich der erste Coemeterialbereich von San Callisto (der »erste Abschnitt«) entwickelte. Sie entstand um die Mitte des 2. Jahrhunderts. Einige Treppenstufen sind noch erhalten.

Sie wird »Treppe der Märtyrer« genannt, weil die Pilger über sie zu den Päpsten gelangten, die in der nahegelegenen Krypta begraben waren. Nach der Legende soll auch der junge Tarcisisus über sie zu den Gräbern der Märtyrerpäpste gegangen sein. Er betete dort oder holte von dort die Eucharistie, die er den Christen in den Kerkern oder den Familien während der Verfolgungszeiten brachte.

---

[1] Siehe Plan Seite 50.

[2] Siehe Plan Seite 94.

[3] Dieses Monogramm ist aus den Initialen der Namen Jesus Christus, die miteinander verknüpft sind, zusammengesetzt: 'Ιησοῦς Χριστός = I. X. = ✱.

[4] Eine beträchtliche Anzahl von frühchristlichen Inschriften ist nicht frei von Fehlern. Dies ist der Ungeschicklichkeit oder der mangelnden Instruktion der Steinmetze zuzurechnen.

[5] Die Taufe Christi unterscheidet sich von allen anderen Taufszenen dadurch, daß die Taube (Heiliger Geist) mit abgebildet wird.

[6] »Nos pisciculi, secundum ἰχθύν nostrum Iesum Christum, in aqua nascimur nec aliter quam in aqua permanendo salvi sumus« (Tert., De Baptismo I, CSEL, XX, 201).

[7] Der »Leviatan, eine gewundene und zuckende Schlange« von der die Bibel spricht; siehe *Jesaja* 27, 1; *Psalm* 104, 26.

VIII.
Die sogenannte Region des hl. Miltiades

Von der Region der Päpste und der hl. Caecilia aus gelangt man durch die Galerie P1 zu einer anderen Region der Katakombe, die nach dem hl. Miltiades benannt ist. Sie entstand Mitte des 3. Jahrhunderts. Sie verbindet drei Stockwerke, wovon das erste und dritte keine bemerkenswerte Ausdehnung erreicht.

Wir bemerken in dieser Region sofort einige Charakteristika, die durch die Technik des Grabens bestimmt sind: Es gibt dort viele Cubicula, die im »ersten Abschnitt« — sieht man von den Cubicula der Sakramente ab — nicht vorhanden sind. Es häufen sich die Arcosole sowohl im Innern der Cubicula als auch entlang der Wände der Galerien.

Die Galerie P1 ist sehr geräumig. Sie wurde in der Zeit, als die Märtyrergräber häufig besucht wurden, laufend durchquert. Sie bildete den vorgeschriebenen Weg der Pilger von der Krypta der Päpste und der hl. Caecilia zum Grab des Märtyrerpapstes Cornelius in der Krypta der Lucina.

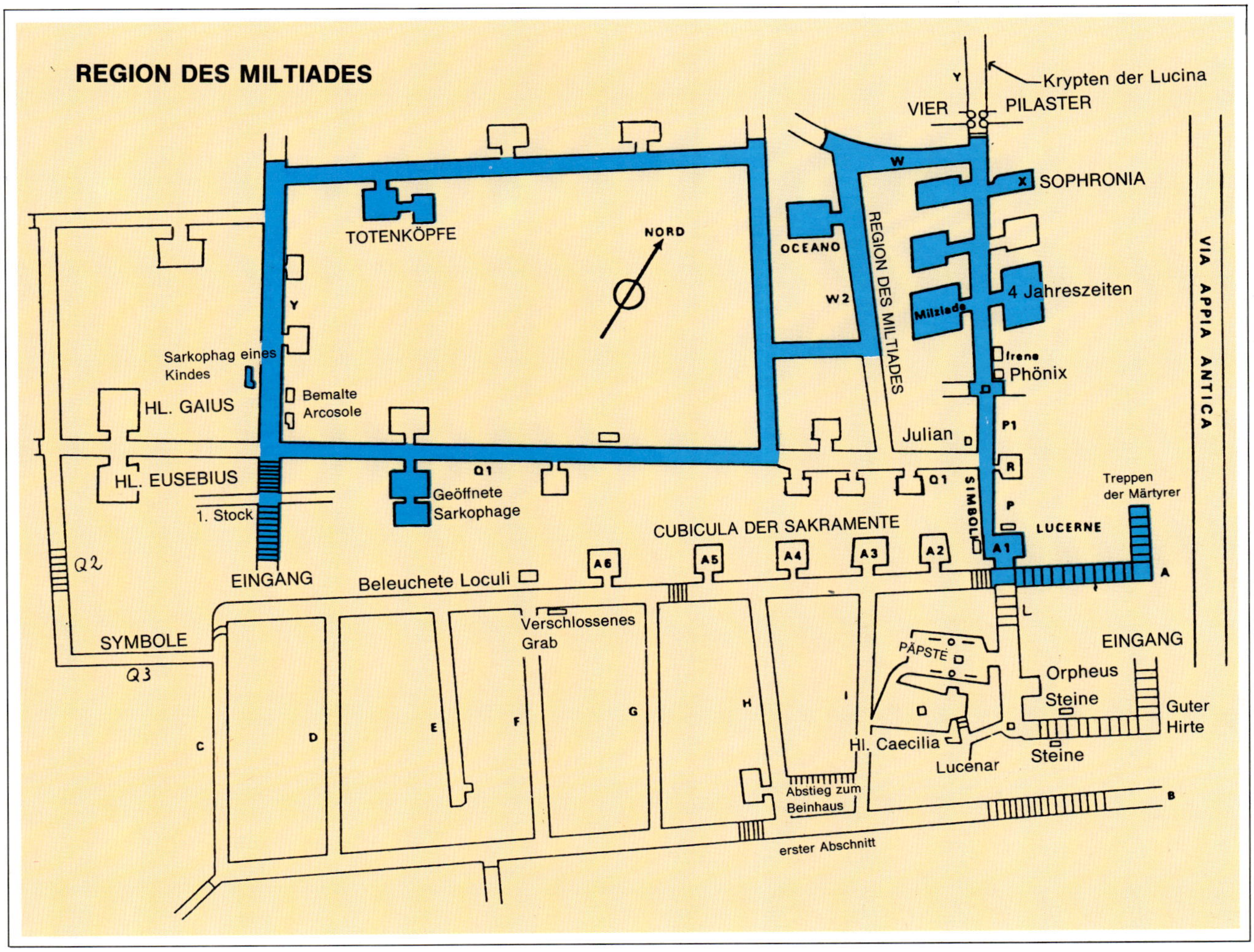

Grabplatte des Priesters Julian (3. Jhdt.).

Es ist nicht auszuschließen, daß sich in einem Cubiculum der Galerie auch ein verehrtes Grab befand. Es gibt aber keine konkreten Anhaltspunkte, um dies zu beweisen. Die Präsenz von Formengräbern im Boden reicht für einen Beweis nicht aus.

Einige Cubicula wurden, wie wir noch sehen werden, mit großer Sorgfalt ausgestattet: Wände wurden mit Stuck und Marmor verkleidet, Arcosole bemalt und der Bogen mit einem Mosaik geschmückt. Es mangelt nicht an Fresken.

Im zweiten Cubiculum auf der linken Seite ist eine Mensa erhalten, die Öllampen trug.

Der mystische Vogel »Phönix«, Symbol für die Auferstehung.

1. LAMPEN UND SYMBOLE

Kurz nachdem wir die »Treppe der Märtyrer« verlassen haben, gehen wir durch das ehemalige Cubiculum A1. Dort befinden sich in einem Loculus einige Lampen und Gefäße aus Terrakotta oder Glas, die duftende Essenzen enthielten.

Oben an der linken Wand sind einige Symbole zu sehen: Die Taube, zwei Monogramme, der Fisch, der Anker, der Vogel, der aus einem Gefäß trinkt.

2. DIE GRABPLATTEN

Die hier angeführten Inschriften wurden fast alle im ersten Abschnitt der Galerie P1 gefunden.

Der Priester Julianus

Lassen wir die Symbole hinter uns, beginnt links eine sehr lange Galerie (Q1). Sie ist ungefähr einhundertsechzig Meter lang.

In der Ecke sind zwei Inschriften über Priester angebracht. Auf einer steht geschrieben: IVLIANVS · PRESBYTER (Julianus Priester). Die andere ist stark zerstört und ohne Namen. Darauf kann man lesen: PRESBYTER · IN PACE (Priester im Frieden des Herrn). (ICVR, IV, 9944, 10354).

Der Phönix

An der Stelle, an der sich zwei Galerien kreuzen,[1] befindet sich ein großes Lucenar. Gleich nach dieser Kreuzung sehen wir rechts oben einen Phönix mit einem Strahlennimbus (mit Strahlen und Heiligenschein um das Haupt) (ICVR, IV, 10785).

Irene

Rechts sehen wir über einem Arcosol, das noch sichtbare Spuren der antiken Bemalung aufweist, den schönen kleinen Grabstein der Irene. Die Christen der ersten Jahrhunderte liebten die Symbole sehr. Auch diese Inschrift ist symbolträchtig. Wir verweisen nur auf den Namen der Verstorbenen: Irene, das kommt aus dem Griechischen und bedeutet »Frieden« (ICVR, IV, 10598).

Irene wird als Orant dargestellt. Das deutet darauf hin, daß sie sich im himmlischen Frieden befindet. Daneben sieht man eines der Symbole für den Frieden par excellence: Die Taube. Und als ob dies nicht schon genug wäre, hält die Taube auch noch einen Olivenzweig im Schnabel, ein Symbol für den Frieden, den nun Irene in der Ewigkeit genießt.

»Aquilina ruht in Frieden«

Im letzten Cubiculum auf der linken Seite lesen wir eine Inschrift, die so signifikant ist, daß sie eigentlich nicht übersetzt werden muß: »Aquilina dormit in pace« (Aquilina ruht in Frieden). Der Tod ist für den Christen nur ein Schlaf in Erwartung auf die Auferstehung. Daneben wird die Taube mit dem Olivenzweig im Schnabel gezeigt, der nicht fehlen darf. Eine klare Anspielung darauf, daß die Seele der Aquilina nun im Frieden des Herrn lebt (ICVR, IV, 9642).

3. DIE KRYPTA DES REFRIGERIUMS

In den Itineraren ist zu lesen, daß der hl. Papst Miltiades (311-314) im Coemeterium San Callisto in einer Zone nahe der Papstkrypta begraben ist. Leider konnte sein Grab bis jetzt noch nicht identifiziert werden. Die Behauptung, die erste Krypta auf der linken Seite sei die Grabstätte des hl. Miltiades, ist lediglich eine Behauptung de Rossis. Beim jetzigen Stand der Forschung reichen die Hinweise nicht aus, um dies zu bestätigen.

Der Raum ist groß und liegt tiefer als das Niveau der Galerie, von der man herabsteigt. Die Länge beträgt ohne Nischen 4,18 Meter, die Breite liegt bei 4,20 Metern. Die Krypta ist also nahezu quadratisch.

Ursprünglich diente sie für liturgische Versammlungen und für die Abhaltung von Refrigerien. Entlang der Wände ist eine Stufe in den Tuff gegraben, die als Sitzbank diente. Nahe der Tür sind noch Spuren zweier kleiner, erhöhter Kathedren zu sehen. Sie waren denen vorbehalten, die diese öffentlichen oder privaten Versammlungen leiteten.

Zuerst soll die Krypta — so die Hypothese des großen Archäologen — keine Gräber gehabt haben. Dann seien an den Seitenwänden zwei Arcosole geöffnet worden. Noch später soll dann ein großer Hohlraum oder eine schmale Nische gegraben worden sein, um dort einen monumentalen Sarkophag zu postieren.

Die Grabkammer besitzt ein Tonnengewölbe. Es war ganz bemalt. Ohne Zweifel war sie schön und behaglich. Das bestätigt uns die reiche Dekoration, die nach der letzten Restauration wieder sichtbar wurde. Es handelt sich dabei um eine elegante, im klassischen Stil gehaltene Dekoration, die von einem richtigen Professonisten ausgeführt wurde. Der Inhalt ist »neutral«, das heißt nicht an biblische Themen gebunden. Die Fresken werden ins 3. Jahrhundert datiert.

Ein Teil des Verputzes ist abgebröckelt. Dennoch kann die Darstellung einer Person bewundert werden. Sie ist von einem Kreis umgeben und hält die »virga« (Rute) in der Hand. Die ganze uns noch erhaltene bildliche Darstellung wird belebt von einigen Vögeln, Blumengirlanden, stilisierten Blumen, linearen dekorativen Motiven und ornamentalen Figuren.

Im Fußboden ist rechter Hand der Grabstein eines Paulus zu sehen.

Er war ein »Exorzist«, der zusammen mit seiner Frau (oder Tochter) Martiria beerdigt war: *»Paulus Exorzist ... Bestattung der Martiria am sechsten Tag vor den ...«* (ICVR, IV, 10026). Die Aufgabe der Exorzisten bestand darin, daß sie den Katechumenen und Kranken die Hand auflegten, um so die Besessenen von den bösen Geistern zu befreien.

In der Krypta fand de Rossi den Deckel eines Monumentalsarkophages: Der größte, der jemals in einer römischen Katakombe entdeckt wurde. Der Größe nach paßt er in die Grabkammer.

Wir wissen nicht, ob diese Abdeckung von den Christen wieder benutzt wurde, oder ob sie durch einen Erdrutsch von oben herunterfiel. Wir werden von der Wahrheit aber nicht weit entfernt sein, wenn wir den Sarkophag dem Eigentümer der Krypta zuschreiben. Heute befindet sich der Sarko-

Grabplatte der Irene mit der Taube (3. Jhdt.).

phagdeckel in der Nische, das heißt an dem Ort, an dem ursprünglich der ganze Sarkophag stand. Wegen seiner spitz zugeschnittenen Form, ähnlich der Form eines Dachfirstes, nannten die Fossores diesen Raum »Krypta der Dachpfanne«.

An den Enden des Deckels (Akroteren) sind zwei buccolische Szenen abgebildet: Rechterhand ein ruhender Hirte mit der Herde und dem treuen Hund; auf der linken Seite ein anderer Hirte, der dabei ist, Panflöte (Syrinx) zu spielen.

4. DER HL. PAPST MILTIADES

Auch wenn das Grab des hl. Miltiades noch nicht genau identifiziert werden konnte, so erklären doch die antiken Quellen übereinstimmend, daß er im Coemeterium San Callisto beerdigt wurde. Wer war dieser Papst?

Miltiades war der Nachfolger des hl. Eusebius. Er wurde am 2. Juli 311, nach einer Zeit der Sedisvakanz, gewählt. Er stammte aus Afrika.

Während seines Pontifikats gab der Kaiser Maxentius der Kirche die Güter wieder zurück (Kultstätten, Katakomben ...), die während der diokletianischen Verfolgung konfisziert worden waren.

Der eifrige Hirte war um die geistigen Güter der Gläubigen besorgt. Er verteidigte den Glauben, der vom Schisma mit den Donatisten bedroht war, welche die von Häretikern gespendete Taufe für ungültig erklärten.

Der Papst starb am 10. Januar 314 im sicheren Wissen, daß die Christen sich nun ohne Verfolgung zu ihrem Glauben bekennen konnten.

Der hl. Miltiades war der letzte Papst, der in einer Krypta des Coemeterium San Callisto beerdigt wurde. Nachdem die Kultfreiheit offiziell vom Staat sanktioniert worden war, stieg die »Kirche der Katakomben« an die Erdoberfläche: Oratorien, Mausoleen und Basiliken wurden in der Nähe der alten Coemeterien gebaut. Silvester, Marcus, Julius, Liberius und Damasus sind die ersten Nachfolger des Miltiades, die in diesen oberirdischen Gebäuden ihre letzte Ruhestätte fanden.

5. DAS CUBICULUM DER VIER JAHRESZEITEN

Der kleine Raum gegenüber der eben beschriebenen Krypta wird Cubiculum der vier Jahreszeiten genannt. Der Grund dafür ist die Bemalung der Decke mit Personifikationen der Jahreszeiten.

»Die Kunst in den Katakomben verstand es, einige heidnische künstlerische Motive aufzunehmen und neu zu deuten. Diese Motive werden in christlichem Zusammenhang Ausdruck für die Hoffnung auf ein glücklicheres Leben im Jenseits. Sie machten sich die reine Poesie der antiken Mythen zunutze. Orpheus, der inmitten der Tiere singt und Lyra spielt, konnte leicht in ein Christussymbol umgedeutet werden. Oder es wurde der Mythos des Amor verwendet, der für die Psyche (Seele) Blumen in den Elysischen Gärten pflückt.

Warum sollte die christliche Kunst in den Katakomben die Symbole, die auf eine Fortsetzung des Lebens nach dem Tode hinweisen, nicht weiterverwenden? Warum sollte sie die Symbole, die die ewige Erneuerung in den kosmischen Darstellungen der Vier Jahreszeiten mit Attributen wie Rosen, Ähren, Trauben und Oliven veranschaulichen, nicht in ihre eigene künstlerische Darstellung einbeziehen, um so eine reiche Fülle dekorativer und zugleich symbolträchtiger Elemente zu schaffen?« (L. de Bruyne).

Kuppel des Petersdoms, von San Callisto aus gesehen.

6. DER SCHMERZ WIRD IM GLAUBEN ERTRÄGLICHER: SOPHRONIA

Das Cubiculum der Sophronia liegt am Ende der Galerie P1, auf der rechten Seite vor einem Gitter. Der Name stammt von einem Graffito, das linkerhand mindestens zweimal auf die Hinterwand geschrieben wurde. Es handelt von einer Sophronia. Der Name ist noch zweimal in der Nähe der Papstkrypta in die Wand eingeritzt.

Ich will kurz die wahrscheinliche Entstehungsgeschichte für diese Graffiti skizzieren: Ein Christ, vielleicht mit dem Namen Felicissimus, war tief getroffen vom Verlust seiner lieben Frau. Er begab sich eines Tages in die Katakombe, um Trost zu finden. Am Ende der Treppe schrieb er auf die Wand einen Wunsch: *»Oh Sophronia, mögest du leben ...«*. Wenig später, unter eben dieser Treppe, wiederholt er den lieben Namen. Er ist sich sicher, daß sie in Gott weiterlebt: *»Sophronia (lebt) im Herrn«*.

Durch sein Gebet bei den Märtyrergräbern verlor sein großer Schmerz seine Bitterkeit, und sein Glaube half Felicissimus über das Los der verstorbenen Sophronia. Als er dann in das Cubiculum kam, hatte er das Bedürfnis, folgendes zu schreiben *»Oh liebste Sophronia, du wirst immer in Gott leben«*. Sein Herz wurde immer fröhlicher und die Trauer verschwand fast völlig: *»Ja Sophronia, du wirst leben ...«* (ICVR, IV, 10195; siehe ICVR, IV, 1094).

7. DER MYTHISCHE OCEANUS IN DER KATAKOMBE

Nach der Kurve U betreten wir die Galerie W2. Rechts sehen wir das sogenannte Cubiculum des Oceanus. Der Name kommt von der mythischen Personifikation des Meeres, die hier gemalt ist. Das Cubiculum ist klein und mit roten Bandgesimsen, die deutlich hervorstechen, dekoriert. An den Wänden und im Gewölbe sind dargestellt: Vögel, Pfaue, Kobolde, Blumenornamente, eine Büste einer Toten ...

Das Cubiculum wurde von einem heute zugemauerten Lucenar beleuchtet, das sich in P1 befand und durch eine Öffnung in der Decke sichtbar war.

Wir wissen schon, daß »die christliche Malerei nicht aus dem Nichts entsteht. Sie verleugnet nicht das Erbe der Vergangenheit und kennt die heidnischen Darstellungen ihrer Zeit. Ohne jeden Zweifel prägten die Christen eine eigene ideengeschichtliche Originalität. In den expressiven Formen fehlten nicht die Kontaktpunkte zu der Welt, in der sie lebten. In diese Gruppe, die Darstellungen mit noch heidnischer Bedeutung verwenden, kann man den bärtigen Kopf des Oceanus einreihen ...« (D. Mazzoleni). Das Cubiculum wurde von einem jetzt zugemauerten Lucenar beleuchtet, das in P1 liegt und durch eine Ausweitung in der Decke sichtbar ist.

8. DER SARKOPHAG DES KINDES

Der Sarkophag des Kindes wird so genannt, weil er sehr klein ist. Er stammt aus der Mitte des 4. Jahrhunderts und steht in der Galerie Y. Er besteht aus einem Marmorkasten, der heute leer ist, und einem kleinen Deckel.

Dieser Sarkophag kann als kleiner illustrierter Katechismus angesehen werden. Die Vorderwand ist ganz mit biblischen Episoden geschmückt: Noah mit der Taube in der Arche, ein Prophet, der die Rolle mit dem Gesetz Gottes hält, Daniel in der Löwengrube, das kleine betende Kind zwischen zwei Heiligen, das Wunder von Kanaan und die Auferweckung des Lazarus.[2] Maria, die Schwester des Lazarus, kniet auf dem Boden vor Jesus (*Joh*, 12, 1-8). In der Mitte des Deckels sind zwei Putti, die kleine Täfelchen halten, dargestellt. Aus ornamentalen Gründen befinden sich an den beiden Enden zwei Köpfe.

Die Symbolik der Figuren

Die auf dem Sarkophag dargestellten Szenen beschreiben reale Episoden. Sie lassen jedoch einen tiefen Symbolsinn durchscheinen, den wir dank der Katechese der Kirchenväter erkennen können.

Noah in der Arche erinnert an die Überschwemmung der Erde mit der daraus sich ergebenden Vernichtung der sündigen Menschheit. Die Überschwemmung wird zu einem Symbol für die Taufe, die das Böse und die Sünde im Herzen des Menschen zerstört (*Gen* 8, 1-19).

Daniel in der Löwengrube wird betend dargestellt. Man stellt ihn sich also frei von jeder Gefahr in Frieden vor. Der Prophet Habakuk bietet ihm ein Brot mit einem Christusmonogramm an. Man möchte nicht so sehr auf das materielle Brot, das Daniel in dieser tragischen Situation den Hunger stillte, abheben, als vielmehr auf die Eucharistie verweisen (*Dan* 14, 30-42).

Auch das kleine Kind, das in der Mitte der Komposition zwischen zwei Heiligen dargestellt ist, betet. Das nächste Bild zeigt das Wunder von Ka-

Kindersarkophag mit biblischen Szenen (4. Jhdt.).

naan (*Joh* 2, 1-11) und die Auferweckung des Lazarus (*Joh* 11, 1-44).

Die Folge der Szenen ist nicht willkürlich. Die darin enthaltene Botschaft ist offensichtlich. Der Christ wird durch die Taufe zu neuem Leben in Gott geboren (Noah). Das Brot (Habakuk) und der Wein (Kanaan), der in der Messe konsekriert wird, das heißt die Kommunion, nährt das göttliche Leben. Die Eucharistie bietet ihm als letztes Unterpfand die Auferstehung (Lazarus). So wird der Christ (das kleine Kind) im Paradies (der Orant) leben. Hier ist das Echo des Jesuswortes zu vernehmen: »Wer mein Fleisch ißt und mein Blut trinkt, hat das ewige Leben, und ich werde ihn auferwecken am Letzten Tag« (*Joh* 6, 54).

Die unvollständige Hauptfigur

Das Gesicht des Kindes ist nur grob umrissen. Wir wissen, daß im 4. Jahrhundert die christlichen Sarkophage in eigens dafür bestimmten »Werkstätten« von Künstlern (Marmorbildhauern) in groben Umrissen erstellt wurden. Wenn sie dann verkauft wurden, mußte der Bildhauer die Gesichtszüge des Verstorbenen in das noch nicht ausgearbeitete Gesicht des Sarkophages einmeißeln. Das Ausbleiben dieser Arbeit bei dem Sarkophag des kleinen Kindes ist vielleicht dadurch zu erklären, daß der Sarkophag sehr schnell benötigt wurde.

9. DER UNGLAUBLICHE WEG DREIER FREUNDE

Nahe der Ausgangstreppe sind links zwei Arcosole.

Das erste ist ein Doppelgrab. Die Farben sind in dunklem Rot gehalten. Von den unterschiedlichen Darstellungen ist nur noch eine erhalten. Sie zeigt die drei Jünglinge, die König Nebukadnezar von Babylon in den brennenden Ofen werfen ließ.

Es erscheint noch eine vierte Figur, der Engel, der die jungen Freunde unbeschadet durch die Flammen gehen läßt (*Dan* 3, 8-50). Der König ließ die drei Jünglinge bestrafen, weil sie an Gott glaubten und sich deshalb weigerten die Statue des Königs anzubeten.

Der antike Pilger, der die römischen Katakomben besuchte, konnte in den Cubicula und den Arcosolen einige Bilder mit alttestamentarischen Erzählungen betrachten: Die Arche Noah, das Opfer Abrahams, Daniel in der Löwengrube, die drei Jünglinge im Feuerofen von Babylon, Jona, Susanna, die von den Ältesten angeklagt wurde (*Dan* 13, 1-64) ... Es handelt sich dabei immer um Darstellungen oder Symbole, die auf die Gegenwart und den Beistand Gottes abheben, der die Menschen aus einer großen Gefahr rettete.

Auf dem zweiten Arcosol ist in der Mitte das Bild des Guten Hirten dargestellt. Im Bogen sehen wir einen Orant. An den Wänden sind ländliche Szenen abgebildet: Enten und ein Ziegenbock.

Die Komposition enthüllt, wie »die Kirche die Kunst, die die Häuser der Lebenden auf der Erde schmückt, in die Orte der letzten Ruhe eindringen läßt. All dies, was den Schmerz der Trennung und das kalte Dunkel des Todes vergessen lassen konnte, wurde in dem Cubiculum als lieblicher Stuck an den Wänden dargestellt: Spielerische Verzierungen mit bunten Farben, Blumen, Girlanden, Vögel, ländliche Darstellungen, ...

All die Dinge, die für die Menschen die Verkörperung des Lebens bedeuteten, waren um das Grab konzentriert. Die Verwandten und Freunde, die ans Grab ihrer Glaubensbrüder zum Gebet zusammenkamen, konnten sich so wie in der lieblichen Luft des Heimes fühlen« (L. de Bruyne).

10. »GEDENKE, MENSCH, DAß DU AUS STAUB BIST«...

Das Cubiculum der Sarkophage befindet sich wenige Schritte von der Treppe zum Ausgang in der Galerie Q1 entfernt. De Rossi entdeckte die zwei Sarkophage, die zusammen mit dem Sarkophag des »kleinen Kindes« im Boden des doppelten Cubiculums vergraben waren.

Mit dem Anbruch der Ära Konstantins im 4. Jahrhundert stieg die Zahl der Bekehrungen zum Christentum sprunghaft an. Im Laufe der Zeit verfügte die christliche Gemeinde Roms über erfahrene Bildhauer. Sie waren in der Lage, Sarkophage mit einem großen Repertoire von biblischen Figuren oder Szenen zu schmücken.

Der Sarkophag auf der linken Seite hatte einen Deckel, der heute an der Wand hängt, und der aus einer wiederverwendeten Marmorplatte hergestellt wurde. Darauf ist in groben Lettern ein Name eingearbeitet: Alexandra. Mit großer Wahrscheinlichkeit hat der Name nichts mit dem Toten zu tun, dessen Überreste heute noch im Sarkophag zu sehen sind. In der Mitte der Außenwand ist das Bild einer verschleierten (mit verhülltem Haupt) Toten zu sehen. In der linken Hand hält sie die Evangelienrolle. Sie symbolisiert die wahre Lehre, die ihr Leben erleuchtete. Auf beiden Seiten ist der Gute Hirte abgebildet.

Der andere Sarkophag enthält einen Toten, der in ein Leichentuch gehüllt und mit Binden umwickelt ist. Die Christen pflegten ihre Toten nicht zu mumifizieren.

11. DIE TREPPE ZUM AUSGANG

An diesem Punkt endet normalerweise der Besuch der Katakomben San Callisto. Die Treppe wurde in der zweiten Hälfte des 3. Jahrhunderts gebaut.

Die Treppe wurde aus schon einmal verwendeten Steinen gebaut. Sie ist im unteren Teil noch im ursprünglichen Zustand erhalten. Auch der Stuck an den Wänden ist antik. In der Mitte der Treppe befindet sich ein Podest. Dieser Absatz wurde in neuerer Zeit, jedoch vor de Rossi, angebracht, um die beiden angrenzenden Galerien des ersten Stockwerkes zu verbinden.

Diese Verbindung veränderte den oberen Teil der Treppe. Die Eliminierung einer Treppenstufe zog die Absenkung aller anderen Stufen nach sich, wie an den Wänden zu sehen ist.

In der Zeit, in der die Katakombe zum Heiligtum für die Märtyrer geworden war, diente die Treppe zum Abstieg (descensionis) und zum Wiederaufstieg (ascensionis). Sie erleichterte dadurch den Besuch der Gräber der Päpste Gaius und Eusebius und der Märtyrer Calocerus und Partenius.

Am Ende der Treppe waren die Galerie Y und der erste Teil der Galerie Q1 — wie sehr gut zu sehen ist — mit Mauern verstärkt. Auf diese Weise entstand ein ausgewiesener und sicherer Durchgang für die Pilger.

Neben der Ausgangstür sind einige Ziegelsteine mit Stempeln ausgestellt. Die Ziegelherstellung war zum größten Teil kaiserliches Monopol, was durch die Inschrift auf den Stempeln bewiesen wird: »Ex praediis D. N. Imp ...«. Das heißt: »Ziegel, der aus dem Eigentum unseres Kaisers, unseres Herrn, kommt ...«.

[1] Die linke Galerie hat eine Treppe, die zum dritten Stockwerk führt.

[2] Die letzte Szene zeigt Jesus, der mit der linken Hand die Rolle des Evangeliums, das Wort der Rettung, und mit der rechten Hand einen Stab als Zeichen der göttlichen Macht hält.

IX.
Die Region des hl. Gaius und des hl. Eusebius

Die antiken Krypten

1. DER COEMETERIALKOMPLEX DES HEILIGEN GAIUS

Diese Region entstand unabhängig vom »ersten Abschnitt« und hatte deshalb auch eine eigene Treppe (Z = die heutige Treppe zum Ausgang). Sie hatte ihre ersten Ursprünge gegen Ende des 3. Jahrhunderts (circa 280). Im späten 4. Jahrhundert wurde ein erstes Stockwerk von begrenzter räumlicher Ausdehnung angelegt.

Zur Zeit des Papstes Damasus wurde diese Zone mit der Region der Päpste und der hl. Caecilia durch die Galerien Q2 und Q3 verbunden. So wurde das Coemeterium San Callisto immer größer.

Im ersten Abschnitt der Galerie Q1 (circa 19 Meter) und in einer Tiefe von 11,35 Metern entwickelte sich ein Coemeterialkomplex mit einigen Cubicula, die besondere Charakteristika aufweisen. Diese Grabkammern bieten eine Reihe von Aspekten, die außerhalb der Norm liegen. Diese Besonderheiten stellen einen klaren Beweis dar, daß wir uns in einer bevorzugten Zone aufhatten, in der sich ganz besonders verehrungswürdige Gräber befinden. Die Geschichte des Komplexes des hl. Gaius erstreckt sich über fünf Jahrhunderte. In einer ersten Periode (Initialphase) entwickelte er sich wie jedes andere unterirdische Coemeterium. Durch die Eingriffe des hl. Damasus in der zweiten Hälfte des 4. Jahrhunderts wird diese Zone einer weitgehenden Umgestaltung unterworfen: Der Komplex wird zu einem wirklichen Heiligtum umgebaut (Phase der Monumentalisierung).

Die ersten Spuren der Umbauten lassen sich in der Galerie Q1 in der Nähe der Treppe feststellen: Die Tuffwände der Galerie werden mit Ziegelmauern verstärkt. Sie sind mit weißem Stuck verkleidet. Durch die kleine Spalten in der rechten Wand können wir die Arcosole sehen, die durch die baulichen Veränderungen verdeckt worden waren.

Die dritte Phase beginnt im 4. Jahrhundert und ist durch die Einfälle der Barbaren gekennzeichnet (Goten und Langobarden).

Die Barbaren verursachten schwere Schäden in der Katakombe. Zahlreiche Renovierungsarbeiten waren nötig geworden, die sich bis zum endgültigen Verlassen der Katakombe zu Beginn des 9. Jahrhunderts erstreckten.

2. DIE KRYPTA DES HL. PAPSTES GAIUS

Die Krypta des hl. Gaius nimmt aufgrund ihrer außerordentlichen Dimensionen eine ganz besondere Stellung ein.[1] Mehr als 60 Personen fanden in ihr Platz. Hier wurden keine Vertiefungen oder Umstrukturierungen vorgenommen. Die ausreichende Beleuchtung und Belüftung wurde durch ein großes Lucenar, das sich in der Galerie Q1 befand, sichergestellt.

Die Dekoration war sehr bescheiden: Die Wände waren mit einer einfachen Schicht von weißem Stuck verkleidet. Man darf sich nicht wundern, daß diese Krypta nicht wie die des hl. Eusebius von Papst Damasus verschönert wurde. Das Fehlen eines damasianischen Gedichtes ist vielleicht ein Grund dafür, daß kein Eingriff vorgenommen wurde. Der Papst und Dichter konnte sich im übrigen nicht um alle Gräber von Märtyrern oder von seinen Vorgängern kümmern. Bei der Auswahl waren wahrscheinlich pastorale Kriterien ausschlaggebend. Nur so lassen sich Präferenzen bei der Komposition seiner Epigramme erklären.

Die Krypta wurde 1856 von de Rossi entdeckt. Sie war damals völlig mit Trümmern angefüllt, die Decke war größtenteils eingestürzt. Der berühmte Archäologe fand am Fuß der Treppe und unter dem Lucenar neun Fragmente einer griechischen

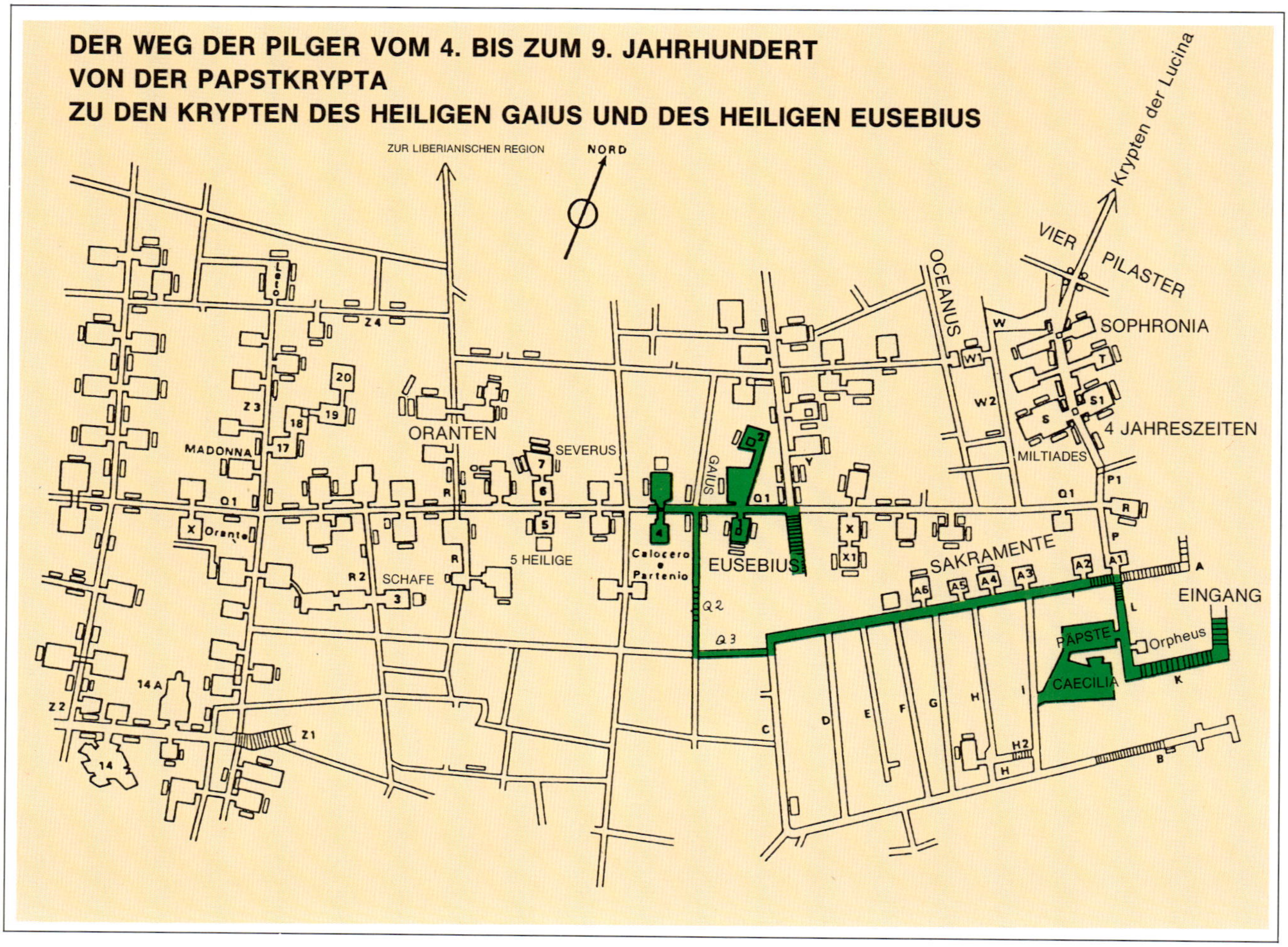

Grabinschrift des hl. Gaius, mit deren Hilfe er die Krypta identifizieren konnte. An den Wänden sehen wir zahlreiche Graffiti von Priestern und Pilgern.

3. DAS GRAB DES HEILIGEN GAIUS

An den Seitenwänden sind zahlreiche Loculi vorhanden. Die Hinterwand enthält lediglich drei. Der mittlere Loculus sticht sofort durch seine beachtlichen Ausmaße hervor, er enthält das wertvollste und wichtigste Grab der Krypta.

Das Grab wurde sorgfältig in den Tuff gehauen. Es befand sich in einigem Abstand zu den anderen beiden Gräbern. Das Grabmal war vielleicht schon von Anfang an mit Marmor verkleidet. Am äußeren Rand ist ein Streifen mit roter Malerei zu sehen. Das Grab gehörte eher einem Bischof als einem Märtyrer. Wir wissen, daß die Märtyrer in Gemeindegräbern beigesetzt wurden.

Man kann sich fragen: Warum wurde der hl. Gaius nicht in der Papstkrypta bestattet? Es fällt nicht leicht, eine sichere Antwort auf diese Frage zu finden. Wahrscheinlich wurde er nicht in der Begräbnisstätte der Päpste bestattet, weil bei seinem Tod dort kein Platz mehr war.

Die Grabstätte des hl. Gaius gewann für die gläubigen Römer sehr schnell an Bedeutung. Wir besitzen eine Inschrift aus der ersten Hälfte des 4. Jahrhunderts, die sich heute in der liberianischen Region befindet. Sie zeigt uns, daß der benachbarte Teil der Katakombe mit dem Namen des Papstes lokalisiert wurde: *»Iovina ... kaufte sich ein Arcosol in San Callisto nahe dem hl. Gaius«* (ICVR, IV, 9924).

4. DIE GRABINSCHRIFT

De Rossi konnte aus den neun Fragmenten die griechische Grabinschrift des hl. Papstes Gaius rekonstruieren.

Γ(αίο)Υ ΕΠΙ(σκόπου)
ΚΑΤ(άθεσις)
ΠΡ(ό ἰ) ΚΑΛ(ανδῶν) ΜΑΙΩ(ν)
»Gaius, Bischof, beigesetzt am 22. April« [2]

Über diesen Papst fehlen sichere biographische Angaben. In der Zeit des Diokletian wurden die kirchlichen Archive zerstört. Die hagiographischen [3] Überlieferungen über den hl. Gaius sind sehr vielfältig, aber nicht historisch belegbar.

Der hl. Gaius stammte aus Dalmatien. Er wurde am 17. Dezember 283 zum Papst gewählt. Sein Pontifikat dauerte bis zum 22. April 296.

5. DER HL. AFRIKANISCHE BISCHOF OPTATUS

Bei der Besprechung der Krypta des hl. Gaius habe ich auf die einfache Ausschmückung verwiesen. Betrachtet man jedoch aufmerksam den unteren Teil der linken Wand, so fällt ein wirklich einzigartiges Arcosol ins Auge. Es ist sehr stark beschädigt, die Wände sind eingefallen und es ist teilweise von einem der drei Pfeiler der Krypta verdeckt.

Das Arcosol weist besondere Charakteristika auf: Aufgrund seiner geringen Ausmaße scheint es eher für die Aufnahme von Reliquien als für die Bestattung einer Leiche gedacht gewesen zu sein. Das Arcosol war ursprünglich verstärkt, weil es sich unterhalb des Bodens der Krypta befand. Spuren einer Mosaikdekoration sind heute noch zu sehen.

Die Elemente deuten darauf hin, daß es sich hierbei um das Grab einer berühmten Persönlichkeit handelt. Diese Grab wurde später an einem noch freien Platz in der Krypta angelegt, weil der Verstorbene in der Nähe eines verehrten Grabes beerdigt sein wollte.

Während der Grabungen fand de Rossi in der Krypta des hl. Gaius, des hl. Eusebius und in den benachbarten Zonen einige Fragmente [4] einer Grabinschrift. Sie erwähnt einen Bischof aus Numidien:

Nach Meinung de Rossis gehörte die Inschrift zu dem Grab des hl. Optatus, des Bischofs von Vescera in Numidien (das heutige Biskra in Algerien).

Der Name des hl. Optatus ist auf dem »Marmorkatalog« zu lesen, der von Sixtus III. in der Papstkrypta angebracht wurde. Er ist auch im Katalog der nach Santa Prassede umgebetteten Reliquien verzeichnet.

Und es wird auch in einem Itinerar (*Notitia portarum...*) erwähnt, daß sein Grab im Coemeterium San Callisto lokalisiert. Wie wir noch sehen werden, ist sein Bildnis auf den Malereien der Krypta des hl. Cornelius zu sehen.

Der Name des hl. Optatus wird in den Graffiti an den Wänden der Krypta des hl. Gaius nicht ausdrücklich erwähnt. Es sind jedoch die Namen von drei afrikanischen Bischöfen verzeichnet; einer von ihnen wird Maius genannt (ICVR, IV, 9540). Diese Indizien sprechen dafür, daß das kleine Arcosol das Grab des hl. Optatus ist.

Der eindrucksvollen Hypothese steht eine große Schwierigkeit entgegen. Aus der analytischen Untersuchung der Formengräber schließt Reekmans, daß das kleine verzierte Arcosol in der Krypta des hl. Gaius wahrscheinlich ein Teil der Arbeiten zur Monumentalisierung der Krypta in der zweiten Hälfte des 4. Jahrhunderts war. Nach der Theorie des Gelehrten aus Loewen handelt es sich also nicht um das Grab des hl. Optatus.

Der hl. Optatus starb um 428 in Afrika. Seine Reliquien wurden um 440 von afrikanischen Bischöfen nach Rom gebracht. Die Bischöfe waren durch den Vandalen Geiserich (428-477) von ihren Bischofssitzen vertrieben worden. Seine endgültig

EPISCOPVS VES(ce)RITANV(s)
REC(essit) NVMIDIAE R̶ (= recessit) PR(idie) ID(ibus)...
»... Bischof von Vescere. Gestorben in Numidien.
Er starb vor den Iden des ...«. [5]

Krypta des hl. Gaius: Fragmente der Originalinschrift des Grabes des hl. Papstes Gaius (gest. 296).

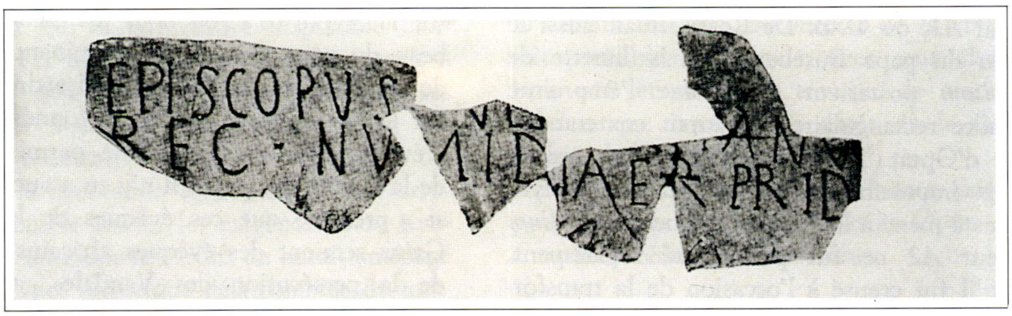

Originalinschrift des Grabes des hl. Optatus: 5. Jhdt. (Foto L. Reekmans).

letzte Ruhestätte fand der Bischof im Coemeterium San Callisto, der genaue Standort konnte aber noch nicht festgestellt werden.

6. ICONIUS, EIN ERFAHRENER DEKORATEUR

Der Fußboden der Krypta und auch der benachbarten Galerie füllte sich während der Zeit des Märtyrerkultes mit Formengräbern. Eines von ihnen verdient besondere Erwähnung. Es befindet sich direkt vor dem Grab des Papstes. Das Grab ist mit einer Marmorplatte verschlossen, auf der eine Inschrift in griechischer Sprache eingehauen ist: *»Bestattung der unvergesslichen und gottesfürchtigen Maxima, fünf Tage vor den Iden des Dezember«*, das heißt am neunten Dezember (ICVR, IV, 10652).

Die im Boden liegenden Gräber sind ein Beweis für die Verehrung des hl. Papstes Gaius durch die ersten Christen. Die Gläubigen schätzten sich sehr glücklich, wenn sie neben ihrem Bischof begraben wurden und sich deshalb seiner besonderen Fürsprache erfreuen konnten.

Während der Invasion der Barbaren ereilte die Krypta des hl. Gaius dasselbe Schicksal wie alle anderen. Nach dieser Heimsuchung wurde die linke Wand der Krypta mit vier großen quadratischen Pilastern verstärkt (4. Jahrhundert).

In der rechten Ecke der Hinterwand öffnet sich ein Durchgang, der in ein ehemaliges Familienretrosanktum führt. Das ziemlich enge Cubiculum wurde im späten 4. Jahrhundert gegraben und war durch ein großes Lucenar beleuchtet. Darin sind drei außergewöhnlich große Arcosole zu sehen. Sie dienten zur Beherbergung von Sarkophagen.

Vorherige Seite:
Krypta des hl. Papstes Gaius (Ende 3. Jhdt.).

Die Wände des Cubiculums wurden, um die Krypta des hl. Eusebius nachzuahmen, mit buntem Marmor verkleidet. Heute sind noch Überreste sichtbar. Der Boden ist in »opus sectile« gehalten, das heißt, daß er mit Marmorstücken in verschiedenen geometrischen Figuren gestaltet wurde. Wir kennen den Namen des Künstlers, der diese Grabkammer ausgestaltete. An der Wand des kleinen Eingangskorridors malte der Künstler sein Selbstbildnis mit einem Monogramm. Folgendes Graffito ist beigefügt: *»Iconius machte und tünchte diesen Ort in zehn Tagen«* (ICVR, IV, 9542).

7. EINE AUFREGENDE ENTDECKUNG

»Ich empfinde eine große Freude, schreibt de Rossi in seinem Buch *Roma Sotteranea,* wenn ich von der hervorragendsten Entdeckung berichte, die meine Ausgrabungen im Coemetrium San Callisto krönte ...

Im Jahre 1852 entdeckte ich in der damals noch nicht erforschten Zone zwischen dem Grab des hl. Cornelius und der Krypta der Päpste ein Fragment eines großen Epitaphs, auf dem die damasianischen Buchstaben plump nachgeahmt waren. Auf der ziemlich zerstörten Platte konnte ich wenige Buchstaben von fünf Versen entziffern. Unter ihnen waren die Buchstaben: EVS ... Plötzlich kam mir der ganze Vers wieder ins Gedächtnis: »Eusebius docuit miseros sua crimina flere«.[6] Der Vers (ein Hexameter) gehörte zu einem damasianischen Gedicht, das von einigen Sammlungen überliefert ist. Der Leser kann sich vorstellen, wie mir bei solch einer Entdeckung zumute war ...

Im Jahre 1856 konnte ich endlich mit den Ausgrabungen anfangen. Sie erwiesen sich sehr schnell als schwierig. Eine riesige Menge von Trümmern fiel von oben herab ...

Ich forschte zwischen den Trümmern des zerstörten Mauerwerks und entdeckte ein schief liegendes Gewölbe. Es handelte sich dabei offensichtlich eine darunter begrabene Treppe. Nachdem ich unter dieses Gewölbe gelangt war, fand ich nicht nur die Treppe, die ins Freie führte, sondern nahm auch eine Einmündung von Galerien wahr. Mit Ausnahme von einer waren sie vermauert und für den Besucher verschlossen. In den ersten Maitagen erreichten die Ausgrabungen den geheiligten und so ersehnten Boden der Krypta des hl. Eusebius. Kaum war der erste Schutt vor der Tür entfernt, kamen zahlreiche Marmorstücke der plumpen Kopie des damasianischen Gedichtes zum Vorschein. Sie sahen so aus wie das erste Fragment, das ich vier Jahre zuvor über der Erde gefunden hatte ...« (R.S. II, 191-193).

8. DER HL. EUSEBIUS, »DER LIEBENSWÜRDIGE CHRISTUS AUF ERDEN« [7]

Wir lesen im Buch des Propheten Ezechiel einen Vers, der uns die Beziehung Gottes zu den Sündern verdeutlicht: »Ich habe keinen Gefallen am Tod des Sünders, sondern daran, daß er auf seinem Weg umkehrt und am Leben bleibt (33, 11).[8]

Wenn dies die Haltung eines jeden guten Christen gegenüber seinem Bruder, der sündigt, sein soll, wie müssen sich dann die verhalten, die als Diener Gottes auserwählt sind und die ihn auf Erden vertreten?

Papst Eusebius kannte diese Wahrheit und wollte deshalb der treue Interpret und Verwalter des göttlichen Erbarmens sein.

Es war die Hand Gottes, die die Gefallenen wieder aufhob, um sie zum Guten zu ermahnen und sie zu ermuntern, auf den rechten Weg zurückzukehren.

Wir kennen die genauen Daten seines Pontifikats, seines Todes in der Verbannung und der Translation seiner Gebeine nach Rom nicht. Dem *Liber Pontificalis* ist in seiner »liberianischen« Fassung zu entnehmen, daß Eusebius griechischer Abstammung und Sohn eines Arztes war. Nach dieser Quelle soll sein Pontifikat äußerst kurz gewesen sein (18. April - 17. August). Das Jahr wird nicht angegeben. Vielleicht war es das Jahr 309 oder 310.

Wenn auch die biographischen Daten unsicher bleiben, so sind doch die Nachrichten gesichert, die sein Hirtenamt in Rom betreffen. Die schwierigste und heikelste Frage, die der hl. Eusebius zu lösen hatte, war die der »Lapsi«, der Abgefallenen. Davon spricht auch die epigraphische Quelle in seiner Krypta, wie wir noch sehen werden. Die Dinge arteten aus, so daß die öffentliche Ordnung gefährdet war. Kaiser Maxentius wollte Frieden und Ruhe. Er erwartete die Entscheidungsschlacht mit Konstantin. Deshalb ließ er die miteinander streitenden Exponenten der Kirche entfernen. Eusebius mußte in die Verbannung nach Syrakus auf Sizilien gehen. Er nahm die Strafe mit all den Qualen und Entsagungen heroisch auf sich. Hier endete auch sein irdischer Weg. Die Kirche betrachtete ihn sofort als Märtyrer, auch wenn er nicht durch des Henkers Hand starb.

Nachdem es in Rom wieder ruhig geworden war, ließ der Nachfolger Miltiades den Leichnam des hl. Eusebius überführen und in den Katakomben San Callisto beisetzen.

Um das Drama mit den Lapsi zu verstehen, das die Kirche während der Verfolgungen so leiden ließ, ist es notwendig, das Problem im historischen Kontext darzustellen.

Wer waren die Lapsi?

Seit dem Pontifikat des hl. Cornelius (251-253) mußte sich die Kirche mit dem schweren Problem der Lapsi[9] auseinandersetzen. Die Lapsi waren die Christen, die, um dem Martyrium oder anderen Formen der Verfolgung (Folter, Konfiszierung der Güter, Exil ...) zu entgehen, ihren Glauben verleugneten. Sie opferten den Göttern und unterschrieben die Bescheinigung, daß sie dem kaiserlichen Dekret Folge geleistet haben. Die Bescheinigung für das vollzogene Opfer wurde »libellus« genannt. Aus diesem Grund wurden die Lapsi auch als »libellatici« bezeichnet. Seit Kaiser Decius (249-251) verlangte die kaiserliche Bürokratie die Bescheinigung als Garantie für ein vollzogenes Opfer.

Häufig war es dank des Beistandes der Bürokratie ausreichend, die Bescheinigung (libellus) zu unterschreiben. Nicht selten reichte es, dieses schon unterschrieben mit einem Bestechungsgeld zu kaufen, ohne dem Kaiserkult tatsächlich nachzukommen. Leider wählten viele diesen Ausweg und wurden deshalb als Abtrünnige betrachtet.

Nachdem die Gefahr vorüber war, bat der größte Teil dieser Unglücklichen um die Wiederaufnahme in die kirchliche Gemeinschaft. Einige Rigoristen waren dagegen, daß man diesen Leuten Verzeihung gewähre. Die Vertreter eines Laxismus wollten die Lapsi ohne jede Strafe wiederaufnehmen.

Diese beiden Parteien, Laxisten und Rigoristen, standen im Gegensatz zur Lehre der Kirche. Die Kirche wollte den Lapsi Verzeihung und die Wiederaufnahme in die kirchliche Gemeinschaft nach einer angemessenen Zeit der harten Buße (zwei oder drei Jahre) gewähren.

Der Kaiser Diokletian

Gaius Aurelius Valerius Diocletianus Augustus (284-305) war einer der herausragendsten Persönlichkeiten des römischen Kaisertums.

Aus Klugheit und mit Scharfsinn für die Praxis hielt er es für den römischen Staat nicht vorteilhaft, die Minderheit der Christen zu verfolgen. Er selbst war jedoch ein großer Anhänger des streng traditionellen Heidentums.

Die Krypta des Märtyrerpapstes Eusebius (4. Jhdt.).

Jahrelang zweifelte er nicht an seinen Prinzipien und seiner Toleranz, die ihm sein politischer Verstand riet. Von Caesar Galerius angestiftet, löste er im Jahre 303 die letzte große Christenverfolgung aus. Zwei Jahre später dankte er ab und zog sich freiwillig nach Dalmatien (Spalato) zurück.

Im Westen waren die Verfolgungen von kurzer Dauer. Im Osten hingegen wüteten die Verfolgungen unter der Herrschaft des Galerius und seines Caesars Maximinus Daia weiter. Sie fuhren fast noch ein Jahrzehnt lang fort, die Opfer zu töten.

Man befahl den Christen, ihren Glauben zu verleugnen.

Wenn sie sich weigerten, wurden sie umgebracht. Außerdem wurden nicht nur ihre Güter, sondern auch die Kirchengeräte, die liturgischen Bücher und Schriften konfisziert. Dies erklärt das Fehlen sicherer chronologischer Daten über die Päpste ebenso wie die geringe Anzahl authentischer Märtyrerakten in den verschiedenen Kirchen. Die Christen, die sakrale Bücher den Heiden übergaben wurden »traditores« genannt (vom lateinischen »tràdere« = verraten). Viele fielen vom Glauben ab, die Zahl der Lapsi wurde immer größer.

9. DIE KRYPTA DES HL. EUSEBIUS

Diese Krypta liegt genau gegenüber der des hl. Gaius. Sie ist rechteckig, aber nicht sonderlich groß. Auffällig ist das monumentale Aussehen, das durch die drei Arcosole geprägt wird. Ein modernes Lucenar erhebt sich heute an der Stelle, an der die Decke eingestürzt war. Das ursprüngliche Lucenar ließ das Licht durch die Decke der Galerie Q1 fallen. Es beleuchtete auch die Krypta des hl. Gaius.

Die Krypta entstand ursprünglich als Familiencubiculum. Der Schmuck ist karg: Die Wände waren mit weißem Stuck bedeckt.

Über der Lunette des mittleren Arcosoles war ein Guter Hirte zwischen zwei Bäumen gemalt. Noch heute sind Spuren der Malerei zu erkennen.

In der zweiten Hälfte des 4. Jahrhunderts wurde das Cubiculum vollständig umgebaut. Die drei Arcosole wurden vergrößert, um Sarkophage hineinstellen zu können. Im mittleren wurde ein zweites, kleineres Arcosol hinzugefügt. Dasselbe geschah mit dem Arcosol an der linken Wand. Alle drei Arcosolgräber hatten mit Mosaiken dekorierte Bögen.

Die Wände der Krypta wurden mit Marmor (opus sectile) verkleidet, mit dem verschiedene geometrische Kompositionen geformt wurden. Die Decke wurde mit Kassetten in Blau und pompeianischem Rot bemalt. In die fiktiven Kassetten wurden einige Figuren hineingemalt: Vögel, die auf einem Zweig sitzen, und stilisierte Blumenmotive.

Der Boden war voll von Formengräbern und wurde mit buntem Marmor bedeckt.

10. DAS GRAB DES MÄRTYRERPAPSTES

Nach der Überführung aus Sizilien wurde der hl. Eusebius im Arcosol an der rechten Wand der Krypta bestattet. Dieses Grabmal hatte dieselbe Dekoration wie die anderen beiden. Dennoch weist es besondere Charakteristika auf.

Es nimmt mehr als die Hälfte der Wand ein und enthält nur ein Grab. Über dem Bogen wurde eine »tabula ansata« (eine rechteckige Marmorplatte mit Griffen) angebracht. Diese sehr große Platte war nicht für eine Grabinschrift, sondern für eine Gedenkinschrift oder Elogium gedacht. Es stand die Absicht dahinter, die Aufmerksamkeit des Pilgers auf das darunterliegende Grab zu lenken. Die Gebeine des ein halbes Jahrhundert zuvor darin bestatteten Toten waren nämlich für die Christen in der zweiten Hälfte des 4. Jahrhunderts von besonderer Bedeutung.

Das Innere des Grabes war mit altem roten und weißen Marmor verkleidet. Der Bogen war — wie schon gesagt — mit einem Mosaik ausgeschmückt. Die Spuren der Mosaiksteine sind heute noch sichtbar.

All diese Arbeiten wurden unter dem Pontifikat des Papstes Damasus, des frommen Verehrers der Märtyrer, ausgeführt.

11. DIE POETISCHE INSCHRIFT DES DAMASUS

Wer heute die Krypta des hl. Eusebius betritt, ist überwältigt vom Anblick einer monumentalen Marmorplatte, die auf beiden Seiten beschriftet ist. Die Platte wurde von zwei dicken Säulen getragen. De Rossi stellte sie auf den Boden dieser Grabkammer.

Gleichzeitig ist im Arcosol, in dem der hl. Eusebius bestattet war, eine weitere neuere Grabplatte zu finden. Sie enthält dieselbe damasianische Inschrift. Wie ist dies zu erklären?

Wir wissen, daß de Rossi an der Schwelle zur Krypta zahlreiche Fragmente eines damasianischen

Krypta des hl. Eusebius: Kopie der damasianischen Grabinschrift für den hl. Eusebius (Ende 6. Jhdt.).

Gedichtes fand. Wie schon gesagt, handelte es sich hierbei um eine plumpe Kopie aus dem ausgehenden 6. Jahrhundert. Die Inschrift enthält einige Fehler, die sich aus einer mangelnden Kenntnis des klassischen Latein erklären lassen.

Die Goten zerstörten weite Teile dieser Krypta. Eine Restauration der Märtyrergräber wurde notwendig. Um das damasianische Epigramm neu niederzuschreiben, verwendeten die Christen, die nichts Besseres fanden, eine monumentale Platte die schon eine Inschrift zu Ehren des Kaisers Caracalla (211-217) trug.

Der Kuriosität halber führen wir im folgenden dieses Elogium an, das von einem Senator mit dem Namen Asinius für seinen Herrscher verfaßt wurde. Die Inschrift zeigt uns, wie tiefste Unterwürfigkeit und zügellose Schmeichelei miteinander einhergehen. *»Dem großen und unbesiegten (unbesiegbaren) Imperator, Caesar Marcus Antoninus, Pius, Felix, Augustus, größter Parthicus, größter Britannicus, größter Germanicus,*[10] *Pontifex Maximus,*[11] *zum siebzehnten Mal hat er die Tribunicia Potestas inne,*[12] *zum 3. Mal zum Kaiser (akklamiert), zum 4. Mal Konsul, Vater des Vaterlandes, Prokonsul, Marcus Asinius Sabinianus, ein sehr berühmter Mann (aus senatorischem Geschlecht), wegen der Nachsicht und Wohltaten des Kaisers von ihm (ließ diese Weiheinschrift machen)«.* Diese Inschrift stammt aus dem Jahr 214 (CIL, VI, 1067).

Wenn wir der Größe der Platte und der Anforderung der Lesbarkeit Rechnung tragen, dann können wir davon ausgehen, daß sie an der Brüstung des Arcosols des hl. Eusebius angebracht war. Der unermüdliche de Rossi war mehr, als er sich vorstellen konnte, vom Glück begünstigt. Er durchsuchte sorgfältig Schritt für Schritt den Schutt. Es gelang ihm, dreizehn Fragmente des ursprünglichen damasianischen Gedichtes zu finden.[13]

Die damasianische Ehreninschrift ist heute mühelos zu lesen. Sie befindet sich auf der Platte, die im Arcosol angebracht ist, in dem die sterblichen Überreste des Märtyrerpapstes aufbewahrt wurden. In die neue Platte sind die Originalfragmente an ihrem jeweiligen Platz eingefügt. Von Furius Dionysius Filocalus war das Epigramm mit wunderschönen Buchstaben in Marmor gemeißelt. In einer Inschrift, die vertikal an den Seiten der Platte angebracht war, unterschreibt er mit folgender Widmung: *»Furius Dionysius Filocalus, ergebener Freund des Papstes Damasus, schrieb dies«.*[14]

Im folgenden bringen wir den Text des Gedichtes:

»BISCHOF DAMASUS SETZTE DIESE INSCHRIFT
Heraclius verbot den Gestrauchelten ihre Vergehen zu beklagen,
Eusebius lehrte die Unglücklichen ihre Schuld zu beweinen.
Es spaltete sich die Gemeinde,
bei wachsender Wut
gab es Aufruhr, Mord, Kampf, Zwietracht und Streit.
Alsbald wurden beide
von der Wildheit des Tyrannen vertrieben,
obwohl der Bischof
das Band des Friedens unberührt ließ.
Freudig ertrug er sein Exil,
sich dem Herrn und Richter fügend,
an Siziliens Gestade verließ er Welt und Leben.
EUSEBIUS, DEM BISCHOF UND MÄRTYRER«

Heraclius war ein Vertreter des Klerus, der einige Lehrmeinungen des Papstes Eusebius nicht akzeptierte. Der »grausame Tyrann« ist Kaiser Maxentius (306-312).

Der Usurpator Maxentius

Marcus Aurelius Valerius Maxentius, »unbesiegter Princeps«, war der Sohn des Maximinianus Hercules und Schwager des Konstantin. Er wurde von den Prätorianerkohorten in Rom (der kaiserlichen Wache) am 23.Oktober 306 zum Kaiser ausgerufen. Seine Proklamation wurde jedoch weder von dem im Ruhestand lebenden Diokletian noch von den amtierenden Tetrarchen (Licinius und Konstantin, Galerius und Maximinus Daia) anerkannt.

Dieser Kaiser war kein Verfolger, auch wenn er Anhänger des traditionellen heidnischen Kultes war. Nach seiner Machtergreifung gab er aus politischen Überlegungen den Christen die Erlaubnis, ihren Kult frei auszuüben. Im Jahre 311 gab er der Kirche die von Diokletian konfiszierten Güter zurück (Katakomben ...). Während der Schlacht gegen Konstantin an der Milvischen Brücke wurde er am 28. Oktober 312 im Tiber ertränkt.

12. DIE MÄRTYRER CALOCERUS UND PARTENIUS

Wir verlassen die Krypta des hl. Eusebius und überqueren eine Kreuzung mehrerer Galerien.[15] Auf der linken Seite befindet sich die Krypta der hll. Calocerus und Partenius. Unsere Aufmerksamkeit wird sofort auf die Graffiti neben der Eingangstür und die imponierenden antiken Restaurationen gelenkt.

Die Krypta

Die Ursprünge der Grabkammer liegen in einem Familiencubiculum aus dem Ende des 3. Jahrhunderts. Heute präsentiert sie sich in zwei deutlich voneinander getrennten Teilen: Die linke Wand und die Wand neben der Tür wurden in der Antike (6.-7. Jahrhundert) mit großen Blöcken aus Peperin verstärkt, um das Einstürzen des brüchigen Tuffs (erdiger Tuff) zu verhindern. Die beiden anderen Wände und ein großer Teil der Decke wurden von de Rossi im Jahr 1859 restauriert.

Bei dem heutigen Zustand der Krypta ist es schwierig, das ursprüngliche Aussehen der Krypta zu rekonstruieren. Unter Damasus wurden in dieser Krypta, im Unterschied zur Krypta des hl. Eusebius, keine monumentalen Umbauten vorgenommen. Aus der Analyse der Wände, die Prof. L. Reekmans vornahm, ergibt sich, daß in der damasianischen Epoche nur die Außenwände und die Eingangstür mit ihrem Bogen erneuert wurden.

Über den radikalen Umbau in späterer Zeit haben wir schon gesprochen. Wenn die Wände und die Decke einzustürzen drohten, war es dann nicht ausreichend, die Krypta mit Erde anzufüllen und sie somit für immer unzugänglich zu machen? Die Christen mußten damals schon gute Gründe gehabt haben, wenn sie die Krypta offen ließen und teure Restaurierungsarbeiten vornahmen.

Allein die Präsenz von Märtyrergräbern konnte solche Eingriffe rechtfertigen. Die beiden Gräber befanden sich an dem Weg, der die Pilger von der Papstkrypta zu den Krypten der hll. Gaius und Eusebius führte. Diesem Umstand verdankten sie das Glück, nicht wie viele andere in Vergessenheit zu geraten.

Der Boden der Krypta war, wie es bei Märtyrergräbern üblich war, voll von Verehrungsgräbern (Formen).

Die verehrten Gräber

Das Itinerar *»De locis sanctis Martyrum ...«* erwähnt Eusebius, Calocerus und Partenius. Es führt genauer aus, daß sich die Gräber nahe beieinander befinden. Es waren jedoch Einzelgräber (»per se singuli iacent«).

Die Märtyrer Calocerus und Partenius wurden in zwei Loculi in der rechten Wand der Krypta bestattet. Die Gräber, die eine Ruhestätte in Erwartung auf die Auferstehung waren, dürften wohl ursprünglich sehr schlicht gewesen sein. Rechts von den Gräbern sehen wir einen Verstärkungspfeiler aus Peperingestein. In diesen Pfeiler war eine rechteckige Nische für Lampen eingehauen.

Wir sehen, daß diese Nische bei den Restaurierungsarbeiten nicht verschlossen wurde. In dieser Zeit fanden keine Familienzusammenkünfte zu Refrigerien für die Toten mehr statt. Die Verwandtschaft war schon längst gestorben. Die Tatsache, daß die Nische im 6. und 7. Jahrhundert noch notwendig war, beweist, daß die Krypta als wahres Märtyrerheiligtum betrachtet wurde.

Leider wurden bei den Ausgrabungen von de

Die Krypta der hl. Märtyrer Calocerus und Partenius (Foto L. Reekmans).

Reste heidnischer Grabmäler an der Via Appia.

Rossi und Reekmans keine Inschriften gefunden, die Hinweise auf die nachfolgenden Umbauten des eigentlichen Cubiculums hätten geben können. Wir wissen nicht, wie die Märtyrergräber ausgeschmückt waren.

Einige Hinweise erhalten wir durch die Heiligenlegenden. Diese späten Schriften, die mit der Absicht die Märtyrer zu verehren, verfaßt wurden, müssen mit besonderer Vorsicht gelesen werden. Allein die topographischen Angaben erweisen sich als relativ sicher. Die beschriebenen Orte waren den Lesern zum großen Teil bekannt.

Die Legende der »passio« des hl. Calocerus und des hl. Partenius erzählt unter anderem, daß die Krypta mit Porphyrsäulen ausgestattet war. Diese Säulen waren so angeordnet, daß sie eine Art Ciborium (Baldachin) vor den Gräbern bildeten.

Die Graffiti

Mit Hilfe der Graffiti konnte de Rossi die Krypta der Märtyrer Calocerus und Partenius identifizieren. Neben der Eingangstür und auf der linken

Wand sehen wir zwei Graffiti, die von unterschiedlicher Hand stammen. Sie sind in lateinischer Sprache geschrieben.

Das obere Graffito, das in kursiven Buchstaben (freihändig) geschrieben wurde, vermerkt ein Geburtsdatum. Ferrua liest die Inschrift folgendermaßen:

»Tertio ibid (= idib. = idibus) se(p)t(embribus) VA...«.

Das heißt: »11. September«. Es folgt ein Name, der vielleicht von einem Toten oder einem Pilger stammt, der das »Refrigerium« an den Märtyrergräbern an deren »dies natalis« feierte.[16]

Das zweite Graffito ist in Kleinbuchstaben geschrieben. Es befindet sich unter dem ersten, von dem es aber abgesetzt ist. Es sind nur die Namen der beiden Märtyrer vermerkt:

PARTEN(i) MARTIRI
CALO(c)ERI MARTIRI

Dies bedeutet: *»Grab des hl. Partenius, Märtyrer; Grab des hl. Calocerus, Märtyrer«* (ICVR, IV, 9543).

Die richtige Schreibweise wäre folgende gewesen: »Partenii Martyris, Caloceri Martyris«.

Wir kennen von dem hl. Calocerus und dem hl. Partenius weder die Herkunft noch den Beruf. Die Angaben, die uns von ihrer Heiligenlegende überliefert sind, sind sehr viel jünger und unglaubwürdig. Vielleicht waren die beiden Märtyrer Opfer der Verfolgungen des Diokletian im Jahr 304.

Ein außergewöhnliches »Retrosanktum«

Das Cubiculum, das gegenüber dem der beiden Märtyrer Calocerus und Partenius liegt, hat ungewöhnlich große Proportionen. Es hat eine Grundfläche von 4,13 mal 2,9 Metern und ist 3,32 Meter hoch. Diese Ausmaße liegen außerhalb der Norm der anderen Cubicula der Katakombe.

Die Wände sind mit weißem Stuck verkleidet. Es enthält zahlreiche Loculi und zwei Arcosole. Die Arcosole waren mit Marmorplatten verkleidet, das Gewölbe war mit Mosaiken ausgeschmückt. Der Boden und die nahe Galerie Q1 war angefüllt mit Formengräbern aus dem 4. Jahrhundert. Aus diesen Fakten kann geschlossen werden, daß es sich um ein ganz besonderes Cubiculum handelte, als es am Ende des 3. Jahrhunderts in dieser Zone geschaffen wurde.

Wie wir schon gesehen haben, war die Krypta der Märtyrer Calocerus und Partenius nach den Restaurierungsarbeiten beträchtlich kleiner. Der Platz war für Zusammenkünfte nicht mehr ausreichend.

Dieses Manko wurde durch die Ausnützung des benachbarten Cubiculums ausgeglichen. Die außergewöhnlichen Ausmaße würden eine plausible Erklärung finden, wenn man in ihm ein besonderes »Retrosanktum« und einen Kultort neben den verehrten Gräbern sieht. Das große Lucenar bei der Galerie sorgte für ausreichende Beleuchtung und eine optimale Belüftung. Hiermit wurden die besten Bedingungen für Gebetsversammlungen geschaffen.

---

1 Die Ausmaße der Krypta betragen in der Länge 5,56 Meter, in der Breite variiert sie zwischen 3,50 Meter und 4,40 Meter. Sie ist 4,70 Meter hoch.

2 ICVR, IV, 10585.

3 Notizen, die das Leben eines Heiligen betreffen.

4 Heute befindet sich die Inschrift des hl. Optatus an der Wand der Treppe A (« Treppe der Märtyrer »).

5 ICVR, IV, 9517.

6 Eusebius lehrte, daß diese Unglücklichen ihre Sünden beweinen sollten.

7 Es ist angebracht, diesen Papst mit dem sehr bekannten Ausspruch der hl. Katharina von Siena (1347-1380) zu betiteln, weil Eusebius, wie sein Meister Jesus Christus, gut war und Mitleid mit den Sündern hatte.

8 Siehe *Lk* 15, 1-7; 8-10; 15, 11-32.

9 Lapsi: Vom Lateinischen »lapsus« = der Gefallene.

10 Größter Parthicus ... Britannicus ... Germanicus, heißt, daß er der größte Eroberer der Parther (Volk im heutigen Iran), der Briten (Volk in Großbritannien) und der Germanen war.

11 Pontifex Maximus: Bezieht sich auf das höchste priesterliche Amt der römischen Staatsreligion.

12 Die Tribunicia Potestas gestand dem Kaiser das Vetorecht für die Senatsgesetzgebung zu und erlaubte ihm, den Senat einzuberufen.

13 Das erste Fragment wurde am 16. Dezember 1858 im Schutt bei der Treppe gefunden. Die anderen Teile wurde nach und nach an unvermuteten Orten wiedergefunden: In den Galerien bei der Krypta des hl. Eusebius, im Schutt des Lucenars der Krypta der hl. Caecilia; in einem Weinberg, der beim Lucenarium der Papstkrypta lag (November 1861).
Die gefundenen Stücke waren auf den ersten Blick nichtssagend. »Aber dem aufmerksamen Studium dieser kleinen nichtbeachteten Fragmente habe ich die schönsten Früchte meiner wissenschaftlichen Arbeit in den römischen Katakomben zu verdanken« schreibt der große Archäologie.

14 ICVR, IV, 9515.

15 Die Galerie auf der rechten Seite wurde schon in der Antike zugemauert. Damit wurde den Pilgern der Rundgang erleichtert. Die Spuren des Umbaus sind heute noch zu sehen.

16 Andere Wissenschaftler (de Rossi, Reekmans ...) bevorzugen die folgende Lesart: »Tertio idus fefru(arias = februarias)«, das heißt: 11. Februar.

17 ICVR, 9543.

X. Region des hl. Gaius und des hl. Eusebius

Einige interessante Cubicula

1. DIE KLEINE »SÜSSE« SEVERA WIRD EINES TAGES AUFERSTEHEN!

In der Region des hl. Gaius und des hl. Eusebius finden wir neben den berühmten Krypten einige Cubicula, die einer tiefergehenden Betrachtung wert sind.

Wenn wir weiter durch die Galerie Q1 gehen, treffen wir auf der rechten Seite auf ein doppeltes Cubiculum, das in der Antike von einem großen Lucenar beleuchtet war. Im Inneren des Cubiculums ist eine alte Marmorschranke erhalten, die eines der Arcosole verschloß. Auf der Schranke ist eine lange poetische Inschrift aus diokletianischer Zeit eingehauen. Sie ist wegen ihrer historisch-doktrinalen Aussage äußerst interessant.

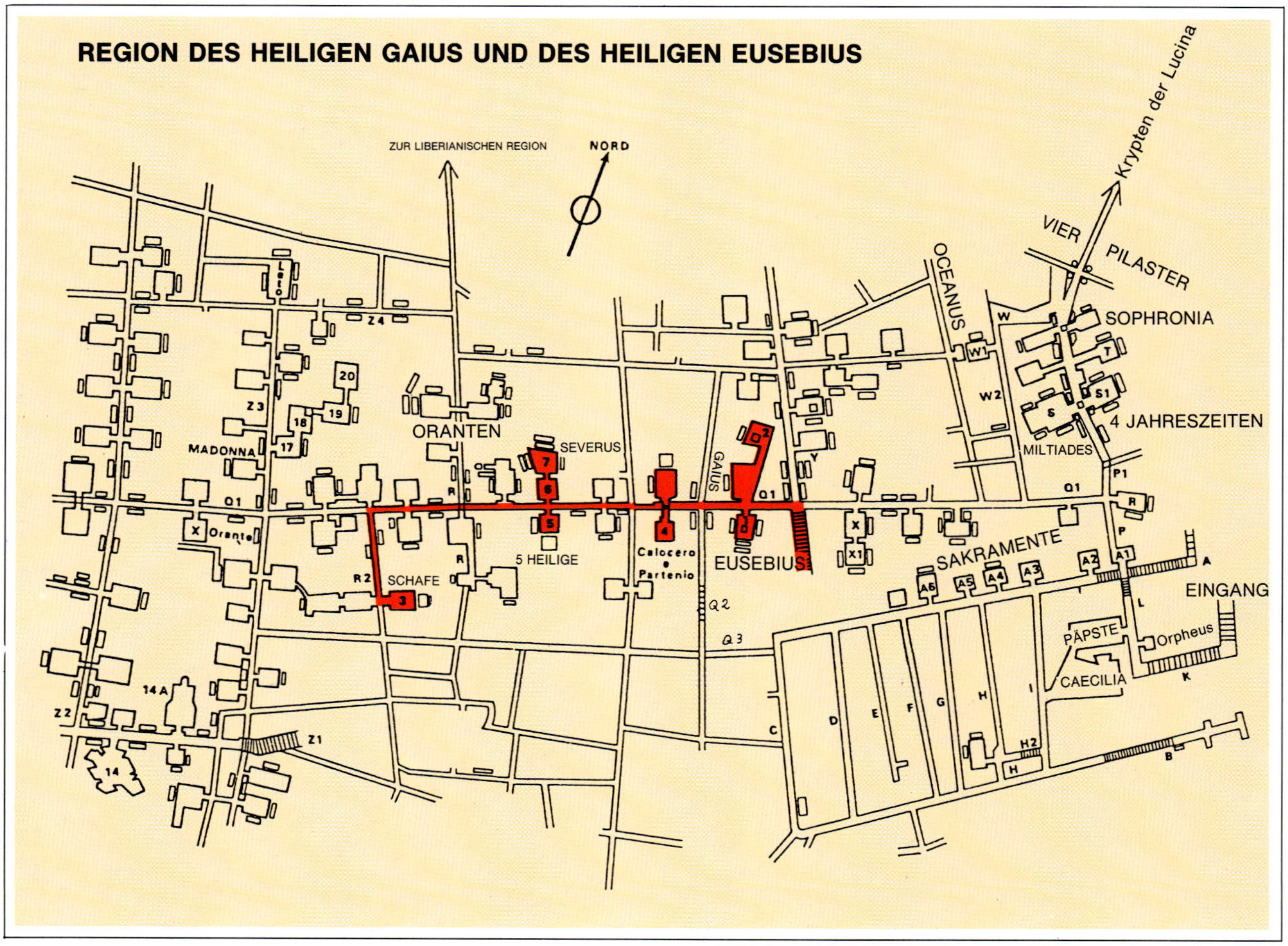

Das Coemeterium von San Callisto unterstand dem Papst

Aus der Inschrift erfahren wir, daß das doppelte Cubiculum dem Diakon Severus gehörte. Papst Marcellinus (296-304) hatte ihm erlaubt, es zu graben: »IVSSV PP (=papae) SVI MARCELLINI«. Die Inschrift beweist, daß das Coemeterium San Callisto direkt dem Papst, das heißt der Römischen Kirche, unterstand.

Der Diakon nennt das Cubiculum, das er für sich und seine Familie baute, »Haus des Friedens«. In einem Arcosol war die gerade neun Jahre alte Tochter des Diakons Severus, Severa, bestattet. In der damaligen Zeit war es dem Klerus erlaubt, eine Familie zu haben. In den ersten drei christlichen Jahrhunderten gab es hierfür keine festgeschriebenen kirchlichen Gesetze.

Der Bischof von Rom wird »Papst« genannt

Bei dieser Inschrift handelt es sich um eine der wichtigsten und eindrucksvollsten des frühchristlichen unterirdischen Rom.

Sie ist besonders in dogmatischer Hinsicht aufschlußreich. Sie betont den Glauben der christlichen Gemeinschaft an die leibliche Auferstehung. Historisch bedeutsam ist die Tatsache, daß der Bischof von Rom in ihr zum ersten Mal mit dem Titel »Papst« (Vater) bedacht wird. Dieser Ausdruck stammt aus dem ägyptischen Raum. Wir zitieren einen Teil des Textes in freier Übersetzung:

»Der Diakon Severus baut mit der Erlaubnis des Papstes Marcellinus ein doppeltes Cubiculum (aus zwei angrenzenden Räumen), mit Arcosolen und einem Lucenar für sich und seine Familie. Die lieben Glieder verweilen hier für eine lange Zeit im Frieden, bewacht vom (Gott) Schöpfer und Richter ...«.

hunderts. Sie entstand aber auf jeden Fall vor dem Tod des Papstes Marcellinus im Jahr 304.

Anfangs wurde der Terminus »Papst«, auf griechisch »πάπας«, sporadisch im Sinne von Vater, was eine liebevolle Bezeichnung ist, für Bischöfe oder Presbyter verwendet. Als Synonym für den Bischof von Rom erscheint der Begriff zum ersten Mal in dieser Inschrift.

Auf der Schranke erscheint das Wort nicht ausgeschrieben sondern in der Abkürzung PP. Es ist anzumerken, daß diese Abkürzung auch heute noch gebräuchlich ist. Ein Beispiel: Johannes Paulus PP II = Papst Johannes Paul II.

Der ausschließliche Gebrauch des Ausdrucks »Papst« für den Bischof von Rom

Die Abkürzung PP (PaPa) findet sich, wie wir gesehen haben, auch in den Fresken der Krypta des hl. Cornelius zu Beginn des 7. Jahrhunderts. In dieser Zeit wurde der Titel nur noch für den Bischof von Rom verwendet.

In den vorhergehenden Epochen wurde der Papst mit dem Titel »EPISCOPVS« bedacht. Der Titel stammt aus dem Griechischen ἐπίσκοπος. Diesen Titel haben wir schon in den Grabinschriften des Pontian, Anterus, Fabian und Eutychianus aus den Jahren 235 bis 283 in der Papstkrypta gesehen. Die Abkürzung ΕΠΙ oder ΕΠΙCΚ für das griechische Wort ΕΠΙCΚΟΠΟC folgte auf den Namen eines jeden Papstes. Auf dem Grabstein des hl. Cornelius ist in lateinischer Sprache geschrieben: CORNELIVS EP(iscopus).

Der Gebrauch setzte sich im gesamten 4. Jahrhundert fort. Die Bezeichnung wurde auch später noch verwendet. Sixtus III. (432-440) verfaßte für

CVBICVLVM DVPLEX CVM ARCISOLIIS ET LVMINARE
IVSSV PP SVI MARCELLINI DIACONVS ISTE
SEVERVS FECIT MANSIONEM IN PACE QVIETAM
SIBI SVISQVE MEMOR QVO MEMBRA DVLCIA SOMNO
PER LONCVM TEMPVS FACTORI ET IVDICI SERVET ...

Marcellinus war Papst in den schlimmen Verfolgungszeiten unter Diokletian und Galerius. Die Inschrift stammt entweder aus dem Ende des 3. Jahrhunderts oder den ersten Jahren des 4. Jahr-

die Basilika Santa Maria Maggiore, die er nach dem Konzil von Ephesus (431) renovieren ließ, folgende Widmung: »XYSTVS EPISCOPVS PLEBI DEI«: Bischof Sixtus dem Volk Gottes.

Die Zuneigung des Vaters Severus zu seiner Tochter

»Die Inschriften sind ein wahrhaftes Zeugnis für die Zuneigung und Bewunderung der Eltern gegenüber ihren Kindern. Je nach Möglichkeit oder Präferenz drückten sie diese Gefühle durch ein Gedicht oder mit einfachen Worten aus. Die Liebe der Väter oder Mütter wird in der Weise erfahren, wie das Kind zu seinen Eltern gewesen ist: Zart, lieb, fromm, ehrlich, gefühlvoll, unvergleichlich, oder wie die Griechen sagen, unvergeßlich« (J. Janssens).

Auf der Inschrift fährt der Diakon Severus fort über seine Tochter zu sprechen: *»Severa, die immer lieb zu ihren Eltern und Dienern war, stieg (die Seele) als Jungfrau (das heißt als kleines Kind) am 25. Januar auf. Der Herr gab ihr (seit) der Geburt wunderbare Weisheit und Schönheit«.*

Der Glaube an die körperliche Auferstehung

Die Inschrift des Severus ist wichtig wegen ihrer dogmatischen, das heißt den Glauben betreffenden Aussage. Der Vater erklärt ausdrücklich, daß eines Tages der Körper der »süßen« Severa auferstehen wird. Der Diakon Severus sagt, daß der süße Körper der Severa: *»hier (im Cubiculum) beerdigt ist, bis er aufersteht. Und der Herr, der (von Severa) die reine, keusche und immer unverletzte Seele mit seinem hl. Geist nahm, wird ihr wieder spirituellen Ruhm geben. Sie lebte neun Jahre, elf Monate und vierzehn Tage. So ging ihr (irdisches) Leben zu Ende«.* (ICVR, IV, 10183)

... HIC EST SEPVLTVM DONEC RESVRGAT AB IPSO
QVIQVE ANIMAM RAPVIT SPIRITV SANCTO SVO
CASTAM PVDICAM ET INVIOLABILE SEMPER
QVAMQVE ITERVM DOMS SPIRITALI GLORIA REDDET ...

Vorherige Seite: Grabinschrift des Diakons Severus (Ende 3./Anfang 4. Jhdt.).

2. EIN ENTZÜCKENDER GARTEN

Das Cubiculum der »fünf Heiligen« liegt gegenüber dem Cubiculum des Severus. Es wird so genannt, weil auf der Hinterwand fünf betende Personen aufgemalt sind. Sie sind in einem von Vogelgesang erfüllten Garten inmitten von Blumen und Obstbäumen dargestellt. Dies ist ein eindeutiges Abbild des Paradieses, der glücklichen Heimat aller Glückseligen.

Unter dem Bild sind an beiden Seiten des Arcosols zwei Pfaue dargestellt. Am unteren Teil der Wand sehen wir drei Gefäße mit Wasser, an denen zahlreiche Vögel ihren Durst stillen.

Der Künstler wollte die Personen naturgetreu darstellen: Mit Perlenketten, mit Kopfschmuck ... Über jeder Figur steht der Name geschrieben. Dabei wurde der Wunsch »in Frieden« hinzugefügt: *»Dionysia in Frieden, Nemesius in Frieden, Procop in Frieden, Heliodora in Frieden, Zoe in Frieden, Arcadia in Frieden«.*

Die Figur der Arcadia ist nicht dargestellt. Über dem linken Pfau ist nur der Name der Toten mit dem Wunsch »in Frieden« vermerkt.

Die sechs Oranten leben nun im himmlischen Frieden. Wir lesen in der Apokalypse: »Seht die Wohnung Gottes unter den Menschen! Er wird in ihrer Mitte wohnen, und sie werden sein Volk sein; und er, Gott, wird bei ihnen sein. Er wird alle Tränen von ihren Augen abwischen: Der Tod wird nicht mehr sein, keine Trauer, keine Plage, keine Mühsal. Denn was früher war, ist vergangen« (21, 3-5).

Das Bild stammt aus vorkonstantinischer Zeit, das heißt aus dem Anfang des 4. Jahrhunderts (ICVR, IV, 9770).

3. EIN INTERESSANTER »COMIC«

Die Taube, die mit dem Schnabel eine Feder hält und schreibt, scheint aus der Welt der Comics und des Zeichentrickfilms von Walt Disney zu stammen. Etwas Ähnliches wurde also schon vor 1700 Jahren dargestellt ...

Im Cubiculum der fünf Heiligen finden wir diese Szene auf einem Stein. Sie ist einzigartig in der frühchristlichen Ikonographie und Epigraphik: Eine Taube schreibt mit einem Stift (Feder), den sie im Schnabel hält ein, Monogramm.

Es ist die gute Seele einer Person, die ohne Menschenfurcht ausruft: »Ich gehöre zu Christus! Ich bin Christin!«.

Cubiculum der »Fünf Heiligen«, Detail des Freskos.

Cubiculum der »Fünf Heiligen« (4. Jhdt.).

4. PETRONIA, EINE WAHRE MUTTER FÜR IHRE EHEMALIGEN SKLAVEN

In der Galerie Q1 mangelt es nicht an interessanten Grabsteinen. Stellvertretend für alle bringen wir dieses Beispiel:

PETRONIAE AVXENTIAE · C(larissimae) · F(eminae) ·
QV(a)E VIXIT ANNIS XXX LIBERTI FEC(erunt)
(be)NE MERENTI IN PACE

»Der Petronia Auxentia, einer berühmten Frau (aus senatorischem Geschlecht), die 30 Jahre lebte, der Wohlverdienten, machten die Freigelassenen (das Grab). In Frieden« (ICVR, IV, 10085).

Die Verstorbene entstammte der adeligen Familie der Petronier. Die Inschrift verdeutlicht, daß die Sklaven für gewöhnlich von den Christen freigelassen wurden. Der hl. Märtyrer Justin (in seinem apologetischen Brief an Kaiser Antoninus Pius: 138-161) und Tertullian (*Apologeticum*) beschreiben, wie human die Freigelassenen von den Christen behandelt wurden.

Justin behauptet, daß jeder, gleichgültig aus welcher sozialen Klasse er kam, von den anderen ohne weiteres »Bruder« genannt wurde, sobald er Christ war. Tertullian bekräftigt, daß ein »Diener Gottes« (Christ) nicht Sklave eines Menschen sein kann.

In der christlichen Epigraphik wird das Wort »Diener« oder »Dienerin« vor allem in Ausdrücken wie »servus Dei«, »servus Christi«, »servus Domini« gebraucht. Übersetzt heißt das: Diener Gottes, Diener Christi, Diener des Herrn.

5. EINE LIEBLICHE LANDSCHAFT

Lassen wir nun die Hauptstraße (Galerie Q1) hinter uns und wenden uns nach links, wo wir die Galerie R2 betreten. Hier erwartet uns eine erfreuliche Überraschung: Das Cubiculum der Schafe. Es handelt sich hierbei um eine spätere Erweiterung der Region des hl. Eusebius. Das Cubiculum ist von großer Bedeutung und eine Besichtigung wert. Die Unterschrift des Antonio Bosio (BOSIVS) neben der Eingangstür bestärkt diese Behauptung.

Vorherige Seite:
Rekonstruktion des Freskos.

Die Christen, die sich auf ihre Taufe vorbereiteten (die Katechumenen), lernten das Glaubensbekenntnis und einige Psalmen (Gebete der Propheten, die von Gott inspiriert waren) auswendig. Bevorzugt wurde der Psalm 23 gelernt. Er stellt eine wunderbare Synthese zur Einführung ins Christentum dar.

Die Kirchenväter haben die Worte dieses Psalms immer als ein typisches Bild der Taufe und der Eucharistie interpretiert. Die Taufe, die Firmung und die Eucharistie werden als »christliche Initiationssakramente« bezeichnet. Sie wurden den Katechumenen in der Osternacht gespendet.

»Der Herr ist mein Hirte«

Die Übersetzung des Psalms 23 in Bilder ist in dem Cubiculum der Schafe zu sehen.

Der Herr ist mein Hirte
Nichts wird mir fehlen.
Er läßt mich lagern auf grünen Auen
und führt mich zum Ruheplatz am Wasser.
Er stillt mein Verlangen;
Er leitet mich auf rechten Pfaden,
treu seinem Namen.
Muß ich auch wandern in finsterer Schlucht,
ich fürchte kein Unheil;
denn Du bist bei mir,
Dein Stock und Dein Stab geben mir Zuversicht (1-4).

In der Mitte des Arcosols sehen wir das Bild des Guten Hirten mit dem Schaf auf den Schultern. Das Schaf ist das Symbol der Seele, die von Christus gerettet wurde und nun glücklich im Paradies lebt.

Neben dem Guten Hirten befinden sich inmitten einer grünen Wiese ein Widder und fünf weitere Schafe. Eins davon weidet, die anderen stehen still und ruhig in der Sicherheit, daß der Gute Hirte über sie wacht.

An beiden Seiten des Bildes bemühen sich zwei Menschen, jeweils aus einer Quelle zu trinken, die einem Felsen entspringt. Es handelt sich um zwei Glückliche, die sich an der belebenden Quelle, Christus, laben.

Wenn wir vor dieser Szene stehen, kommen uns die Worte der Apokalypse in den Sinn: »Gott ... wird immer nahe bei ihnen sein (bei den Seelen der Glücklichen). Sie werden keinen Hunger und keinen Durst mehr leiden, und weder Sonnenglut noch irgendeine sengende Hitze wird auf ihnen lasten. Das Lamm (Jesus) ... wird sie weiden und zu den Quellen führen, aus denen das Wasser des Lebens strömt« (7, 15-17; vgl. *Jesaja* 49, 9-10).

»Cubiculum der Schafe«:
(Fresko 4. Jhdt.): Der Gute Hirt und Moses-Petrus.

Rekonstruktion des Freskos.

»Cubiculum der Schafe«: Detail der Brot- und Fischvermehrung (4. Jhdt.).

Die Eucharistie

Fahren wir mit dem Psalm 23 fort:

Du deckst mir den Tisch
vor den Augen meiner Feinde.
Du salbst mein Haupt mit Öl,
Du füllst mir reichlich den Becher.
Lauter Güte und Huld
werden mir folgen mein Leben lang,
und in dem Haus des Herrn
darf ich wohnen für lange Zeit
(das heißt für immer) (5-6).

Auf der linken Wand der Nische sehen wir eine Szene, die einzigartig in der Malerei ist. In der Bildhauerei ist es hingegen ein geläufiges Thema: Jesus legt die Hände segnend auf Brote und Fische, die ihm von zwei Aposteln gereicht werden. Auf dem Boden stehen sechs Körbe mit Brot. Darüber ist das Kreuz dargestellt. Der siebte Korb wird von einem Apostel getragen. Das Gemälde wurde später zerstört, weil eine Nische für Öllampen gebaut wurde.

In der vorbereitenden Katechese auf die Taufe, Firmung und Eucharistie hörten die Christen oft die Erzählung von der wunderbaren Brot- und Fischvermehrung. Sie wurde als Abbild und Symbol der Eucharistie dargestellt.

Jesus selbst nahm dieses Wunder zum Anlaß, um von einem anderen Brot, dem geistigen, zu sprechen. Dieses nährt die Seele des Menschen (*Joh.* 6, 22-71). Die Besucher des Cubiculums waren sich darüber im klaren, daß die Rettung dieser Verstorbenen auch jener geistigen Nahrung zu verdanken ist.

Die Taufe: Mose und die Quelle in der Wüste

Auf der rechten Wand des Arcosols werden zwei Geschichten aus dem Leben Mose dargestellt. Mose war der Empfänger des göttlichen Gesetzes und der Führer der Israeliten aus der ägyptischen Gefangenschaft.

In der ersten Szene wird Mose jung und bartlos beim Ausziehen der Schuhe dargestellt. Er gehorchte damit der göttlichen Weisung, die symbolisch durch eine von der Decke (Himmel) weisende Hand dargestellt wird (*Exodus* 3, 1-12).

Daneben wird Mose mit Bart dargestellt. Er schlägt mit einem Stock auf den Felsen, um das Wasser hervorquellen zu lassen. Er rettete dadurch die Israeliten beim Durchzug durch die Wüste vor dem Verdursten. Ein Soldat mit Schwert nähert sich, um das Wasser mit den Händen zu schöpfen und seinen Durst zu stillen (*Exodus* 17, 1-7).

Dieser Soldat ist kein Israelit. Die Tatsache, daß er ein Römer ist, wird von dem Künstler durch die Gestaltung der Kleidung und durch die Waffe unterstrichen. Außerdem erinnert die Physiognomie des Mose, der mit dem Stab an den Felsen schlägt, stark an die Gestalt des Petrus, was durch die frühchristliche Ikonographie nachgewiesen werden kann. Warum dies alles?

»Die Eindringlichkeit, mit der die ersten christlichen Schriftsteller die Rettung in der Wüste mit der Taufe vergleichen, bietet die beste Erklärung: Das Wasser, das auf wunderbare Weise in der Wüste hervorquillt, um die Israeliten zu retten, ist Symbol für das heilige Wasser der Taufe.

»Cubiculum der Schafe«: Moses zieht sich die Sandalen aus, und Moses/ Petrus schlägt auf den Felsen (4 Jhdt.).

Die Art und Weise wie die Künstler die alte Szene des Exodus in eine Szene, die von Petrus handelt, umgewandelt haben, beweist, daß dies der Wahrheit entspricht. Fast immer werden dem Wundertäter, der an den Felsen schlägt, die in der Kunst festgelegten physiognomischen Züge des Petrus gegeben. Wir wissen nicht, auf welchen Grundlagen die Festlegung der physiognomischen Züge beruht, aber sie sind ohne Zweifel nachzuweisen. Manchmal wird der Figur der Name des Apostels hinzugefügt ...

Im »Cubiculum der Schafe« stellt der Maler neben die Szene Mose-Petrus, der mit dem Stab an den Felsen schlägt, eine andere Szene von Mose dar (Der Prophet zieht sich aus Respekt vor Gott, der durch eine Hand, die aus den Wolken weist, dargestellt wird, die Schuhe aus). Der Künstler hat diesem Mose ein ganz anderes Aussehen gegeben und ihn mit völlig anderer Kleidung dargestellt. Er will damit deutlich machen, daß es sich um zwei verschiedene Persönlichkeiten handelt« (U. Fasola). Die Analogie zwischen Mose und Petrus wird noch deutlicher: Wie Mose der charismatische Führer der Israeliten zur Befreiung des Volkes war, so ist Petrus der unumstrittene Führer des neuen christlichen Volkes. Er wurde von Christus eingesetzt, um seine Herde zu hüten (*Joh.* 21, 15-17).

Die Bibelkenntnis der ersten Christen überrascht. Es ist erstaunlich, wie sie es verstanden die Sakramente, die sie empfangen hatten, mit dem Wort Gottes in Verbindung zu bringen. In dem Wasser, das aus dem Felsen strömte, sahen sie ein Abbild der Taufe, die sie zu Kindern Gottes machte. In der wunderbaren Brotvermehrung erkannten sie das Thema der Eucharistie, die die geistige Nahrung für die irdische Pilgerschaft darstellt.

Inschriften und Unterschriften

De Rossi fand 1852 in dem Cubiculum ein Fragment einer Grabinschrift mit dem Konsulardatum: Messalla. Der fehlende Teil der Inschrift mit dem Namen des zweiten Konsuls, Sabinus, wurde bei den Ausgrabungen in der östlichen Region 1975 gefunden.

Diese Platte gehörte zu keinem christlichen Grab. Sie war Teil eines heidnischen oberirdischen Grabes. Die Platte war von den Christen halbiert worden und zum Verschließen eines Kindergrabes wiederverwendet worden. Heute befinden sich die wiederzusammengefügten Teile am Anfang der Galerie Z3 in der Nähe der vier miteinander in Verbindung stehenden Cubicula.

Außer von Bosio wurde das Cubiculum von dem Abt von Sankt Hermete aus Pisa mit seinen sieben Ordensbrüdern im Jahre 1462, vom Ritter Ranuccio Farnese im Jahre 1490 und von Angelo Santini, der der »Toccafondo« genannt wird und 1649 die Gemälde kopierte, besucht. Santini war ein Freund von Bosio und begleitete ihn bei der Erforschung des unterirdischen Roms. Sein Name kann in den Katakomben oft gemeinsam mit dem Namen des großen Entdeckers gelesen werden.

Über einen neuen Weg gegenüber dem Cubiculum der Schafe gelangen wir in eine neue Region, die westliche.

XI. Westliche Region

De Rossi nennt diese Zone »Region der hl. Soteris«. Das ist der Name der Märtyrerin, die mit dem hl. Ambrosius von Mailand (334-397) verwandt war. Die alten Dokumente gaben an, daß sie im »Komplex San Callisto« beerdigt ist. Bis heute wurde kein Hinweis darauf gefunden, der diese Hypothese des großen Meisters rechtfertigen könnte.

Die westliche Region entstand zu Beginn des 4. Jahrhunderts und entwickelte sich während des Religionsfriedens. Die Treppe Z1 [1] nimmt einen Teil einer früheren Galerie ein.

Sie wurde nur für Beerdigungen benutzt. Wir finden kein Grab, das einen Hinweis auf eine besondere Verehrung liefert. Sehr schnell wuchs sie mit der Region des hl. Eusebius und des hl. Gaius zusammen und vergrößerte das Coemeterium San Callisto beträchtlich.

Ihre auffälligsten Merkmale bestehen in einer großen Anzahl von Cubicula mit eleganter architektonischer Ausstattung (Kreuzrippengewölbe oder Kuppelgewölbe, rechteckige Pfeiler, kleine Mensen ...). Wir müssen annehmen, daß viele der Fossores nicht nur sehr kräftige Männer, sondern auch richtiggehende Architekten waren.

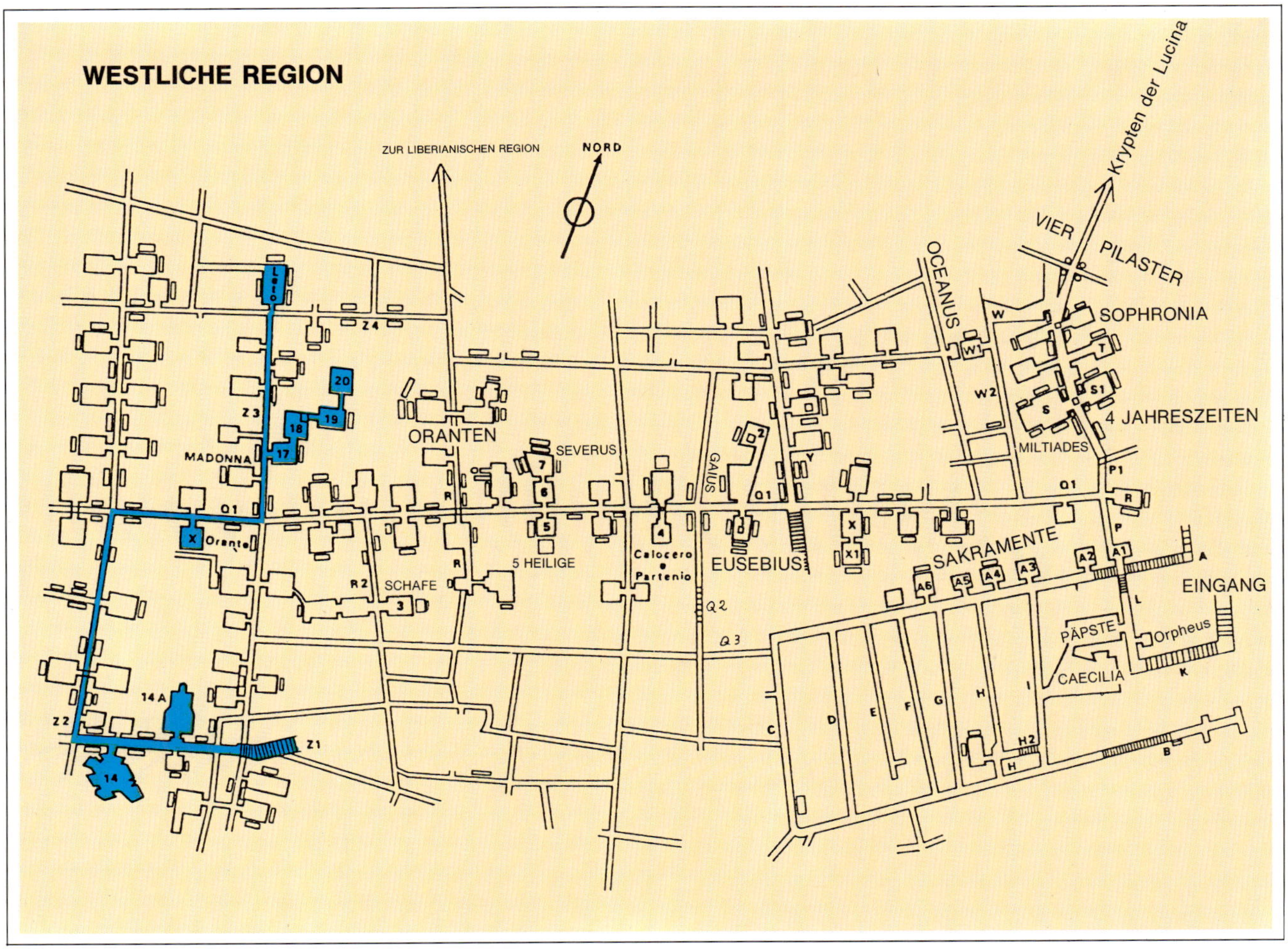

Unterirdisches Mausoleum.

1. EIN KLEINES MEISTERWERK DER UNTERIRDISCHEN AKUSTIK

Nahe der Treppe Z1 befindet sich ein rundes Cubiculum (14) mit einer ungewöhnlichen Architektur: Einem Kuppelgewölbe.

Darin fanden ungefähr fünfzig Gräber Platz. Dieses »unterirdische Mausoleum« gehörte sicherlich einer größeren Familie oder einer Vereinigung.

Die runde Kuppel liegt auf einem kreisförmigen Architrav auf, der von sechs Pfeilern getragen wird. In der gekrümmten Wand gegenüber der Eingangstür ist eine Nische zu sehen, die wie eine Apsis aussieht. Wahrscheinlich entstand sie, um einen Sarkophag zu beherbergen.

Im Laufe der Zeit wurde auch die Wand der Nische für gekrümmte »Loculi« genützt. Auf der rechten und linken Seite der Nische sind zwei halbe Cubicula zu sehen. Damit diese Cubicula in die Wand gegraben werden konnten, wurde der alte Verputz abgeschlagen. An den Seiten wurden Pfeiler angefügt.

Die ausgezeichnete Akustik zeichnet dieses »Mausoleum« in besonderem Maße aus. Auch hierher kamen berühmte Besucher. An der Innenwand auf der rechten Seite neben der Tür können wir die Unterschrift von Antonio Bosio (ANTONIVS BOSIVS) sehen.

2. NOCH VERSCHLOSSENE LOCULI

Wenn wir die Galerie Z2 durchqueren, können wir im unteren Teil der Wand noch einige intakte Loculi sehen. In den angrenzenden Cubicula sind auch noch verschlossene Loculi vorhanden. Nachdem wir die Hälfte der Galerie hinter uns gelassen haben, beginnt links ein neuer Gang, der zu zwei anderen unterirdischen »Mausoleen« mit einer Kuppeldecke führt. Diese Cubicula ahmen die oberirdischen Mausoleen nach.

Schließlich stoßen wir auf eine Kreuzung (auf der vier Wege zusammentreffen). Rechts ist die »Hauptstraße« (Galerie Q1) in ihrer äußersten westlichen Ausdehnung. Auf dieser gehen wir entlang und betreten das erste Cubiculum auf der rechten Seite.

3. »AM 26. APRIL 1748 ...«

Es ist sicherlich nicht sehr vornehm, auf Mauern zu schreiben. In ihrer Zeit mißachtet, dienen die »Kritzeleien« jedoch als wertvolle historische Quelle.

Wenn ein christlicher Archäologe an den Wänden einer antiken Kirche oder im Verputz eines Cubiculums in einer Katakombe ein Graffito oder eine Inschrift findet, schätzt er sich äußerst glücklich. Die Interpretation dieser Epigraphe liefert wertvoll topographische Hinweise bei der Erforschung der Monumentalkomplexe. Außerdem sind sie zur Erklärung bestimmter Situationen nach vielen Jahrhunderten von großer Wichtigkeit. Die wissenschaftliche Auswertung macht hier sehr große Fortschritte.

In den Galerien der Katakomben und im Inneren der Cubicula finden wir neben Graffiti mit frommem Anrufungen, Gebeten von Pilgern oder mit den Namen von Presbytern, die die Eucharistie nahe einem Märtyrergrab gefeiert haben, auch die Unterschriften von Forschern und berühmten Besuchern aus der Zeit nach der Renaissance.

Manchmal können wir auch die Unterschriften oder Sprüche einfacher Arbeiter finden. Sie sind wichtige Hinweise, weil sie uns erlauben, ein wenig in die Jahrhunderte einzudringen, die wir als »dunkle Zeiten« der Katakomben bezeichnet haben.

Wir schlagen vor, das von uns augenblicklich besuchte Cubiculum »Cubiculum des Oranten« zu nennen, weil eine Orantenfigur auf einem Marmorsarkophag, der sich einen Meter unter dem Boden befindet, zu sehen ist.

Auf der Vorderseite des Sarkophages ist in der Mitte eine Frau in Orantenhaltung mit verschleiertem Kopf zu sehen. Auf beiden Seiten sind zwei Heiligenfiguren abgebildet, die sie in den Himmel begleiten. In der weiteren Umgebung befinden sich nur wenige Gräber. Durch das große Lucenarium wurden vier Sarkophage heruntergelassen.

Nahe der Eingangstür öffnet sich links ein enger Durchgang. Ebenfalls auf der linken Wand befindet sich eine für die Geschichte der Katakombe sehr ergiebige Inschrift. Außerdem sehen wir eine Unterschrift einer berühmten Persönlichkeit, die in drei verschiedenen Jahren die Katakombe besuchte. Zunächst die Inschrift:

Tomasso De Angelis
kam am 26. April 1748,
um eine Urne
an diesem hl. Ort auf Befehl zu öffnen.

Wir dürfen nicht glauben, daß dieser Tomasso De Angelis einer der neuzeitlichen Barbaren oder besser gesagt »Grabräuber« war. Er kam als Fossor, der ein Grab »auf Befehl« öffnete. Er wurde also von dem Amt, das die Aufsicht über die Katakomben hatte und für das er arbeitete, geschickt.

Das Grab wurde geöffnet, um zu sehen, ob es sich dabei um ein Märtyrergrab handeln könnte.

Die berühmte Unterschrift neben der Inschrift von De Angelis ist die von de Rossi:

IOANN. BAPT. DEROSSI MDCCCLI (1851)
MDCCCLVI (1856), MDCCCLXIII (1863).

4. DIE MUTTER JESU

Bis Mitte des 5. Jahrhunderts, besser bis zum Konzil von Ephesus, das im Jahr 431 das Dogma von Maria als Gottesmutter verkündete, wurde in der Ikonographie die Jungfrau häufig abgebildet. Es handelte sich dabei jedoch immer um christologische Darstellungen. In all diesen Szenen ist Christus der ideelle Mittelpunkt der Komposition. Er ist gekommen, um uns Menschen zu erretten. Dies bekräftigten auch schon die Kirchenväter der ersten Jahrhunderte.

Die Gelehrten gehen davon aus, daß sich die älteste Darstellung der Madonna in dem Coemeterium von Priscilla befindet. Sie entstand zwischen dem Ende des 2. und dem Anfang des 3. Jahrhunderts.

Die ersten Darstellungen der hl. drei Könige zu Beginn des 3. Jahrhunderts sind sehr einfach, haben aber eine tiefe Bedeutung. In wenigen Varianten wurden sie in der Malerei häufig dargestellt. Auch in der Skulptur und anderen wertvollen Objekten wurden sie abgebildet (Reliquiaren, Elfenbein, Anhängern, Ringe).

Die Grundidee der ganzen frühchristlichen Kunst vereinigte sich, wie schon gesagt, in der Figur Christi als Retter (Guter Hirte) und in der von ihm geretteten Seele (Orant). In den theologischen Überlegungen und dann auch in der Kunst durfte die Abbildung der Person nicht fehlen, die Jesus die Möglichkeit gab, Mensch zu werden und uns zu retten: Die Mutter.

Auf den verschiedenen christologischen Szenen, wie Weihnachten und Dreikönig, wurde die Selige Jungfrau direkt miteinbezogen: Zusammen mit ihrem Sohn hatte sie bei der Rettung aller Menschen, auch der Heiden, die durch die Magier dargestellt werden, mitgewirkt. Es war also richtig, daß Maria in den Katakomben dargestellt wird.

Natürlich wollten die ersten Christen an ihrer letzten Ruhestätte ihre Dankbarkeit gegenüber der Gottesmutter in bildlicher Darstellung zum Ausdruch bringen.

Die Muttergottes stellt Jesus den hl. Drei Königen zur Anbetung dar (4. Jhdt.).

Die Darstellung der hl. Drei Könige

Wir kehren in die Galerie Q1 zurück. Nach ein paar Metern treffen wir auf der linken Seite (Z3) auf etwas völlig Unerwartetes: Das Arcosol der Gottesmutter aus der ersten Hälfte des 4. Jahrhunderts.

Die am besten erhaltene Szene ist die der hl. Drei Könige. Die Gottesmutter sitzt auf einem Thron, das Haupt ist verschleiert, und sie trägt eine lange Tunika. Auf den Knien hält sie das Jesuskind, das in eine kleine Tunika gewickelt ist. Die Magier, die die ersten zum Glauben übergetretenen Heiden darstellen, entbieten dem Kind ihre Gaben.

Auch wenn die Figuren der Magier teilweise zerstört sind, können wir sie beschreiben und mit ähnlichen Darstellungen vergleichen. Sie tragen orientalische Kleidung: Eine phrygische Mütze aus weichem und gepunktetem Stoff, unter der die Haare hervorschauen, eine Tunika, die mit einem Gürtel in der Taille zusammengebunden ist und Schuhe, die an den Knöcheln geschlossen werden. Um die Schultern tragen sie einen kurzen Mantel und an den Füßen lange Gamaschen.

5. VIER JUNGE LEUTE, DIE EINE GESELLSCHAFT GRÜNDEN

Gegenüber dem Arcosol der Madonna ist ein Durchgang, der zu vier miteinander in Verbindung stehenden Cubicula führt. Drei davon werden durch ein einziges Lucenar beleuchtet. Hier werden wir von einer Architektur überrascht, die alle Gesetze der Statik außer Kraft zu setzen scheint.

In diesen Cubicula wurde ein Verein gegründet: Das »Collegium Cultorum Martyrum« (Kollegium der Pfleger des Märtyrerkults). Die Gründer waren vier junge Leute mit brennenden Herzen und vielen Idealen. Betrachten wir kurz die interessante Geschichte, die uns einer der Protagonisten, Orazio Marucchi, erzählt.

Eine von der göttlichen Vorsehung bestimmte Begegnung

»An einem schönen Tag im April 1870 gingen zwei gerade 18 Jahre alte junge Leute, Mariano Armellini und Orazio Marucchi, von der Besichtigung der Katakombe Sant'Agnese nach Hause.

Rekonstruktion des Freskos.

Auf der Via Nomentana trafen sie Papst Pius IX., der sich mit einem kleinen Gefolge auch auf dem Heimweg befand. Der Papst fragte die beiden Jünglinge, die unter ihren Armen Bücher und Karten trugen, woher sie denn kämen. Er erfuhr, daß sie von der Katakombe Sant'Agnese kamen, wohin sie von de Rossi geschickt worden waren.

Der Papst sagt den beiden Freunden mit Worten, an die sie sich später nicht mehr genau erinnern konnten: "Brave Söhne, ihr seid in guten Händen. Betet besonders zu den hl. Märtyrern in den Katakomben und studiert sie unter der Anleitung meines lieben de Rossi. Richtet ihm vom Papst aus, daß er euch zur Katakombe Sant'Alessandro schicken soll, die sich die in dieser Straße ein Stück von hier entfernt befindet". Nach diesen Worte segnete er sie. Die beiden Jünglinge waren gerührt von der Güte des Papstes. Noch am selben Abend begaben sie sich zu ihrem Meister, der damals an der Piazza del Gesù wohnte, und berichteten ihm von den väterlichen Worten Pius' IX. De Rossi war gerührt und nahm seit diesem Augenblick die Worte als Mahnung, die jungen Leute zum Studium der christlichen Archäologie und zum Märtyrerkult anzuspornen«.

Der kleine Samen wächst

»Die beiden Freunde fragten unter ihren Altersgenossen und Schulkameraden herum und bildeten eine Gruppe von Studierenden.

Nachdem die politischen Unruhen (die Erstürmung der Porta Pia am 20. September 1870) sich gelegt hatten, begannen sie im Jahr 1872 die Katakomben San Callisto häufig zu besuchen.

Dort wurden sie häufig von de Rossi zusammengerufen«.

Sie beteten wie die ersten Christen

»Diese kleine Gruppe von jungen Leuten hatte sich die vier miteinander verbundenen Cubicula in der westlichen Region von San Callisto als Ort des Gebetes ausgesucht. Diese Cubicula eigneten sich wegen ihrer architektonischen Besonderheit für den Wechselgesang der Psalmen. Da die Cubicula durch ein Lucenar miteinander verbunden waren, konnten sich die Stimmen gut von einem Raum in den anderen übertragen«.

Die jungen Leute nannten diese Gruppe von Räumen das "Cubiculum Quadruplex", in Nach-

Ölbäume, Sinnbild des Friedens, auf dem Gelände von San Callisto.

ahmung des Nemens des nahen "Cubiculum Duplex" (doppeltes Cubiculum) des Diakons Severus. Sie betrachteten dieses "Cubiculum Quadruplex" als ihre Privatkapelle«.

Eine wunderbare Idee

»Während des Weihnachtsfestes 1878 kamen diese vier jungen Leute, Mariano Armellini, Orazio Marucchi, Enrico Stevenson und Adolf Hytrech überein, das nächste Dreikönigsfest in diesem "Cubiculum Quadruplex" zu feiern.

Sie gingen zu der großen Katakombe in der Via Appia. Auf dem Weg unterhielten sie sich über die wichtigen historischen Gedenkstätten des Coemeteriums San Callisto. Sie bedauerten, daß diese Stätten der Öffentlichkeit unbekannt waren. Sie wünschten, daß einmal der Tag kommen würde, an dem die unterirdischen Märtyrerheiligtümer von den Gläubigen wie in den ersten christlichen Jahrhunderten regelmäßig besucht würden».

Eine eindrucksvolle Messe

»Sie stiegen in die Katakombe. Der junge deutsche Priester Adolf Hytrech zelebrierte die heilige Messe beim Arcosol der Muttergottes. Zwei antike Öllampen erleuchteten mit ihrem schwachen und flackernden Licht das Fresko, auf dem die hl. drei Könige dargestellt sind. Nach der Messe sangen sie die Psalmen im "Cubiculum Quadruplex", in dem sie sich häufig versammelten«.

Die Geburt des »Collegium Cultorum Martyrum«

»Sie stiegen wieder an die Erdoberfläche. Hier stand ein verfallenes Landhaus, das im 18. Jahrhundert auf der Ruine eines antiken christlichen Oratoriums (der heutigen westlichen Tricora) gebaut wurde. In einem Raum des Hauses frühstückten die vier jungen Leute und führten das durch die kurze Liturgie unterbrochene Gespräch fort. Sie sprachen darüber, wie bewegend diese Messe in der Katakombe gewesen sei und daß es viel zu wenig sei, eine solche Zeremonie nur am Fest der hl. Caecilia zu feiern. So waren sich alle einig, daß es günstig wäre, einen Verein zu gründen, dessen Aufgabe und Ziel es sein sollte, den Märtyrerkult in den Katakomben zu fördern. Sie beschlossen, ihn "Collegium Cultorum Martyrum" zu nennen«. Dieser Verein besteht noch heute.

6. DIE »PROFANISIERUNG« DER KATAKOMBEN

Es ist nun der Moment gekommen, an dem wir über eine andere Gruppe von jungen Leuten reden müssen. Die Ideen und das Verhalten war dem der eben beschriebenen Gruppe von Menschen diametral entgegengesetzt. Alle Schüler der höheren Schulen haben, als sie den Humanismus behandelt haben, sicherlich von Pomponius Laetus (1428-1497) und den »Mitgliedern der Römischen Akademie der Altertumsliebhaber« gehört.

Der »Meister«

Pomponius Laetus war von den großen Römern so begeistert, daß er sie auch im täglichen Leben nachahmte. Wie Cato lebte er in einer zur Schau gestellten Armut, und legte einen kleinen Weinberg nach den Anleitungen von Varrus und Columella an. Wie Cola di Rienzo (1313-1354) wandelte er in den Ruinen Roms und war so betrübt über das Schicksal des großen kaiserlichen Roms, daß er sich auf die verlassenen Trümmer setzte und weinte. Mit Leidenschaft erforschte und las er die lateinischen Klassiker, die er in feiner Handschrift abschrieb. Als eifersüchtiger Hüter des reinsten Römertums wollte er nicht einmal die griechische Sprache lernen.

Die Mitglieder der Römischen Akademie der »Altertumsliebhaber«

Im Haus des Pomponius auf dem Quirinal kamen die Freunde, Schüler und Bewunderer des großen Meisters zusammen und nahmen an den Diskussionen über die antiken Autoren und über philosophische Fragen teil.

Diese Zusammenkünfte waren der Ursprung der »Römischen Akademie der Altertumsliebhaber«, deren Mitglieder, alles junge Humanisten, versuchten, durch eine heidnische Lebensweise und durch die Verbreitung heidnischen Gedankengutes den antiken heidnischen Kult wiederaufleben zu lassen. In ihrer Begeisterung gingen sie soweit, daß sie sich als Mitglieder des heidnischen Priesterkollegiums betrachteten. Sie gaben sich besondere Namen und nannten ihren Meister Pomponius Laetus »Pontifex Maximus«. Sie hatten auch eigene religiöse Riten, die eine Parodie auf die christlichen Riten darstellten.

Die Besuche dieser »Altertumsliebhaber« (»Antiquari«) in den Katakomben.

Pomponius Laetus und seine Gefährten suchten überall nach klassischen lateinischen Inschriften. Sie nahmen auch in einigen Katakomben Nachforschungen vor. Durch Öffnungen, die durch Erdrutsche entstanden waren, drangen sie in das Coemeterium San Callisto ein, identifizierten es aber nicht. Sie gelangten auch in ein Cubiculum dieser Region, das wegen seiner architektonischen Form besonders hervorstiсht; es befindet sich am Ende der Galerie Z3.

Es handelt sich um ein einzigartiges Cubiculum, das wunderhübsch anzuschauen ist. Unterhalb der Decke läuft um die Wände herum ein Architrav, der von graziösen Konsolen getragen wird. Im hinteren Teil der linken Wand sehen wir den Namen des Pomponius Laetus, seiner Genossen, ihre Bezeichnungen als Wissenschaftler und einer Selbstdefinition. Diese Definition steht im Widerspruch zu der Heiligkeit des Ortes und der Reinheit des christlichen Glaubens.

1475 XV Kd FeB
Pantagathus, Mammeius, Papirius
Minicinus, Aemilius
unanimes perscrutatores antiquitatis
regnante Pom. Pont. Max.
Minutius
Rom. Pup. Delitie

In Übersetzung:

18. Januar 1475
Panthagatus, Mammeius, Papirius
Minicinus, Aemilius
Erforscher aller Altertümer
regiert vom Pontifex Maximus Pomponius Laetus
Minutius
Freude der »Mädchen« Roms

Die Abkürzungen am Ende »Rom. Pup. Delitie« sind folgendermaßen zu ergänzen: »Romanarum Puparum Delitiae«. Sie waren gelehrte Menschen, aber keine ernsthaften, zumindest was ihr Privatleben betrifft ...

7. DER WUNSCH ALLER CHRISTLICHEN MÜTTER

Nachdem wir das Cubiculum mit den Unterschriften der »Altertumswissenschaftler« verlassen und einen Teil der Galerie Z4 durchschritten haben, kommen wir zur Galerie R.

Wenn wir uns nach links wenden, betreten wir die liberianische Region, während sich auf der rechten Seite wieder die Region der hll. Gaius und Eusebius erstreckt.[2] Bevor wir die Galerie Q1 erreichen, treffen wir links auf das Arcosol der Oranten: Eine Mutter inmitten ihrer vier Kinder.

Jede Mutter wünscht ihren Kindern alles Gute und alles Glück. Es erfordert sehr große Opfer, sie zu zeugen, zu ernähren und zu erziehen. Sie möchte immer bei ihnen sein und ihnen eines Tages auch im Paradies nahe sein.

Diese Mutter inmitten ihrer vier Kinder ist glücklich, weil sie weiß, daß sie von nun an durch nichts mehr von ihnen getrennt werden kann.

Das ist ein Wunsch, den alle Mütter hegen ...

[1] Siehe Plan auf Seite 115.
[2] Siehe Plan auf Seite 115.

XII. Liberianische Region

Eltern und ihre Kinder

Die liberianische Region wurde im nördlichen Teil des Coemeterium San Callisto in der zweiten Hälfte des 4. Jahrhunderts ausgehoben. Sie stellt somit die letzte Entwicklungsphase der Katakombe dar.

Diese Zone ging von einer eigenen Treppe aus, die heute durch eine Mauer verschlossen ist. Sie war als abgeschlossene Zone mit einem langen »Decumanus« (Hauptgalerie) geplant. Sie dehnt sich auf drei Stockwerke aus, wenn auch das erste und das dritte nur sehr klein ist.

1. DER NAME

De Rossi gab der liberianischen Region ihren Namen, weil er in dieser Zone drei Grabinschriften aus der Zeit des hl. Papstes Liberius (352-366), des Vorgängers des hl. Damasus, gefunden hatte.

Auf einer dieser Inschriften ist von einer gewissen Euplia die Rede, einem fünfjährigen Mädchen, das »deposita in pace sub Liberio papa«, d.h. *»in Frieden unter dem Papst Liberius bestattet«* wurde (ICVR, IV, 10852). Diese Inschrift befindet sich heute im Museo Pio Cristiano im Vatikan.

2. DIE WESENSMERKMALE

Die liberianische Region verkörpert den Gipfel, das heißt den Höhepunkt, die höchste Perfektion der von den Fossores ausgeübten Kunst des Aushebens in der Katakomben San Callisto. Ihre herausragenden Merkmale stellen die großen Cubicula mit Kreuz- oder Tonnengewölben und mit Säulen, die in allen vier Ecken in den Tuff geschlagen worden waren, dar. Zuweilen finden sich auch Pilaster an diesen Stellen.

Bei den Arcosolen finden wir sehr häufig halbkreisförmige Nischen und in den Cubicula sehen wir kleine runde oder quadratische Mensen. In den größeren Nischen wurden überaus große Ölampen, die auch aus Metall waren, aufgestellt. Vor den Arcosolen standen Kerzenleuchter. Die Mensen enthielten häufig tellerförmige Einlassungen, in denen sich Lampen befanden.

Häufig trifft man auf waagrechte Marmorplatten, die wie Mensolen für die Leuchter vor den Loculi angebracht waren. All diese Lichter hatten nicht nur den Zweck, die Finsternis unter der Erde zu erhellen, sondern sollten auch die Gräber der Verstorbenen ehren.

Wenn man de Rossi paraphrasiert, kann man sagen, daß das Schauspiel, das in der liberianischen Region im späten 4. Jahrhundert geboten wurde, feierlich gewesen sein muß. Die langen und geradlinigen Galerien waren von einer fortlaufenden Serie von Arcosolen und großartigen Cubicula gesäumt, die in gewissen Abständen von Lampen erhellt waren. Das Licht, das diese hier im Unterirdischen ausstrahlten, ließ die zahlreichen Flämmchen der Leuchter vor den einzelnen Grabkammern oder vor den Türen der Cubicula verblassen.

Die Kerzenleuchter bestrahlten mit ihrem flackernden Licht die Schranken, den glatten oder durchbrochenen Marmor, die Grabinschriften, die Mosaike und Gemälde, während die durch Lavendel geschwängerte Luft, den Besuch nicht nur eindrucksvoll sondern auch äußerst angenehm werden ließ.

Das »Coemeterium der Münder«

Die große Zahl der Lichtschächte, die an der Oberfläche dieser Region wie auch der angrenzenden (westlichen) gut sichtbar sind, veranlaßte Bosio, diesen Teil der Katakomben San Callisto »Coemeterium der Münder“ zu nennen.

Die wenigen Bilder, die sich an weit auseinanderliegenden Orten finden, stellen bekannte The-

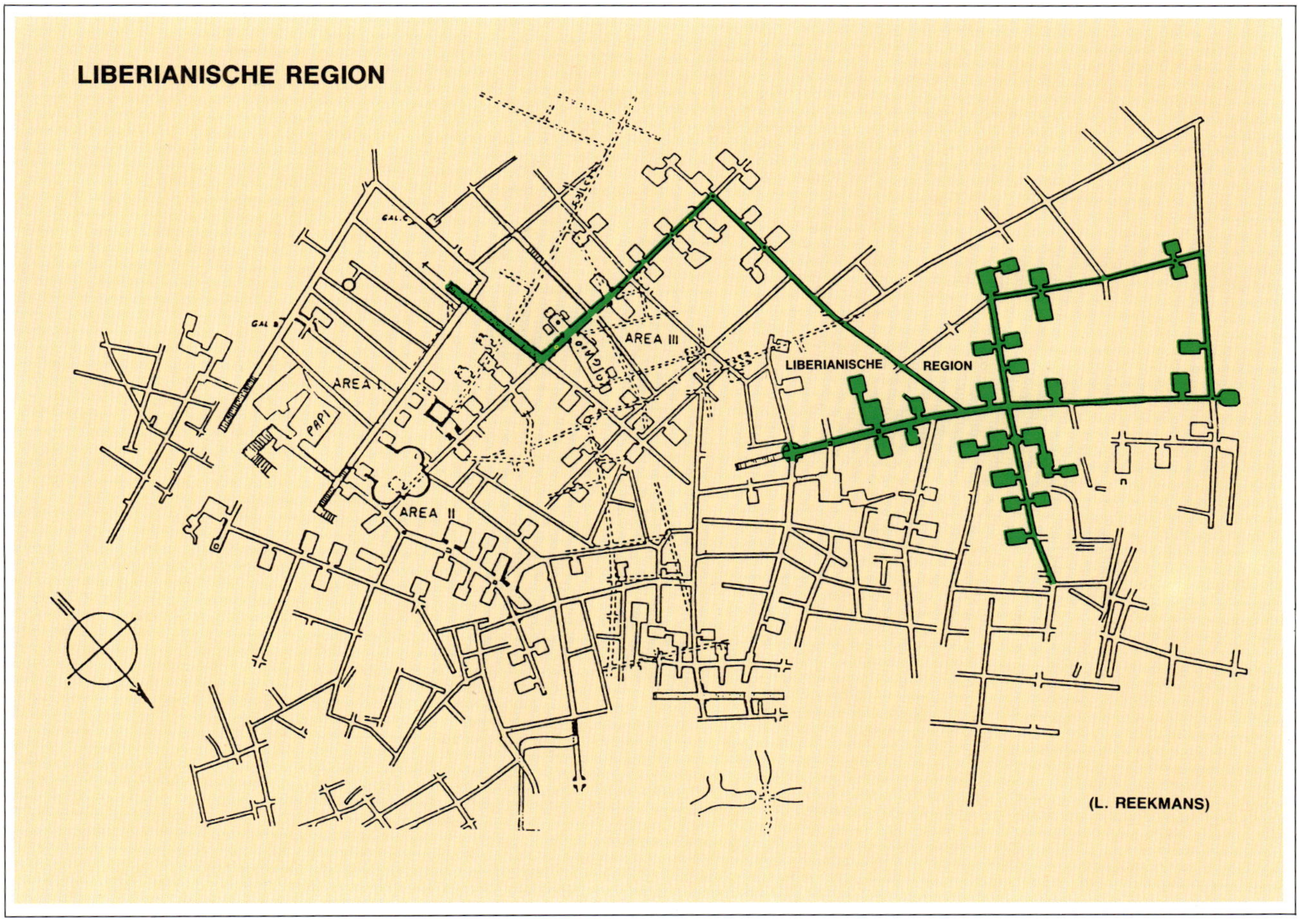

men dar: Christus Pantokrator (der Allmächtige), ein Christusmonogramm, Oranten, Adam und Eva mit der Schlange (die Ursünde), Susanna wird von den Ältesten angeklagt, Girlanden ...

Einige Mitglieder des Klerus fanden in dieser Zone ihre letzte Ruhestätte. Aus den Inschriften wird deutlich, daß einige Cubicula Diakonen gehörten, wie zum Beispiel Deusdedit, *»der das Herz der Hartnäckigen mit seiner Güte beugte. Er war Pfleger der Gerechtigkeit und führte ein ehrenwertes Leben. Reich mit den Armen und arm gegen sich selbst«* (IVCR, IV, 12601).

Der Diakon Tigridas fiel auf *»wegen seines seriösen Lebensstils. Er war außerdem ein Mensch von altem Schlag, fleißig, aufmerksam und die göttlichen Gesetze achtend«* (ICVR, IV, 10228). Während der Diakon Redentus, wie man sehen wird, *»eine tadellose und ruhmreiche Jugend verbrachte«*.

Die Diakone waren enge Mitarbeiter der Bischöfe (in Rom des Papstes). In der Kirchenhierarchie kamen sie nach den Presbytern und in der christlichen Gemeinschaft erfüllten sie liturgische, administrative und karitative... Aufgaben.

3. DIE GRABINSCHRIFTEN

Es scheint angebrachter zu sein, im folgenden die epigraphischen Zeugnisse zu behandeln, die in dieser Region sehr reichhaltig und interessant sind, statt sich bei detaillierten Beschreibungen von Cubicula oder einiger Freseken aufzuhalten.

Im Komplex San Callisto sind bisher mindestens 3522 Inschriften, die entweder ganz oder fragmentarisch erhalten sind, gefunden worden, wie man dem IV. Band der ICVR entnehmen kann. Dem eigentlichen Coemeterium San Callisto werden 2378 Inschriften zugewiesen, während die übrigen 1144 aus anderen Teilen des Komplexes von San Callisto stammen. Eine wirklich beeindruckende Zahl!

An diesem Punkt der Beschreibung bringen wir nun ein kleines Florilegium der beeindruckendsten Inschriften. Ein Großteil davon stammt aus der liberianischen Region. Ein kleinerer Teil stammt aus anderen Regionen des Coemeteriums San Callisto. Der Rest wurde im »Komplex San Callisto« zwischen der Via Appia und der Via Ardeatina gefunden.[1]

4. DIE GESCHICHTE DERER, DIE »NICHT GESCHICHTE MACHEN«

Die in den Schulen gelehrte Geschichte überliefert uns die Namen der berühmten Persönlichkeiten und die Daten wichtiger Schlachten. Man hat den Eindruck, daß nur die Großen und Mächtigen »Geschichte machen«.

Die Gedanken, die Gefühle, die Zuneigung zweier Kreaturen, die sich lieben, der Schmerz des Alltags ... werden in der offiziellen Geschichtsschreibung nie erwähnt. Die Hauptfiguren dieser ganzen Wirklichkeit sind zu arm und stammen aus zu niedrigen sozialen Verhältnissen, um »Geschichte machen« zu können!

Die Inschriften in den Katakomben hingegen überliefern das Andenken an sie und erlauben uns, jene bescheidene Welt, die in vieler Hinsicht unserer heutigen nicht unähnlich ist, zu rekonstruieren.

5. DAS EHELEBEN

»Die Grabsteine zeigen uns die Ehe als eine Gemeinschaft der Seelen und der Körper. Man legt viel Wert auf die Übereinstimmung der Ehegatten als Lebensgefährten und auf die Freuden des gemeinsamen Lebens ...

Die ersten Christen betrachteten die Ehe als eine exklusive Vereinigung. Dies geht aus den Gedichten für verstorbene Frauen hervor. Ihre Treue, ihr ehrenhaftes und schamhaftes Verhalten sind Zeugnisse einer einzigartigen Liebe. Die Zeugnisse für den verstorbenen Ehemann heben Ehrenhaftigkeit und Keuschheit besonders hervor.

Der Christ ehrt so das Eheband und entdeckt die Anwesenheit Gottes in der eigenen Ehe. Dies wird auch schon von Cyriacus in einer Bemerkung, die sich auf seine verstorbene Frau bezieht, ausgerufen: *"Der Schöpfer gab Dich mir als ein heiliges Geschenk"«!* (ICVR, I, 1496).

Unvergeßliche Ehefrauen

»Die zwei werden ein Fleisch sein«, lesen wir in der Bibel (*Genesis*, 2, 24), und Tertullian spricht von den Eheleuten als Brüder und Mitarbeiter, die eins sind in der Bedrängnis, in den Verfolgungen und in der Hoffnung (*Ad Uxorem*).

Celsus Eutropius verliert seine knapp dreißigjährige junge Frau, nachdem er mit ihr elf Jahre lang eine glückliche Ehe geführt hatte. Auf der Grabinschrift schreibt er, daß die mit ihr erlebte Zeit ein Paradies war: »sine ulla lesione animi mei«. Du Glücklicher!

»Celsus Eutropius seiner Frau ... die immer mit mir lebte, ohne mir jemals Mißfallen zu bereiten. Ihr Leben währte 31 Jahre, 9 Monate und 15 Tage. Sie verbrachte zusammen mit ihrem Ehemann 10 Jahre und 9 Monate. Sie wurde begraben 7 Tage vor den Kalenden des ... es war ein Donnerstag. Ruhe wohlverdient im Frieden« (ICVR, IV, 11241).

Die gleichen Gefühle hegte Flavius Crispinus gegenüber seiner Frau Aurelia Aniane. Ihre Ehe war durch eine perfekte Harmonie charakterisiert. Die Glückwünsche und das Anliegen, daß sie im Frieden des Herrn ruhen möge, zeigen die große Liebe, die er für seine Lebensgefährtin empfunden hat.

FL CRISPINVS AYRELIAE ANIA
NETI BEN · M · CΘIVGE QVE VIXIT AN
XXVIII QVEM COIVCE HABYI AN
VIIII KARITATE SINE VLA ANIME MEI
LESIONE VALE MICHI KARA IM PACE
CVM SPIRITA XANTA VALE IN ·☧·

»Flavius Crispinus für Aurelia Aniane, die wohlverdiente Ehefrau, die 28 Jahre lebte. Ich hatte sie 9 Jahre zur Ehefrau, voll Liebe, ohne daß sie meinem Herzen je Verdruß bereitet hätte. Lebe wohl, Liebste. Weile in Frieden bei den heiligen Seelen. Leb wohl in Christus!« (ICVR, IV, 12566).

»Der Wunsch bei den "heiligen Seelen" zu weilen heißt, daß man annimmt, der geliebte Mensch befinde sich im Himmel, bei Gott, im Vollbesitz der Glückseligkeit. Die Tatsache, daß er sich inmitten der Gerechten befindet, wird als Teil der Glückseligkeit betrachtet: Die Gesellschaft mit den anderen Heiligen macht die Seele fröhlich und trägt zur Freude jedes einzelnen und zum Glück aller bei. In der Seligkeit zu sein, bedeutet also, bei Gott und bei den Heiligen zu sein, sich ihrer Gegenwart zu erfreuen und sich bei ihnen willkommen zu wissen.

Der Himmel erscheint so mehr als ein Ort, ein Leben mit und in Gott zu sein; die himmlische Glückseligkeit ist mehr als sich in einer leuchtenden Umgebung zu befinden, sie bedeutet, in Christus zu leben, der das Licht ist. Die Glückseligkeit bedeutet mehr als sich der Ruhe zu erfreuen, heißt, in

Vorherige Seite:

Adam und Eva (Die Erbsünde). Rekonstruktion des Freskos.

Heidnisches Grabmal auf dem Gelände von San Callisto,

Gottes Frieden zu leben; sie bedeutet mehr als eine Vision Gottes, sie ist ein freudiges Leben mit Gott, mit den Engeln und mit den Heiligen.

Die wahre christliche Botschaft besteht darin, daß die "Heiligen" immer in Gott leben. Ein solches Leben hat einen personalen Charakter, weil es wie eine individuelle und intime Beziehung zu Gott ist, es hat aber gleichzeitig auch einen wesenhaft kirchlichen Charakter, insofern es in der Gemeinschaft der Seligen gelebt wird«.

Die eheliche Treue

Diese Tugend hat ihre Wurzeln im Evangelium. Die Apologeten (Verteidiger der christlichen Wahrheit) und die Kirchenväter (die großen Bischöfe der ersten Jahrhunderte) rühmen sie in ihren Schriften.

Der hier angeführte Grabstein spricht von der Treue einer Ehefrau gegenüber ihrem Ehemann, dasselbe gilt auch für die Treue eines Ehemannes gegenüber seiner Ehefrau.

Der gute Probilianus begriff die ganze Wichtigkeit dieser Tugend für das eheliche Leben und wollte davon beim Tod seiner Frau Zeugnis geben.

»Probilianus seiner Ehefrau Felicitas, deren Treue, Ehre und Güte alle, die sie kannten, rühmten. In den acht Jahren der Abwesenheit ihres Ehemannes hat sie ihn niemals betrogen. Sie wurde am 30. Januar bestattet«. (ICVR, IV, 10953).

»Einer der schönsten Würdigungen, die ein Ehemann seiner Ehefrau machen kann, besteht darin, ihre Sittenstärke, das heißt ihre Keuschheit, zu rühmen. Sie bewahrt ihren Körper rein für ihren Ehemann.

Die Tatsache, daß es sich hierbei nicht nur um die körperliche Keuschheit, sondern auch um die Keuschheit im Herzen handelt, kann daraus ersehen werden, daß er auch die anderen Tugenden hervorhebt. Das sind im besonderen die Ehre, die Rechtschaffenheit, Schamhaftigkeit im Verhalten und das eindringliche Bestehen auf der Unschuld im Leben. Es ist das Bild der Ehefrau, die sich dem Ehemann widmet, die nur für ihn lebt«.

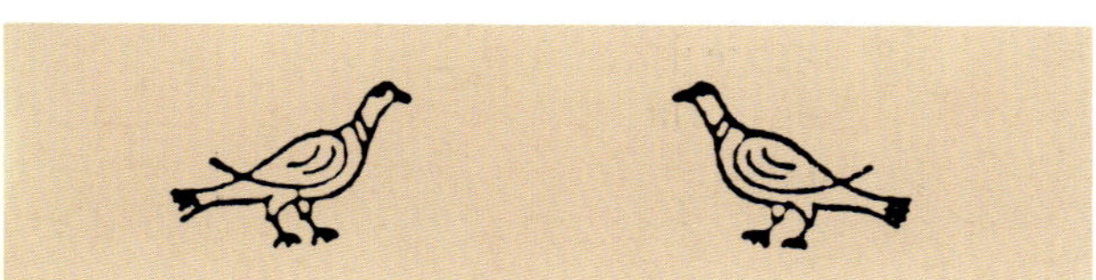

Ein idealer Ehemann

Wenn man bedenkt, daß der Mensch im Zentrum eines ganzen Komplexes von Beziehungen und Verbindungen steht, dann kann man sich vorstellen, wie ihn der Tod einer geliebten Person erschüttern kann.

Nur aus diesem Verständnis heraus ist der Schmerz dieser jungen Frau begreiflich, den sie über den Tod ihres 31 Jahre alten geliebten Alexius empfindet. Sie heirateten sehr jung und Alexius liebte seine Lebensgefährtin leidenschaftlich: Fünfzehn Jahre ohne den geringsten Schatten eines Streites! Der Ehemann verrichtete den Lektorendienst in der Pfarrei »Fullonica«. Die Pfarrei hatte diesen Namen, weil sie sich bei einem öffentlichen Waschplatz befand (fullonica = Waschplatz).

»Dem geliebtesten Ehemann Alexius, liebste Seele, Lektor des Titulus Fullonica. 15 Jahre lebte er mit mir. Wir waren 16 Jahre verheiratet. Jungfrau zu Jungfrau (das heißt, es bestanden keine vorehelichen Beziehungen); ich erfuhr von ihm keinerlei Verdruß. Er ruht in Frieden bei den Heiligen, mit denen (zu leben) er verdient hat. Beigesetzt am 15. Dezember« (ICVR, IV, 11798).

»Die Ehe wie eine Lebensgemeinschaft leben, bedeutet zunächst, in gegeneitiger Übereinstimmung leben. Um aber harmonisch leben zu können, bedarf es auch der gegenseitigen Treue. Die voreheliche Jungfräulichkeit wird auf den Grabsteinen so häufig erwähnt, daß man annehmen kann, daß es bei den Christen üblich war, bis zum Tag der Hochzeit Jungfrau zu bleiben. Auch die Heiden wußten die Jungfräulichkeit zu schätzen; für die Christen jedoch scheint sie zu einem tragenden Bestandteil der Auffassung von der christlichen Ehe geworden zu sein«.

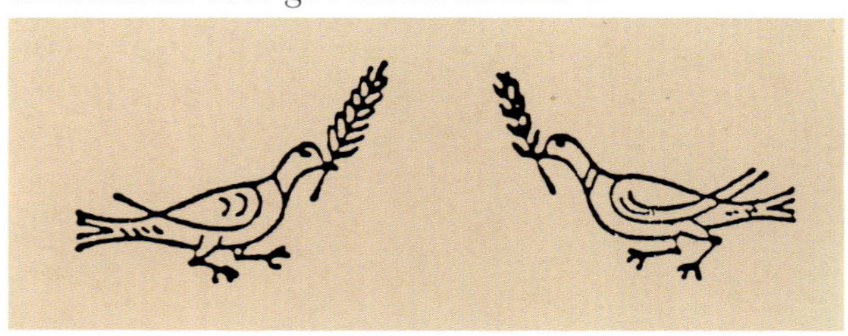

Lebendige Trauer

Wenn wir Epitaphe (Grabinschriften) lesen, begegnen wir häufig menschlichen Tragödien. Es gab sehr viele Ehefrauen, die infolge schwerer Geburten bereits in jugendlichem Alter starben. Aber auch die Zahl der verstorbenen Ehemänner war sehr hoch.

In all dem herzzerreißenden Schmerz ist dennoch in den christlichen Inschriften kaum ein Gefühl der Auflehnung oder Verzweiflung anzutreffen. Der Glaube breitete immer sein wohltuendes Licht über die schmerzlichen menschlichen Ereignisse. In dieser christlichen Anschauung vom Tod beweinten Aphrodite, Elia Capitolina und Cornelia Victoria den Verlust ihrer Ehegatten.

»Wegen der einzigartigen Liebe zu seiner Gattin und wegen seiner bewundernswürdigen Nächstenliebe (macht) Aphrodite (dieses Grab) für Antonius, den liebsten Ehemann, der 25 Jahre, 1 Monat und 7 Tage lebte. In Frieden« (ICVR, IV, 11809).

Neben der Ehefrau nahmen auch die Kinder am Schmerz und an der Trauer teil. Die Kinder schließen sich der Mutter an und gedenken des Vaters, der sie zu früh verlassen hat.

»Dem Quintus Ophelius Trofimus. Elia Capitolina macht die Inschrift für ihren heiligsten (eine gute und gerechte Person) Ehemann. Die Kinder sind vereint (in Erinnerung an den Vater)« (ICVR, IV, 10059).

»Wollte man — über diese kurzen Beispiele hinaus — die Figur des Ehemannes, wie er uns in den Epitaphen gezeigt wird, zusammenfassen, würde sich folgendes Bild ergeben: Ein guter Mann, umgänglich, Freund von vielen (pflegt die Freundschaft), liebenswürdig, intelligent und ehrenhaft. Die Leute schätzten und liebten ihn wegen seiner persönlichen und beruflichen Qualitäten. Seine Treue zu den einmal gefaßten Prinzipien, die geistige Integrität, die Ehrlichkeit und die Glaubensstärke werden am ihm bewundert. Der Ehemann bedeutet für die Ehefrau alles, von ihm spricht sie mit Respekt und Bewunderung«.

Zwei beneidenswerte Eheleute

Beschließen wir die erste Gruppe von Inschriften, die dem ehelichen Leben gewidmet waren, indem wir einen Grabstein zitieren, der heute leider verloren ist; seine Herkunft ist unbekannt.

Die Kinder sind die schönste Frucht der aufrichtigen Liebe der Eltern. Sie stellen außerdem die Verlängerung ihrer Ideale nach dem Tode dar. Jeder von uns kennt das Gefühl, weiterleben zu wollen ... Das wichtigste Erbe, das ein Ehepaar einem Kind hinterlassen kann, ist das Beispiel eines von der Liebe erleuchteten Lebens. Eine konkrete Manifestation dieses Ideales ist die tiefe Harmonie in ihrem Eheleben.

Der junge Drusus war davon überzeugt und spürte das Bedürfnis, es auf einem Grabstein der Nachwelt zu überliefern: *»Dem Stefan und der Generosa, den geliebten Eltern, die lange lebten, ohne zu streiten. Der unglückliche Sohn macht das Grab seinen wohlverdienten Eltern«* (ICVR, III, 9170).

6. DAS FAMILIENLEBEN

»Die Grabsteine zeigen uns Familien, in denen eine Atmosphäre von menschlicher Wärme, Wohlwollen, Ehrlichkeit, Freude und Frieden vorherrschte.

Wir finden Eltern, die auf ihre Kinder achtgeben: Auf die Spiele und auf die Gewohnheiten der Kleinen, auf die Talente und Qualitäten der jungen Leute und auf die schönen und traurigen Erlebnisse der verheirateten Kinder.

Wir treffen auf Kinder, die ihre alten Eltern unterstützen; Enkel und Großeltern, die sich gern haben; Brüder und Schwestern, die auch noch in reifem Alter durch die Familienbande vereinigt sind und sich gegenseitig unterstützen.

Der Familiensinn ist tief, die Verbindungen zwischen den Mitgliedern sind eng und voller Liebe. Und noch mehr: Die Familie ist auch im Glauben vereinigt. Die Kinder sind im Dienst an Gott und im Märtyrerkult erzogen, sie schätzen die geweihte Jungfräulichkeit und den Dienst der Kirche. Das Gebet ist als konstitutives Element für den Totenkult den Kindern vorgestellt worden; es wird ihnen auch die Liebe zu Gott mitgeteilt.

In den christlichen Familien blühen auch Werte wie die voreheliche Jungfräulichkeit, die eheliche Keuschheit, die Würde der Person, der Fleiß, die Ehrlichkeit, der Freundschaftssinn, die soziale Offenheit, und vor allem auch die Aufnahme von verlassenen, hilflosen und wehrlosen Kindern«.

Die Grabinschriften sprechen nicht nur von jungen Ehepaaren, die in ihren schönsten Zeiten auseinandergerissen wurden, sie sprechen auch von Kindern, die ihre Eltern zu früh, noch vor ihrem Lebensfrühling verlassen haben.

»Die Annahme des Todes wird nur in einer solchen Lebensperspektive möglich. Die antiken Gläubigen haben, wie alle anderen Menschen er-

Vorherige Seite: Die Via Appia Antica mit der Villa der Quintilier (Foto Regoll).

fahren wie verletzend der Tod an sich ist, wenn er einen Menschen wegnimmt und allen entreißt.

Sie fühlten, wie hart es ist, wenn ein junger Mensch stirbt, wie bestürzend es sein kann, wenn der Tod in einem unerwarteten Moment und unvermittelt kommt. Die Heiden sahen dies als unvermeidliche und unpersönliche Bestimmung an. Die Christen entdeckten hierin die Präsenz Gottes.

Der Glaube macht den Tod annehmbar. Dies ist möglich, weil ... der Gläubige in Christus in der Sicherheit stirbt, daß eben dieser Christus der Sieger über den Tod ist und ihn zum ewigen Leben führen wird«.

Iunius, »ein geistvoller Junge«

Die natürlichen Begabungen des Iunius deuteten auf eine zukünftige glanzvolle Karriere hin. Mit seinem Witz hatte dieser kleine Junge die Herzen aller erobert. Er brachte so viele stummen Lippen zum Lachen. Natürlich war er der ganze Stolz seiner Eltern.

Aber der Tod ist erbarmungslos. Er nimmt keine Rücksicht auf das Alter, und er pflückt diese kleine und zarte Blume, noch bevor sie zu blühen beginnt. Da kommen sofort Schmerzensschreie auf die Lippen: »Warum läßt Gott dies zu? Warum müssen auch die Kleinen, die Unschuldigen und die Guten leiden und sterben? Warum müssen wir sterben?...».

Die Eltern des Iunius stellten sich nicht nur diese Fragen, sie bieten uns auch die Antwort aus ihrem Glauben. Sie reden vom Entreißen und wollen dabei den Schmerz nicht leugnen, den sie durch das unerwartete Hinscheiden verspüren. Sie wissen aber auch, daß ihr Sohn weiterlebt, und daß sie ihn eines Tages wiedersehen werden.

... »Dem Iunius Acutianus, der etwa zehn Jahre lebte. Wohlverdient im Frieden. Beigesetzt am ... In dem Grab, das du siehst, ruht ein Junge, geistvoll in seiner Sprache trotz seines jungendlichen Alters. Ein geraubtes Lämmchen im Himmel, Christus zum Geschenk dargebracht« [2]

Augustinus, ein (von Krankheit) dahingeraffter Jüngling

Diese Inschrift ist gewidmet »der süßen Ruhe, der einzigartigen Liebe, der Unschuld des Lebens und der bewundernswerten Weisheit eines geliebten Jünglings, der die Religion der Mutter gewählt hat. Über alle Maßen verdient ... Augustinus lebte 15 zarte Jahre und 3 Monate. Die gottesfürchtige Mutter dem sanften Sohn in ewigem Frieden« (ICVR, IV, 11823).

»Der Ausdruck "unschuldig“, der den Kindern von den Eltern beigegeben wurde, ist in erster Linie als eine natürliche Gabe zu verstehen. Wenn er für Kinder gebraucht wird, dann soll auf diese Weise ein allgemein menschliches Gefühl in dem Sinn ausgedrückt werden, daß sie niemandem Böses tun und ihnen jede Art von Bosheit fehlt: "Unschuldig“ ist so ein allgemeiner Titel für Kinder, die unter zehn Jahren starben. In einer zweiten Phase hat es die allgemeine Vortellung von der kindlichen Unschuld den Christen dann erlaubt, ihr noch eine religiöse Nuance beizufügen, nämlich die Unschuld durch die Taufe; ausdrückliche Hinweise darauf sind allerdings selten zu finden. Das Bild von der für die Kinder typischen Unschuld wird schließlich übernommen, um das gute Verhalten der Erwachsenen zu beschreiben«, wie dieser Grabstein andeuten will.

Macedonianus ruht im Frieden des Herrn

Die ersten Christen wußten genau, daß Kinder eine wertvolle Gabe Gottes sind.[3] Das menschliche Leben wurde mit Respekt und Dankbarkeit angenommen. Jede Form von Abtreibung wurde ebenso wie der heidnische Brauch, die Kinder auszusetzen, zurückgewiesen. Im Gegenteil, diese unglücklichen Kinder wurden aufgelesen, um ihnen beizustehen und Liebe zu geben. Wenn wir die Liebe der Eltern zu ihren Kindern an den Grabinschriften messen wollen, müssen wir zu dem Schluß kommen, daß diese Liebe unermeßlich ist.

»Dem geliebten Sohn Macedonianus,
lieber als irgendein Kind sein kann,
lebte auf dieser Erde neun Jahre und zwanzig Tage.
Ein Elternteil machte das Grab seinem Liebsten.
In Frieden« [4]

Aus der Inschrift können wir entnehmen, daß der kleine Macedonianus Halbwaise war: Wir wissen aber nicht, ob er noch einen Vater oder eine Mutter hatte. Auch dieser Elternteil ist nun doppelter »Waise«, da es den Lebensgefährten bzw. die Lebensgefährtin und die schönste Frucht der Ehe verloren hat: Macedonianus. Nur in diesem Kontext können wir die Tiefe des Ausdrucks verstehen: »Lieber als irgendein Kind sein kann«.

Macedonianus wurde in einem Sarkophag beigesetzt. Auf dem Täfelchen, das sich in der Mitte des Deckels befand, steht die Inschrift. Rechts finden wir die Büste des Jungen. Auf seinen Schultern ist ein Tuch, das von zwei Putti gehalten wird, dargestellt. Auf der linken Seite sehen wir den biblischen Jona, zuerst wie er ins Meer geworfen wurde und dann wie er sich in der Pergola ausruht.

Secunda, »süßeste Taube«

Oberhalb einer der Stufen der Treppe der liberianischen Region sehen wir im unteren Teil der Wand einen kleinen Grabstein einer Secunda. Sie war ein bewundernswertes Mädchen, das im Alter von gerade zwanzig Jahren starb. Ihre Rechtschaffenheit im Leben und Verhalten (sie war kein »leichtes« Mädchen, wie man heute sagen würde), ihre zärtliche Stimme, ihr Glaube ... geben ein seltenes Bild einer idealen jungen Frau sowohl als Verlobte als auch als Ehefrau.

MIRAE · BONITATIS SECVNDE
QVAE VIXIT PVRA FIDE ANNOS
VIGINTI PVDICA CESSAVIT
INPACE ID VIRGO FIDELIS
BENEMERENTI QVIESCET ID IVL
PALVMBO SINE FELLE M ET N

»Der Secunda, einer Frau von liebenswerter Güte, die 20 Jahre in aufrichtigem Glauben lebte. Sie verhielt sich schamhaft und bewahrte immer ihre Jungfräulichkeit. Sie starb im Frieden des Herrn. Der wohlverdienten Taube ohne Groll (ohne schlecht über sie zu reden). Bestattet am 15. Juli unter dem Konsulat des Mamertinus und des Nevitta«. Sie wurde also im Jahre 362 bestattet (ICVR, IV, 9558).

Valentina »süß und so geliebt«

Der Brauch, vom Tod als »Entführung« zu sprechen entspringt der Poesie, vor allem wenn es sich dabei um den Tod eines jungen Menschen handelt. Diese unvorhergesehene Trennung ruft bei den Eltern Konsternation und Verweigerung hervor.

Valens und seine Frau haben diese Trennung in all ihrer Härte verspürt. Den einzigen Trost können sie in dem Wissen finden, daß ihre Tochter zwar ihrer Zuwendung entzogen wurde, jedoch im Himmel ist. Der Schmerz bleibt immer quälend, aber in ihrem Geist ist auch die auf dem Glauben gebaute Gewißheit erkennbar, daß sie sie eines Tages wiedersehen werden und sie ihnen von Gott wiedergegeben werden wird.

»... an den Kalenden des April (= 1. April)
... (die Ehefrau) und Valens
als Lebende (machten dieses Grab)
der geliebtesten Tochter Valentina,
(jetzt) im Frieden (des Herren).
Oh süße und so geliebte Valentina,
ich bin besiegt von einem unbändigen Schmerz
und kann kein Wort hervorbringen.
Wem du dein Lachen schenktest, dem bleibt (es)
im Herzen, und er fügt (weitere) Tränen hinzu,
es kann (ihm) den Schmerz nicht nehmen.
Unvermittelt für ihn raubte (dich) der Himmel«[5].

Heliodora, ein tapferes und dankbares Mädchen

Manchmal finden wir in den Katakomben Grabsteine, auf denen von »Schülern« und »Schülerinnen« (alumnus) die Rede ist. Es handelt sich hierbei jedoch nicht um Schüler im modernen Sinn, sondern bezieht sich vielmehr auf Adoptivkinder. »In der römischen Welt wurde die Aussetzung eines Neugeboren toleriert. In Rom wurden sie am Fuß einer Säule "ausgesetzt", die "Lactaria" genannt wurde, und die sich auf dem Forum Olitorium (Gemüsemarkt) befand.

Wer hier eines der unglücklichen Kinder fand, konnte es adoptieren oder zu seinem Sklaven machen.

Schon zu Beginn des 4. Jahrhunderts befahl Konstantin, um der Aussetzung der Kinder vorzubeugen, den Notleidenden Nahrung und Kleidung auf Staatskosten zu geben. Der heilige Augustin wies den geweihten Jungfrauen die Aufgabe zu, die ausgesetzten Kinder aufzusammeln und zu taufen.

Grabstein für Leontius, ein Adoptivkind.

Sicherlich mußten dennoch die meisten sterben« (D. Mazzoleni).

Wenn das Kleine überlebte, sorgte sich die christliche Gemeinde um seine Ernährung und gab ihm die Wärme einer Familie (»alumnus« vom lateinischen »alere« = ernähren). Falls das Kind starb, machte der »Adoptivvater« auf dem Grabstein deutlich, daß es sich hierbei um ein adoptiertes Kind handelte.

Fast nie kam das Gegenteil vor: Die Person, die im zarten Alter ausgesetzt worden war, machte keine Bemerkung über ihre Herkunft. Es war zu erniedrigend, dies zu kundzutun. Nur Heliodora Pascasia kannte diese Komplexe nicht. Sie ließ einen doppelten Loculus für sich und für Leo graben, der auch im Grab bei ihr sein wollte, da er ihr das ganze Leben die ganze Zuneigung eines Vaters geschenkt hatte.

»Dies ist das Grab der Heliodora Pascasia, deren Adoptivvater am ... des August ... im Alter von Jahren ... starb« (ICVR, IV, 11334).

---

[1] In den folgenden theologischen, philosophischen und asketischen Reflexionen über die Inschriften des Florilegiums beziehe ich mich auf das ausgezeichnete Werk von Prof. Jos Janssens S.J., *Vita e morte del cristiano negli epitaffi di Roma anteriori al sec. VII,* Università Editrice Gregoriana, Roma 1981. Die Kommentare des Professors werden mit Anführungszeichen zitiert.

[2] ICVR, IV, 11328.

[3] Siehe Psalm 128, 3.

[4] ICVR, IV, 11946.

[5] ICVR, IV, 11444.

Ein Stück der Via Appia Antica mit dem ursprüngichen römischen Pflaster (Foto: Teresio Chiesa).

XIII. Liberianische Region

Der Nächste und Gott

1. LEBEN UND DIENST DER BRÜDER

Obwohl sie den Himmel erstreben, vergessen die Christen die Welt mit ihren alltäglichen Problemen nicht. Sie wissen, daß sie von Gott berufen sind, um auf der Erde zum Wohlergehen ihrer Brüder zu wirken.

Ein Professor für Latein und Griechisch

In der Antike gab es keine staatlichen Schulen. Daher waren nur wenige in der glücklichen Lage, sich bilden zu können. Der Unterricht wurde von Lehrern erteilt, die private Schulen leiteten, oder von Privatlehrern, die bei den Patrizierfamilien lebten. Schon von Anfang an nahm sich die Kirche des Problems an und setzte sich dafür ein, auch den Kindern des einfachen Volkes eine geeignete Bildung angedeihen zu lassen.

»Den Christen war der erzieherisch-pädagogische Bereich nicht verschlossen, wie Inschriften von Lehrern, Grammatikern und Rhetorikdozenten an verschiedenen Orten zeigen. All diese Tätigkeiten erfreuten sich in der antiken Welt keiner würdigen Entlohnung. Im Edikt des Diokletian aus dem Jahre 301 war ein Gehalt von 200 Denaren pro Monat für jeden Schüler festgesetzt. Dies entsprach dem Verdienst von vier Arbeitstagen eines Facharbeiters. Die Summe wurde nicht vom Staat, sondern vom Schüler entrichtet, der in den Unterricht des Lehrers ging.

Die Christen erhielten eine klassische Bildung, die in privaten Schulen vermittelt wurde. Auch die Kirchenväter (hl. Ambrosius, hl. Augustinus ...) erkannten den Wert der weltlichen Kultur.

Das Heft eines ägyptischen Schülers des 4. Jahrhunderts unterscheidet sich kaum von einem anderen hellenistischen Handbuch der vorhergehenden Jahrhunderte: Die gleiche Folge mythologischer Namen, mit denen Schriftübungen gemacht werden, dieselben Moralsprüche und Anekdoten. Nur oben auf dem ersten Blatt steht die Anrufung "gesegnet sei Gott" und am Anfang jeder Seite steht das Kreuz und das Christusmonogramm« (D. Mazzoleni). Ein gewisser Professor Deuterius lebte in der Sicherheit, daß er sich im ewigen Frieden befinde. Daraus können wir ableiten, daß er auch zu Lebzeiten seine Wissenschaft dem Nächsten zur Verfügung stellte.

PRISCORVM INTERPRES VATVM DOCTORQ(ue bilinguis)
DEVTERIVS PLACIDA SECVRVS PACE QVIESCIT.

»Deuterius, Übersetzer der antiken Dichter
und Professor für Latein und Griechisch,
ruht sicher (der Errettung)
in Frieden« [1]

Theòdulus, tapferer Unteroffizier und ehrlicher Verwalter

Nicht nur die Eheleute Secunda oder Heliodora Pascasia oder der Professor erzählen uns etwas aus ihrem Leben, sondern auch ein mehrfach ausgezeichneter Soldat, der als Angestellter in der städtischen Präfektur arbeitete, läßt uns mehr über sein Leben wissen.

In seiner Arbeit sorgte sich Theòdulus mehr um Ehrlichkeit und um seinen guten Namen als um Geld, das er aus seiner Stelle hätte ziehen können. Ein seltenes, doch immer aktuelles Beispiel von Tugend. Wir bieten im folgenden eine wörtliche Übersetzung des Textes, soweit dies möglich ist.

»Das Gedächtnis der Freunde bewahrt die Erinnerung an (Theodulus), der mit der Ehre der Waffen starb.
In der Tat hebt (ihn) seine Rechtschaffenheit von den Unteroffizieren ab.
Allen Kameraden und Freunden war er treu.
Er hat den Ruf Gott zu dienen mehr als dem Geld und er war ein rechtschaffener Unteroffizier der städtischen Präfektur. Wenn es mir möglich wäre,
würde ich immer seine Lobpreisungen verkünden,
bis ihm die verheißenen Gaben des Lichtes gewährt werden mögen (das heißt: das Paradies) ...« [2]

Die Inschrift befindet sich heute an der Wand der Ausgangstreppe.

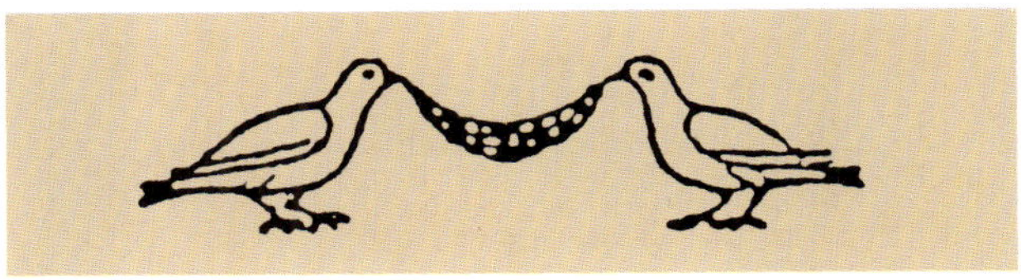

Der Diakon Redentus liebte die Musik und den Kirchengesang

Die Güte, die wohlerfüllte Pflicht, die Nächstenliebe, der Geist des Gebetes, das Opfer, das unschuldige Leben, die Treue zur Mission ... eines Priesters oder Diakons hinterlassen stets ein tiefes Andenken im Herzen ihres Bischofs und in der Seele des christlichen Volkes. Ihr Tod bereitet der ganzen kirchlichen Gemeinschaft eine äußerst schmerzhafte Trennung, als ob sie den Vater, den Bruder, den Freund, den Berater verloren hätten.

So wurde der Diakon Redentus von seinen Gläubigen und von Papst Liberius beweint. Einige Jahrzehnte später wollte man das Gedenken an diesen treuen Gottesfreund mit einem Gedicht ehren, welches die Gefühle seines Volkes veranschaulichen sollte.

»Gebiete Einhalt, oh Schmerz, den Tränen!
Oh heiliges Volk Gottes,
du fragst nach Diakon Redentus?
Unerwartet wurde er vom Himmelreich aufgenommen.
Süße Töne sang er lieblich,
und mit ruhiger Harmonie feierte er
den heiligen Prophet David (sang die Psalmen).
Sein Leben auf Erden war das eines Unschuldigen,
seine Jugend wurde gepriesen.
Das Böse wurde endlich besiegt
und kann ihm keinen Schaden mehr zufügen.
Nun nimmt das Paradies,
nachdem es ihn geraubt hat, den auf, der erhielt
so viele Siege über den Feind (den Teufel)[3].

Die Inschrift befindet sich im Cubiculum, in dem Redentus begraben war. Aller Wahrscheinlichkeit nach starb dieser Diakon zur Zeit des Papstes Liberius. Das Gedicht wurde von einem Imitator des Papstes Damasus verfaßt. Vielleicht geschah das unter dem Pontifikat seines Nachfolgers, des hl. Siricius (384-399).

Die Grabsteine geben uns manche Hinweise auf die soziale Herkunft, die kulturelle Bildung und die Spiritualität des Klerus.

»Idealerweise wünscht man, daß ihr Glaube rein und im Herzen verwurzelt sei. Das, was sie anziehend macht, ist ihre Liebe zu Christus und zum Nächsten. Ersteres zeigt sich in der treuen Erfüllung der göttlichen Gebote, in der Hingabe zum Altardienst, in ihrer Fähigkeit zum Verzicht und zur Abkehr von der Welt. Die Nächstenliebe wird durch die karitativen Werke sichtbar ... In der Leitung des Volkes Christi erinnert man sich an den, der sich fromm und gütig den anderen gegenüber verhielt und sich eifrig in den Angelegenheiten Gottes zeigte«.

Annius Innocentius, »Apostolischer Gesandter«

Das Akolythentum ist eine der »niederen Weihen« auf dem Weg zum Priester. Die Aufgabe eines Akolythen ist es, den Priestern oder dem Bischof während der liturgischen Feiern zu Diensten zu stehen.

Annius Innocentius war ein wohlverdienter

Diener der Kirche Roms. Er konnte gut Griechisch. Aus diesem Grund setzte ihn der Papst als seinen Botschafter (heute würde man »Päpstlicher Gesandter« oder »Apostolischer Nuntius« sagen) in besonderen Missionen ein.

»Annius Innocentius, ein Akolyth, lebte 26 Jahre. Im Dienst der Kirche befand er sich häufig auf Reisen. In der Tat wurde er zweimal in die griechischen Provinzen (nach Griechenland) geschickt, auch nach Kampanien, Kalabrien und Apulien. Als er schließlich nach Sardinien geschickt wurde, ging er von dieser Welt. Sein Leichnam wurde an diesen Ort überführt. Er schläft (jetzt) in Frieden, am 25. August. Der Presbyter Annius Innocentius, sein Bruder, mit dem er gut zusammenarbeitete, bereitete (ihm dieses Grab)« (ICVR, IV, 11805).

Die Dienste von Annius Innocentius als Akolyth und »Diplomat« fielen wahrscheinlich in das Pontifikat des hl. Julius I. (337-352) oder des hl. Liberius (352-366). Damals erlebte die Kirche wegen der Auseinandersetzung mit den Arianern bewegte und schwierige Zeiten. Diese leugneten die göttliche Natur Jesu und verweigerten folglich Maria den Titel Gottesmutter.

In jedem Fall war es in der Kirche häufig nötig, Botschafter überall hinzuschicken, um Bischöfe zu einer Synode zusammenzurufen, den verschiedenen Kirchen die verordneten Vorschriften bekannt zu geben und die sich widersetzenden oder auch der Ketzerei verdächtigen Bischöfe vor den Stuhl Petri zu rufen ...

Unter diesen zuverlässigen und fähigen Botschaftern befand sich Annius Innocentius. Seine körperliche Verfassung hielt den Anstrengungen dieser häufigen Aufträge nicht stand. Seine letzte Reise nach Sardinien wurde ihm zum Verhängnis. Er starb während der Sommermonate, der wegen der Malaria so gefährlichen Zeit.

Der Presbyter Annius Innocentius, sein Bruder und Namensvetter, war eine ziemlich wichtige Person im römischen Klerus: Er war für das Coemeterium der hll. Markus und Marcellianus zuständig. Natürlich wählte er diese Katakombe als letzte Ruhestätte für seinen Bruder, nachdem er ihn von Sardinien nach Rom hatte überführen lassen.

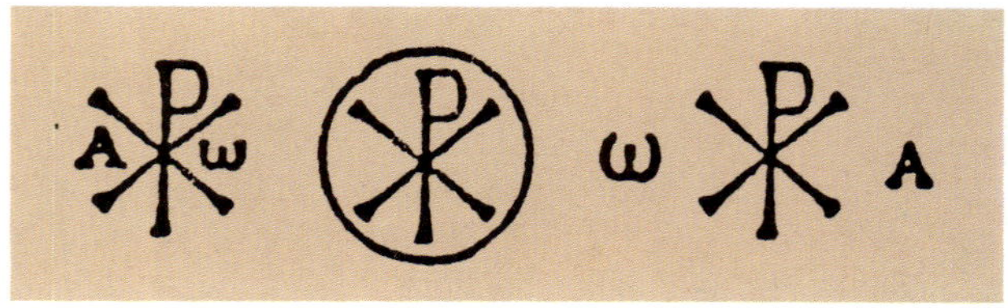

2. DAS LEBEN IN CHRISTUS

Einige Inschriften zeigen uns, daß der Verstorbene ein »Neophyt« war, das heißt, ein erst kürzlich getaufter Christ.[4] Vielleicht gelingt es uns nicht, die Bedeutung dieser Besonderheit zu verstehen, da heutzutage im allgemeinen die Neugeborenen getauft werden und man schon »als Christ geboren« wird. Die Aufgabe des Lebens besteht im Heranwachsen und Reifen im Glauben.

Die Katakombenchristen hatten eine andere Perspektive. Diejenigen, die die Taufe empfangen sollten (die Katechumenen), waren überwiegend Erwachsene. Die Taufe bedeutete die Krönung eines langen Weges, der mit dem Hören der Predigt und mit der Bekehrung begann. Über viele Jahre hinweg wurden dann der Glaube vertieft und die christlichen Werte verinnerlicht.

Die Taufe war der große Tag der Begegnung mit Gott, sie war der Tag der Erfüllung der Gnade und der vollständigen Aufnahme in die Gemeinschaft der Glaubensbrüder.[5]

Antonia Ciriaca »hat die Gnade Gottes empfangen...«

»Gewidmet der wohlverdienten Antonia Ciriaca, die 19 Jahre, 2 Monate und 26 Tage lebte. Sie hatte die Gnade Gottes (= die Taufe) empfangen und starb am vierten Tag als Jungfrau. Der Vater Julius Benedikt widmet (diese Inschrift) der lieblichsten und unvergleichlichen Tochter. Sie wurde am 20. November beerdigt« (ICVR, IV, 11806).

Die verschiedenen Namen deuten darauf hin,

Folgende Seite:
Eindrucksvolle Ansicht der westlichen »Tricora«.

daß die Ehefrau Benedikts bei der Heirat schon Witwe gewesen war, und daß Ciriaca aus der ersten Ehe stammte.

Felix, ein »Neophyt«

»Dem verdienten Sohn Felix, der 23 Jahre und 10 Tage gelebt hat. Er ging von diesem Leben als Jungfrau und neugetauft. Die Eltern widmeten den Grabstein. Er wurde am 2. August beigesetzt«. (ICVR, IV, 12459).

»In vielen Grabinschriften bezieht sich der Begriff "Jungfrau" auf die körperliche Unversehrtheit der unverheirateten Frauen. Hier deutet der Gebrauch dieses Terminus an, daß die Spender des Grabsteines (= die Eltern) mit der Eheschließung des jungen Verstorbenen in naher Zukunft gerechnet hatten.

Andererseits zeigt die Verwendung des Ausdrucks »Jungfrau« für Mädchen und Jungen und für junge und reife Männer, daß dieser Wert bei den Christen auch eine ideelle Bedeutung hatte. Er konnte zur Bezeichnung beider Geschlechter verwendet werden. Die Jungfräulichkeit wird somit nicht nur vom körperlichen Gesichtspunkt her verstanden, sondern stellt auch einen moralischen Wert dar«.

Das Wort »Jungfrau« erhält eine ganz eigene Nuance, die auf Lobpreisung und Bewunderung hinweist, ohne jedoch seine ursprüngliche Bedeutung einer nicht verheirateten Person zu verlieren. In der Tat setzt eine solche Lebensdisziplin für den Jugendlichen und auch den reifen Mann besondere Anstrengungen und persönliche Verdienste voraus. All diese Hinweise zeigen uns, daß die Jungfräulichkeit ganz besondere Wertschätzung erfuhr. Dabei wurde der Jungfräulichkeit in ihrem eigentlichen Sinne genauso viel Wert beigemessen wie denjenigen, die sie durch einen inneren Kampf zu bewahren vermochten.

Drei Waisenkinder und ein untröstlicher Vater

Auch die folgende Inschrift erzählt uns von einer Familientragödie: Ein Ehemann wird Witwer und die drei Söhne Waisenkinder. Die Mutter ist nun in den göttlichen Frieden eingegangen, wacht aber weiterhin über die »auseinandergerissene« Familie und beschützt sie.

FVIT MIHI NATIBITAS ROMANA NOMEN SI QVERES
IVLIA BOCATA SO QVE VIXI MVNDA CVM BYRO MEO
FLORENTIO CVI DEMISI TRES FILIOS SVPERSTETES
MOX GRATIA DEI PERCEPI SVSCEPTA IN·PACE NEOFYTA

»Ich bin in Rom geboren. Wenn Du mich danach fragst, mein Name war Julia. Ich lebte in Treue zu meinem Mann Florentius (das heißt, ich habe ihn nie betrogen). Ich hinterließ ihm drei Söhne. Sobald ich die göttliche Gnade empfangen hatte, wurde ich als Neophytin im Frieden (des Herrn) aufgenommen« (ICVR, IV, 11927).

»In der christlichen Überzeugung, die vom Glauben erhellt wird, wird der Tod als ein Zurückgeben der eigenen Seele an den göttlichen Schöpfer verstanden. Also wird der Tod zu einem Aufgehen in Gott und in der himmlischen Kirche.

Gott wird als Vater begriffen, der jeden Verstorbenen in einer ganz persönlichen Weise aufnimmt«. Das Vertrauen des Glaubenden in die göttliche Aufnahme wird deutlich, wenn er sich eine solche Begegnung wünscht. Das Vertrauen kommt ganz besonders zum Ausdruck in der Hingabe, im Bewußtsein, ein Sünder zu sein, und im Vertrauen darauf, daß der Gläubige durch die Taufe gereinigt wird«.

Irene, »die gottgeweihte Jungfrau«

Papst Damasus ließ im »Komplex San Callisto« ein Mausoleum für sich und seine Familienangehörigen errichten. Neben ihm ruhten im Todesschlaf in Erwartung der Auferstehung die Mutter Laurentia, die fast neunzigjährig gestorben war, und die Schwester Irene.

Wir geben die Trauerrede für Irene wieder, die Damasus selber gehalten hatte. Eine tiefe Zuneigung und Hochschätzung für die gottgeweihte Schwester kommt hier zum Ausdruck.

»In diesem Grab ruhen nun die gottgeweihten Glieder.
Hier ruht die Schwester von Damasus; wenn Du ihren
Namen suchst: Irene.
Sie hatte sich, als sie noch am Leben war, Christus geweiht,
so daß die heilige Sittsamkeit das Verdienst der
Jungfrau bewies.
Sie war nicht einmal zwanzig Jahre alt geworden;
das Alter ließ schon im voraus
die hervorragenden Tugenden ihres Lebens aufleuchten.
Der feste Vorsatz der Seele
und die ehrwürdige Treue der jungen Frau
hatten in diesen besten Jahren
wunderbare Früchte getragen.
Der Zeuge unserer Zuneigung (der Vater)
wollte mir, als er diese Erde verlassen mußte,
dich, Schwester, als Pfand
seiner makellosen Seele geben.
Und als das Himmelreich (das Paradies)
sich dieses Pfand (das heißt Irene) rauben wollte,
fürchtete ich ihren Tod nicht,
weil die Unschuldige den Himmel verdiente,
aber ich trauerte, ich gestehe es ein,
da ich im Leben ihren Trost verlor.
Und nun, wenn Gott zu mir kommen wird,
erinnere dich an Damasus, oh Jungfrau,
auf daß durch die Gnade des Herrn
deine Fackel mir Licht gebe« [6]

»Die Jungfräulichkeit wird von den Christen nicht nur bezüglich der Ehe geschätzt, sondern auch als besonderer Lebensstil. Der Begriff "Jungfrau" erhält im Glauben eine religiöse Bedeutung, die in enger Beziehung zum Dienst an Gott steht. Der Terminus wird in seiner religiösen Bedeutung nur für Frauen verwendet. Es waren normalerweise Jungfrauen, die zuhause wohnten, also in ihrer Familie lebten.

Aus dem gesamten epigraphischen Material ergibt sich, daß man nicht ausschließen darf, daß auch junge Mädchen, die gerade erst zwölf Jahre alt waren, sich für diesen Lebensweg entschlossen.

Wie Damasus behauptet, weiht die Jungfrau ihren Körper Gott. Daraus entwickelte sich die Spiritualisierung der heiligen Jungfrauen im Bild von der geistigen Hochzeit mit Christus«.

»Christus wird auch Damasus aus dem Staube erwecken«.

Das Gedicht, das Papst Damasus für seine Beisetzung verfaßt hatte, stellt einen Akt des Glaubens an die Allmächtigkeit des Gottessohnes dar, der den Menschen die Auferstehung der Körper versprochen hatte. Es ist eine der Katakombe wirklich würdige Inschrift!

Die Christen schmückten ihre Friedhöfe nicht deshalb mit Fresken, Skulpturen und Mosaiken, um Szenen aus dem Alten und Neuen Testament zur Schau zu stellen. Sie wollten damit den zu Lebzeiten bekundeten Glauben des Verstorbenen zum Ausdruck bringen und den ewigen Lohn für ihn erflehen.

Nachdem er in seiner Inschrift an einige Wunder Christi erinnert hatte (der Gang Jesu auf dem Wasser: *Markus,* 6, 45-52, die Auferweckung des Lazarus: *Johannes,* 11, 1-44, und die eigene Auferstehung: *Matthäus,* 28, 1-10), beteuert Damasus mit absoluter Überzeugung, daß Christus ihn eines Tages aus der Asche auferstehen lassen werde.

»Er, der über die bitteren Wogen des Meeres schreitet,
er, der den toten Samen der Erde Leben verleiht,
er, der die Bande des Todes
zu lösen vermag
und nach dem dritten Tag den Bruder
aus dem Dunkel
der Schwester Martha wieder lebendig zuführt,
er wird, so glaube ich, auch Damasus aus dem Staube erwecken«.[7]

Wir haben nun schon häufig über diesen Papst gesprochen, vor allem bei der Beschreibung der Märtyrerkrypten. Aber wer war der heilige Damasus wirklich? Im *Liber Pontificalis* sind sehr viele Angaben über ihn verzeichnet: Damasus gehörte dem römischen Klerus an und war von seinem Vater Antonius her spanischer Abstammung (natione hispanus). Er wurde im Jahr 366 vom römischen Klerus zum Papst gewählt. Die Wahl war von besonders ungestümen Umständen begleitet. Die schismatische Fraktion setzte den Presbyter Ursinus als Gegenpapst ein. Die Situation wurde von erregten Menschen ausgenutzt und auf die Spitze getrieben, bis schließlich ein Bürgerkrieg ausbrach, der viele Tote und Verletzte forderte.

Damasus war in seinem Ponitfikat sehr aktiv. Er berief einige örtliche Konzilien ein und pflegte hervorragende Beziehungen zum hl. Ambrosius, dem Bischof von Mailand. Er hatte auch einen beachtenswerten Einfluß auf die östlichen Kirchen.

Der Gebrauch der lateinischen Sprache anstelle der griechischen in der römischen Liturgie, den Damasus mit großem Eifer unterstützte, war von großer pastoraler Bedeutung. Er förderte außerdem die Kultur, indem er in seinem väterlichen Haus eine Bibliothek einrichtete. Als Berater und »päpstlichen Sekretär« wollte er den gelehrten hl. Hieronymus an seiner Seite haben.

Das Werk, das Papst Damasus am meisten auszeichnete, war jedoch der Märtyrerkult. In den Jahren, in denen die Kirche den Frieden wiedererlangt hatte, versammelten sich die Christen um Feuerstellen und erzählten von den Heldentaten der Märtyrer. Der Knabe Damasus hörte den Wundertaten mit lebhaftem Interesse zu. Später wird er in einem seiner Gedichte bekennen, daß er die Erzählung über das Martyrium der hll. Marcellinus und Petrus von den Lippen des Henkers selber vernommen hat.

Schon in seiner frühesten Kindheit war also in Damasus die bewegende Zuneigung und die einzigartige Hochachtung für diese Helden des Glaubens geboren. Damasus sammelte daher historische Fakten über die Märtyrer. Er suchte liebevoll nach ihren Gräbern auf den Friedhöfen, um sie in Heiligtümer zu verwandeln.

Damasus nützte die Veränderungen in der Kirche nach der Machtergreifung Konstantins aus. Der kaiserliche Schutz brachte viele Menschen dazu, den Glauben zu ergreifen. Aber die Überzeugung dieser Leute war leider häufig schwach. Von dem Zeitpunkt an, da in den Herzen die einfachen Zeugnisse nicht mehr überzeugen konnten, entstand die Notwendigkeit, den Christen der Zeit authentische Beispiele eines nach dem Evangelium gelebten Lebens zu geben. Die beste Möglichkeit der Krise zu begegnen, war die Rückkehr zur ursprünglichen Kirche und zu den reinen Glaubensquellen, das heißt zu den Märtyrern.

Damasus war die einzige Person, die es zu Recht verdient hatte, neben seinen bevorzugten Freunden, den heiligen Märtyrern bestattet zu werden. Jedoch zeichnete sich dieser Mann Gottes durch eine überaus große Bescheidenheit aus; er fühlte sich eines solchen Privileges nicht würdig. Und somit hatte Damasus aus Liebe zu Gott und aus Respekt vor seinen Freunden die Kraft, einen wirklich heroischen Verzicht zu üben.

Unsere Toten bitten für uns

Der Tod eines lieben Menschen ist für jeden schmerzhaft. Auch Jesus beweinte seinen Freund Lazarus. Jedoch gibt uns der Glaube die Gewißheit, daß uns unsere Toten nicht für immer verlassen haben.

»Das menschliche Herz will die Erinnerung an eine geliebte Person lebendig halten. Aber noch mehr wünscht es eine Wiedervereinigung, die über die herzliche Erinnerung hinausgeht. Das wird im Licht des Glaubens durch das Gebet und die Erwartung einer endgültigen Vereinigung mit Gott möglich.

Die Hoffnung und der Glaube, daß die Verstorbenen von Gott aufgenommen wurden, lädt die Lebenden ein, sich ihren Gebeten anzuvertrauen. Für den antiken Christen bedeutete die Tatsache, daß die Verstorbenen für uns beten, daß sie an uns denken, uns im Herzen tragen und sich an uns und unsere Bedürfnisse erinnern. Das Gebet wird also als eine von Gott ermöglichte Vereinigung zwischen Lebenden und Toten verstanden.

Die kurze im folgenden abgedruckte Passage ist Teil eines Trauergebetes (laudationes = Trauerrede). Der Text ist verstümmelt überliefert, und an manchen Stellen ist die Interpretation nicht einfach. Die verstorbene Person war 17 Jahre alt. Höchstwahrscheinlich handelt es sich um einen Jungen, der mit den Betenden verwandt oder befreundet war. Die Fragmente der Trauerrede wurden in der Krypta des Diakons Redentus entdeckt.

»... Du, der Du nun Gott lieb geworden bist,
bitte Deinen Herrn, da ich es nicht verdiene,
mit Gott vereint zu werden ...
Erreiche für mich mit Deinen Gebeten, daß der Herr
meine Sünden vergeben kann. Lebe in Frieden«.[8]

Der Mensch fühlt sich vor Gott als Sünder. Er erfleht die Gebete von Märtyrern und Seligen, um die Vergebung der Sünden zu erlangen. Die Verei-

nigung mit Gott wird tatsächlich nur durch die Sünden verhindert.

3. »ES IST NICHT GESTATTET, ÜBER DIE TOTEN SCHLECHT ZU REDEN«

Die Inschriften der Katakomben betonen die positiven Gesichtspunkte und bekräftigen die schönsten und leuchtendsten Gefühle der menschlichen Seele. Das ist recht und billig.

Der Tod wirft auf die Persönlichkeit des Verstorbenen ein neues Licht. Seine Verwandten und Freunde entdecken nun seine verborgenen und wesentlichsten Charakterzüge. Dadurch werden die negativen Wesenszüge verwischt und die besten Eigenschaften der geliebten Person werden hell erleuchtet.

Dieser Bewußtseinsprozeß wird vor allem in Familieninschriften deutlich. Die zum Ausdruck kommenden Gefühle drücken ein sehr tiefes und enges Blutsband aus. Aber dies kann ebensogut in den christlichen Urgemeinden festgestellt werden, wie durch epigraphische Zeugnisse hinreichend bewiesen wird.

Auch die heidnische Weisheit überliefert übrigens den bekannten Sinnspruch: »De mortuis nil nisi bene«, »es ist nicht erlaubt, von den Toten schlecht zu reden«.

---

[1] ICVR, IV, 10888.
[2] ICVR, IV, 11435.
[3] ICVR, IV, 10129.
[4] Neophyt: Von νέος = neu und φύω = erschaffen. Dies bedeute »zu neuem Leben erwachen«. Der Neugetaufte, zum Leben in Christus erweckt, trug eine Woche lang ein weißes Kleid, und zwar in der Woche von Ostern bis zum darauffolgenden Sonntag, an dem er das weiße Kleid ablegte. Daher wird der Sonntag nach Ostern »In Albis ... depositis« (Weißer Sonntag) genannt.
[5] Die Grabinschriften beschreiben die Taufe als ein »Erlangen«, ein »Erreichen« und ein »Erhalten« der Gnade Gottes. Dies setzt eine Aktivität sowohl von Gott als auch vom Menschen voraus. Diese Interpretation der Taufe kann sich nur auf Erwachsene beziehen, da nur sie zu solch einer persönlichen Bindung an Gott fähig sind.
[6] ICVR, IV, 12417.
[7] ICVR, IV, 12418.
[8] ICVR, IV, 10535.

Krypten der Lucina: Oberirdisch.

XIV. Die Krypten der Lucina

Beschreibung des Coemeteriums

Die Krypten der Lucina stellen den ursprünglichen Kern der späteren Katakomben San Callisto dar. Die chronologische Ordnung hätte es also erfordert sie als erste zu beschreiben. Aber wir haben es vorgezogen, dem Rundgang der Besucher zu folgen.

1. URSPRUNG UND ENTWICKLUNG DER KRYPTEN DER LUCINA

Erste Priode: Die beiden voneinander unabhängigen Hypogäen

Die Krypten der Lucina sind ein Teil des unterirdischen Coemeteriums, das sich in der zweiten Hälfte des 2. Jahrhunderts entlang der Via Appia entwickelt hat. Hier gruben Christen und Heiden ihre Hypogäen.

In der zweiten Hälfte des zweiten Jahrhunderts wurde unter diesem Gebiet ein Hypogäum gegraben, das »alpha« genannt wird. Es hatte eine eigene Treppe, die ihren Ausgangspunkt an einem Verbindungsweg zwischen der Via Appia und der Via Ardeatina nahm.[1] Dieses Hypogäum wurde von einer Gemeinschaft benutzt. Es wurden dort vor allem Menschen niederen Standes beerdigt: Es fehlen Mensengräber und Arcosole. Vor allem aus den epigraphischen Funden kann geschlossen werden, daß dort gleichzeitig Christen und Heiden bestattet wurden.

Nach einer kurzen Zeitspanne wurde das Hypogäum »alpha« tiefer in den Boden gegraben. Es entstanden die berühmten Cubicula X und Y, die sich in einer Tiefe von 9 Metern befinden. Das Cubiculum Y ist wegen seiner Fresken ein wahres Juwel unter den römischen Katakomben.

Zu Beginn des 3. Jahrhunderts wurde eine Paralleltreppe zu »alpha« und ein zweites Hypogäum gebaut, das »beta« genannt wird. Es dehnt sich nach Nordosten aus, da sich im Süden bereits das Hypogäum »alpha« befand. Das Hypogäum »beta« enthielt nur die Galerie B mit dem Cubiculum C, die Galerie G und die kurze Galerie L mit einem Cubiculum.

Das bedeutendste Merkmal dieses Hypogäums stellen einige Cubicula und Mensengräber dar. Vielleicht handelte es sich ursprünglich um ein privates Hypogäum mit geringen Ausmaßen. Es gehörte wohl einer oder mehreren verwandten Familien.

Zweite Periode: Die Umgestaltung der beiden Hypogäen in eine Katakombe

Zwischen 253 und 257 wurde in einer Galerie des Hypogäums »beta« der hl. Märtyrerpapst Cornelius beigesetzt. Diese Galerie L war ursprünglich von sehr geringen Ausmaßen und wurde später vertieft und erweitert.

Die beiden Hypogäen wurden miteinander vereinigt, wodurch eine richtige Katakombe entstand. Ihre Vereinigung, die durch den Durchbruch der Galerie U entstand, hatte zur Folge, daß der untere Teil der Treppe von »beta« abgeschnitten wurde.

Das gesamte Niveau des Hypogäums wurde gesenkt (auf circa 12 Meter Tiefe), um es mit »alpha« zu verbinden. Daraufhin fuhr man mit den Grabungen für das Cubiculum E fort. In dieser Zeit entstand auch eine niedrige Etage durch die Grabung der Galerie b. Die neue Zugangstreppe wurde genau unter der Treppe von »beta« angebracht.

Der letzte Teil der Galerie G wurde zugemauert, wodurch ein Beinhaus entstand. In der

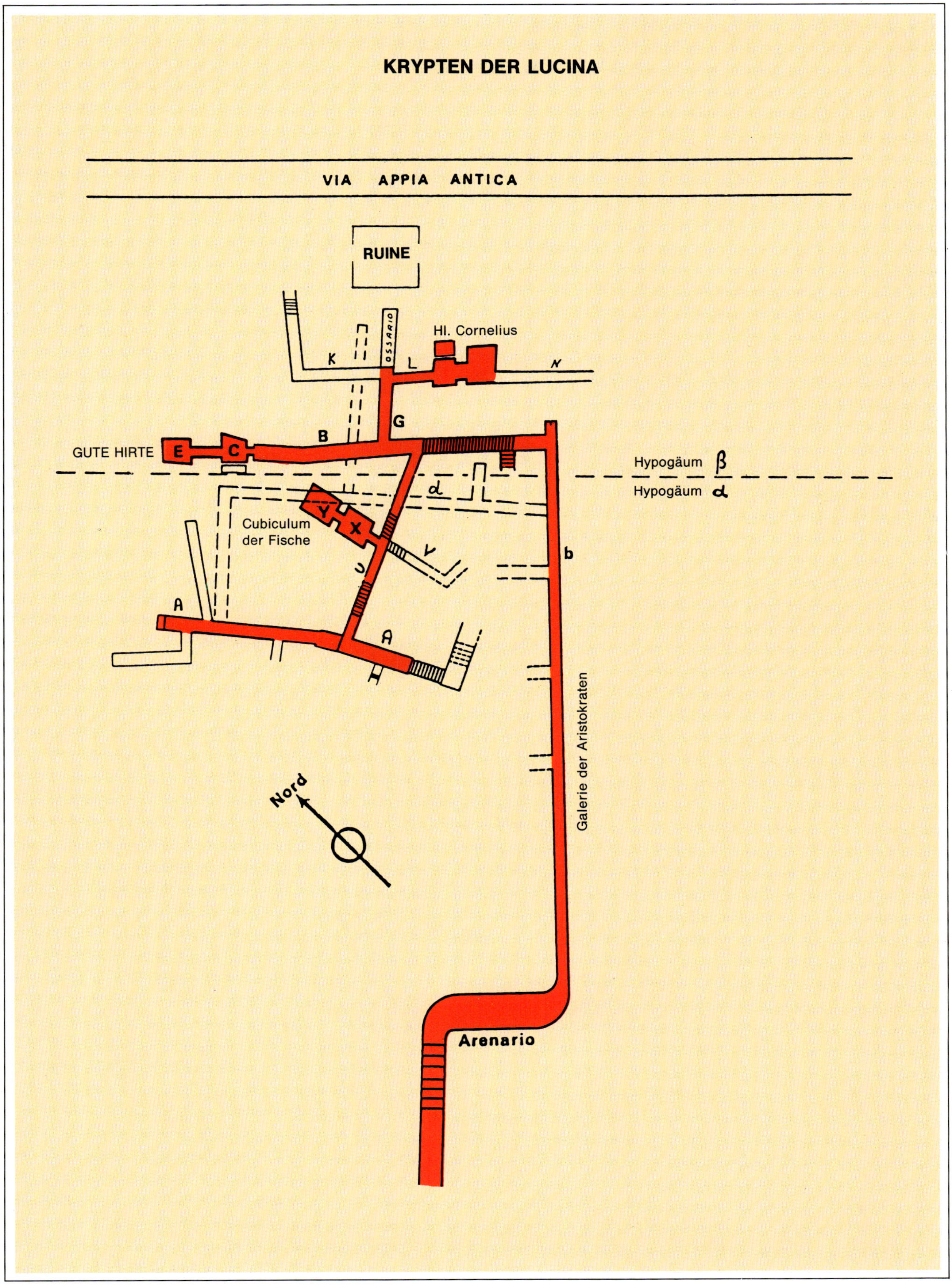
KRYPTEN DER LUCINA
VIA APPIA ANTICA
RUINE
OSSARIO
Hl. Cornelius
K
L
N
G
B
GUTE HIRTE
E
C
Hypogäum β
Hypogäum α
α
Y
X
Cubiculum der Fische
V
U
b
A
A
Galerie der Aristokraten
Nord
Arenario

Galerie A des Hypogäums »alpha« wurde eine Mensa gebaut, um darauf Öllampen stellen zu können. In der ersten Hälfte des 4. Jahrhunderts wurde auch in der Krypta des hl. Cornelius eine Mensa für Öllampen installiert.

Dritte Priode: Die Krypten der Lucina werden zum Heiligtum

Das Verbleiben der Reliquien des hl. Cornelius über mindestens fünf Jahrhunderte in der Krypta der Lucina hatte die unterschiedlichsten Eingriffe zur Folge: Es wurden einige Galerien verschlossen, ein unterirdischer Gang wurde gegraben, um den Pilgern den Weg von der Papstkrypta zum Grab des hl. Cornelius zu erleichtern. Weitere Verschönerungsarbeiten wurden an dem monumentalen Übergang von der Galerie A nach U durchgeführt. Außerdem wurde in der Galerie A eine Treppe nötig, die den Besuchern den direkten Ausgang zur Via Appia ermöglichte.

Am Ende des 4. Jahrhunderts waren die Krypten der Lucina bereits dem erweiterten Gebiet des Coemeteriums San Callisto einverleibt worden. Die Galerien des sogenannten »Labyrinth« dehnten sich innerhalb der Krypten auf einem höheren Niveau aus. Man kann aber nicht von einer eigentlichen Verbindung sprechen.

Die einzige Verbindung in der Antike wurde durch das Beinhaus der Galerie b hergestellt, als der unterirdische Gang den Pilgern geöffnet wurde. Das Beinhaus wurde von de Rossi Beinhaus »der Aristokraten« genannt.

2. DER NAME: KRYPTEN DER LUCINA

Ursprünglich wurden die beiden Hypogäen nicht Krypten der Lucina genannt; auch die Bezeichnungen »alpha« und »beta« stammen von neuzeitlichen Wissenschaftlern.

De Rossi, der sich von den Notizen der legendenhaften Passion des hl. Cornelius inspirieren ließ, gab dieser Zone den Namen Krypten der Lucina. Aus der erbaulichen Erzählung des ruhmreichen Martyriums des hl. Cornelius wissen wir, daß eine adelige römische Matrone mit dem Namen Lucina ein Cubiculum oder eine Krypta an diesem Ort besaß. Sie ließ den Leichnam des hl. Cornelius in ihr Familiengrab bringen.

In den Märtyrerlegenden begegnet man häufig »einer frommen Lucina«, die sich mit ihrer ganzen Kraft der würdigen Beisetzung des Zeugen Christi gewidmet hat. Bei der Lucina des Coemeterialkomplexes zwischen dem II. und III. Meilenstein der Via Appia handelt es sich nicht um eine historische Figur.

Wir haben es vielmehr mit einer literarischen Figur zu tun, die in den Märtyrerlegenden des 4. und 5. Jahrhunderts häufig verwendet wird.

3. 1835: EIN VERHÄNGNISVOLLES JAHR FÜR DIE KRYPTEN DER LUCINA

Nach den Restaurierungsarbeiten an der Krypta und an der Basilika des hl. Cornelius unter dem Pontifikat Leos III. (795-816) weisen die antiken Schriften nicht mehr auf die Krypten der Lucina und deren heiligstes Gedächtnis hin.

Wie läßt es sich aber erklären, daß de Rossi dieses Areal so »barbarisch« verwüstet vorgefunden hat? Wann wurde aus der Krypta des heiligen Cornelius ein Teil der Grabinschriften geraubt, die dann von de Rossi im darüberliegenden Weingarten gefunden wurden?

1835 wurde eine Grabung vorgenommen, um die Puzzolanerde in unmittelbarer Nähe des Grabes des hl. Cornelius auszuheben. Der tiefste Schacht erreichte das Niveau der untersten Ebene des Coemeteriums. Diese Grabung führte zur Wiederentdeckung, aber leider auch zur Zerstörung der Zone. Die Krypten waren bis dahin glücklicherweise unzugänglich gewesen.

Der Eigentümer der Grube und des darüberliegenden Weingartens, auf dem damals die Rebsorte Amendola angebaut wurde, hatte aus dem Hypogäum Marmorplatten für seine Bauten entwendet. Darunter befand sich auch die Gedenktafel eines Serpentius, auf der stand, daß jener das Grab neben dem Grabmal des heiligen Cornelius erworben habe. Diese Inschriften wurden von ihrem ursprünglichen Ort in den Krypten der Lucina weggebracht. Sie befinden sich jetzt in der Kirche San Rocco in Cesinali in der Provinz Avellino.

Die Ausgräber nahmen schon bald Besitz vom ganzen unterirdischen Teil, der mit der Öffnung der Puzzolangrube entdeckt worden war. Um in die Krypten der Lucina gelangen zu können, wurde eine Treppe gebaut, die sich nur wenige Schritte von der einfachen Treppe des Hypogäums »beta« befand. Man suchte unter den Trümmern der Krypta des hl. Cornelius große Marmorplatten,

Folgende Seite: Eindrucksvolle Ruine über den Krypten der Lucina (1. Jhdt. v. Chr.).

Krypten der Lucina: Grabplatte der Rufina Irene (3. Jhdt.).

mit denen die Treppe gut begehbar gemacht werden sollte. So kam ein Teil der Grabinschrift des hl. Cornelius zum Vorschein. Folgende Buchstaben waren zu lesen: ... NELIVS MARTYR.

De Rossi erfuhr den Verlauf der damaligen Ereignisse von Giovanni Zinobile, dem alten Leiter der Ausgrabungsmannschaft. Ihm war es zu verdanken, daß die Treppe wieder abgebaut wurde, nachdem sie überflüssig geworden war, weil die unterirdische Zone mit dem Coemeterium San Callisto verbunden worden war.

Molinari, der neue Besitzer des Weingartens, sammelte die Marmorplatten und stapelte sie bei seinem Anwesen auf, das heißt bei der heutigen östlichen Tricora. Dort entdeckte sie de Rossi im Jahre 1849. Mit dem Wiederauffinden des Grabsteines des hl. Cornelius nahm die glückliche Entdeckung der Katakomben San Callisto ihren Anfang.

4. DER BESUCH DER KRYPTEN DER LUCINA

Dieses Areal kann auf zwei Wegen erreicht werden. Der erste Weg führt von der Erdoberfläche über die Treppe, die wahrscheinlich vom hl. Papst Leo I. (440-461) unter Einbeziehung der Treppe des Hypogäums »beta« gebaut wurde.

Der zweite Weg, der beeindruckender ist, folgt dem antiken Weg der Pilger. Die Pilger beteten an den Gräbern der Märtyrerpäpste und der hl. Caecilia, durchquerten die sogenannte Region des hl. Miltiades und gelangten so zu den »vier Pilastern«. Sie erreichten, nachdem sie eine kurze Galerie durchquert hatten, eine Treppe, die in eine im dritten Stockwerk liegende Zone führt. Hier hatten die antiken »Fossores« (Ausgräber) das zur Herstellung von Mörtel notwendige Puzzolangestein gefördert, mit dem die Grabnischen verschlossen wurden. Später wurde diese Zone verwendet, um dort Gebeine zu sammeln. Diese wurden aus den Gräbern genommen, um Platz für die Bestattung neuer Leichname zu gewinnen. Sobald die Pilger die Beinhauszone durchquert hatten, betraten sie das untere Geschoß des Hypogäums »alpha«, das sich in 18,24 Metern Tiefe befindet.

5. DIE CHRISTLICHE ARISTOKRATIE ROMS

Hier beginnt eine besonders auffallende Galerie, die von de Rossi »Galerie der Aristokraten« genannt wurde. Sie enthält einige der schönsten und ältesten (aus dem 3. Jahrhundert) Grabinschriften des Coemeteriums San Callisto. Sie verzeichnen nur den Namen und einige Symbole.

Die Inschrift von ΕΣΠΕΡΟΣ (Ésperos) mit dem Anker befindet sich noch an ihrem Platz. Auf dem schönen Stein der VRBICA steht der Name über einem Wappenschild zwischen einem Anker und einer Taube, die mit dem Schnabel gerade einen Olivenzweig aufpickt. Das ist eine klare Anspielung auf die Seele, die den Frieden gefunden

Krypten der Lucina: Grabplatte des Faustinianus (3. Jhdt.).

hat und von der Hoffnung des Kreuzes Christi genährt wird.

Die Inschrift ΡΟΥΦΙΝΑ ΕΙΡΗΝΗ (Rufina Irene) ist mit griechischen Buchstaben geschrieben. Das Kreuz mit gleichlangen Armen ist unter dem Namen zu sehen. Der Grabstein von FAVSTINIANVM ist reich an Symbolen. Unter der Inschrift sind die Taube mit einem Ölweig in den Krallen, ein Anker in der Form eines Kreuzes und ein daneben ruhendes Lamm dargestellt (ICVR, IV, 9484, 9453, 9499, 9399).

6. DER WERT DER ARBEIT FÜR DEN CHRISTEN

»Einige Christen, wie auch die neben ihnen lebenden Heiden, wollten im Gedächtnis der Menschen weiterleben. Sie ließen auf ihren Gräbern ein Bild des von ihnen auf Erden ausgeübten Berufes anbringen. Es werden zum Beispiel folgende Berufe abgebildet: Eisenschmied, Kräuterhändler, Fährmann, Küfer, Bäcker... (Sogar die Fossores, wie wir in Cubicula der Sakramente gesehen haben,

Krypten der Lucina: Grabplatte des Valerius Pardus.

stellten in einigen Cubicula ihren Beruf zur Schau).

Das Evangelium und die Suche nach den ewigen Gütern ließen die ersten Christen nicht die Erde mit ihren echten Freuden und alltäglichen Problemem vergessen. Man könnte fast meinen, daß sie den Lebenden und ihren Freunden unbedingt bewußt machen wollten, daß der sorgfältig ausgeübte Beruf eines der Mittel zur Erlangung des Paradieses gewesen sei« (L. de Bruyne).

Schauen wir uns nun den Grabstein an, der Valerius Pardus gewidmet war. Felicissima, seine Ehefrau, ließ ihren guten Ehemann mit der Sichel in der einen und einer Frucht des Gartens in der anderen Hand darstellen. *»Hier ruht Valerius Pardus. Felicissima widmet diese Inschrift ihrem allerbesten Mann«* (ICVR, IV, 9450).

7. EIN EHEMALIGER SKLAVE, DER SEINER HERRIN ZUGETAN IST

Man kann heutzutage selten behaupten, daß zwischen Herrn und Untergebenen oder zwischen Herrschaften und Dienstpersonal ein gutes Verhältnis besteht. Und es ist ebenso selten, daß nach Beendigung des Arbeitsverhältnisses Zeichen der Anerkennung gesetzt werden.

Der Freigelassene Secundus hatte seiner Herrin gegenüber eine andere Auffassung. Er hegte wahre Hingabe und Anerkennung ihr gegenüber. Diese Gefühle waren so stark, daß er das Bedürfnis hatte, ihr das Grab zu bereiten. Rufina hatte als gute Christin ihrem Sklaven nicht nur die Freiheit geschenkt, sondern ihn auch wie einen Sohn behandelt. Secundus verhielt sich wahrlich wie ein der Mutter ergebener Sohn.

»D. M. Der Marcia Rufina, würdige Herrin (mit dem größten Respekt), der Freigelassene Secundus machte ihr dies Grab« (ICVR, IV, 9415).

Die Abkürzung D. M. (Dis Manibus) bezieht sich auf die Mane, die Schutzgöttin der Toten. »Die Abkürzung d(is) m(anibus) und die griechische Entsprechung θ(εοῖς) κ(αταχθονίοις), sind Widmungen, die in den heidnischen Grabinschriften seit dem 1. Jahrhundert üblich waren. Seit dem 4. Jahrhundert tauchen sie auch in christlichen Inschriften auf. Beispiele dafür existieren auch aus dem 7. Jahrhundert.

Die Verwendung dieser klassischen »adprecatio« (Anrufung) ist weniger ein Anzeichen für einen religiösen Synkretismus [2] denn Erbe [3] einer verwurzelten weltlichen Tradition. Diese Tradition wird vor allem in der epigraphischen Praxis bewahrt, in der sich stereotype [4] Ausdrücke (und das "dis manibus" ist ein ausgezeichnetes Beispiel dafür) herauskristallisieren. Sie bleiben oft beinahe anachronistisch bestehen, auch wenn sie nach und nach ihre ursprüngliche Bedeutung verlieren.

Manchmal kann man feststellen, daß die christlichen Auftraggeber die Marmorblöcke mit dem bereits eingehauenen DM in den Geschäften für Grabsteine erwarben: In diesen Fällen wurde die Abkürzung manchmal beibehalten; in anderen Fällen wurde sie herausgehauen und durch ein spezifisches christliches Element (den Fisch ...) oder durch einen allgemein dekorativen Gegenstand ersetzt« (C. Carletti).

Auf dem Grabstein wurden auch zwei Arbeitswerkzeuge, die sehr schwer zu deuten sind, eingemeißelt. Vielleicht stellen sie einen Mühlstein oder einen Kornbehälter dar. Es könnte sich dabei um die Tätigkeiten von Rufina und Secundus gehandelt haben.

8. ER LIEBTE SIE SO SEHR, DAß ER AUCH DEM RUF DES HIMMELS FOLGTE

Am Ende der Galerie b, der sogenannten Galerie »der Aristokraten«, begrüßt uns die Inschrift von APVLEIA CRYSOPOLIS. Apuleia war ein Mädchen von gerade sieben Jahren. Auf dem Grabstein ist die graziöse Darstellung des Guten Hirten und des Olivenzweiges zu sehen (ICVR, IV, 9384).

Wir steigen eine enge Treppe hinauf, die schon seit dem 4. Jahrhundert von den Pilgern benutzt wird. Vor dem Cubiculum X stoßen wir auf den Grabstein von Pardale und Justinus.

Der Verlust des Lebenspartners ist sehr bitter und schmerzlich, vor allem wenn die Ehe in edler und tiefer Zuneigung gelebt wurde. Die Trennung wird dann schwierig, fast unerträglich, weshalb das Verlangen, die getrennte Einheit wiederherzustellen, immer größer wird.

So erging es Justinus mit seiner Frau Pardale. Er liebte sie zu sehr, als daß er ihren Ruf von oben nicht gehört hätte, und folgte ihr knapp acht Monate nach ihrem Dahinscheiden.

Folgende Seite:

Krypten der Lucina: Taufe Christi (Grabkammer X, Ende 2. Jhdt.). Rekonstruktion des Freskos.

Krypten der Lucina: »Eucharistischer Fisch« mit Brotkorb und Rotwein (Grabkammer Y, Ende 2. Jhdt.).

»Im Jahre, als die beiden Imperatoren Honorius zum achten Mal und Theodosius II. zum dritten Mal Konsuln waren, wurde acht Tage vor den Iden des April (6. April) Pardale in Frieden beigesetzt. Zehn Tage vor den Kalenden des Januar (23. Dezember) wurde der Ehemann Justinus bestattet«. Das war im Jahr 409 (ICVR, IV, 9378).

»Der Tod berührt ganz besonders die Gefühle der Ehepartner und der Eltern. Er raubt einen Menschen, der wesentlicher Bestandteil ihres Lebens war.

Die Erinnerung an die gemeinsam erlebte Zuneigung läßt den Verlust der geliebten Person noch quälender werden. Es ist, als ob man im Herzen eine Wunde hätte, die offen bleibt und niemals heilt. In der Tat ist die Trennung umso härter, je mehr sich die Verwandten liebten« (J. Janssens).

9. ZWEI FISCHE UND EIN MYSTERIÖSER KORB

Wenige Schritte vor dem Ende der Treppe der Pilger erreicht man auf der rechten Seite das doppelte Cubiculum X - Y. Sein Ursprung liegt im späten 2. Jahrhundert. Die in den zwei Cubicula enthaltenen Fresken zählen zu den ältesten. Sie sind die ersten Darstellungen der Taufe und Eucharistie.

Die Taufe Christi

Das Cubiculum X wurde leider vollkommen neu aufgebaut. Nur an der hinteren Wand, über der Türe, die in das Cubiculum Y führt, ist die Szene, in der die Taufe Christi dargestellt wird, erhalten: Der heilige Johannes der Täufer hilft dem Herrn aus dem Jordan zu steigen. Die darüber schwebende Taube symbolisiert den Heiligen Geist (*Matthäus* 3, 13-17). Das Thema der Taufe lag den frühen Christen sehr am Herzen.

Die »eucharistischen« Fische

Die schönste Überraschung findet man jedoch im folgenden Cubiculum Y. Im Gewölbe können wir ein Stück klassischer Kunst bewundern. Es stellt eine Komposition von ornamentalen Köpfen, Putti, Vögeln und Girlanden dar.

Im Zentrum sieht man Daniel in der Löwengrube. An den vier Seiten sind zwei Figuren des Guten Hirten und zwei Oranten symmetrisch angeordnet.

An der hinteren Wand sind zwei Fische dargestellt, die einen Weidenkorb auf dem Rücken tragen, der mit Brotlaiben angefüllt ist.[5] Auch diese Szene ist eine Anspielung auf die wunderbare Fisch- und Brotvermehrung Jesu.

Aber damit nicht genug. Beide Körbe enthalten außer den Brotlaiben ein Glas Rotwein. Die eucharistische Symbolik könnte nicht klarer und eindeutiger sein: Es handelt sich um Brot und Wein, die, in der Messe geweiht, IXΘYC (Fisch) werden, das heißt, zum Leib und Blut »Jesu Christi Gottes Sohn

Krypten der Lucina: Decke der Grabkammer Y (Ende 2. Jhdt.).

Krypten der Lucina: Decke des »Cubiculum des Guten Hirten« (1. Hälfte 3. Jhdt.).

Retter«. Jesus gibt sich in Form von Speisen den Christen hin, um ihnen zum ewigen Leben zu verhelfen. Der hl. Ignatius von Antiochien (der in der Mitte des 2. Jahrhunderts lebte) definierte die Eucharistie folgendermaßen: »Arzneimittel zur Unsterblichkeit, Gegenmittel, um nicht zu sterben« (Brief an die Epheser: 20, 2).

An den anderen Wänden sind Szenen aufgemalt, die den Zyklus des Jonas darstellen sollen.

10. EINE GLANZVOLLE POLITISCHE KARRIERE

Wir verlassen das Doppelcubiculum X-Y, durchqueren einen neuzeitlichen Durchbruch (»Schlag«) und betreten das Hypogäum »beta«. Auf der rechten Seite sehen wir die steile Treppe von Leo dem Großen und auf der linken Seite beginnt eine kurze Galerie (B), die in zwei Cubicula führt: C und E. Im obersten Teil der Galerie wurden die Gräber der ersten Phase von »beta« entdeckt. Es sind einige Gräber »a mensa« darunter.

In dieser Galerie und in ihrer unmittelbaren Nähe fand de Rossi eine Reihe von Sarkophagfragmenten, oder besser gesagt von Sarkophagdeckeln.

Die darauf erhaltenen Inschriften benennen adelige römische Familien aus dem 3. und 4. Jahrhundert. Diese Fragmente stammen aber aus dem oberirdischen Friedhof. Einige davon sind eindeutig heidnisch.

Hier befindet sich die Inschrift einer Pompeia Octavia Attica Caeciliana aus einer senatorischen Familie,[6] eines Quintus Caecilius Maximus, eines Knaben, der auch aus einer senatorischen Familie stammte, und eines Pomponius Graecinus ... (ICVR, IV, 9431, 11233, 10669).

Von besonderem Interesse ist die griechische Inschrift von Tiberius Pomponius Bassus, die seinen »cursus honorum« (das heißt seine politische Karriere) beschreibt.

»Dem Pomponius Bassus ... von senatorischem Rang, zweimal ordentlicher Konsul, Präfekt von Rom, stellvertretender Oberpriester (heidnisches Priesteramt), Überwacher (corrector) der örtlichen Finanzen von ganz Italien, Beauftragter des kaiserlichen Hofes (comes Augusti), Prokonsul.

Von Pomponia Cratidia ihrem Ehemann gewidmet ...

Für alle Wohltaten, die sie erhielt ... (der Widmende entwarf die Inschrift für beide)« (ICVR, II, 2 - N. 904).

In den »Konsularfasten« (Liste der Konsuln) wird der Name von Tiberius Pomponius Bassus zweimal erwähnt, genauso wie es in seiner Inschrift angedeutet ist: Im Jahre 259 und 271. Hierzu muß nicht gesagt werden, daß es sich um eine heidnische und nicht um eine christliche Inschrift handelt.

11. DER GUTE HIRTE MIT DER MILCHKANNE

Am Ende der kurzen Galerie B erreicht man das Cubiculum C. Im Gewölbe ist der Gute Hirte zwischen zwei Lämmern und einem Olivenbaum dargestellt. Das Cubiculum wurde nach dem Grabungsbeginn des Hypogäums »beta« in den Tuff gegraben. Als das Hypogäum »beta« vertieft wurde, wurde in der Folge auch das Cubiculum C verändert. Später wurde das angrenzende Cubiculum E ausgehoben.

Hier stoßen wir auf eine Neuheit. Das Kreuzgewölbe ist vollständig ausgemalt. In der Mitte rastet ein großartiger Guter Hirte: Mit der linken Hand hält er das Schaf auf seinen Schultern fest. In der rechten Hand trägt er die Milchkanne und den Hirtenstab. Neben dem Guten Hirten sind zwei weitere Schafe dargestellt. In der Lunette sehen wir die vertraute Taube.

Das Thema des Guten Hirten wurde hier weiterentwickelt und bereichert. Seine alltäglichen Aufgaben werden miteinbezogen. Später wird dann in der Bildhauerei dieses Thema noch weiter ausgebaut werden.

Bei der Betrachtung der Szene des Guten Hirten mit der Milchkanne werden spontan Assoziationen zu den Briefen des hl. Paulus hervorgerufen. In dem Brief an die Korinther lesen wir: »Vor euch, Brüder, konnte ich aber nicht wie vor Geisterfüllten reden; ihr ward noch irdisch eingestellt, unmündige Kinder in Christus. Milch gab ich euch zu trinken statt fester Speise; denn diese konntet ihr noch nicht vertragen« (*1 Korinther* 3, 1-2). Das Gemälde stammt aus dem 3. Jahrhundert.

Wenige Schritte von diesem Cubiculum entfernt kommt man zu dem Schacht, der 1835 ausgehoben wurde und der der Grund für die schweren Verwüstungen der Krypten der Lucina war, wie wir schon früher beschrieben haben.

12. NICHT EINMAL DER TOD KONNTE DIE BEIDEN FREUNDE TRENNEN

»Der Geist der Freundschaft, der bei vielen Gelegenheiten zum Ausdruck gebracht wird, erscheint als wesentliches Merkmal auf den Grabsteinen, die den Menschen gewidmet wurden. Die liebenswürdige Art, Freund aller zu sein, ist der fröhlichste Wesenszug der Menschen. Die Treue und die Hilfe gegenüber dem Nächsten entspricht vollständig den Vorschriften des Christentums. Es ist das Echo der berühmten biblischen Vorbilder: Die Freundschaft zwischen David und Jonathan (*1 Samuel* 18, 1-4) und zwischen Jesus und Lazarus (*Johannes* 11, 1-44)« (D. Mazzoleni).

Wir haben schon die wichtigsten Inschriften der Krypten der Lucina angesprochen. Aber auch die des Gennarus verdient besondere Beachtung. Gennarus verband eine tiefe Freundschaft mit Severinus. Auch nach dem Tod wollte er nicht von seinem Freund getrennt sein. Er hielt es für notwendig, auch auf dem Grabstein seine Zuneigung zu bekunden: *»Gennarus wollte zusammen mit seinem Freund Severinus beigesetzt werden«* (ICVR, IV, 9408).

»Die Freundschaft, von der die Inschriften sprechen, ist eine Eigenschaft des jungen Erwachsenen oder des reifen Mannes.

Sie wird wie ein Schatz gehütet, das heißt, man ist darum bemüht, sie zu bewahren. Die Beziehung zu anderen wird mit dem Begriff der Freundschaft definiert, die als wohlwollende Haltung den anderen gegenüber und als Sicherheit, von allen angenommen zu werden, verstanden wird.

Der beständige und treue Freund wird bewundert, er soll ehrlich und rechtschaffen sein. Besonders geliebt wird der fröhliche und unbeschwerte Freund. Der Freund ist eine Stütze und ein Berater...« (J. Janssens).

13. DIONYSIUS, ARZT UND PRIESTER

Wie wir bereits bemerkt haben sind die ältesten Inschriften der Krypten der Lucina lakonisch. Es erscheint in ihnen nur der Name und manchmal ein Symbol oder ein sehr kurzer Ausdruck des Glaubens: »Friede sei mit Dir«, »In Frieden ...«. Leider können wir nicht viel über die frühe christliche Gesellschaft erfahren. Dasselbe muß über die kirchliche Welt gesagt werden.

In dieser Krypta entdeckte de Rossi drei Inschriften, die Priester nennen. Eine davon befindet sich am Beginn der Galerie B: *»Dionysius, Arzt und Priester«*. Dionysius wurde wahrscheinlich in der ersten Hälfte des 3. Jahrhunderts in diesem Hypogäum beigesetzt. Die Inschrift ist in griechischer Sprache verfaßt.

Dionysius war nicht nur Priester, sondern er übte auch den Beruf des Arztes aus. Dieser Beruf wurde in der Antike als wirksames Mittel des Apostolates sehr geschätzt. Dies bedeutete genau das, was unsere Missionare bei der Evangelisierung der Welt gewöhnlich tun: Menschliche Unterstützung und Verkündigung der Heilsbotschaft (ICVR, IV, 9483).

---

[1] Sämtliche topographische Nachweise über die Krypten der Lucina finden sich auf dem Plan Seite 141.

[2] Verschmelzung mythologischer, kultureller und dogmatischer Elemente auch in widersprüchlichen Formen.

[3] Geistiges Erbe oder Hinterlassenschaft, die von den Vorfahren stammt.

[4] Immer identischer Satz oder dieselbe Folge von Wörtern.

[5] Einige Wissenschaftler sind der Ansicht, daß sich der Korb nicht auf dem Rücken der Fische, sondern im Gras der Wiese vor ihnen befindet.

[6] Nach Meinung de Rossi waren die Eltern von Pompeia Octavia Attica Caeciliana, die nur wenige Monate alt wurde, Octavius Caecilianus und Pompeia Attica. Deren Grabinschriften befinden sich, wie wir schon gesehen haben, in der Krypta der heiligen Caecilia.

Vorherige Seite: Der Gute Hirt (Detail aus der gleichnamigen Grabkammer).

XV. Die Krypten der Lucina

Die Krypta des heiligen Cornelius

1. »ALS ICH DIESE BILDER SAH, WURDE ICH VON UNGLAUBLICHER FREUDE ERFÜLLT ...«

»Im März 1852, schreibt de Rossi, entdeckten unsere Ausgräber die Öffnung einer antiken Treppe, die von der Erdoberfläche in die Krypten der Lucina hinabführt. Nachdem die Verschüttungen beseitigt worden waren, stellten sie fest, daß die Treppe in der Antike nicht fertiggestellt worden war. Als sie weitergraben wollten, gelangten die Ausgräber in das zweite Stockwerk der Katakomben San Callisto. Sie befanden sich im "Labyrinth", ganz in der Nähe der Krypten der Lucina. Dieser Durchgang wurde mit zwei "Schlägen"[1] mit den beiden tiefer liegenden Hypogäen verbunden...

Eines Tages ging ich zusammen mit Pater Marchi in die Galerie N, die noch ganz mit Erde angefüllt war. Wir benutzten dabei diese Treppe. Als wir deren Ende erreichten, entdeckten wir ein neues Loch, das in den Tuffstein gehauen worden war. Als wir hindurchblickten, entdeckten wir eine Kammer, die in der Antike nicht mit Erde verschüttet war. Sie war mit Schutt, der von der Erdoberfläche kam, angefüllt. Meine Leser wissen gut, daß dies ein ganz besonderer Hinweis bei der Erforschung der Märtyrergrabstätten ist.

Die neuzeitlichen Ausgräber wichen vor diesen Ruinen zurück; wir hingegen suchen Krypten, die unter dem Schutt verschüttet sind, der durch die Lucenarien herunterfiel oder von Treppen und eingestürzten Decken stammte.

Sofort fiel unser Blick auf einen Ziegelbogen, der ein sicherer Hinweis auf die Umgestaltung und Restauration der primitiven Krypta war. Dann entdeckten wir unter dem Bogen die Gemälde. Es handelte sich um Bilder von Heiligen in byzantinischem Stil. Dies ist ein sicheres Indiz, daß es sich um eine berühmte und historische Krypta handelte.

Neben dem ersten Bild stand geschrieben "SCI CORNELII PP", während man an der Seite des zweiten folgende Buchstaben lesen konnte: "... IPPI ... N ..." (= CIPRIANI). Hier also befinden sich Cornelius und Cyprianus in einer historischen Krypta des Coemeteriums San Callisto, weit entfernt von der Krypta des hl. Sixtus und der hl. Caecilia.

Als ich diese Bilder sah, freute ich mich unglaublich. Es war ja das erste Mal, daß ich dem Denkmal einer päpstlichen Krypta in dem unterirdischen Friedhof gegenüberstand. Ich zweifelte auch nicht daran, wem das Grab gehörte, das sich unter den Gemälden befand: Es war das Grab des heiligen Cornelius!

Auf der anderen Seite der Grabstätte sahen wir die Bilder von zwei weiteren Heiligen in Priestergewändern. Der erste Name war vollständig: "SCS XYSTVS PP ROM". Der zweite Name war hingegen nicht lesbar.

Das Grabmal, das sich in der Mitte dieser beiden Bildergruppen befand, war offen, ohne Deckplatte und Inschrift. Wenige damasianische Buchstaben wurden auf einem Marmorbruchstück entdeckt, das noch an seinem ursprünglichen Platz in der rechten Ecke über dem Grab hing.

Ich habe jedoch die übrigen Reste dieser Inschriften in dem Grab selbst gefunden. Am Boden lag ein großes Stück des Grabsteines des hl. Cornelius. Diese zerstörte Platte paßte genau zu derjenigen, die ich drei Jahre vorher im Weingarten entdeckt hatte. Ich konnte nun die ganze Inschrift rekonstruieren: "CORNELIVS · MARTYR · EP(iscopus)". Diese bedeutende Inschrift, die sich aus den zu verschiedenen Zeiten entdeckten Teilen und aus einem Bruchstück, das sich noch an seinem Platz befand, zusammenfügte, schloß genau die Öffnung des Grabes ...« (R.S.I, S. 277-279).

DER WEG DER PILGER
VOM VIERTEN BIS ZUR MITTE DES FÜNFTEN JAHRHUNDERTS
VON DER KRYPTA DER PÄPSTE ZUR KRYPTA DES HEILIGEN CORNELIUS

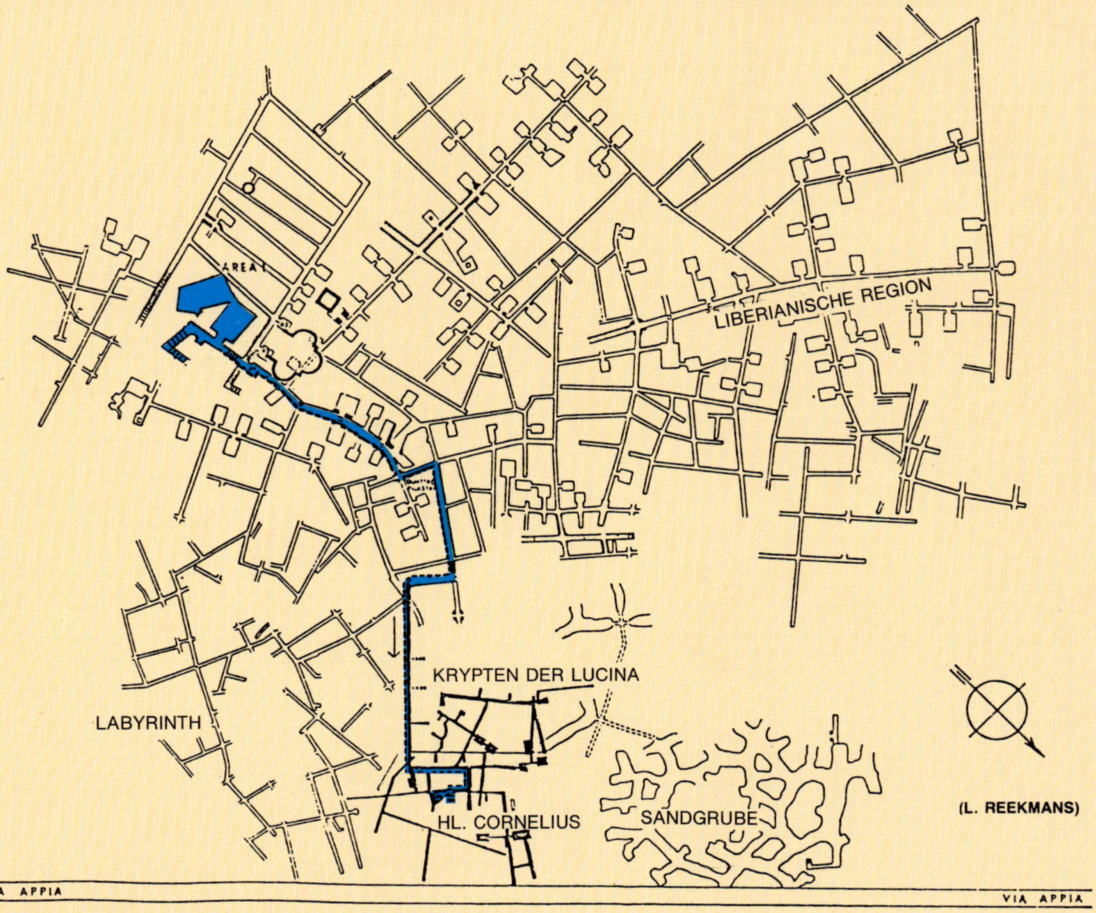

2. DER HL. MÄRTYRERPAPST CORNELIUS

Der *Liber Pontificalis* liefert nur spärliche und unsichere Hinweise über Cornelius. Der Briefwechsel mit seinem Zeitgenossen, dem Bischof von Karthago, dem hl. Cyprian, stellt eine gute Quelle dar.

Der hl. Cornelius war Römer und stammte aus der adligen Familie (gens) der Cornelier. Als Presbyter gehörte er dem römischen Klerus an.

Nach dem Tod des hl. Fabian folgten 14 Monate der Sedisvakanz. Sie war durch die Verfolgungen des Decius verursacht. Cornelius wurde im März 251 zum Papst gewählt. »Cyprian schreibt, daß die Verdienste des Cornelius beachtlich waren. Nachdem er die Ämterlaufbahn durchlaufen hatte, erreichte er das höchste Amt, das Pontifikat. Diese Würde wurde ihm nicht durch eigene Initiative, sondern wegen seiner Demut, seiner Umsicht und seiner Güte zuteil«.

Die Papstwahl wurde von einer Minderheit von Unnachgiebigen angefochten, die von dem Presbyter Novatian angeführt wurde. Sie beschuldigten Cornelius, den Glauben während der Verfolgungen des Decius verraten zu haben.

Der hl. Cornelius erwies sich sofort als eifriger Hirte. Er nahm sich vor allem der Kirchenorganisation an. In einem seiner Briefe erfahren wir, daß die geistliche Hierarchie Roms aus sechsundvierzig Priestern, sieben Diakonen und sieben Unterdiakonen bestand. Auch der niedere Klerus war sehr zahlreich und fleißig. Der Papst konnte über zweiundvierzig Akolythen und weitere zweiundfünfzig Exorzisten, Lektoren und Kommunionhelfer verfügen.

Die spontanen Spenden der Gläubigen Roms

Krypten der Lucina: Krypta des hl. Martyrerpapstes Cornelius.

erlaubten es der Kirche, täglich eintausendfünfhundert Personen wie Witwen, Waisen, Kinder und Notleidende zu unterstützen.

Im Juni 252 erließ der Nachfolger des Decius, Kaiser Trebonianus Gallus, wie schon gesagt, unvermittelt ein Verfolgungsedikt, das für die Bischöfe, Priester und Diakone das Exil bedeutete. Cornelius wurde sofort verhaftet. Sobald diese Nachricht in der christlichen Gemeinde bekannt wurde, eilten viele Gläubige herbei, um ihn zur Gerichtsversammlung zu begleiten. Wie der hl. Cyprian beschreibt, hatte der Papst »viele Begleiter in dem Ruhm« für Christus zu leiden, und er war »für die Glaubensbrüder ein leuchtendes Beispiel, den christlichen Glauben offen zu bekennen«.

Der hl. Cornelius wurde nach Civitavecchia (Centumcellae) verbannt, wo er im darauffolgenden Jahr verstarb. Dies geschah im Juni des Jahres 253. Auch wenn der Papst keines gewaltsamen Todes starb, so war das Exil doch sicherlich hart für ihn und Ursache für schwere Leiden (er war in einer Zwangsunterkunft untergebracht, die von der Polizei bewacht wurde).

Der hl. Cyprian bezeichnet Cornelius bei verschiedenen Gelegenheiten als Märtyrer. Dieser Titel wird auch durch die Grabinschrift des hl. Cornelius bestätigt.

Die Kirche Roms feiert das Datum seiner endgültigen Beisetzung auf dem Coemeterium San Callisto am 14. September. Dieses Datum fällt mit dem Gedenktag des Bischofs von Karthago, dem hl. Märtyrer Cyprian zusammen. Diese beiden Helden werden seit der ersten Hälfte des 4. Jahrhunderts zusammen verehrt. Sie waren unzertrennliche Vorreiter im Kampf gegen den Schismatiker Novatian und seine Sekte.

Der *Liber Pontificalis* informiert uns darüber, daß der hl. Leo I. (440-461), der mit dem Beinamen »der Große« bedacht wurde, in der Nähe des Grabes des hl. Cornelius eine Basilika bauen ließ.

3. DIE KRYPTA DES HEILIGEN CORNELIUS

Auf der rechten Seite der Galerie G beginnt ein kleiner Gang, der in einer sehr geräumigen Grabkammer endet, die ganz besondere Strukturen aufweist. Sie hat ihren Ursprung in dem Hypogäum »beta« und wurde vertieft, als der hl. Papst Cornelius in der Katakombe beigesetzt wurde.Ihre Ausstattung blieb nüchtern: Die Wände wurden nicht mit Marmor verkleidet und es wurden keine verzierten Säulen angebracht.

Diese Krypta (L) ist in drei Zonen unterteilt. Man betritt zunächst einen Zugang, der nur dreieinhalb Meter lang ist und der sich zum Inneren hin erweitert. Es folgt ein Mittelraum, der etwas größer ist, aber nicht die Ausmaße eines Cubiculums hat. Genau an diesem Platz an der linken (östlichen) Wand wurde das Grab des hl. Cornelius ausgehoben. Schließlich erreicht man die eigentliche Krypta, die auch sehr unregelmäßige Formen aufweist.

Gegen Ende des 3. Jahrhunderts füllte sich der Boden mit einer ersten Gruppe von Formengräbern. Zu Beginn des 4.Jahrhunderts wurden weitere hinzugefügt. In dieser Zeit wurden auch die kurzen Wände des Ganges mit einer weißen Kalkschicht überzogen.

Die wesentlichsten Arbeiten wurden unter dem Pontifikat des hl. Damasus durchgeführt, als die Krypta zum Heiligtum umgebaut wurde. An den Seiten der Grabmäler wurden zwei Stützpfeiler angebracht. Die Wände wurden mit einer neuen Stuckschicht überzogen und das einfache Lucenar der Krypta wurde erweitert (doppeltes Lucenar). Gewaltige Ziegelbögen schützten das Gewölbe vor dem Einstürzen.

Auf den Wänden befinden sich zahlreiche Graffiti von den Pilgern, die fünf Jahrhunderte lang die Krypta besuchten.

4. DIE GRABSTÄTTE DES MÄRTYRERPAPSTES

Den Ort, an dem der hl. Cornelius in den Krypten der Lucina beigesetzt wurde, darf man als bevorzugt betrachten: Es war der größte Raum, der in dem Hypogäum »beta« zur Zeit der Translation des Märtyrers von Civitavecchia vorhanden war.

Seine Gebeine wurden in einem Grab beigesetzt, das unter dem einfachen Lucenar der Krypta ausgehoben worden war und sich im unteren Teil der östlichen Wand befindet. Es handelt sich dabei nicht um einen einfachen, in den Tuffstein gehauenen Loculus, sondern um einen Sarkophag von ganz besonderer Form: Der obere Teil des Grabmals ist leicht bogenförmig gegraben. Es erinnert an den Deckel eines Koffers.

Das Innere ist ganz mit weißem Stuck ausgekleidet. Im Gewölbe finden sich einige unleserliche Schriftzüge, die von den neuzeitlichen Forschern aus der Zeit vor de Rossi mit Kerzenruß gemacht wurden.

Die vordere Wand des Grabmals ist aus Tuffstein. Da die Wand so dünn und brüchig war, wurde sie in der Antike durch eine Mauer aus kleinen Ziegel- und Tuffsteinen verstärkt.

Die Platte zum Verschließen des Grabes aus dem griechischen Marmor »Hymettos« wurde an dem Grab nicht horizontal, sondern vertikal angebracht und direkt an die Mauer angelehnt.

Die Leidensgeschichte dieser bedeutenden Inschrift ist uns wohlbekannt. Sie war der Ausgangspunkt der Identifizierung des Coemeterius San Callisto. Die Inschrift ist in lateinischen Buchstaben eingehauen:

CORNELIVS · MARTYR ·
EP
Cornelius - Bischof - Märtyrer

Die einfache Inschrift bestand nur aus zwei Wörtern, einem ganzen (Cornelius) und einem abgekürzten (Episcopus).

Diese wurden symmetrisch in der Mitte des Grabsteins angebracht und mit roter Farbe bemalt.[2] Um dem Steinmetz die Arbeit zu erleichtern, waren mit einem Pfriem zwei horizontale Linien gezogen worden, zwischen denen er die Schrift einhauen konnte.

Der Titel »Märtyrer« wurde nachträglich hinzugefügt. »Die päpstlichen Inschriften bestanden nur aus denjenigen Worten, die auf den Namen und die bischöfliche Würde hinweisen. Die Inschrift des heiligen Gaius stellt eine Ausnahme dar. Der Titel "Märtyrer" wurde später den Epitaphen des heiligen Pontian und des heiligen Fabian in Form einer Abkürzung hinzugefügt. Diese besteht aus den ersten drei Buchstaben des griechischen Wortes Μάρτυς.

Wegen der Unvollständigkeit der Märtyrerinschriften wäre es gewagt, den Zeitpunkt der Hinzufügung des Titels "Märtyrer" genau festlegen zu wollen ... Man kann aber behaupten, daß die Abkürzung MPT, das heißt M(ά)PT(υς), die in die Grabinschriften der Päpste Pontian und Fabian eingeritzt wurde, und die in den Epitaph des Papstes Cornelius mit lateinischen Buchstaben eingemeißelt wurde, erst in der zweiten Hälfte des 3. Jahrhunderts hinzugefügt wurde. Vielleicht geschah es unter dem Pontifikat des Papstes Eutychianus« (G. Wilpert).

Warum wurde der hl. Cornelius nicht in der Papstkrypta zusammen mit seinen berühmten

Vorgängern beigesetzt? Warum ist seine Inschrift in lateinischer Sprache abgefaßt, während die der anderen Päpste in griechischer Sprache geschrieben waren?

Viele Wissenschaftler versuchten eine geeignete Antwort darauf zu finden. Der erste war de Rossi. Die richtige Antwort konnte immer noch nicht gefunden werden. Der hl. Cornelius wurde in den Krypten der Lucina begraben, weil an diesem Ort, wie wir noch sehen werden, einige Märtyrer (Cerealis, Sallustia ...) eine würdige Begräbnisstätte fanden. Diese Märtyrer kämpften wahrscheinlich gemeinsam mit dem hl. Cornelius gegen die Anhänger des Novatian. Sie wurden während der Verfolgung des Decius oder des Trebonianus Gallus ermordet.

5. DAS POETISCHE ELOGIUM DES PAPSTES DAMASUS

Der hl. Damasus hat nicht nur die Krypta verschönert und restauriert. Er brachte auch über der Grabinschrift des hl. Cornelius ein Gedicht in sieben Hexametern an. Der Grabstein ist nur noch teilweise erhalten. Er wurde vom »Freund« Filócalus angefertigt. De Rossi vervollständigte den Text wieder. Im folgenden ist die Übersetzung abgedruckt:

»Die Treppe ist gebaut und die Finsternis ist entfernt,
nun kannst Du endlich die Denkmäler besichtigen
zu Ehren des Cornelius und seines verehrten Grabes.
Dieses Werk wurde durch den Eifer des Damasus geschaffen,
obwohl er leidend war, erleichterte er den Zugang fürs Volk,
welches die Hilfe des Heiligen erfleht.
Ach, bitte auch Du mit reinem Herzen,
daß Damasus wieder gesund werde.
Das wünscht er
nicht wegen der Hingabe (Liebe) zum Leben,
sondern wegen der schweren Last seines Amtes« [3]

Direkt unter der Grabinschrift des hl. Cornelius wurde eine Gedenktafel angebracht. Auf ihr befindet sich eine zweite Inschrift, die nur aus vier Versen besteht. Es sind davon auch einige Bruchstücke mit sehr wenigen Buchstaben vorhanden: S und PIA ... MEMBRA.

Aus der detaillierten Analyse des Grabes schließt Professor L. Reekmans, daß die Anbringung der Marmorplatte vor dem Grab zeitgleich mit dem Gedicht des Damasus ist. Die »fast damasianische« Schrift dieses Epigraphes wird einer anderen Hand zugeschrieben als der des Furius Dionysius Filocalus. Vielleicht ist es das Werk eines seiner Schüler.

6. DIE MENSA FÜR DIE ÖLLAMPEN

Rechts neben dem Grab des hl. Cornelius wurde zu Beginn des 4. Jahrhunderts eine runde Mensa angebracht. Auf ihr standen die Öllampen, die zu Ehren des Märtyrerpapstes brannten.

In die Wand bei der Mensa sind einige Graffiti von Priestern eingeritzt: »Leo prb (= Presbyter), Petrus prb, Theodorus prb, Sergi(us) [4] prb, Kiprianus diaconus ..., übersetzt heißt dies *»Priester Leo, Priester Petrus, Priester Theodorus, Priester Sergius, Diakon Cyprian ...* (ICVR, IV, 9373).

7. DIE FRESKEN DER KRYPTA DES HEILIGEN CORNELIUS

Zu Beginn des 7. Jahrhunderts wurde die Krypta des heiligen Cornelius mit Fresken im byzantinischen Stil erneuert und verschönert. Sie wurden auf zwei Pfeiler neben dem Grab aufgemalt. Sie stellen zwei Märtyrerpäpste dar: Cornelius und Sixtus II. und zwei afrikanische Bischöfe, den hl. Märtyrer Cyprian von Karthago und den hl. Optatus, Bischof von Vesceritanum in Numidien.

Die vier Figuren haben einen Heiligenschein und tragen die Tonsur (besonders geschnittene Haare). Die Gesichtszüge sind unterschiedlich,

**Krypta des hl. Cornelius:
Originalgrabplatte des hl. Cornelius (Mitte 3.Jhdt.).**

während die Kleider und die Körperhaltungen sich gleichen.

Sie sind in Priestergewändern dargestellt. Über einer Tunika tragen sie eine Dalmatika (Umhang), die bis zu den Füßen reicht. Darüber tragen sie eine graue Kasel. Auf den Schultern tragen sie das Pallium, das Zeichen der Bischofswürde.

In der linken Hand halten sie ein Buch, das mit Edelsteinen geschmückt ist (das Evangelium). Mit der rechten Hand machen sie den Sprechgestus. An den Füßen tragen sie eine besondere Art von Schuhen.

Es handelt sich hierbei nicht um wirklichkeitsgetreue Abbilder, sondern um ideelle Figuren. Die Farben, die der Künstler hauptsächlich verwendet hat, sind Rot und Schwarz. Die Schrift ist weiß. Die beiden Fresken sind von verschiedenen Künstlern gemalt.

Cornelius und Cyprian

Auf dem rechten Pfeiler über der Mensa sind die Bilder des hl. Papstes Cornelius und des hl. Bischofs Cyprian aufgemalt.

Der erstere hat einen Oberlippenbart, der andere ist bartlos dargestellt. An der Seite der Figuren sind deren Namen sichtbar, die vertikal angebracht sind. Inzwischen sind einige Buchstaben nicht mehr zu sehen.

S(an)C(t)I + CORNELI(i) P(a)p(ae)
S(an)C(t)I + (c)IPRI(a)N(i episcopi)

Bildnis »des hl. Papstes Cornelius«.
Bildnis »des hl. (Bischofs) Cyprian«.

Im Fries oberhalb der Figuren wurde ein Text aus Psalm 116, Vers 12 angebracht: »+ QVID RETRIBVAM D(omi)N(o pro om)NIBVS QVA(e retribuit mihi?)». Das heißt: *»Wie kann ich dem Herrn all das vergelten, was er mir Gutes getan hat?«* (ICVR, IV, 9371).

Cornelius stand mit dem berühmten Bischof von Karthago, Cyprian, in engem brieflichen Kontakt. Sie hatten Meinungsverschiedenheiten über das Problem der »Lapsi«: Der hl. Cyprian war rigoroser und weniger bereit zu verzeihen, während der hl. Cornelius nach einer angemessenen Zeit der Buße die Wiederaufnahme der Lapsi in die Kirche forderte. Wir haben schon angemerkt, daß seit dem Ende des 4. Jahrhunderts der antike liturgische Kalender der Römischen Kirche den Gedenktag von Cornelius und Cyprian am selben Tag feierte.

Sixtus II. und Optatus

Auf dem linken Pfeiler neben dem Grab des hl. Cornelius wurden die Bilder des Märtyrerpapstes Sixtus II. und des afrikanischen Bischofs Optatus angebracht: Der erste ist bartlos dargestellt, der zweite trägt einen kurzen Bart. Neben dem Nimbus (Heiligenschein) kann man ihre Namen lesen:

S(an)C(tu)S + XVSTVS P(a)P(a) ROM(anus)
S(an)C(tu)S + OPTAT(us) EPISC(opus)
»Hl. Sixtus römischer Papst«
»Hl. Optatus Bischof«

Über ihren Abbildern wurde in dem Fries folgender Text aus Psalm 59, Vers 17, »EGO AV(tem) CANTABO BIRTVTEM (=virtutem) TVAM ET EXALTABO MANE MISERICORDIAM TVAM QV(i)A FACTVS (e)S ET SVSCEPTRO (=susceptor) MEVS ET REF(u)G(ium) MEVM I(n) DI(e tribulationis meae)« ICVR, IV, 9370.

8. DIE MÄRTYRER CEREALIS, SALLUSTIA UND XXI GEFÄHRTEN

Neben den Bildern von Sixtus und Optatus ist ein Graffito von ganz besonderer Bedeutung angebracht:

SCS Cerealis et Sal(l)ustia cum XXI [hic sunt]
»(Hier sind begraben) die heiligen Cerealis, Sallustia und einundzwanzig Gefährten«

Der unbekannte Pilger, der einen Märtyrer verehren wollte, hatte begonnen, in Großbuchstaben und in der Einzahl zu schreiben. Er schrieb dann aber in Kleinbuchstaben weiter und nannte nicht nur den einen Namen, sondern erwähnte die ganze Gruppe.

Der Ehrentitel »heilig« und die einundzwanzig Gefährten, die anonym bleiben, läßt vermuten, daß es sich hierbei um Märtyrer handelte. Die Formulierung ist knapp gehalten, wie es in der Martyrologie üblich ist. Jedoch erwähnen weder die Martyrologien noch die Itinerare diese Märtyrergruppe.

Der einzige Hinweis auf sie stammt aus der Leidensgeschichte des hl. Cornelius, die, wie wir bereits wissen, legendenhaft ist und aus dem 5. Jahrhundert stammt. Man liest in der Erzählung: »Am selben Tag wurden zusammen mit dem Papst Cornelius einundzwanzig Personen, Männer und Frauen enthauptet und auch Cerealis und seine Frau Sallustia. Dies geschah am 14. September. In derselben Nacht kamen dann einige Geistliche und die fromme Lucina mit ihrer Familie und raubten die Leichname der heiligen Märtyrer und bestatteten sie auf einem ihrer Güter, in einer Krypta des Coemeteriums San Callisto, wo man heute ihre Lobpreisungen singt ...«.

Die Inschrift in der Krypta des hl. Cornelius wurde also verfaßt, nachdem der Pilger die Gräber dieser Märtyrer gesehen hatte, und nicht einfach aus der Erinnerung an die Lektüre ihrer Leidensgeschichte.

Diese Tatsachen sprechen dafür, daß Cerealis, seine Frau Sallustia und die einundzwanzig Gefährten wirklich existierten. Ihre Grabstätten wurden bereits am Ende des 4. Jahrhunderts verehrt. Es kann außerdem gefolgert werden, daß eine topographische Verbindung zwischen dem Grabmal des hl. Cornelius und ihrem Grabmal in den Krypten der Lucina besteht.

Die Stelle ihrer Gräber muß noch lokalisiert

Vorherige Seite:
Krypta des hl. Cornelius;
Der hl. Papst Cornelius
mit dem hl. Bischof Cyprian
(Fresko, Anfang 7. Jhdt.).

werden. Nach dem heutigen Stand der Forschung ist dies schwierig herauszufinden, da uns nur wenige Hinweise zur Verfügung stehen.

In der Krypta der Lucina verdienen drei Plätze besondere Aufmerksamkeit, da es sich eventuell um Grabmäler von Märtyrern handeln könnte.

a) Die Krypta des heiligen Cornelius

In der Krypta des hl. Cornelius befinden sich zwei Grabnischen, die mit besonderer Sorgfalt behandelt wurden. Sie befinden sich im oberen Teil der Wand gegenüber dem Märtyrergrab. Die beiden Gräber werden von einer als Verstärkung errichteten Brücke getrennt.

Der obere Loculus ist präzise herausgehauen, auch wenn er sich hinter dieser Verstärkungsmauer befindet. Der untere Loculus fällt durch seine besondere Tiefe auf. Davor wurde eine Verschlußplatte angebracht, die für einen normalen Loculus tatsächlich übermäßig groß erscheint.

Dies sind nur einfache Indizien, aber es könnte sich um echte Märtyrergräber handeln.

b) Das Cubiculum C

Dieses Cubiculum hat denselben Ursprung wie das Hypogäum »beta«. Es enthält unter anderem ein Mensengrab. Im oberen Teil befindet sich das Grab, das die Ursache für die Vertiefung des Cubiculums zur Zeit der Vereinigung der beiden Hypogäen war. Dieses Grabmal ist praktisch das wichtigste der Grabkammer.

Vor diesem Grab war eine große Marmorplatte angebracht, die nicht Bestandteil der ursprünglichen Ausstattung des Cubiculums gewesen war. Aus dem Abdruck in der Wand kann geschlossen werden, daß es sich nicht um eine einfache Grabplatte, sondern wohl um eine monumentale Gedenkinschrift handelte.

Auch andere Einzelheiten verdienen besondere Beachtung.

Nach der Vertiefung der Kammer, bei der der obere Teil des Eingangs in dieses Cubiculum C zugemauert wurde, öffnete man zwei kleine Fenster, um den oberen Teil der Grabkammer zu beleuchten.

Diese Arbeiten veranlaßten auch de Rossi zu dem Schluß, daß das Cubiculum C ein Ort der Verehrung war.

c) Die Galerie A des Hypogäums »alpha«

Wir erreichen einen letzten Ort, der es verdient, beachtet zu werden. Die Hinweise sind noch viel eindeutiger als in den beiden vorhergehenden Fällen.

Am Ende der Galerie A befindet sich ein geräumiges Grab, das die Form eines außergewöhnlich großen Loculus aufweist. Die Wände an den Seiten waren mit Marmorplatten verkleidet.

Dieses Grab ist wegen seiner Lage, seinen Ausmaßen und seiner Ausstattung sicherlich das wichtigste der Galerie A.

Neben dem Grab sieht man noch die Reste einer Mensa für Öllampen. Es überrascht, daß sich die Mensa nicht an ihrem normalen Platz, das heißt innerhalb eines Cubiculums, sondern in einer Galerie befindet und zudem zu einem späteren Zeitpunkt (Mitte des 3. Jahrhunderts) gebaut worden sein dürfte.

Unter der Mensa für die Öllampen und in ihrer unmittelbaren Nachbarschaft wurde ein Beinhaus ausgehoben. Wie wir bereits in der Krypta der hl. Caecilia beweisen konnten, befinden sich solche Beinhäuser in der Nähe von Märtyrergräbern.

Die Wände der Galerie A wurden mit einer Schicht Kalk verkleidet, was in den Katakomben nicht üblich war. Der Durchgang von der Galerie A zu der Galerie U wurde ausgebaut. Heute ist nur noch eine einzige halbzylindrische Säule zu sehen, die mit Stuck verkleidet ist und einen Triumphbogen stützen mußte. Der Pilger sollte dadurch veranlaßt werden in dieser Richtung weiterzugehen und so das Grab des hl. Cornelius zu erreichen.

Im Boden der Galerie A und der benachbarten Galerien befinden sich zahlreiche Formengräber. Der monumentale Eingang in die Galerie U, die Erneuerung der Treppe, die Kalkverkleidung der Wände ... zeugen nicht von einer privaten Initiative, sondern wurden von der zuständigen Kirchenverwaltung angeordnet.

Wir müssen noch eine Verstärkungsmaßnahme

Folgende Seite:
Krypta des hl. Cornelius:
Der hl. Papst Sixtus II.
und der hl. Bischof Optatus
(Fresko, Anfang 7. Jhdt.).

betrachten, die an einer der Wände der Galerie A zwischen dem 6. und 7. Jahrhundert vorgenommen wurde. Dies bedeutet, daß die Galerie in späteren Epochen noch besucht worden ist. In der Zeit, in der die Treppe nach dem Auftrag von Leo dem Großen (440-461) gebaut wurde, versperrte sie den direkten Durchgang zum Grab des hl. Cornelius.[6]

Diese Besonderheiten finden wir in allen römischen Katakomben in der Nähe von Märtyrergräbern. Sie können nur durch eine ununterbrochene öffentliche Verehrung erklärt werden.

Deshalb glauben wir, daß einige Märtyrer (Cerealis, Sallustia ...) in dem außergewöhnlich großen Loculus am Ende der Galerie A beigesetzt waren. Wenn wir uns dann vor Augen halten, daß zur Zeit der Translation des hl. Cornelius im Hypogäum »beta« die Mensa für die Öllampen gebaut wurde, können wir noch eine Verbindung zwischen dem Hauptgrab der Galerie A und dem Grabmal dieses Märtyrerpapstes feststellen.

9. DER MÄRTYRERKULT

Nach dem Martyrium ihres Bischofs Polykarp und weiteren elf Gläubigen im Jahre 156 (oder 167) informierte die Kirche von Smyrna (in der heutigen Türkei) »die pilgernde Kirche Gottes in Philomelio (in Phrygien) und alle Gemeinden der heiligen und universalen Kirche« über das glorreiche Ende dieser Märtyrer. Sie führte weiter aus: »Wir verehren die Märtyrer als Schüler und Nacheiferer des Herrn. Wir verehren sie für ihre höchste Treue gegenüber dem eigentlichen König und Meister. Mögen auch wir ihre Begleiter und Mitschüler werden!

... Nachdem wir die Gebeine des Polykarp, die wertvoller als seltene Gemmen, reiner als feines Gold sind, aufgelesen hatten, legten wir sie dorthin, wo wir sie verehren konnten.

Und wenn wir, so oft wir können, jubelnd und voll Freude an diesem Ort zusammenkommen, wird uns der Herr den Gedenktag des Martyriums dieses Heiligen feiern lassen, in Erinnerung an alle, die denselben Kampf bereits auf sich genommen haben, und zur Übung und Vorbereitung all derer, die sich ihm künftig stellen werden« (Martyrium Polycarpi XVII, 3 XVIII, 2-3; P.G. V, 1041.1044).

Die Gläubigen Roms standen den Brüdern von Smyrna im Märtyrerkult nicht nach. Die Krypta der Päpste, der hl. Caecilia, des hl. Eusebius, der hl. Calocerus und Partenius und des hl. Cornelius, die in diesem Buch beschrieben werden, stellen einen klaren Beweis dafür dar, wie sehr unsere ersten Brüder diese Glaubensverfechter bewunderten.

Die Christen der ersten Jahrhunderte waren überzeugt, daß sie, wenn sie die Märtyrer in dieser Welt verehren, Fürsprecher im Himmel haben werden.

Dies bestätigt uns der gute Serpentius, der *»die Grabstätte vom Fossor Quintus nahe dem heiligen Cornelius erwarb«:*

SEREPNTV
S EMIT LOC
M A QVINTO
FOSSORE AD
SANTVM CO
RNELIVM

Ordnen wir die Buchstaben der Inschrift, indem wir sie vervollständigen: »Serpent(i)us emit loc(u)m a Quinto fossore ad san(c)tum Cornelium« (ICVR, IV, 1441).

10. DER HL. PAPST MARKUS

Der hl. Papst Markus war nicht in den Krypten der Lucina beigesetzt. Wir möchten ihn aber gerne erwähnen, um so die Biographien der Päpste zu vervollständigen, die in dieser Katakombe begraben sind.

Markus war Römer. Er wurde am 18. Januar 336 gewählt und stand der Kirche bis zum 7. Oktober desselben Jahres vor. Der *Liber Pontificalis* schreibt diesem Papst eine große Bautätigkeit bei den Kultstätten sowohl innerhalb der Stadt als auch in den Katakomben zu.

Während seines Pontifikats wurde der erste liturgische Kalender der Römischen Kirche, die Depositio Martyrum und die Depositio Episcoporum, begonnen.

Der Papst wurde in einer überirdischen Basilika über der Katakombe der Balbina im »Komplex San Callisto« beerdigt.[7]

11. EIN GLÜCKWUNSCH

Es ist schön, die Beschreibung der Katakomben San Callisto mit der Grabinschrift der Veneriosa zu beenden. Diese Inschrift wirkt auf uns wie ein Glückwunsch: *»Veneriosa, dein Geist lebt unter den Heiligen«* (ICVR, V, 9451).

»Der Inhalt der Wünsche und der Gebete für die Verstorbenen bezieht sich auf die Aufnahme der Seele von seiten Gottes, der Märtyrer und der

Krypten der Lucina: Grabplatte der Veneriosa.

heiligen Seelen. Der Wunsch, daß die geliebte Person sich bei Gott befinden möge, zeigt auf Seiten der Lebenden eine Haltung des Glaubens und der Hoffnung ...

Die Wünsche zeigen, daß die Lebenden ihre Lieben noch gerne haben, und bekräftigen das Gelöbnis, daß ihre persönlichen Beziehungen vom gemeinsamen Glauben getragen werden«. (J. Janssens).

ABSCHIED

Die Katakomben San Callisto sind sehr weitläufig. Wir haben nur einen Teil des zweiten Stockwerkes durchschritten.

Es handelt sich hierbei aber um die für die Krypten von unschätzbarem historischem Wert wichtigsten Teile: Die der Päpste, der heiligen Caecilia, des heiligen Eusebius, des heiligen Cornelius ... Es ist klar, daß sich die Katakomben San Callisto damit noch nicht erschöpfen.

Unser Besuch war ein kurzer Streifzug durch die Forschung und die Frömmigkeit, der ausreicht, um uns einen Eindruck eines großen unterirdischen Friedhofs der ersten Jahrhunderte zu vermitteln und uns über die Bedeutung der Schätze der Epigraphik und der Ikonographie aufzuklären.

Wir haben ein Coemeterium beschrieben, auf dem alles mehr vom Leben als vom Tod spricht. Jede durchschrittene Galerie und jedes besuchte Cubiculum haben etwas zu erzählen, eine Botschaft mit einer stillen Sprache anzubieten, die aber authentisch und verständlich ist. So haben wir uns Gefühle und Gedanken angeeignet, die schon von den Verwandten und Freunden dieser Verstorbenen erlebt wurden. Jene fanden, wenn sie zu den Gräbern kamen um zu beten, nicht eine hermetisch verschlossene Grabstätte oder eine Grabplatte. Auf den Bildern in den Cubicula oder Arcosolen und vor allem durch die Inschriften sprachen die Toten noch mit den Lebenden: *»Ich bin in Frieden. Ich denke an dich. Ich erwarte dich. Ich bete für dich«* ... und die Lebenden mit den Toten: *»Ruhe in Christus. Lebe mit den heiligen Seelen. Erinnere dich an den Ehemann und an die Kinder. Bitte für uns«.*

Und die Verwandten und die Freunde gingen heiter nach Hause mit der Gewißheit, daß sie ihre Lieben nicht für immer verloren haben, obwohl sie noch trauerten. Eines Tages würden sie ihnen ins Haus des Vaters folgen, um die durch menschliche Ereignisse getrennte Familie erneut zu vereinen.

Dies ist die schönste Botschaft unserer ersten christlichen Brüder.

[1] Dies ist eine neuzeitliche Verbindung zwischen zwei antiken Galerien.

[2] ICVR, IV, 9367.

[3] ICVR, IV, 9368.

[4] Es handelt sich hierbei vielleicht um den hl. Papst Sergius I. (687-701). Der *Liber Pontificalis* berichtet, daß »er in seiner Zeit als Priester in den Katakomben häufig und eifrig die Messe zu Ehren der Märtyrer gefeiert hat«.

[5] ICVR, IV, 9372. Beim Versuch, die Gräber dieser Märtyrer in den Krypten der Lucina zu lokalisieren, beziehe ich mich auf die Studie von Professor L. Reekmans: *»La tombe du pape Corneille et sa région cémétériale«* (= Roma Sotterranea Cristiana IV) Vatikanstadt 1964, 222-225.

[6] Es handelt sich um die Treppe, die heute noch benutzt wird, um in die Krypten der Lucina hinunterzusteigen. Sie wurde anstelle der einfachen Treppe des Hypogäums »beta« errichtet.

[7] Nach: V. Fiocchi-Nicolai: *Fund einer frühchristlichen Basilika in der Nähe der »Quo vadis?« Kirche* aus: L'Osservatore Romano, vom 20.9.1991 S. 4).

... Geta wachte ... Der Engel trat ein: FRIEDE! sagte er. Und in der unermeßlichen, mauerbewehrten Stadt hörte es nur er. Und er schloß die Augen in Frieden.

Nur er hörte es; aber er sagte es weiter den Toten, und die Toten wieder den Toten, und die Gräber den Gräbern; und die sieben versunkenen Hügel wußten nicht, was ihr wußtet, ihr Katakomben.

Aus den »Poemi Conviviali«. *La Buona Novella.* II. In Occidente.

Gegenstände aus Ton oder Glas, die von den Christen in den Katakomben benutzt wurden: Gefäße, Flaschen, Lämpchen, Amphoren...

Anhang

I. EIN SEHR INTERESSANTER BRIEFWECHSEL

Bei der Darstellung der Geschichte der Katakomben San Callisto sind wir auf Protagonisten, Persönlichkeiten ersten Ranges gestoßen: Die Märtyrerpäpste Fabian, Cornelius, Sixtus II.. Wir sprachen auch über den Bischof von Karthago, den hl. Cyprian.

Die Kirche von Rom und die Kirche von Karthago standen in engem Kontakt miteinander. Es dürfte wohl äußerst interessant sein, den Inhalt einiger Briefe kennenzulernen, um zu erfahren, was die großen Hirten sagten und wie sie ihre sicherlich nicht sehr ruhigen Zeiten beurteilten.

1. Die Kirche von Rom an die Kirche von Karthago

Zur Zeit der Verfolgung des Kaisers Diokletian gab die Kirche von Rom der Kirche von Karthago das folgende Zeugnis ihrer Treue zu Christus.

Rom, zu Beginn des Jahres 250.

»Die Kirche steht unerschütterlich fest im Glauben. Es stimmt, daß einige abgefallen sind, entweder weil sie sich von der Aussicht auf eine hohe gesellschaftliche Stellung verleiten ließen oder aber aus menschlicher Schwachheit. Wir jedoch haben sie in ihrer Abtrünnigkeit nicht im Stich gelassen, so sehr sie sich auch von uns getrennt hatten, im Gegenteil, wir haben ihnen geholfen und stehen ihnen auch weiterhin bei, damit sie durch Buße rehabilitiert werden und Verzeihung von dem erlangen, der allein sie zu gewähren vermag. Denn würden wir sie im Stich lassen, so wäre ihr Abfall nicht mehr zu heilen.

Versucht also auch ihr, liebe Brüder, den Abgefallenen die Hand zu reichen, damit sie wieder Mut fassen. Selbst wenn sie dann die Gefangenschaft erdulden müßten, werden sie sich stark genug fühlen, dieses Mal ihren Glauben zu bekennen und so ihren früheren Fehltritt wiedergutzumachen.

Erlaubt uns, Euch auch daran zu erinnern, wie Ihr Euch bei einem anderen Problem verhalten sollt. Denen, die in der Probezeit abgefallen sind, soll, wenn sie schwach sind, aber ihre Tat bereuen und wieder in die kirchliche Gemeinschaft aufgenommen werden wollen, geholfen werden. Die Witwen und andere Schwache und Bedrängte, die sich selbst nicht helfen können, alle Eingekerkerten oder von ihrer Heimat Vertriebenen brauchen jemanden, der sich ihrer annimmt. Auch die erkrankten Katechumenen dürfen in ihrer Erwartung auf Hilfe nicht enttäuscht werden.

Es grüßen Euch die Brüder, die im Gefängnis schmachten, die Presbyter und die ganze Kirche, die mit größter Sorge über alle wacht, die den Namen des Herren anrufen. Auch umgekehrt bitten wir Euch, an uns zu denken« (Brief 8,2-3; CSEL III, 487 - 488).

2. Der Bischof von Karthago an die Kirche von Rom

Als Cyprian vom Tod des Papstes Fabian erfuhr, schrieb er den Presbytern und Diakonen Roms folgenden Brief.

Karthago, zu Beginn des Jahres 250.

»Geliebte Brüder,

die Gerüchte vom Tod meines heiligen Amtsbruders und Bischofs waren noch unbestätigt. Die Informationen wurden noch bezweifelt. Dann erhielt ich von Euch durch den Subdiakon Crementius den Brief, der mir den ruhmreichen Tod des Bischofs Fabian ausführlich schilderte. Da freute ich mich, daß ihm nach seiner tadellosen Amtsführung ein so ehrenvoller Tod beschieden war.

Was dies betrifft, freue ich mich auch mit Euch, weil ihr durch ein so öffentliches und glänzendes Zeugnis seiner gedenkt, in dem Ihr auch uns mit dem glorreichen Andenken an Euren Bischof vertraut macht und uns ein Vorbild im Glauben und in der Tugend bietet.

Denn so bitter der Sturz eines Vorstehers für die

Untergebenen, so nützlich und heilsam ist es umgekehrt, wenn ein Bischof durch die Festigkeit seines Glaubens sich den Brüdern als Beispiel für die Glaubensstärke anbietet ... Ich wünsche Euch, liebe Brüder, stetes Wohlergehen« (Brief 9,1; CSEL III, 488-489).

3. Cyprian, der Bischof von Karthago, an Papst Cornelius

Karthago, Herbst 253.

»Cyprian an Cornelius, seinen bischöflichen Amtsbruder.

Wir kennen, liebster Bruder, Deinen Glauben, Deine Festigkeit und Dein offenes Zeugnis. Dies alles ehrt Dich, und es freut mich besonders, daß ich Deiner Verdienste und Auszeichnungen als Amtsbruder teilhaftig werde.

Denn da die Kirche eine ist, die Liebe eine und untrennbar ist, die Harmonie der Herzen einzigartig und unzertrennlich ist, welcher Priester würde sich beim Verkündigen des Ruhmes eines anderen Priesters nicht so freuen, als ob es sein eigener Ruhm? Du kannst Dir nicht vorstellen, wie groß der Jubel und wie groß die Freude hier war, als wir von Euren großen Heldentaten erfuhren.

Du bist den Brüdern im Bekennen des Glaubens vorausgegangen, und das Bekenntnis des Hirten zeigte sich noch mehr im Bekenntnis der Brüder. So bist Du den anderen auf dem Weg des Ruhmes vorangegangen. Indem Du bereit warst, als erster und für alle Dich zu bekennen, hast Du auch das Volk überzeugt, den gleichen Glauben zu bekennen.

So wissen wir nicht, was wir bei Euch mehr preisen sollen: Deinen festen und entschlossenen Glauben oder die unzertrennliche Liebe der Brüder. In seinen ganzen Glanz hat sich der Mut des voranschreitenden Bischofs gezeigt, und Treue und Einmütigkeit des Volkes mit ihrem Bischof offenbarte sich großartig und glänzend. In Euch allen hat die Römische Kirche ein herausragendes Zeugnis für die Einigkeit im Geist und für die Einstimmigkeit gegeben.

Liebster Bruder, der Herr warnt uns in seiner Vorsehung, daß die Stunde der Prüfung nahe sei. Gott gibt uns in seiner Güte und in seiner Sorge für unser Heil heilsame Ratschläge für unseren nahen Kampf. Gerade im Namen der Nächstenliebe, die uns unzertrennlich aneinander bindet, wollen wir uns helfen, indem wir mit dem ganzen Volk im Fasten, Wachen und Beten verharren.

Dies sind für uns die himmlischen Waffen, die uns fest, stark und unbezwingbar stehen lassen. Dies sind die geistlichen Waffen und die göttlichen Pfeile, die uns beschützen.

Gedenken wir einander in der geistigen Eintracht und Brüderlichkeit. Beten wir immer und überall einer für den anderen, und versuchen wir, unsere Leiden durch die gegenseitige Nächstenliebe zu lindern« Brief 60, 1-2; CSEL III, 691-692; 694-695).

4. Cyprian verkündet den Tod von Papst Sixtus II.

Karthago, August 258.

»Mein lieber Bruder,

ich konnte Dir bis jetzt nicht schreiben, da sich keiner der Kleriker frei bewegen konnte. Alle befanden sich unter dem Sturm der Verfolgungen. Gott sei Dank waren sie innerlich für den Gang in den Himmel bereit.

Ich teile Dir die Nachrichten mit, die ich besitze.

Die Gesandten sind zurückgekehrt. Sie wurden von mir nach Rom geschickt, um den wahren Inhalt der kaiserlichen Entscheidungen zu erkunden und so allen unkontrollierten Schlußfolgerungen und Hypothesen, die zirkulierten, ein Ende zu setzen. Und hier ist die gesicherte Wahrheit.

Kaiser Valerian hat dem Senat sein Reskript bekanntgegeben, mit dem er beschloß, Bischöfe, Priester und Diakone sofort hinzurichten. Die Senatoren, die Adeligen und alle, die den Titel eines römischen Ritters haben, sollten alle ihre Würde und Güter verlieren. Sollten sie auch noch nach der Entziehung ihres Vermögens auf dem christlichen Glauben beharren, sollen sie ebenfalls mit dem Tode bestraft werden.

Den vornehmen christlichen Frauen soll man alle Güter konfiszieren und sie dann in die Verbannung schicken. Allen kaiserlichen Beamten, die sich zum christlichen Glauben bekannten oder sich jetzt dazu bekennen sollten, sollen ebenfalls alle Güter entzogen werden. Sie sollen dann eingesperrt und als Angestellte auf den kaiserlichen Besitzungen eingeschrieben werden (Zwangsarbeit).

Dem Reskript hat Valerian auch eine Kopie seines Briefes an alle Provinzstatthalter beigefügt, der mich betrifft. Ich erwarte diesen Brief tagtäglich und hoffe, ihn bald zu bekommen, während ich stark und fest im Glauben bleibe. Meine Entscheidung für das Martyrium ist klar. Ich erwarte es voller Vertrauen, so wie ich bereit bin, die Krone des ewigen Lebens von der Güte und Gnade des Herrn zu erhalten.

Ich teile Euch mit, daß Sixtus am 6. August mit vier Diakonen das Martyrium erlitt, als er sich in einer Zone des "Coemeteriums" befand (die Katakomben San Callisto).

Die Behörden von Rom haben den Befehl, die denunzierten Christen abzuurteilen und ihre Güter zugunsten der kaiserlichen Kasse zu konfiszieren.

Ich bitte Dich, diese Nachrichten auch unseren anderen bischöflichen Amtsbrüdern bekanntzugeben, damit sie ihre Gemeinden durch ihre Ermahnung bestärken und immer besser auf den geistlichen Kampf vorbereiten können. Sie sollen dazu angehalten werden, mehr das Gut der Unsterblichkeit denn den Tod zu betrachten und sich mit glühendem Glauben und heroischer Stärke Gott zu weihen, sich an dem Gedanken, den eigenen Glauben bekennen zu müssen, eher zu freuen als ihn zu fürchten. Die Streiter Gottes und Christi wissen sehr wohl, daß ihr Opfer nicht eigentlich ein Tod als vielmehr eine glorreiche Krönung ist.

Dich, lieber Bruder, grüße ich im Herrn« (Brief 80, CSEL III, 839-840).

5. Das Martyrium des heiligen Cyprian

Es wäre sehr nützlich gewesen, den Wortlaut der Prozesse der Märtyrer Pontian, Fabian, Cornelius, Sixtus II., Eutychianus, Caecilia ... zu kennen. Leider wurden während der schrecklichen Verfolgungen unter Kaiser Diokletian die Kirchenarchive Roms zerstört.

Uns ist jedoch der Wortlaut des Prozesses des hl. Cyprian überliefert. Diese »Akten« wurden in den christlichen Gemeinden gelesen, zum Ruhm des Märtyrers und um in der Stunde der Prüfung Kraft zu schöpfen. Wir können also davon ausgehen, daß auch der Wortlaut des Prozesses der oben genannten Märtyrer in ähnlicher Weise niedergeschrieben wurde.

Karthago, 14. September 258.

»Am Morgen des 14. September versammelte sich eine große Menschenmenge in Sesti, so wie es der Prokonsul Galerius Maximus angeordnet hatte. Der Prokonsul Galerius Maximus befahl, daß ihm Cyprian bei der Audienz vorgeführt werde, die er an diesem Tage in dem Atrium Sauciolum hielt. Als er vor ihm stand, sagte der Prokonsul Galerius Maximus zum Bischof Cyprian:

— Bist Du Tascius Cyprianus?

Bischof Cyprian antwortete:

— Ja, ich bin es.

Der Prokonsul Galerius Maximus sagte:

— Bist Du es, der sich als Haupt einer schändlichen Sekte ausgibt?

Bischof Cyprian antwortet:

— Das bin ich.

Galerius Maximus sprach:

— Die heiligsten Imperatoren befehlen Dir zu opfern.

Bischof Cyprian antwortete:

— Das mache ich nicht.

Der Prokonsul Galerius Maximus sagte:

— Denk gut darüber nach.

Der Bischof Cyprian antwortet:

— Tu, was Dir befohlen wurde. In einer so gerechten Sache gibt es nichts zu überlegen.

Nachdem Galerius Maximus sich mit dem Magistratskollegium beraten hatte, gab er mit Mühe und schweren Herzens diesen Urteilsspruch bekannt: "Du hast lange frevelhaft gelebt und viele für Deine kriminelle Sekte gewonnen und Dich als Feind der römischen Götter und ihrer heiligen Riten erwiesen. Die frommen und allerheiligsten Imperatoren Valerian und Gallienus Augustus und Valerian, der erhabenste Caesar, konnten Dich nicht für die Einhaltung der religiösen Zeremonien wiedergewinnen.

Nachdem Du Dich als Urheber und Anstifter der schlimmsten Straftaten erwiesen hast, wirst Du deshalb zum Beispiel für die werden, die Du für Deine ruchlosen Taten gewonnen hast. Mit Deinem Blut wird die Achtung vor den Gesetzen bekräftigt".

Nachdem er diese Worte gesprochen hatte, las er mit lauter Stimme von einer Tafel das Dekret: "Ich befehle, daß Tascius Cyprianus enthauptet wird".

Der Bischof sagte: "Ich danke Gott".

Nach diesem Urteilsspruch sagte die Menge der Brüder (die Christen): "Auch wir wollen mit ihm zusammen enthauptet werden". Daraus entstand ein Aufruhr unter den Brüdern und eine große Menschenmenge folgte ihm. Cyprian wurde auf das Land bei Sesti gebracht. Er legte seinen Mantel und seine Mütze ab, kniete auf die Erde nieder und betete zum Herrn. Dann zog er die Dalmatika (ein Übergewand) aus und gab sie den Diakonen. Er war nur noch mit einem Leinenhemd bekleidet. So wartete er auf den Henker.

Als dieser kam, gab der Bischof den Seinigen den Befehl, ihm fünfundzwanzig Goldstücke zu geben. Inzwischen breiteten die Brüder vor ihm Stoffstücke und Taschentücher aus (um das Blut als Reliquie aufzufangen). Dann verband sich der große Cyprian mit seinen eigenen Händen die Augen. Da es ihm aber nicht gelang die Zipfel des Taschentuches zusammenzubinden, kamen ihm der Presbyter Julian und der Subdiakon Julian zu Hilfe.

So erlitt Bischof Cyprian das Martyrium und sein Körper wurde, wegen der neugierigen Heiden, an einem nahen Ort, an dem er den indiskreten Blicken der Heiden entzogen war, abgelegt. Von dort wurde er nachts mit Leuchten und brennenden Fackeln weggebracht und bis zu dem Coemeterium des Prokurators Macrobius Candidianus begleitet, das in der Straße der Bodenhütten nahe beim Schwimmbad liegt. Einige Tage später starb der Prokonsul Galerius Maximus.

Der heilige Bischof Cyprian erlitt sein Martyrium am 14. September unter den Kaisern Valerian und Gallienus, jedoch unter der Herrschaft unseres Herrn Jesus Christus, dem die Ehre von Ewigkeit zu Ewigkeit gebührt. Amen!« (Aus den »Prokonsularischen Akten«, 3-6; CSEL III, CXII - CXIV).

6. Der »Ausweis« der ersten Christen

In einer Schrift von Ende des 2. und Anfang des 3. Jahrhunderts, mit dem Titel »Brief an Diognetus«, finden wir den wahren »Ausweis« der ersten Christen. Wir bringen davon die wichtigsten Passagen.

Sie sind Menschen wie alle anderen

»Die Christen unterscheiden sich weder durch das Land, in dem sie wohnen, noch durch die Sprache, die sie sprechen, noch durch die Art, sich zu kleiden. Sie ziehen sich weder in ihre Städte zurück, noch benutzen sie sonderbare Sprachen: Das Leben, das sie führen, hat nichts Fremdartiges an sich.

Ihre Lehre entsteht weder aus Untersuchungen, noch folgen sie — wie so viele — einem philosophischen System, Frucht des menschlichen Denkens. Sie wohnen, je nach dem, in griechischen Städten oder in den Städten der Barbaren und passen sich in der Kleidung, im Essen und in den Tagesbräuchen den örtlichen Traditionen an. Sie geben von einer Lebensart Zeugnis, die nach Meinung aller etwas Außergewöhnliches an sich hat«.

Sie weilen auf der Erde, sind aber Bürger des Himmels

»Sie leben in ihrem eigenen Vaterland wie Fremde. Mit Rechtschaffenheit verrichten sie ihre bürgerlichen Pflichten, werden aber wie Fremde behandelt. Jedes fremde Land ist für sie Heimat und jede Heimat ist für sie fremdes Land.

Sie heiraten wie alle anderen, haben Kinder, aber sie setzen ihre Neugeborenen nicht aus. Sie teilen ihren Tisch, aber nicht ihr Bett. Sie sind aus Fleisch, aber leben nicht nach dem Fleisch. Sie weilen auf der Erde, sind aber Bürger des Himmels.

Sie gehorchen den Gesetzen des Staates, gehen aber mit ihrem Leben über die Gesetze hinaus. Sie lieben alle und werden von allen verfolgt. Sie sind nicht bekannt, werden aber von allen verdammt. Sie werden ermordet, leben aber weiter. Sie sind arm, machen aber viele reich. Sie sind völlig mittellos, aber haben alles in Fülle. Sie werden verachtet, aber in ihrer Verachtung finden sie Ruhm vor Gott...«.

Sie sind in der Welt wie die Seele im Körper

»Daher sind die Christen in der Welt das, was die Seele im Körper ist. Wie die Seele in allen Teilen des Körpers verteilt ist, so sind die Christen in den verschiedenen Städten der Erde verteilt. Die Seele lebt im Körper, ist aber nicht der Körper. Die Christen leben in der Welt, sind aber nicht von dieser Welt. Wie die unsichtbare Seele in einen sichtbaren Körper eingesperrt ist, so sind die Christen in Wirklichkeit gut sichtbar auf der Erde, aber ihre geistliche Verehrung für Gott ist unsichtbar.

Wie das Fleisch die Seele haßt und es bekämpft, ohne beleidigt worden zu sein, nur weil sie ein Hemmnis für die Freuden und die Lust, die ihm schaden, darstellt, so haßt die Welt die Christen, die kein Unrecht getan haben, nur weil sie einem Lebensstil, der nur auf Lust angelegt ist, entgegentreten.

Wie die Seele das Fleisch und die Glieder, die sie hassen, liebt, so lieben die Christen die, die sie hassen. Obwohl die Seele den Körper trägt, ist sie in ihm gefangen; so sind auch die Christen, obwohl sie die Stütze der Welt sind, in ihr wie in einem Kerker gefangen. Die unsterbliche Seele wohnt in einer sterblichen Hülle, so leben auch die Christen wie Fremde unter den vergänglichen Dingen in Erwartung der Unvergänglichkeit des Himmels.

Indem sich die Seele im Essen und Trinken kasteit, wird sie besser; so nehmen auch die schlecht behandelten und verfolgten Christen jeden Tag zahlenmäßig zu. Gott hat ihnen einen so erhabenen Ort zugewiesen, daß sie ihn nicht verlassen dürfen« (*Sources Chrétiennes*, 33, 2, 62-67).

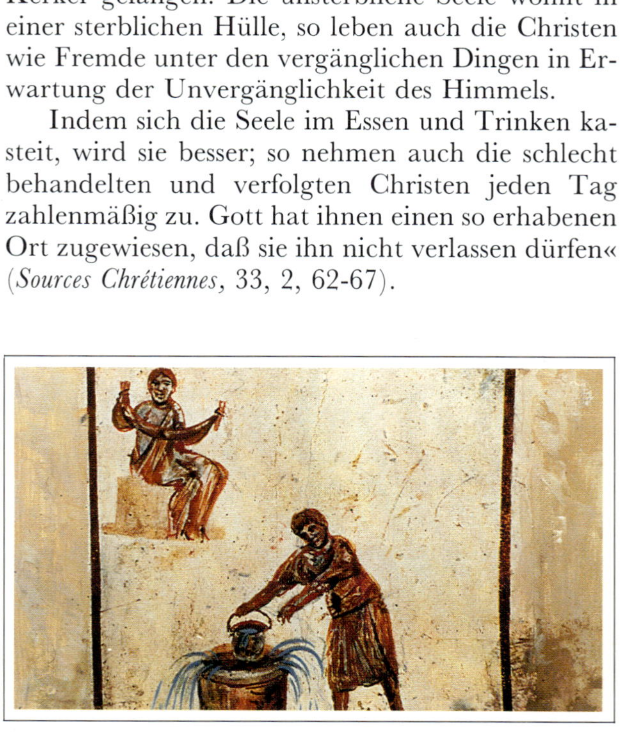

II. DIE VEREHRUNG DER GRÄBER DER MÄRTYRERPÄPSTE DURCH IHRE NACHFOLGER

Nach der Identifizierung der Katakomben San Callisto durch de Rossi und der Entdeckung der Papstkrypta erwies Pius IX. seinen ruhmreichen Vorgängern seine Ehrerbietung, indem er ihnen einen denkwürdigen Besuch abstattete.

Seinem Beispiel folgten die Päpste Johannnes XXIII., Paul VI. und Johannes Paul II., die »zu den Quellen« pilgerten. Wir bringen im folgenden einige Angaben über diese Besuche.

1. Pius IX. erweist der Papstkrypta seine Verehrung

Der Besuch der Papstkrypta und der Krypta der heiligen Caecilia durch Pius IX. am 11. Mai 1854 wird von P.M. Baumgarten beschrieben. Dieser hörte die Notizen aus dem Munde de Rossis.

Eine unerwartete Einladung zum Mittagessen

»Das Grundstück war gekauft, und de Rossi hatte die Möglichkeit, seine Arbeit zu beginnen. Nach kurzer Zeit entdeckte er etliche Krypten. Die Nachricht von diesen Entdeckungen kamen dem Heiligen Vater zu Ohren.

Obwohl Pius IX. kein großes Interesse für die christliche Archäologie hatte, so war er doch gespannt, ob sich die Vorhersagen de Rossis, daß sich die Katakomben San Callisto unter diesem Weinberg befinden, weitgehend bewahrheiten würden. Am 10. Mai ließ er dem berühmten Archäologen ausrichten, daß er am Nachmittag des nächsten Tages die Katakombe besichtigen wolle. An eben diesem Tag wurde de Rossi vom Papst zum Mittagessen nach Santa Maria del Priorato, die Malteservilla auf dem Aventin, eingeladen ...

Während des Mittagessens sprach Pius IX. über die Archäologie. Mit lauter Stimme sagte er, daß er wenig Vertrauen zur Archäologie habe, daß die Archäologen seiner Meinung nach Träumer und Dichter seien, die über so viele Dinge phantasieren, die nur wenige verstehen können. Diese und ähnliche Dinge wurden so gesagt, daß de Rossi sie hören konnte. Der große Archäologe schwieg jedoch.

Nachdem das Mittagessen vorüber war und man im Garten den Kaffee zu sich nahm, ließ der Papst de Rossi durch Monsignore De Merode mitteilen, daß er sich wegen der bei Tisch gesagten Worte nicht beleidigt fühlen solle. Pius IX. habe sie aus Scherz gesagt, um ihn zu provozieren, damit er die "arme" Archäologie verteidige«.

Die unglaubliche Entdeckung de Rossis

»Wenige Tage vor diesem Besuch hatte de Rossi die berühmte Papstkrypta sowie einige der teilweise zerbrochenen Grabsteine entdeckt. Unter ihnen war auch das so berühmte damasianische Gedicht. Als ihm dann der Besuch des Papstes angekündigt wurde, befand sich alles noch in ziemlicher Unordnung. Ihm fehlte die Zeit, die Krypta vom Schutt zu befreien und die Inschriften an ihren Platz zu stellen. Deshalb war er gezwungen, die ganze Nacht gemeinsam mit seinen Arbeitern einen Durchgang zu der Krypta für den Papst zu ermöglichen ...«.

Der Besuch Pius IX.

»Nachmittags kam Pius IX. im Pferdewagen von der Malteservilla zur Via Appia, wo ihn de Rossi schon erwartete. Er empfing ihn am Eingang zur Katakombe und erklärte ihm in Kürze die große Bedeutung der gemachten Entdeckungen und vor allem, welche wertvolle Hilfe ihm aus den Zeugnissen der antiken Itinerare zuteil geworden ist.

Als Beweis zeigte er dem Papst die poetische Inschrift des hl. Damasus. Nachdem de Rossi sie ihm vorgelesen hatte, sagte Pius IX. mit lauter Stimme:

— Aber ist das alles wahr? Ist es nicht möglich, daß es sich hier um eine Illusion handelt?

— Hier, Heiliger Vater, ist eine Illusion ausgeschlossen. Wir haben endlich die Grabinschriften einiger heiliger Nachfolger des Apostelfürsten (hl. Petrus) gefunden. Wenn es Eurer Heiligkeit beliebt, diese Stücke zusammenzusetzen, werden Sie die Namen der Päpste finden, die Damasus, der unermüdliche Verehrer der Märtyrer der Katakomben, in dem Gedicht nennt, das ich Ihnen soeben erläutert habe.

Pius IX. nahm die Marmortafeln in die Hand und las mit großer Verwunderung die Namen. Er wurde rot vor Aufregung, als er die Namen seiner Vorgänger sah. Er war innerlich so ergriffen, daß ihm die Tränen kamen; und er sagte mit lauter Stimme:

— Sind das also tatsächlich die Grabsteine meiner Vorgänger, die hier begraben waren?

Angesichts der großen Freude seines geliebten Papstes fühlte de Rossi sich sehr glücklich. In dem Augenblick fielen ihm die Worte des Papstes über die Träume der Archäologen wieder ein, und in naiver Arglosigkeit, nur den Triumph der Archäologie im Sinn, entschlüpfte es ihm:

— Aber das sind alles Träume, Heiliger Vater, alles Träume der Archäologen!

— O, wie seid ihr böse, de Rossi! — gab ihm der Papst zur Antwort. Und er gratulierte ihm aus ganzem Herzen zu dem schönen Erfolg und dankte ihm für den Dienst, den er durch die Archäologie der Kirche und dem Heiligen Stuhl erwiesen hatte«.

2. Papst Johannes XXIII. besucht die Katakomben San Callisto

Ein gehaltenes Versprechen

Der 19. September 1961 sollte in Goldbuchstaben in den Annalen der Katakomben San Callisto vermerkt bleiben: Nach 107 Jahren, in denen kein Papst hier hinabstieg, erwies Johannes XXIII. ihnen mit einem langen Besuch besondere Verehrung.

Einen Monat zuvor, am 23. August, hatte der Papst zu dem Superior der Salesianer, denen die Katakomben anvertraut sind, gesagt: »Ich möchte zu den Katakomben kommen. Auch ich muß als Pilger zum Beten kommen, wie dies so viele Besucher tun«. Und er hatte hinzugefügt: »Ich möchte keine Menschen dabei haben, denn sonst ist es vorbei. Ich komme nur, um zu beten«. Der Heilige Vater wollte tatsächlich nur privat hinuntersteigen.

Ein Besuch zu einem intensiven Gebet

Am Morgen des 19. September, um 7 Uhr 45 hielt der Wagen des Heiligen Vaters auf dem kleinen Platz vor den Katakomben. Der Papst kam in Begleitung seines Privatsekretärs, Monsignor Capovilla, und des Staatssekretärs, Monsignor Nasalli Rocca. Zu ihrer Begrüßung waren nur der Direktor der Katakomben San Callisto, Don Virginio Battezzati, und der Inspektor der Päpstlichen Kommission für Sakrale Archäologie, Prof. Enrico Josi, anwesend.

Sogleich stieg der Heilige Vater über die »Treppe des Damasus« zu der antiken Papstkrypta hinab. Von Anfang an hatte dieser Besuch mehr einen Verehrungs- als einen Bildungszweck. Nachdem der Papst die Krypta betreten hatte, kniete er in tiefer Andacht nieder und betete zusammen mit den zu den Katakomben gehörenden Salesianern unter Führung des Monsignor Capovilla die Heiligenlitanei. Dann wurde der Psalm 70 mit der

Papst Johannes XXIII. besucht die Katakomben San Callisto in Begleitung von Prof. E. Josi.

Märtyrerantiphon gesungen. Johannes XXIII. sang das Oremus der Märtyrerpäpste und das aller Märtyrer, und erteilte den Apostolischen Segen. Es war eine eindrucksvolle Glaubens- und Gebetsversammlung.

Die Gebetsabsichten des Papstes

Als sich der Heilige Vater umgeben sah von den Salesianern, die in den Katakomben die Pilger führen, richtete er an sie seine väterlichen Worte. Er sagte, daß er glücklich sei eine unerwartete Wallfahrt gemacht zu haben, die er sich schon so lange gewünscht hatte.

»Wollt ihr nicht — rief Johannes XXIII. — daß der Papst, der hier nach mehr als einem Jahrhundert nach Papst Pius IX. zu Euch herunter gekommen ist, Euch eine Erinnerung zurückläßt und Euch den Grund für diesen Besuch verrät? Hier ist er: Die Probleme der Universalkirche und der Frieden in der Welt, damit der Herr sich herabläßt, dem ganzen christlichen Volk Frieden und Einheit zu schenken«.

Dieser Besuch sollte auf Wunsch des Papstes als Beispiel für alle Gläubigen Roms dienen. Durch das

Beispiel ihres Bischofs gedrängt kamen sie, nicht nur um diese heiligen Stätten zu lieben, sondern auch um sie kennenzulernen und zu verehren: Als Unterstützung für neue große Vorsätze, als Ermutigung für alle Lebensstunden.

Auf der Woge der Erinnerungen

Johannes XXIII. liebte es, sich daran zu erinnern, daß er zum ersten Mal im Jahre 1900 die Katakombe San Callisto besucht hatte. Später, als er Seminarist am Lateran war, gefielen ihm die Vorlesungen des berühmten Archäologen Orazio Marucchi und er schätzte dessen tiefen christlichen Geist.

In diesem Zusammenhaug erinnerte er an eine schöne Episode. Professor Marrucchi war Mitglied der kapitolinischen Kommission. Ganz und gar katholisch, wich er bei der Verteidigung der religiösen Prinzipien keinen Deut zurück. Aus diesem Grund wurde er eines Tages bei einer Sitzung des Stadtrates hart und hinterhältig angegriffen und geschlagen.

Als er nach diesem Affront in den Lateran zurückkehrte, sah er sich von den geistlichen Studenten und dem ganzen Lehrkörper wie bei einem Triumphzug mit solcher Herzlichkeit aufgenommen, daß er sich sein ganzes Leben lang daran erinnerte. Unter den geistigen Urhebern dieser spontanen Manifestation war auch Angelo Roncalli ...

»Die Kirchengeschichte — so fuhr der Papst fort — ist eine Geschichte des Kampfes, aber auch eine Geschichte der Triumphe. Wir, die Geweihten, wissen mehr darüber als alle. Also trotz allem fröhliches Vertrauen: Gott ist mit uns. Die Kirche von heute wird sicherlich triumphieren, wie die Kirche der Katakomben triumphierte«.

Pilger zu den Märtyrergräbern

Nach der Besichtigung der Papstkrypta begab sich Johannes XXIII. zur Krypta der hl. Caecilia und in die Cubicula der Sakramente. Dann ging er durch eine lange Galerie aus dem 3. Jahrhundert. Er hielt sich bei den Gräbern der hll. Päpste Gaius und Eusebius und der Märtyrern Calocerus und Partenius auf.

Er ging bis zu dem Cubiculum des Diakon Severus. Während er die Inschrift las, wurde Johannes XXIII. von dem Ausdruck, mit dem der Diakon sein Cubiculum bezeichnete getroffen: Haus des Friedens. Er bat seinen Sekretär, Monsignor Capovilla, das abzuschreiben.

Obwohl er während seines ganzen frommen Rundgangs dem Professor Josi zuhörte, blieb er in tiefem Gebet versunken und redete wenig.

3. Paul VI., Pilger »zu den Quellen« des Christentums

Am Vorabend der Schlußsitzung des II. Vatikanischen Konzils wollte sich Paul VI. in zwei berühmte Heiligtümer römischer Märtyrer begeben, in die Katakomben der Domitilla und in die Katakomben San Callisto.

Besuch in den Domitilla Katakomben und bei den Fosse Ardeatine

Am Sonntag, dem 12. September 1965, feierte der Papst in der unterirdischen Basilika der hll. Nereus und Achilleus des an der Via delle Sette Chiese gelegenen Coemeteriums der Domitilla die hl. Messe ...

Von der Basilika aus erreichte Paul VI. die »Fosse Ardeatine«, um für die Opfer des Blutbades vom März 1944 zu beten ... Er legte einen Olivenzweig nieder, der mit einer Schleife in den päpstlichen Farben zusammengebunden war, und entzündete als seine persönliche Gabe eine Lampe, die seither als Symbol des Friedens und der Hoffnung an der Gedenkstätte brennt.

Besuch in den Katakomben San Callisto

Als Paul VI. die Katakomben San Callisto besuchte, stieg er in das zweite Stockwerk des Friedhofs hinab, wo sich die Krypta der Päpste befindet. Begleitet wurde er von Prof. Sandro Carletti, dem Inspektor der Päpstlichen Kommission für Sakrale Archäologie.

— Heiliger Vater — sagte er zu ihm — in diesem Raum waren neun Päpste des 3. Jahrhunderts bestattet.

Paul VI. verharrte einige Augenblicke in Schweigen, dann sagte er gleichsam zu sich selbst:
— Neun Päpste!

Der Professor zeigte ihm das Gedicht, das Damasus den Päpsten und Märtyrern der Krypta und des Coemeteriums gewidmet hatte. Er wollte es persönlich lesen. Bei dem Vers: »Hier ist auch der Priester bestattet, der in langem Frieden lebte« bemerkte er:

— Damit wollte Damasus wahrscheinliche auf Papst Fabian hinweisen.

Prof. Carletti bejahte und fügte hinzu, daß fünf der vierzehn Jahre des Pontifikats des Fabian (236-250) mit der Herrschaft des Philippus Arabs (244-249) und dessen Sohn Philipp II., der seinem Vater auf dem Thron folgte, zusammenfielen.

— Ja — erinnerte sich Paul VI. — man behauptet, daß sie vielleicht Christen waren. Sicherlich waren es keine Verfolger. Aber es könnte sich auch um Dionysius handeln.

Dieser Papst regierte von 259 bis 268, unter dem Kaiser Gallienus, in einer Zeit des völligen Friedens für die Kirche.

Das Gedicht schließt mit den Versen: »Hier, ich gestehe es, hätte ich, Damasus, gern meine Glieder bestattet, doch fürchte ich, die heilige Asche der Frommen zu stören«.

Professor Carletti erläuterte, daß Damasus auf die Bestattung in der Krypta verzichtete. Er ordnete an, daß er mit seiner Mutter und Schwester in einer Basilika an der Via Ardeatina bestattet werde. Leider haben die Archäologen diese Basilika noch nicht gefunden.

— Auch nicht mit Ausgrabungen? — fragte der Papst.

— Auch nicht mit Ausgrabungen — antwortete der Führer mit einer gewissen Traurigkeit.

— Aber ihr werdet sie finden — war die ermutigende Antwort des Heiligen Vaters.

Dann las Paul VI. die fünf griechischen Grabinschriften von Pontian, Anterus, Fabian, Lucius und Eutychianus. Er verweilte im Gebet beim Altar der Papstkrypta und beim Grab der heiligen Märtyrerin Caecilia, die in einer Krypta nahe der Papstkrypta bestattet war. Schließlich kehrte er aus Tageslicht zurück.

Paul VI. war Mitglied des »Collegium Cultorum Martyrum«

Paul VI. war Mitglied und » Patronus« des »Collegium Cultorum Martyrum« (Verein zur wissenschaftlichen und religiösen Pflege des römischen Märtyrerkultes) gewesen und hatte an Gottesdiensten in den Katakomben und am »Fastenkreuzweg« teilgenommen.

Am 29. Juni 1976, dem Fest der hll. Petrus und Paulus, forderte er in seiner Mittagsansprache die auf dem Peterplatz versammelten Gläubigen zur Verehrung der Märtyrer auf: »Wir würden uns freuen, wenn das Interesse und die Verehrung für das Andenken der Apostel und der Märtyrer, die einen unvergleichlichen Ruhm des christlichen Rom darstellen, auch heute noch zahlreiche treue Nachahmer fände.

Es gibt ein "Collegium Cultorum Martyrum", das allen offensteht, die Verständnis und Liebe für die Trophäen der christlichen Geschichte Roms haben. Wir wünschen diesem Verein gutes Gedeihen durch stets fromme und erbauliche Zusammenkünfte und immer neue und junge Gefolgsleute, als ewige Blüte religiösen und schöpferischen Lebens über den Gräbern der Märtyrer für den Glauben«.

4. Johannes Paul II. nimmt an der ersten »Station des Fastenkreuzwegs« in San Callisto teil

Johannes Paul II. kam am Aschermittwoch des Jahres 1984 in die Katakomben San Callisto. Es war am Spätnachmittag des 7. März. Er hatte sich mit der Jugend der römischen Pfarreien zur ersten Station des Fastenkreuzwegs verabredet.

Nachdem er in der oberirdisch gelegenen Zone unter den Olivenbäumen die hl. Messe zelebriert hatte, stieg er als Pilger in die Katakombe hinab. Pater Umberto Fasola, Sekretär der Päpstlichen Kommission für Sakrale Archäologie, begleitete ihn. Als sie die Krypta der Päpste erreichten, kniete der Papst nieder. Er betete so intensiv, so lang und mit solcher Sammlung, daß der Führer ihn nicht mit Erklärungen zu unterbrechen wagte.

Johannes Paul II. erhob sich und begab sich sofort in die Krypta der hl. Caecilia. Auch hier verharrte er in stiller Sammlung; dann wandte er sich an seinen Begleiter: »Ist es sicher, daß die Märtyrerin hier, wo jetzt die Statue steht, begraben wurde?«. P. Fasola bejahte die Frage. Als Beweis wies er den Papst darauf hin, daß de Rossi während der Grabungen auf der Wand des Grabes ein Graffito gelesen hatte, das sich auf die hl. Caecilia bezog. Dieses Graffito ist inzwischen wegen des schlechten Zustandes des Verputzes nicht mehr zu sehen.

Da es schon sehr spät war, konnte Johannes Paul II. seinen Pilgerbesuch in der Katakombe nicht weiter ausdehnen und verabschiedete sich.

Papst Paul VI. betet in der Krypta der Päpste.

III. DIE PILGER ZU DEN HEILIGTÜMERN DER MÄRTYRER

Zu allen Zeiten kamen sehr viele Besucher zu den Katakomben in Rom. Es waren Menschen jeden Alters, jeder sozialen Herkunft und jeden Glaubens: Heilige, berühmte Personen und unbekannte Menschen. Viele schrieben auch ihre Erinnerungen und Eindrücke nieder. Es scheint zur Abrundung dieses Buches nützlich, einige der bezeichnendsten Zeugnisse hier wiederzugeben.

Zu den Katakomben San Sebastiano pilgerte 1337 Francesco Petrarca. Er hinterließ in einem Brief eine interessante Beschreibung. Die heilige Birgitta von Schweden erhielt mit ihrer Tochter, der hl. Katherina, den vollkommenen Ablaß im Heiligen Jahr 1350. Der hl. Philipp Neri (1515-1595) verbrachte ganze Nächte betend in dieser Katakombe. Dasselbe machte der hl. Karl Borromäus (1538-1584), bevor er Erzbischof von Mailand wurde.

Die hl. Maria Domenica Mazzarello (1837-1881) kam im November 1877 in die Katakomben San Callisto, um zu beten.

Sicherlich ist es interessant zu erfahren, mit welchen Gefühlen der hl. Johannes Bosco (1815-1888) und die hl. Theresa von Lisieux (1873-1897) die Märtyrergräber im Coemeterium San Callisto besuchten.

1. »Die Begeisterung« des Don Bosco

Nachdem Don Bosco die Katakomben von San Sebastiano besucht hatte, kam er mit großer Wahrscheinlichkeit am 13. April 1858 in die Katakomben San Callisto. Sein Biograph Lemoyne beschrieb diesen denkwürdigen Besuch folgendermaßen.

»Wer diese Stätte betritt, ist so bewegt, daß ihm dieses Erlebnis sein Lebtag lang unvergeßlich bleiben wird. Don Bosco war in heilige, sehr süße Gedanken vertieft, als er jene unterirdischen Gänge entlangschritt.

Hier feierten die ersten Christen die Messe, beteten sie gemeinsam, sangen sie die Psalmen und die Weissagungen der Propheten, empfingen sie die Kommunion und hörten die Worte der Bischöfe und Päpste. Hier fanden sie die notwendige Kraft für das Martyrium, das ihnen bevorstand.

Es ist unmöglich, trockenen Auges diese Loculi zu bewundern, die geschundene Körper von so vielen Glaubenshelden enthielten, die Gräber von mindestens vierzehn Päpsten, von denen einige ihr Leben ließen als Zeugnis für das, was sie lehrten.

Don Bosco betrachtete die sehr alten Fresken, die Jesus Christus, die Eucharistie und die Mutter Gottes mit dem Kind auf den Knien darstellen. Er war entzückt vom Gefühl der Bescheidenheit, das in diesen Bildern aufscheint. Hier hatte es die frühchristliche Kunst verstanden, die unvergleichliche Schönheit der Seele und das hohe moralische Ideal, das der Jungfrau Maria zugesprochen wird, abzubilden. Auch an anderen Heiligen- und Märtyrerfiguren fehlte es nicht.

Der Heilige verließ die Katakomben um sechs Uhr abends. Um acht Uhr morgens hatte er sie betreten. Er hatte nur wenig bei den Franziskanerpatres, die die Katakombe hüteten, gegessen« (*Biographische Erinnerungen,* Bd. V, 919-920).

2. Theresa Martin: Ein Mädchen ohne Menschenfurcht

Theresa Martin kam vom 14. - 20. November 1887 mit ihrem Vater und ihrer Schwester Celina nach Rom. Sie gehörten zu einer französischen Pilgergruppe, die Italien besuchte. Theresa war erst 14 Jahre alt und wollte unbedingt mit Leo XIII. sprechen, um ihn um einen Gefallen zu bitten: Sie wollte sich einen Traum, den sie im Herzen trug, erfüllen. Sie wollte sich trotz ihres jugendlichen Alters Gott weihen.

Während ihres sechstägigen Aufenthaltes in Rom besuchte sie auch die Katakomben San Callisto. Sie hinterließ folgende Erinnerung in ihrer Autobiographie: »Geschichte einer Seele«.

Der Besuch der Katakomben San Callisto

»Die Katakomben hinterließen bei mir einen tiefen Eindruck: Es waren die Orte, die ich mir beim Lesen der Lebensbeschreibung der Märtyrer vorgestellt habe. Obwohl ich fast den ganzen Nachmittag dort verbrachte, glaubte ich erst vor ein paar Minuten hinuntergestiegen zu sein. Die ganze Atmosphäre die man dort spürte, schien mir von Heiligkeit durchtränkt zu sein«.

Die kleine Theresa bei der heiligen Caecilia

»Sie mußten ein Andenken aus den Katakomben mitnehmen. Deshalb verließen Celina und Theresa den Pilgerzug, der sich allmählich entfernte, legten sich auf den Boden des einfachen Grabes der heiligen Caecilia und nahmen von der durch sie geweihten Erde«.

Die heilige Caecilia wird die Busenfreundin der Theresa

»Vor der Romreise empfand ich für diese Heilige keine besondere Verehrung. Aber als ich dann das Haus der heiligen Caecilia, das in eine Kirche verwandelt ist, und den Ort ihres Martyriums besuchte, erfuhr ich, daß die heilige Caecilia zur Königin (Patronin) der Harmonie (Musik) proklamiert worden war, nicht weil sie eine schöne Stimme oder ein besonderes Musiktalent hatte, sondern wegen ihres jungfräulichen Gedichtes, das sie ihrem im Herzen verborgenen himmlischen Bräutigam (Jesus) widmete. Ich fühlte für sie mehr als bloße Verehrung, es ist eine wahre "Zärtlichkeit einer Freundin".

Caecilia wurde meine Lieblingsheilige, meine Busenfreundin. Vor allem ihre "Verlassenheit", ihr grenzenloses "Vertrauen", das sie befähigte, Seelen für die Jungfräulichkeit zu entzücken, die nur die Freuden des diesseitigen Lebens geliebt hatten, begeisterte mich«.

3. Ein Märtyrer der »schweigenden Kirche«

Am 6. Oktober 1971 kam ein wahrer Glaubensheld, ein zeitgenössischer Märtyrer, um an den Gräbern der Märtyrer der Katakomben San Callisto zu beten: Es war der Primas von Ungarn, Kardinal Josef Mindszenty (1892-1975).

Nach einem Scheinprozeß wurde er im Jahre 1948 zu lebenslanger Haft verurteilt. Er war 8 Jahre im Gefängnis; nach der Erhebung der Ungarn gegen das kommunistische Regime am 23. Oktober 1956 verbrachte er 15 Jahre im Asyl in der Botschaft der USA in Budapest.

Als er zu den Katakomben San Callisto pilgerte, war er gerade freigelassen worden und befand sich als Gast im Vatikan. Die Freilassung, für die sich Papst Paul VI. eingesetzt hatte kostete ihn sehr viel: Den Verzicht auf seinen erzbischöflichen Sitz und das ewige Verbot, in seine Heimat zurückzukehren.

Er schrieb in das Buch, das für berühmte Besucher bestimmt ist: »Plenus emotionibus fidei prim. suae Ecclesiae. Card. Josef Mindszenty, primas Hungariae«. Übersetzt heißt das: »Voll Ehrfurcht für den Glauben seiner Urkirche. Kardinal Josef Mindszenty, Primas von Ungarn«.

Der Kardinal verbrachte seine letzten vier Lebensjahre als Asylant in Österreich.

IV. DAS AUSSERGEWÖHNLICHE ABENTEUER EINES ÜBERZEUGTEN ARCHÄOLOGEN

Im Jahre 1892 feierte Giovanni Battista de Rossi seinen siebzigsten Geburtstag. Vierzig Jahre waren seit den ersten sensationellen Entdeckungen in San Callisto vergangen.

Am 20. April wurde der große Meister mit der Enthüllung einer Gedenkbüste in der östlichen Tricora geehrt. An diesem Tag erzählte de Rossi gerührt das außerordentliche Abenteuer der Entdeckung der Katakomben San Callisto.

Ich erlaube mir, die gelehrte und veraltete Sprache des berühmten Archäologen in heutiger Sprache, aber absolut unverfälscht zu bringen.

Es war im Sommer 1844 ...

»Es war im Sommer 1844. Mit meinem zehnjährigen Bruder Michele Stefano ging ich durch die Weingärten, die sich zwischen der Via Appia und der Via Ardeatina befanden. Ich suchte nach Überresten von Monumenten und Inschriften.

Ich betrat den Weingarten durch die Tür, die zur Via Ardeatina ging, als mein Auge an zwei antiken Gebäuden, die jeweils drei Apsiden hatten, hängen blieb. Eine dieser Tricoren war in ein Bauernhaus umgebaut. Die zweite wurde als Weinlager verwendet. Diese drei Apsiden waren voller Weinfässer. Die Struktur beider Gebäude und ihr architektonischer Typus zeigten mir, daß sie frühchristlichen Ursprungs waren und vielleicht von den ersten Christen benutzt wurden.

Die ganze Umgebung der beiden Gebäude war mit Bruchstücken von Steinen bedeckt, die jedoch ganz anders als die feinen Marmorplatten der unterirdischen Gräber aussahen. Unter diesen Bruchstücken waren Fragmente von Konsularinschriften aus dem 4. und 5. Jahrhundert.

Schließlich entdeckte ich drei interessante Marmorstücke: Sie waren im damasianischen Stil bearbeitet und trugen unvollständige Hexameter. Eines von ihnen bezog sich deutlich auf einen Al-

Aus dem Familienalbum der de Rossi: Giovanni Battista, Michele Stefano und eine Schwester.

tar. Diese Marmorstücke lagen bei der Türe des Weinkellers. An der Stelle dieser Tür habt ihr jetzt meine Büste aufgestellt. Die Indizien waren mehr als ausreichend, um mich von dem heiligen und historischen Ursprung der beiden Gebäude mit den drei Apsiden zu überzeugen ...«.

Die Bedeutung der topographischen Dokumente: Die Itinerare

»Jeden Tag sammelte und ordnete ich die kostbaren — bis dahin größtenteils vergessenen — Zeugnisse christlicher Monumente des suburbanen Gebietes.

Mir war bereits klar, was sich bei der Via Appia und der Via Ardeatina befand. Entlang der Via Appia mußten wir drei sehr alte unterirdische Coemeterien voneinander unterscheiden. Jedes von ihnen hatte seine oberirdischen und unterirdischen historischen Monumente. Ich vermutete, daß sich das bekannteste Coemeterium, eben das von San Callisto — in dem sich die unschätzbaren Gräber der Päpste des 3. Jahrhunderts und das Grabmal der berühmten Märtyrerin Caecilia befanden — nicht unter der Basilika San Sebastiano befand, sondern in diesem Weingarten, wo wir jetzt versammelt sind. Die Tradition des Spätmittelalters hatte versucht, sie nahe der Basilika San Sebastiano zu lokalisieren. Das war aber nicht der genaue Ort.

Durch die sich überschneidende Gegenüberstellung der antiken topographischen Texte erhielt ich eine wichtige Nachricht. Im Coemeterium San Callisto waren die berühmtesten und verehrtesten Gräber, vor allem die Papstgräber, in drei Gruppen aufgeteilt.

In der Hauptgruppe, in der Mitte, waren die meisten Päpste des 3. Jahrhunderts bestattet. Die Krypta wurde "Krypta des heiligen Sixtus" genannt, nach Sixtus II., der im Jahre 258 ermordet worden war.

Daneben war die hl. Caecilia beerdigt. Über der Erde befand sich die Kirche mit dem Namen "Sixtus und Caecilia", weil sie sich über deren Gräbern erhob. In eigenen und weit auseinanderliegenden Krypten waren Cornelius und Eusebius bestattet. Das waren die drei Gruppen im Coemeterium von San Callisto, die von den topographischen Dokumenten, den Itineraren, voneinander unterschieden wurden«.

Die Schwierigkeiten, auf die man stieß

»Im Jahre 1844 stieg man von der Mitte dieses Schiffes über eine schlechte neue Treppe in die Erde hinab. Die Treppe führte zu einigen darunterliegenden Hypogäen. Diese Räume waren in Weinkeller umgebaut worden, um den Wein während der Sommermonate zu lagern.

Die antiken topographischen Texte, die Itinerare, reichten nicht aus, um die präzisen Punkte der von ihnen erwähnten Monumente festzustellen. Deshalb wagte ich es nicht, mit Sicherheit den historischen Namen dieses Gebäudes mit den drei Apsiden zu nennen. Ich wagte noch weniger, die historischen Namen der Märtyrer zu nennen, die ehemals hier in den Gräbern bestattet waren, die sich damals in den Ruinen und dem Schutt unter den Weinfässern befanden.

Trotzdem behauptete ich ohne Furcht vor meinen sehr skeptischen Freunden, daß dies eines der bekanntesten Heiligtümer des Coemeteriums San Callisto war. Wahrscheinlich, so behauptete ich, ist es das Sanktuarium des Sixtus und der Caecilia.

Im Jahre 1850 ließ ich mich eines Tages gehen. Jung, erregt und ungeduldig, weil ich die Ungläubigkeit eines Professors nicht mehr ertrug

— der mir gegenüber "wohlwollend" war —, nahm ich ihn an der Hand und führte ihn mit mir unter die Erde.

Wir gingen durch das Labyrinth der Galerien des Coemeteriums. Nach mehreren Rundgängen durch das unterirdische Netz näherte ich mich so weit als möglich der Zone, die sich unter diesem Gebäude befand. Mit fester und entschlossener Stimme schrie ich: "Eines Tages werden Sie mir Gehör schenken! Wenn diese Schuttberge einmal entfernt sind, werden wir die Grabmäler des Sixtus und der Caecilia und aller anderen berühmten Gefährten finden, wie es die Geschichte erzählt und die topographischen Dokumente bezeugen".

Ich wurde für verrückt erklärt. Es wurde mir geraten, mich zu beruhigen und mich und die Archäologie nicht lächerlich zu machen. Doch die Krypta der Päpste und der hl. Caecilia befanden sich wirklich hier unten. Die des hl. Cornelius befand sich hundert Schritte links von mir. Die des Eusebius war noch näher, rechts von mir. Die untrüglichen Beweise sind nun schon seit vierzig Jahren allen bekannt«.

Die Entdeckung des Grabmals des heiligen Cornelius

»Im Jahre 1849 sah ich in diesem Weingarten ein Fragment, das soeben aus der Erde geholt worden war. Darauf war in schönen, viel älteren Buchstaben als den damasianischen geschrieben: ... NELIVS MARTYR. Es war ein Leichtes, den Namen zu CORNELIVS zu vervollständigen. Nun war ich ganz sicher, daß sich das Grab des berühmten Papstes dieses Namens hier und nicht anderswo befand. In jenem Marmorfragment erkannte ich die ursprüngliche Grabplatte jenes Grabes und nahm das als sicheres Zeichen dafür, daß mein topographisches System exakt war. Aber man glaubte mir nicht. Doch im Jahr 1852 wurde von Pius IX. — dem ich zu Recht den Namen "zweiter Damasus" gegeben habe — die Kommission für Sakrale Archäologie eingerichtet. Ihr wurde die wissenschaftliche Leitung der Ausgrabungen der unterirdischen Friedhöfe übertragen. Ich machte nun den Vorschlag, man sollte eine neue Serie von Erforschungen und Untersuchungen in den Galerien unter diesen Weingärten beginnen. Der Vorschlag wurde angenommen.

Das erste Ergebnis war die Entdeckung des Grabes von Papst Cornelius und der Wandgemälde, die ihn zusammen mit dem hl. Cyprian darstellten. Beim Grab kam das fehlende Stück der Platte zum Vorschein, die ich in dem Weingarten gefunden hatte. Die beiden wiederzusammengefügten Stücke schlossen genau die Öffnung des Grabes; auf ihnen ist zu lesen: CORNELIVS MARTYR EP(iscopus).

Nun gab es keinen Zweifel mehr, daß dies das Coemeterium des hl. Calixtus war, wo nach geschichtlicher Überlieferung der hl. Märtyrer Cornelius begraben worden war«.

Der große Wohltäter: Pius IX.

»Diese Entdeckung war entscheidend und erleichterte alles übrige. Ich erreichte, daß die Kommission für Sakrale Archäologie dem Papst vorschlug, den Weingarten, unter dem sich die riesige Nekropole ausbreitete, zu kaufen.

Ich werde mich immer daran erinnern, wie Pius IX. mir eine Privataudienz mit besonderer Zuwendung gab. Mit scherzenden Worten sagte er mir, daß er alles wisse: Dem Vorschlag der Kommission lagen meine archäologischen Träume zugrunde. Ich antwortete und versuchte, dabei Vertrauen zu erwecken und die ganze Wahrheit zu sagen.

Ich bekannte, daß ich sicher war, daß sich unter diesen Weingärten die berühmten Monumente befinden, daß es mir aber unmöglich war vorauszusehen, in welchem Zustand sie sich befanden. In der Krypta des Cornelius stießen wir auf äußerst wichtige Funde. Ich wußte aber nicht, ob wir in den anderen Krypten auch Inschriften aus dem 3. Jahrhundert, damasianische Elogien aus dem 4. Jahrhundert, Fresken aus der Zeit des Religionsfriedens und Graffiti von Besuchern finden würden. Trotz seines scherzenden Mißtrauens sagte der Papst zu seinen Vertrauten: "De Rossi ist sich dessen, was er sagt und verspricht, sicher. Und er hat recht". Der Papst ordnete den Kauf des Grundstückes an. Die Kommission für Sakrale Archäologie konnte nun ungehindert die Ausgrabungen fortsetzen. Die Ausgrabungen übertrafen meine Erwartungen und bestätigten jede Vorhersage«.

Danksagung an Gott

»Nachdem ich dieses von mir so ersehnte Ziel glücklich erreicht habe, muß ich meinen Dank zum Ausdruck bringen. Ich erhebe die Augen und den Geist zum Himmel und danke der göttlichen Vorsehung und seiner Güte. Ich hätte sicherlich nicht die historische Wahrheit dieser Monumente zeigen können, wenn die Hypogäen, die von den Weinbauern benutzt und im Sommer zu Weinkellern umfunktioniert wurden, von räuberischen und groben Händen ihres historischen Reichtums beraubt worden wären ...

Wenn dies geschehen wäre, wäre mein Unternehmen praktisch gescheitert. Meine Studien wären für eine einfallsreiche Hypothese oder nur für den Traum eines Archäologen gehalten worden. Glücklicherweise hat jedoch keine habgierige Hand unter den Weinfässern die Erde und den Schutt durchsucht. Keiner hat die Schäden und die Verwüstungen, die schon vor Jahrhunderten eingesetzt hatten, vervollständigt. Zerbrochen und versteckt lagen an diesem Ort: Vier griechische Grabinschriften von Päpsten des 3. Jahrhunderts, 130 Fragmente der historischen Gedichte des Papstes Damasus, historische Bilder auf Fresken, Wände mit Graffiti, Säulen, bearbeiteter Marmor und Inschriften jeder Qualität, Erinnerungsstücke an die christlichen Caecilii nahe dem verehrten Grab ihrer Familienheroin.

Angesichts einer so großen Zahl von liebevoll gesuchten Monumenten, angesichts des unendlichen Reichtums dieser Entdeckungen, fühle ich mich verpflichtet, Gott, dem Urheber alles Guten, zu danken...«.

Papst Pius IX. betet in der Cäcilienkrypta.
Rechts in der Ecke Giovanni Battista und Michele Stefano de Rossi (zeitgenössisches Gemälde).

Chronologische Verzeichnisse

I. DIE PÄPSTE [5]

1.	Hl. Petrus	42-67	(?)
2.	Hl. Linus	67-79	(?)
3.	Hl. Anaklet	79-90	(?)
4.	Hl. Clemens I.	90-99	(?)
5.	Hl. Evaristus	99-107	(?)
6.	Hl. Alexander	107-116	(?)
7.	Hl. Sixtus I.	116-125	(?)
8.	Hl. Telesphorus	125-136	(?)
9.	Hl. Hyginus	136-140	(?)
10.	Hl. Pius I.	140-154	(?)
11.	Hl. Anicetus	154-166	
12.	Hl. Soter	166-174	
13.	Hl. Eleutherus	174-189	
14.	Hl. Victor	189-199	
15.	Hl. ZEPHYRINUS	199-217	
16.	Hl. Callixtus I.	217-222	
17.	Hl.. Urban I.	222-230	
18.	Hl. PONTIAN	230-235	
19.	Hl. ANTERUS	235-236	
20.	Hl. FABIAN	236-250	
21.	Hl. CORNELIUS	251-253	
	Novatian	251-258	
22.	Hl. LUCIUS I.	253-254	
23.	Hl. STEPHAN I.	254-257	
24.	Hl. SIXTUS II.	257-258	
25.	Hl. DIONYSIUS	259-268	
26.	Hl. FELIX I.	269-274	
27.	Hl. EUTYCHIANUS	275-283	
28.	Hl. GAIUS	283-296	
29.	Hl. Marcellinus	296-304	
30.	Hl. Marcellus I.	307-308	
31.	Hl. EUSEBIUS	309	(?)
32.	Hl. MILTIADES	311-314	
33.	Hl. Silvester I.	314-335	
34.	Hl. MARKUS	336-	
35.	Hl. Julius I.	337-352	
36.	Hl. Liberius	352-366	
	Felix II.	355-365	
37.	Hl. DAMASUS I.	366-384	
	Ursinus	366-367	
38.	Hl. Siricius	384-399	
39.	Hl. Anastasius I.	399-402	
40.	Hl. Innozenz I.	402-417	
41.	Hl. Zosimus	417-418	
42.	Hl. Bonifatius I.	418-422	
	Eulalius	418-419	
43.	Hl. Coelestin I.	422-432	
44.	Hl. Sixtus III.	432-440	
45.	Hl. Leo I.	440-461	
46.	Hl. Hilarius	461-468	
47.	Hl. Simplicius	468-483	
48.	Hl. Felix II.	483-492	
49.	Hl. Gelasius I.	492-496	
...			
53.	Hl. Johannes I.	523-526	
...			
61.	Johannes III.	561-574	
...			
92.	Stephan II.	752-757	
93.	Hl. Paul I.	757-767	
94.	Stephan III.	768-772	
95.	Hadrian I.	772-795	
96.	Hl. Leo III.	795-816	
97.	Stephan IV.	816-817	
98.	Hl. Paschalis I.	817-824	
99.	Eugen II.	824-827	
100.	Valentin	827-	

[1] Die Päpste, welche im »Komplex San Callisto« beerdigt wurden, sind mit großen Buchstaben verzeichnet.

II. DIE RÖMISCHEN KAISER

Das julisch-claudische Haus (27 v.Chr. - 68 n.Chr.)

Augustus 27 v.Chr. - 14 n.Chr.
Tiberius 14-37
Caligula 37-41
Claudius 41-54
Nero 54-68
Galba - Otho - Vitellius 68-69

Das flavische Haus (69-96)

Vespasian 69-79
Titus 79-81
Domitian 81-96

Die Adoptivkaiser (96-192)

Nerva 96-98
Trajan 98-117
Hadrian 117-138
Antoninus Pius 138-161
Mark Aurel 161-180
Lucius Verus 161-169
Commodus 180-192
Pertinax – Didius Julianus – Clodius Albinus – Pescennius Niger 193

Das Haus der Severer (193-235)

Septimius Severus 193-211
Caracalla 211-217
Geta 211-212
(Marcinus) 217-218
Elagabal 218-222
Alexander Severus 222-235

Soldatenkaiser (235-268)

Maximinus Thrax 235-238
Gordian I. und II. 238-
Pupienus und Balbinus 238-
Gordian III. 238-244
Philippus Arabs 244-249
Trajanus Decius 249-251
Trebonianus Gallus 251-253
Aemilianus 253-
Valerian 253-260
Gallienus 253-268

Die illyrischen Kaiser (268-282)

Claudius II. 268-270
Aurelian 270-275
(Tacitus) 275-276
(Florianus) 276-
Probus 276-282
Carus 282-283
Carinus und Numerian 283-284

Die Tetrarchie (284-305)

Diokletian 284-305
Maximinian 286-310
Constantius Clorus 292-306
Galerius 292-311

Bürgerkrieg (306-324)

Severus 306-
Maxentius 306-312
Konstantin (der Große) 306-324
Maximinus Daia 307-313
Licinius 307-324

Nach der Wiedervereinigung des Reiches

Konstantin der Große 324-337
Konstantin II. 337-340
Konstans 337-350
Konstantin 337-361
Iulian Apostata 361-363
Iovianus 363-364
Valentinian I 364-375
Valens 375-378
Gratian 378-383
Valentinian II. 375-392
Theodosius 379-395

Die weströmischen Kaiser

Honorius 394-423
Valentinian III. 423-455
Maximus 455-
Avitus 455-456
Maiorianus 457-461
Severus 461-465
Ricimerus 465-467
Anthemius 467-472
Olybrius 472-
Glybrius 473-474
Iulius Nepos 474-475
Romulus Augustulus 475-476

III. DIE MÄRTYRER UND HEILIGEN, DIE IN DEN KATAKOMBEN SAN CALLISTO BEERDIGT WURDEN

Die Märtyrerpäpste

1. Hl. Pontian: In der Papstkrypta beerdigt.
2. Hl. Fabian: In der Papstkrypta beerdigt.
3. Hl. Sixtus II.: In der Papstkrypta beerdigt; sein Grab wurde identifiziert.
4. Hl. Eusebius: In seiner Krypta beerdigt; sein Grab wurde identifiziert.
5. Hl. Cornelius: In der Krypta der Lucina beerdigt; sein Grab wurde identifiziert.

Heilige Päpste

1. Hl. Zephyrinus: Erdbestattung; vielleicht in der westlichen Tricora.
2. Hl. Anterus: In der Papstkrypta beerdigt.
3. Hl. Lucius: In der Papstkrypta beerdigt.
4. Hl. Eutychianus: In der Papstkrypta beerdigt.
5. Hl. Stephan I: In der Papstkrypta beerdigt.
6. Hl. Dionysius: In der Papstkrypta beerdigt.
7. Hl. Felix I.: In der Papstkrypta beerdigt.
8. Hl. Gaius: In seiner Krypta beerdigt; sein Grab wurde identifiziert.
9. Hl. Miltiades: Im Friedhof von San Callisto beerdigt.

Heilige Bischöfe

1. Hl. Urban: Vielleicht in der Papstkrypta beerdigt.
2. Hl. Numidian: Vielleicht in der Pastkrypta beerdigt.
3. Hl. Optatus: Vielleicht in der Krypta des hl. Gaius beerdigt.
4. Hl. Laudiceus: Im Friedhof San Callisto beerdigt.
5. Hl. Polycarp: Im Friedhof San Callisto beerdigt.
6. Hl. Iulian: Im Friedhof San Callisto beerdigt.
7. Hl. Mannus: Im Friedhof San Callisto beerdigt.

Die Märtyrer

1. Hl. Tarcisius: Erdbestattung; vielleicht in der westlichen Tricora.
2. Hl. Caecilia: In ihrer Krypta beerdigt; ihr Grab wurde identifiziert.
3. Die heiligen Calocerus und Partenius: In ihrer Krypta beerdigt; die Wand, in der ihre Gräber waren, wurde identifiziert.
4. Die elf Märtyrer, die zusammen mit Papst Sixtus II. starben. Unter ihnen sind vier Diakone: Gennarus – Magnus – Vincenz – Stephan. Sie wurden im Friedhof San Callisto beerdigt.
5. Die heiligen Cerealis und Sallustia mit XXI Begleitern, sind in den Krypten der Lucina beerdigt.
6. Hl. Polycamus: In Friedhof von San Callisto beerdigt.

IV. DIE MÄRTYRER UND HEILIGEN DIE IM »KOMPLEX VON SAN CALLISTO« BEERDIGT WURDEN

Heilige Päpste

1. Hl. Marcus: Erdbestattung im Friedhof der Balbina.
2. Hl. Damasus: Erdbestattung im Friedhof des Basileus.

Die Märtyrer

1. Hl. Soteris: In ihrem Friedhof beerdigt.
2. Die heiligen Marcus und Marcellianus: Im Friedhof des Basileus beerdigt.
3. Die griechischen Märtyrer: Maria, Neonus, Hippolyt, Adria, Paulina, Marta, Valeria, Eusebius und Marcellus im »Komplex San Callisto« beerdigt.

Zusammenfassung:

— 44 Märtyrer sind im Coemeterium San Callisto bestattet, von denen fünf Päpste sind.
— 16 Heilige sind im Coemeterium San Callisto bestattet (9 Päpste und 7 Bischöfe).
— 2 Päpste sind im »Komplex San Callisto« bestattet.
— 12 Märtyrer sind im »Komplex San Callisto« beerdigt.
— Zusammen: 56 Märtyrer, 18 Heilige.

Anmerkung: die hier dargelegten Zahlen sind sicherlich mangelhaft, da sie sich auf antike Quellen stützen.

Abendstimmung über San Callisto.

Wichtigste Literatur

Baumgarten Paul Maria, *Giovanni Battista de Rossi*, Rom 1892.

Brandenburg Hugo, *Überlegungen zu Ursprung und Entstehung der Katakomben Roms*, in »Vivarium«, Festschrift Theodor Klauser zum 90. Geburtstag. Münster 1984, 11-45.

Carletti Carlo, *Iscrizioni Cristiane a Roma. Testimonianze di vita cristiana (Secoli III-VIII)*, Nardini Editore, Florenz 1986.

Carletti Sandro, *Le antiche chiese dei martiri cristiani, (=* Le Chiese di Roma illustrate 122-123), Edizioni »Roma«, Rom 1972.

— *La Catacomba di San Callisto*, Pontificia Commissione di Archeologia Sacra, Vatikanstadt 1981.

Dal Covolo Enrico, *I Severi e il Cristianesimo. Ricerche sull'ambiente storico-istituzionale delle origini cristiane tra il secondo e il terzo secolo*, LAS, Rom 1989.

De Angelis D'Ossat Gioacchino, *La geologia delle catacombe romane* (= Roma sotteranea cristiana III), Vatikanstadt 1938-1943.

De Bruyne Lucien, *L'arte cristiana nella Roma sotteranea*, Roma Nobilis, Edizioni Edas, Rom 1953.

— *L'Initiation Chrétienne et ses reflets dans l'art paléochrétien*, in »Revue des Sciences Religieuses«, 3-4 (Straßburg 1962) 27-85.

De Rossi Giovanni Battista, *Inscriptiones Christianae Urbis Romae septimo saeculo antiquiores*, I, Rom 1857-1861.

— *La Roma sotteranea cristiana*, Bde. I-III, Rom 1864-1877.

Duchesne Louis, *Liber Pontificalis*, Bde. I-II, Paris 1886-1892. Neuauflage mit einem dritten Band von C. Vogel, Paris 1955-1957.

Fasola Umberto, *Les Catacombes entre la légende et l'histoire*, in »Les Dossiers de l'Archéologie« 18, (Dijon 1976) 51-64.

— *Indagini nel sopratterra della Catacomba di San Callisto*, in »Rivista di Archeologia Cristiana« 56 (Vatikanstadt 1980) 221-278.

— *Orme sulla roccia. Pietro e Paolo a Roma*, Vision Editrice, Rom 1980.

— *Scoperta di nuovi dati monumentali per lo studio dell'Area prima callistiana*, in »Rivista di Archeologia Cristiana« 59 (Vatikanstadt 1983) 257-273.

— *Santuari sotterranei di Damaso nelle Catacombe romane. I contributi di una recente scoperta*, in »Saecularia Damasiana« (Vatikanstadt 1986) 175-201.

Ferretto Giuseppe, *Note storico-bibliografiche di archeologia cristiana*, Vatikanstadt 1942.

Ferrua Antonio, *Epigrammata Damasiana*, (= Sussidi allo studio delle antichità cristiane II), Vatikanstdt 1942.

— *Inscriptiones Christianae Urbis Romae septimo saeculo antiquiores*, Nova Series, vol. IV: *Coemeteria inter vias Appiam et Ardeatinam*, Vatikanstadt 1964.

— *Lavori a San Callisto*, in »Rivista di Archeologia Cristiana« 51 (Vatikanstadt 1975) 213-240.

— *Ultime scoperte a San Callisto*, in *Ibidem* 52 (Vatikanstadt 1976) 201-219.

— *Cimitero di San Callisto*, in: *Ibidem* 57 (Vatikanstadt 1981) 7-24.

Gatti Giuseppe, *Inscriptiones Christianae Urbis Romae*, suppl. I/1, Rom 1915.

Guarducci Margherita, *L'etimologia del toponimo »Catacumbas«*, in »Mélanges de l'Ecole Français de Rome«, Bd. 98, Rom 1986, 840-842.

Janssens Jos, *Vita e morte del cristiano negli epitaffi di Roma anteriori al sec. VII*, Università Gregoriana Editrice, Rom 1981.

Josi Enrico, *Il Cimitero di Callisto*, in Collezione »Amici delle Catacombe« del Pontificio Istituto di Archeologia Cristiana, Rom 1933.

Mazzoleni Danilo; *L'Arte delle Catacombe*, in »Archeo-Dossier« Istituto Geographico De Agostini, 8 (Novara 1985) 1-68.

— *Vita quotidiana degli antichi cristiani nelle testimonianze delle iscrizioni*, in: *Ibidem* 28 (Novara 1985) 1-68.

— *Il Lavoro nell'epigrafia cristiana, in Spiritualità del lavoro nella catechesi dei Padri del III-IV secolo*, Hg. Sergio Felici, Libreria Ateneo Salesiano Ed., Rom 1986, 263-271.

NESTORI ALDO, *Repertorio topografico delle Pitture delle Catacombe romane* (= Roma Sotterranea Cristiana V) Vatikanstadt 1975.

— *La Basilica Anonima della via Ardeatina* (= Studi di Antichità Cristiana XLII), Vatikanstadt 1990.

PIETRI CHARLES, *Roma Christiana. Recherches sur l'Eglise de Rome, son organisation, sa politique, son idéologie de Miltiade à Sixte III (311-440)*, 2 Bde., Rom 1976.

REEKMANS LOUIS, *La tombe du pape Corneille et sa région cémétériale* (= Roma Sotterranea Cristiana IV) Vatikanstadt 1964.

— *L'œvre du pape Damase dans le complexe de Gaius à la Catacombe de S. Callixte*, in Saecularia Damasiana XXXIX (Vatikanstadt 1986) 259-281.

— *Le complexe cémétérial du pape Gaius dans la Catacombe de Callixte* (= Roma Sotterranea Cristiana VIII) Vatikanstadt 1988.

SAINT-ROCH PATRICK, *Sur la tombe du pape Damase*, in »Saecularia Damasiana« XXXIX (Vatikanstadt 1986) 283- 290.

STYGER PAUL, *Die Römischen Katakomben*, Berlin 1933.

TESTINI PASQUALE, *Le Catacombe e gli antichi Cimiteri cristiani in Roma*, Cappelli Editore, Bologna 1966.

— *Archeologia cristiana*, Edipuglia, Bari 1980.

VALENTINI R. - ZUCCHETTI G, *Codice topografico della città di Roma*, 4 Bde. Rom 1940-1953.

WILPERT JOSEPH, *Le Pitture delle Catacombe romane*, 2 Bde., Rom 1903.

— *La Cripta dei Papi e la Cappella di Santa Cecilia nel Cimitero di Callisto*, Desclée e C., Rom 1910.

— *I Sarcofagi cristiani antichi*, 2 Bde. Pontificio Istituto di Archeologia Cristiana, Vatikanstadt 1929-1936.

Die Niederlassung der Salesianer »San Callisto«, Blick von den Katakomben her.

Besprechungen

Wissenschaftliche Zeitschriften

La Civiltà Cattolica

»... Der Autor schrieb das Buch nicht nur für diejenigen, die etwas über die berühmteste Katakombe wissen wollen, sondern auch vor allem für jene, die nach einem Besuch den tiefen Eindruck, den die Katakombe hinterlassen hat, lebendig erhalten wollen. Die Kenntnisse über die Katakombe werden so wiederbelebt, präzisiert und vervollständigt. Er macht mit dem Leser einen Rundgang durch die verschiedenen Zonen der großen Katakombe. Er bleibt mit ihm stehen, um die wichtigsten Denkmäler zu bewundern, und versucht die ganze Neugier des Besuchers zu befriedigen. Er ahnt die Fragen und Zweifel der Leser. Da jedes Kapitel mit historischen Rückblicken, künstlerischen Betrachtungen und religiösen Anmerkungen angereichert ist, werden alle Schwierigkeiten und Fragen aus dem Weg geräumt...«

1. Juli 1989.
Prof. Antonio Ferrua S.J.

Revue d'Histoire Ecclésiatique

»... Der Autor bietet ein selten gelungenes Beispiel für allgemeinverständliche archäologische Wissenschaft auf hohem Niveau. Das Buch, das für ein breites Publikum bestimmt ist, ist in einem leicht verständlichen Stil geschrieben. Alle archäologischen Fachbegriffe werden im einzelnen erklärt. Die Monumente und Ereignisse wurden in ihren historischen Zusammenhang gestellt.

Der Autor erklärt den Glauben und die antike christliche Mentalität vor allem an Hand von Inschriften — alle übersetzt — und Fresken, die im Coemeterium von San Callisto vorhanden sind. Auf diese Weise bekommen die Katakomben auch für die heutigen Gläubigen einen Sinn.

Die fundierte Kenntnis der Geschichte, der Archäologie und der neuesten Veröffentlichungen ermöglichen es dem Autor, sich mit den archäologischen Fragen auseinanderzusetzen und die von ihm vorgelegten Lösungen auf wissenschaftliche Argumente zu stützen«.

Nr.1. Januar - März 1990
Prof. Louis Reekmans

Rivista di Archeologia Cristiana

»... Auch wenn der Autor nicht die Absicht hatte eine monographische Abhandlung zu schreiben, ist es dem profunden Kenner der Katakomben San Callisto gelungen, eine sorgfältige Arbeit, die das Notwendige zusammenfaßt, vorzulegen. Das Bemühen, komplizierte Fragen einfach darzustellen, ist bemerkenswert...«

Anno LXVII, Num. I (1990)
Prof. Danilo Mazzoleni

BRIEF

Rom, 22-3-1990.

»... Die wissenschaftliche Grundlage ist vorhanden, und der historische und künstlerische Teil wurde breit dargelegt. Das Buch versäumt nicht, die Seelen der Besucher anzusprechen, sie zu belehren, zu erziehen und zum Guten anzuspornen, indem aus jeder Einzelheit der Katakombe — seien es Inschriften, Fresken oder geschichtliche Hinweise — eine Lehre vermittelt wird, die den Geist erbaut und nährt.

Als Präsident der Päpstlichen Kommission für Sakrale Archäologie Sakrale habe ich stets gehofft, daß die Schätze der antiken Gedächtnisstätten der ersten christlichen Gemeinden nicht nur den Archäologen vorbehalten sein mögen, sondern einer großen Zahl von Menschen zugänglich gemacht werden. Ich bin überzeugt, daß Ihre wohlüberlegte Anschauung und Überzeugung nicht nur dazu beitragen, die ersten Jahrhunderte des Christentums zu verstehen, sondern auch dazu dienen, die Herzen der Person und der Lehre Christi näher zu bringen.

Das haben Sie hervorragend gemacht, lieber Don Baruffa ...«.

✠ Mario Schierano
Erzbischof von Acrida

Inhaltsverzeichnis

V. Die Region der Päpste und der heiligen Caecilia
Die Krypta der Päpste

VI. Die Region der Päpste und der heiligen Caecilia
Die Krypta der heiligen Caecilia

VII. Die Region der Päpste und der heiligen Caecilia
Die Cubicula der Sakramente

VIII. Die sogenannte Region des hl. Miltiades

XIII. Liberianische Region

Der Nächste und Gott

XIV. Die Krypten der Lucina

Beschreibung des Coemeteriums

XV. Die Krypten der Lucina

Die Krypta des heiligen Cornelius

ANHANG

I. Ein sehr interessanter Briefwechsel

II. Die Verehrung der Gräber der Märtyrerpäpste durch ihre Nachfolger

III. Die Pilger zu den Heiligtümern der Märtyrer

IV. Das außergewöhnliche Abenteuer eines überzeugten Archäologen

Chronologische Verzeichnisse

VATIKANISCHE DRUCKEREI